JN057512

バイロン

ドン・ジュアン

上

東中 稜代 訳

音羽書房鶴見書店

バイロン 34 歳（『ドン・ジュアン』執筆中）。ウィリアム・エドワード・ウェスト画（1822年）。

「ドン・ジュアンの難破」。ウジェーヌ・ドラクロワ画（1840年）。

「ドン・ジュアンとハイディ」。アレクサンドル=マリー・コラン画（1833年頃）。

ニューステッド・アビー。バイロン先祖伝来の館。J. C. バロー画（1793年）。

ホランド卿の館（ホランド・ハウス）。バイロンがよく訪れたホイッグ党の社交場。

Don Juan

by

George Gordon Byron

「誰モガ知ル事柄ヲ独自ノ方法デ語ルコトハ難シイ」

ホラティウス「ピソ父子への書簡」

バイロン

ドン・ジュアン

東中　稜代 訳

妻　容子へ

まえがき

本書はジョージ・ゴードン・バイロン（George Gordon Byron 一七八八—一八二四）の未完の長編詩『ドン・ジュアン』(*Don Juan*) の全訳である。イギリス文学には有名な長編詩がいくつかある。最古のものは、作者不詳の叙事詩『ベーオウルフ』(*Beowulf*) で、八世紀前半に書かれたとされている。使われた英語は古英語（八世紀—一二世紀）で、英雄ベーオウルフが活躍する舞台はスカンジナビアである。次に重要な長編詩は一四世紀末に書かれた、ジェフリー・チョーサーの『カンタベリー物語』(*The Canterbury Tales*) で、用いられた英語は中英語（一二—一六世紀）、韻文で書かれた物語の宝庫である。筆者はこれら二つの長編詩をカナダのアルバータ大学の大学院でそれぞれ一年かけてみっちり学んだ。次に来るのは一六世紀末に書かれたエドマンド・スペンサーの叙事詩、『妖精の女王』(*The Faerie Queene*) であろう。スペンサーはシェイクスピアの同時代人で、彼の使った英語は初期の現代英語である。筆者はこの作品についてアルバータ大学で修士論文を書いた。スペンサーの次に登場する重要な長編詩は、一六六七年刊行のジョン・ミルトンの『楽園喪失』(*Paradise Lost*) である。そしてそれから約一五〇年後の一八一九年に『ドン・ジュアン』の第一巻と第二巻が出た。一昨年、二〇一九年は『ドン・ジュアン』出版二〇〇年の記念の年だった。バイロンは一八二三年に第一七巻の冒頭の一四連を書いて、ギリシア独立戦争を支援すべくギリシアに赴き、命を落とした。ワーズワスの『序曲』(*The Prelude*) は、当然この傑出した長編詩のリストに入るべきなのだが、出版されたのが死後の一八五〇年だったので、ミルトンの次はバイロンということになる。

バイロンの時代までに、長編詩を書かなかった大詩人が何人もいる。シェイクスピアは別格として、フィリップ・シドニー、ジョン・ダン、ジョン・ドライデン、ジョナサン・スウィフト、アレグザンダー・ポープなどであろうか。しかしこと長編詩に限ると、上に挙げた詩編がイギリスの詩を代表するものとなるだろう。

筆者はこれまでにバイロンの作品をいくつか訳してきた。『チャイルド・ハロルドの巡礼』(*Childe Harold's Pilgrimage*)や『ベポゥ』(*Beppo*)、そして『審判の夢』(*The Vision of Judgment*)などである。『チャイルド・ハロルドの巡礼』では、バイロンは九行からなるスペンサー連を使った。エドマンド・スペンサーが『妖精の女王』で使った詩形である。この作品ではバイロンを思わせるイギリスの貴公子が、憂愁の魂を抱いてオリエントやヨーロッパを彷徨する。詩の流れはゆるやかである。それは詩形に用いたスペンサー連の影響が大きい。

さて、追われるようにイギリスを後にして、イタリアに居を定めたバイロンは、イタリアの詩に固有の八行詩連(ottava rima)に親しむ。この詩形は滑稽な詩によく用いられた。バイロンは『チャイルド・ハロルドの巡礼』の重苦しい調子に別れを告げて、軽快な八行詩を使って、九九連からなる滑稽味溢れる『ベポゥ』を書いた。新しい詩人バイロンの誕生である。この八行詩連については解説に詳しく説明した。いずれにしろ、『ベポゥ』で成功したバイロンは、この同じ詩形を使って『ドン・ジュアン』を書くことになる。

バイロンが『ドン・ジュアン』の最初の二巻を上梓した一八一九年からちょうど二〇〇年目に、筆者の手になる日本語訳の『ドン・ジュアン』の初校が上がってきた。『ドン・ジュアン』の邦訳は小川和夫先生が一九九三年に刊行されている。その折、有難くも先生からご恵投賜り、自分が訳出する時には、いつも参考にさせて頂いた。先生の訳は日本語としてよく流れ、翻訳でありながら、創作とも言える一つのバイロンの世界がそこにはあった。こんな優れた訳があるのに、今一つの『ドン・ジュアン』訳を出すことは、屋上屋を架すものかもしれない。しかし三〇年も経てば、日本語も変り、バイロン研究も進み、海外との交流も深まり、情報化時代の学問上の交流も盛んになり、新しい資料へアクセスする機会も増えた。さらに『ドン・ジュアン』では、語り手が主人公のジュアン以上に重要な人物であり、しかも彼は作者バイロンに非常に近い人物である。この語り手の人物像(バイロン像)の捉え方は、当然訳者によって異なるものとなる。訳者各自が自身の日本語で、バイロンを映し出せるのではないかという思いもあった。このような事情で、わたしが感じ考えるバイロン像を、令和の御代に提示しようとして、新たな『ドン・ジュアン』訳を出すこととなった。主に政治的、社会的、文学的な観点から、バイロンは自分の思考を、感性を、歯に衣着せず縦横無尽に、シリアスにまたコミックに表現した。この風刺的な叙事詩『ドン・ジュアン』は、二一世紀においても重要な意味を持つものと訳者は信じて疑わない。

凡例

一　バイロン『ドン・ジュアン』(*Don Juan*) の翻訳に使った底本は左記のものである。

Lord Byron: The Complete Poetical Works, ed. Jerome J. McGann, Volume V, *Don Juan*, 1986. これは以下のバイロン全集中の第五巻である。*Lord Byron: The Complete Poetical Works*, ed. Jerome J. McGann and Barry Weller, 7 vols, Oxford, Clarendon Press, 1980–93.

二　句読点やスペルなど、必要に応じて参考にした版。

Byron's "Don Juan", eds. Truman Guy Steffan and Willis W. Pratt, 4 vols, Austin and London, University of Texas Press, 1957–71.

Byron's Works: ottava rima poems, ed. with notes Peter Cochran, https://petercochran.wordpress.com/byron-2/byrons-works/ottava-rima-poems/.

Don Juan, ed. Leslie A. Marchand, Boston, Houghton Mifflin Company, 1958.

Lord Byron: Don Juan, eds. T. G. Steffan, E. Steffan and W. W. Pratt, Harmondsworth, Penguin Books, 1982.

The Works of Lord Byron: Poetry, ed. E. H. Coleridge, 7 vols, London, John Murray, 1898–1904.

三　注釈には左記の書籍も参考にした。

Byron's Letters and Journals, ed. Leslie A. Marchand, 13 vols, London, John Murray, 1973–94.

Lord Byron: The Complete Miscellaneous Prose, ed. Andrew Nicholson, Oxford, Clarendon Press, 1991.

The Works of Lord Byron: Letters and Journals, ed. R. E. Prothero, 6 vols, London, John Murray, 1898–1904.

四　参考にした『ドン・ジュアン』の既存の翻訳。

小川和夫訳『ドン・ジュアン』上下二巻（冨山房）一九九三。

Lord Byron: Don Juan, tr. Laurent Bury and Marc Porée, Gallimard, 2006. 仏訳。

五　聖書訳には『新共同訳』（日本聖書協会発行、二〇〇〇）を用いた。

六 シェイクスピアの作品については左記を参照した。幕、場そして行数はこれによる。
The Riverside Shakespeare, eds. G. Blakemore Evans, and J. J. M. Tobin, Boston, New York, Houghton Mifflin Company, 1997. 注において先人の訳を使った場合はその旨明記した。それ以外は訳者の訳である。

七 外国の固有名詞の日本語表記については、原則としてできるだけ原語の発音に近くなることを旨とした。但し、日本で通常習慣的に使われているものについては、そのまま踏襲した。例えばイヴやホメロスやヴィーナスなどである。表記について左記を参考にした。

トマス・ブルフィンチ著『ギリシア・ローマ神話』(大久保博訳) 角川書店、昭和四五年。

呉茂一著『ギリシア神話』上下二巻、新潮文庫、昭和五四年。

『研究社新英和大辞典』*Kenkyusha's New English-Japanese Dictionary*, ed. Shigeru Takebayashi, Tokyo, Kenkyusha, 2002. Sixth edition.

八 底本に使った版には二種類の散文が付されている。まず第一巻と第二巻の間に「序文」がある。一八一八年末頃までに書かれたこの散文は、最初は「序文」として「献辞」の前に来るべく意図されたと推測されるが、未完に終わった。一八一九年刊行の『ドン・ジュアン』第一巻・二巻には掲載されなかった。初めて出版されたのは一九〇一年で、「凡例」三にある R. E. Prothero 編集の *Letters and Journals* に補遺として掲載された。未完に終わった理由は想像するしかないが、『ドン・ジュアン』全体に行き渡る、バイロンの政治的、文学的それに個人的な意向を考慮すると、興味深い文献である。本書では「序文」の訳を底本に倣って第一巻と第二巻の間に掲載した。次に第五巻の後に、「第六巻・七巻・八巻への序文」がある。これもそのまま三つの巻の序文として底本における位置に訳を載せた。「献辞」については、一八一九年の第一巻・二巻では省かれたが、一八三二年には出版された。「献辞」はこの作品の重要な部分なので、本書でも底本通り、第一巻の前に載せた。「序文」と「献辞」の両方を並べて掲載している版もある。

目次

下巻目次

ドン・ジュアン　上巻

献辞

1

ボブ・サウジーよ[1]！　お前は詩人で、桂冠詩人、
詩人仲間の代表だ。もっとも、ついにお前が
トーリー党員になったことは事実だが、
これは最近よくあることだ――さて、ねえ、君、
叙事詩書きの変節漢よ[2]！　今、君は何をしているのかい、
湖水詩人たち皆[3]と一緒に、所を得たり、得なかったり。
わたしにはお前たちが同じ巣で囀る鳥に見える、
「パイの中の二十四羽のクロウタドリ」[4]のように、

2

「パイを開けると、鳥たちが歌い出した」[1]――
(この古い歌と新しい比喩はうまく合う)
「王様にお出しする美味しい料理」[2]、あるいは
こんな食べ物が大好きな摂政殿下[3]にお出しするのに。
コールリッジ[4]も最近舞い上がったが、
頭覆い（フード）で動けなくなった鷹さながらに、
国民に形而上学を説明している――
彼には「説明」を説明してもらいたいものだ。

1 ロバート・サウジー（一七七四―一八四三）は詩人・散文家。一八一三年に亡くなったヘンリー・ジェームズ・パイの後を襲って、桂冠詩人（一八一三―四三）になった。
2 サウジーは若い時には急進的な思想を信奉していたが、次第に保守的になった。
3 イングランド北西部の湖水地方に住んだワーズワス、コールリッジ、サウジーたちを指す。
4 有名な童謡「六ペンスの唄」の一節。「パイ」(pie) は桂冠詩人パイ (Pye) にかけてある。

1 童謡「六ペンスの唄」にある文句。
2 「六ペンスの唄」にある文句。
3 バイロンが『献辞』を書いていた一八一八年当時、ジョージ三世（一七三八―一八二〇）は精神に異常をきたしており、後のジョージ四世（一七六二―一八三〇）が摂政（一八一一―二〇）を務めていた。
4 コールリッジは『文学的自叙伝』（一八一七）の中でドイツ観念論哲学について「説明」している。講演もよくした。

3

ボブよ！　お前はずいぶん横柄だ、
地上のすべての鳴き鳥を押しのけて、
パイの中の唯一のクロウタドリになろうとして、
うまくいかなかったから、失望するとは。
それにお前は気張りすぎて、飛び魚のように
真っ逆さまに甲板に落ちて息も絶え絶え、
これは高く舞い上がりすぎたせいだよ、ボブ、
水気をなくして干上がって、落ちたのだよ、ボブ！[1]

4

ワーズワスはかなり長い『逍遥』[1]の中で
（あの四折版は五百ページあるだろう）、
賢者たちを当惑させるために、彼の新しい体系の
膨大なる見解の見本を示している。
それは詩だ――少なくとも彼の主張によれば、
そして天狼星[2]が荒れる時はそう見えるかもしれぬ。
これを理解する者はバベルの塔に、
さらなる階を付け足す[3]ことができるだろう。

1　「干上がったボブ (dry Bob)」には「射精なしの性交」の意味がある。

1　『逍遙』(*The Excursion*, 1814) はワーズワスの長編詩。

2　大犬座の主星である天狼星（シリウス）が太陽と同じ時刻に上る、七月上旬から八月上旬にかけての時期は、猛暑になるとされた。

3　バベルの塔の混乱ぶりに輪をかけること。

5
紳士方よ！　君たちは上等な人間との交際を避けて、
ケジック[1]で長らく隠遁生活を送り、
自らの仲間だけと付き合ってきた、そして
お互いの精神の融合を続けて、ついには
「詩歌」が君たちだけに花冠を授けるという、
すこぶる論理的な結論を下すに至った。
そんな考えは偏狭というもの、そこでわたしは
望みたい、君たちが湖を大海に変えることを。

6
わたしはけちな考えを真似したくない、それに
自己愛からあれほど劣悪な悪徳を鋳造したくない、
お前たちの転向のもたらした栄光のすべてを貰っても嫌だ、
黄金のみがその代償であってはいけないから。
お前たちは俸給を貰っている——そのために働いたのか。
ワーズワスには間接税務局に職がある。[1]
お前たちはむさくるしい連中——本当に——しかしそれでも
詩人に変わりはない、ちゃんと不滅の丘に座っている。

1 湖水地方の町。サウジーやコールリッジが住んだ。

1 ワーズワスはロンズデール伯爵の力で、一八一三年に印紙配布の公職を得た。「ワーズワスの職場は関税局か間接税務局だと思う——もう一つはロンズデール卿の食卓で、この詩的いかさま師かつ政治的寄食者は手慣れた素早さでパン屑をなめる。転向したジャコバン党員が貴族階級の最悪の偏見の、滑稽な追従者に収まって久しい」（バイロン注）。

7

お前たちの月桂冠は禿げた額を隠すかもしれぬ、
いくばくかの高潔な赤面も――しかしもうよい、
わたしはお前たちの授かる果実も枝も羨まない、
そして下界でお前たちが独占しようとする
名声については、詩の世界は万人に開かれており、
生来の熱情を感じる者すべての活動の場だ――
スコット[1]、ロジャーズ[2]、キャンベル[3]、ムア[4]そしてクラブ[5]が
後世において、お前たちに異議を唱えることになるだろう。

1 ウォルター・スコット（一七七一―一八三二）、スコットランドの詩人・小説家。
2 サミュエル・ロジャーズ（一七六三―一八五五）、イングランドの詩人。
3 トマス・キャンベル（一七七七―一八四四）、イングランドの詩人。
4 トマス・ムア（一七七九―一八四四）、アイルランドの詩人。
5 ジョージ・クラブ（一七五四―一八三二）、イングランドの詩人。

8

歩行する散文的な詩神（ミューズ）と一緒にさまようわたしは、
翼のある馬[1]に乗るお前たちとは争わないが、
わたしは願う、お前たちの運命がその気になった時には、
お前たちの欲しがる名声と必要とする技巧を
与えてくれることを。そして思い出して欲しい、
詩人が仲間に十分な功績の報いを与えても
失うものは何もなく、また、今の時代への不満は
未来の称賛への確かな道ではない、ということを。

1 ミューズの愛したペガサスのこと（ギリシア神話）。

9
後世に月桂冠を取っておく者は
(死後受け取る輝かしい財産を主張しない者などいるだろうか)、
自己主張をすれば傷つくだけのことだから
通例、蓄えておく程の大した収穫はないもの。
もっとも、海に浸かっていたタイタン[1]のように、
時折、栄光溢れる者が稀に立ち上がることもあるが、
そんな告訴人の大方の行く先は——神のみぞ知る——
他の誰にも知りようがないのだから。

10
悪しき時代に悪しき中傷に遭遇したミルトン[1]が、
復讐者の「時」に訴えたとしても、復讐する「時」が
彼の被った悪を呪い、「ミルトン風」という語に
「崇高」という意味を持たせるとしても、
彼は身を落として、歌の中で自己の魂を裏切ることなく、
また自己の才能を罪に供することはしなかった——
彼は息子を褒めるためにその父を忌み嫌うことなく、
始めから終りまで専制者を憎み続けた。[2]

1 太陽神ヘリオスのこと。朝、海から起き上がり、夕べには海に沈む(ギリシア神話)。

1 「悪しき時代に遭遇し、悪しき時代と悪しき中傷に遭遇しても」(ミルトン『失楽園』七巻二五—二六行)。ミルトンは未来に「少なくとも適切な読者」(同三一行)を期待する。

2 ジョン・ミルトン(一六〇八—七四)はチャールズ二世の時代になっても、その父のチャールズ一世当時の考えを変えなかった。

11

仮にあの盲目の老人[1]がサミュエル[2]のように
墓から立ち上り、その予言で君主たちの血を
今一度凍らせることができたとしたなら、
はたまた、ふたたび生きて――ふたたび時と試練ゆえに、
あの無力な目と無慈悲な娘たち[3]ゆえに白髪となり、
老いぼれて青白く貧しい姿で現れたなら、
その時、お前は思うのか、彼がスルタンを崇拝するとでも、
彼が知性上の宦官(かんがん)であるカースルレイ[4]に服従するとでも。

12

冷血で、愛想よく、温和な悪党！
エリン[1]の血に若いすべすべした手を浸し、
かくして更なる殺戮の渇望を教えられ、
姉妹国を貪り食うために、送られし者[2]よ。
専制者が欲しがるもっとも下賤な手先よ、
他者が取り付けた足枷を長く伸ばし、
調合されて久しい毒を差し出すという
ただそれだけの才ある者、それ以上の才なき者。

1 ミルトンは若い時代からの過度な勉強がたたって、一六五二年に完全に失明した。

2 サミュエルはヘブライの預言者。彼の亡霊はエンドルの魔女によってイスラエル初代の王サウルの前に呼び出され、主が彼のもとを離れたことを告げる（『サミュエル前書』一章一三―一四節）。

3 「…ミルトンの上の二人の娘は、家計の営みにおいてミルトンを騙し苦しめた他に、彼の書籍を奪ったと言われている。そのような侮辱に対する彼の感情は父親そして学者としての彼にひどい心痛をもたらしたにちがいなかった」（バイロン注）。

4 ロバート・スチュワート・カースルレイ子爵（一七六九―一八二二）は、一八二一年にロンドンデリー侯爵になる。イギリスの外務大臣（一八一二―二二）。イングランドの自由主義運動を抑圧した。一八二二年、自殺。心身の過労が原因であると言われている。ペンギン版の注釈では、現代では、イギリスの利益を守り、ヨーロッパの安定を維持した功績を認めるとの説もある。

1 アイルランドの古名。

13

まことに下らぬ決まり文句を使う雄弁家、
口に出せない、正真正銘下劣な文句の使い手、
だからもっとも卑しい追従者でも褒める気になれず、
敵も——すべての国の者たちも——笑っては下さらない。
活発なしくじりの火花さえ、あのイクシオン[1]の
回転砥石の、終わりなき苦役から燃え上がることはない、
それはひたすら回り続け、終わりなき責め苦と
永久運動の意味を世間に教えるのだ。

14

むかつくような仕事でもへまをやる奴、
やり損ない、間に合わせ、上役が
恐れているものをいつも後に残す、
国々を拘束し、思想を制限し、
陰謀や会議[1]を用意することを——それは
全人類を縛るために足枷を修繕する仕事だ——
こいつは奴隷を作る鋳掛屋（いかけや）だ、古い鎖を繕い、
その報酬として神と人間の憎しみを得るのだ。

2 カースルレイはアイルランド総督の秘書官時代（一七九七—一八〇一）に、指導者たちを逮捕してアイルランドの反乱を未然に防いだ。

1 ラピテース族の王で、ヘラ（ゼウスの姉で妻）を慕ってゼウスに罰せられ、罰として永遠に回転する火の車につながれた（ギリシア神話）。ここではカースルレイの演説は火花さえ出ない、ただひたすら続く言葉の連続だと言っている。

1 バイロンは、ナポレオンに対抗するためのオーストリア、ロシア、プロシャとイングランドによる大同盟（一八一四）と、ナポレオン敗北後のウイーン会議（一八一四—一五）を指している。これらの同盟は旧体制を復活させた。

15

骨の髄まで去勢された精神によって
物事を判断してよければ、それ[1]には二つの目的が
あるだけ——服従することと、縛ること、
それは自ら引きずる鎖が他人にも合うと考えるから。
彼は数多の熟達者の中のエウトロピウス[2]——
機知のみならず、自由や英知のような価値にも盲目で——
恐れを知らない、なぜならいかなる感情も
氷には住まず、その勇気さえ淀んで悪徳になるからだ。

16

どこを向けばその束縛を見ずにすむのか、
わたしは束縛を決して感じないから——イタリアよ！
最近蘇ってきた汝のローマ魂は、この国家なるものが
汝の上に吹きかける虚偽のもとで落胆している。
汝のガチャガチャ鳴る鎖とエリンの生傷には
声がある——わたしに対して大声で叫ぶ舌がある。
ヨーロッパにはまだ、奴隷と同盟国、国王と軍隊がいる、
そしてサウジーは生きて、それらについて歌うが実に拙劣だ。

1 それの原語は **It**。バイロンはカースルレイが宦官だと言っている。

2 ビザンティウム帝国の宦官で名目上の皇帝アルカディウスの代わりに統治した。残酷さと貪欲さゆえに失脚し、三九〇年に処刑された。

17

今のところは、桂冠詩人殿、わたしは
正直で飾らない韻文でこの歌を君に献呈しよう。
もしわたしがへつらい口調で語らないなら、
それはわたしがまだ「淡黄色と青」[1]に忠実だからだ。
わたしの政治活動は、今なお皆を教育することにある、
背信もまた大流行りなので、一つの信条を
維持することは、まったくヘラクレス的[2]難業になってしまった、
そうではないかい、ユリアヌス[3]の上を行く、我がトーリー党員よ。

1 チャールズ・ジェームズ・フォックス時代のホイッグ党の制服の色。その機関誌『エディンバラ・リヴュー』の色でもあった。

2 ヘラクレスはゼウスの子で一二の難業を成した英雄（ギリシア・ローマ神話）。

3 （三三一—六三）ローマ皇帝（三六一—六三）。キリスト教から異教に改宗したために背教者ユリアヌスと呼ばれる。

第一巻

1

わたしには英雄[1]が要る、これは珍しい要求だ、
毎年毎月、新しい英雄が送り出されるのだから、
その結果、決まり文句で公文書を満たした後で、
当代は彼らが本物の英雄ではないことを発見する。[1]
わたしはこんな連中のことを自慢したくはない、
だから我々の昔からの友人、ドン・ジュアン[2]を選ぶ、
我々は皆、パントマイムで見たことがある、
寿命の尽きる少し前に、悪魔の許へ遣られた奴の姿を。[3]

2

ヴァーノン、殺し屋カンバーランド、ウルフ、ホーク、
ファーディナンド公、グランビー、バーゴイン、ケッペル、ハウ、[1]
悪人善人を問わず、彼らはそれぞれ世間の口の端にのぼり、
今のウェルズリー[2]のように、当時は看板の絵になった。
彼らはそれぞれ順番に、バンクォーの王たち[3]のように闊歩し、
あの雌豚の食った「九匹の一腹子」[4]のように、名声を追いかけた。
フランスにもボナパルトやデュムリエ[5]がいた、
『モニター』や『クリエ』[6]には彼らの記録がある。

1 原語は'hero'で主人公の意味も含む。
2 バイロンは「ドン・ファン」伝説の主人公Don Juanをこの詩では、「ドン・ジュアン」と読者に発音させる。'Juan'は'one'などと韻を踏む。
3 バイロンがこの詩を執筆し始めた頃、『ドン・ジュアン』が芝居やパントマイムの形で、頻繁にロンドンで上演されていた。

1 ヴァーノンからハウまでは一八世紀の戦闘で活躍した「英雄」たち。
2 ウェリントン公爵、アーサー・ウェルズリー（一七六九―一八五二）はワーテルローでナポレオンを破った。その後、ウェリントン・プレイスやウォータールー・ブリッジなど、英雄や戦場の名を冠した場所が生まれた。
3 マクベスに殺されたバンクォーと八人の王（バンクォーの子孫）がマクベスの幻想に現れる（『マクベス』四幕一場）。
4 「注げ、火の中、子豚九つ」（『マクベス』四幕一場、三神勲訳）。
5 シャルル・デュムリエ将軍（一七三九―一八二三）は一七九二年にベルギーのジェマプでオーストリア軍を破った。
6 ともにフランス革命時代に創刊された、有名なフランスの新聞。

3

バルナヴ、ブリソ、コンドルセ、ミラボー、ペティオン、
クルーツ、ダントン、マラーそしてラ・ファエット[1]、
彼らは有名なフランス人で、それは我々の知るところ。
他にもまだ忘れられてはいない者もいる、
ジュベール、オッシュ、マルソー、ランヌ、
デセー、モロ[2]、そしてその他多くの軍人たちだが、
時には大層注目を浴びたが、
わたしの詩にはまったくふさわしくない。

4

ネルソン[1]はかつてブリタニア[2]の軍神だった、
今もそうあるべきだが、情勢は変化した。
もはやトラファルガーについては語るべきことはなく、
我々の英雄とともに静かに埋葬された。
それは陸軍の方がもっと人気が出たからで、
海軍の関係者はそのことを心配している。
その上、摂政殿下[3]はすっかり陸軍を贔屓にして、
ダンカン、ネルソン、ハウ、ジャーヴィス[4]のことを忘れている。

1 二行目まではフランス革命に深く関与した「英雄」たち。ラ・ファエットを除いてすべて革命時代に死んでいる。
2 五行目からはフランス革命時代の将軍たちが並ぶ。

1 ホレーショ・ネルソン(一七五八―一八〇五)はイギリスの提督。トラファルガーの海戦(一八〇五年)で、フランス・スペイン連合艦隊を破ったが、戦死した。
2 英国のラテン語名。
3 「献辞」二連注3参照。
4 これらの四人はすべてイギリス海軍の提督で、「英雄」として活躍した。

5

アガメムノン[1]以前以後にも、勇敢な男たちがいた、[2]
非常に勇ましくて賢く、彼によく似ていたが
まったく同じではなかった。それというのも
彼らは詩人の本の中では輝くことはなく、だから
忘れ去られたのだ――わたしは誰をも咎めはしないが、
現代では、わたしの詩（つまりこの新しい詩）に
ふさわしい者は誰も見つけることができない。そこで、
先に言ったように、我が友ドン・ジュアンを採り上げる。

6

大方の叙事詩人は「事件の途中」[1]に飛び込み
（ホラティウスはこれを英雄詩の公道にする）、
それから英雄は、いつでも諸君の気に入る時に
それまでに起こったことを物語る――挿話という形で。
英雄は食事を済ませ、どこか心地よい所で
恋人の横に寛いで座っている、
そこは宮殿か庭園か楽園か洞穴で、
幸せな二人には旅籠の代わりになる。

1 トロイ戦争のギリシア軍の総大将（ギリシア伝説）。

2 「アガメムノン以前勇敢な男たちがいた」ホラティウス（『オード』四巻九節二五行）（バイロン注）。ホラティウス（六五―八 BC）はローマの詩人・諷刺作家。

1 叙事詩ではまず事件の中心から語りを始めて、次にそれまでのことを語る。ホラティウスは言う、「彼（叙事詩の作家）はつねに主たる問題に急ぎ、聴き手が話をすでに知っているかのように話の中心に連れて行く」（『詩論』一四八―四九）。

7

それが普通の方法だが、わたしは違う――
我が方式は初めから始めること。
そして構想は秩序整然としているので、
あらゆる脱線を最悪の罪として禁じる、
従って冒頭で始める話は
(紡ぎ出すのに半時間もかかったが)、
ドン・ジュアンの父親に関すること、さらに
母親についてもお話しする、読者がお望みなら。

8

彼はセビリア[1]で生まれた、快適な都市で
オレンジと女で名高い――この町を
見たことのない者は大変気の毒だ、
そう諺にある――わたしもこれには大賛成。
スペインのどんな町もこれほどきれいな所はない、
例外はカディスだろうが――これについてはそのうちに話そう――
ドン・ジュアンの両親は川のほとりに住んでいた、
グアダルキビル[2]と呼ばれる、堂々たる川のそばに。

1 スペイン南西部、大西洋岸の港湾都市。

2 スペイン南部の川。西流してカディス湾に注ぐ。

9

父親の名はホセ——勿論、紳士（ドン）[1]で
真の小貴族（イダルゴ）[2]、ムーア人やヘブライ人の
汚れは一切なく、血統を辿れば、スペインで
もっとも濃いゴート人の血を引く紳士たちに行き着く。
ホセほど巧みに馬に乗り、乗れば
彼ほど巧みに降りた騎士はいなかった、
彼は我々の英雄（ヒーロー）をもうけ、その彼が
もうけたのは——しかしこれは先のこと——さて、元に戻ると、

10

母親は学ある女性で、この世で知られる
あらゆる学問のあらゆる分野で名を馳せた——
キリスト教世界のすべての言語でその名を知られ、
彼女の美徳に匹敵するのは自身の機知のみで、
もっとも賢い人たちをも恥じ入らせ、
善人でさえ心中、羨望感で呻くのだった、なぜなら
彼女のなすすべてによって、自分たちのやり方が
すっかり凌駕されるのを知ったからだった。

1 スペインの紳士。
2 スペインの小貴族。

11

彼女の記憶力は宝の山で、カルデロンすべてと
ロペ[1]の大部分を暗記していた、
だからどんな役者でも台詞を飛ばすと、
彼女はプロンプターの台本の役ができるほどだった。
ファイナグル[2]の術も彼女には役に立たないだろう、
彼自身、店を閉じざるをえなかった――
ドニャ・イネスの頭脳を飾る記憶力ほどには、
決して自身の記憶力をよきものにはできなかった。

12

彼女のお気に入りの学問は数学だった、
彼女のもっとも気高い美徳は度量の大きさだった、
機知（彼女は時に機知を試した）は高雅そのもので、
真剣な言い草は暗さを帯びて崇高になった。
つまり、すべてにおいて彼女はわたしには
天才と言えるほどだった――彼女の朝の服は
ディミティー[1]で、夜はシルク、夏だとモスリンか
その他の服地だったが、それについては詮索しない。

1 カルデロン・デ・ラ・バルカ（一六〇〇―一六八一）とロペ・デ・ヴェガ（一五五二―一六二五）はスペインの劇作家・詩人。

2 グレゴール・フォン・ファイナグル（?一七六五―一八一九）はドイツ人、一八一一年にイングランドとスコットランドで記憶術について講演をした。

1 バイロン卿夫人は数学をよくし、ディミティーを好んだ。ディミティーは太糸で縞や格子柄の畝を出した綿布。

13

彼女はラテン語を知っていた――つまり「主の祈り」を、
ギリシア語も――アルファベットは――間違いはないと思う。
フランスの騎士道物語をあちこち読んでいた、
もっとも彼女の話し振りは純粋ではなかった。
母国語のスペイン語にはあまり気にかけなかった、
少なくとも会話は不明瞭だった。
思考は法則で、言葉は解しかねた、
あたかも神秘性で思考が高邁になるとみなすかのように。

14

彼女は英語とヘブライ語が好きで、
両者には類似点があると言った。
聖歌を使って何とかそれを証明したが、
その証明はそれを見た者に任さねばならぬ、
しかし彼女がこう言うのを聞いた、それは間違いない、
人は皆自分の判断のおもむくままに考えたらよい、すなわち
「不思議なことね―― 'I am'[1] を意味するヘブライ語の名詞を、
イギリス人はいつも 'd—n' の修飾に使うのですから」[2]

1 ヘブライ語の名詞で 'I am' を意味するのはヤハウェすなわち神で、たとえば神はモーセに言う、「わたしはある。わたしはあるという者だ」と(『出エジプト記』三章一四節)。

2 'd—n' は 'damn' で、罵る時に使われる。'I am damned' や 'Goddam' など。

15

弁舌さわやかな女がいるが、彼女はその姿が訓戒だった、
両の目が説教で、額は法話だった、
すべての点で完璧に自己流に取り締まり、
死を惜しまれた故サー・サミュエル・ロミリー[1]のようだ、
彼は法律の解釈者、国家の矯正者で、
彼の自殺は異常と言えるものだった――
あの「すべては空」[2]のもう一つの悲しい例だ――
（陪審員の下した評決は「狂気」だった）。

16

つまり彼女は生きた計算そのものだった、
表紙から抜け出たミス・エッジワース[1]の小説、
トリマー夫人[2]の教育に関する本、
恋人たちを探しに出た「シーレブズの妻」[3]、
道徳のとりすました化身で、「羨望」自身でさえ
瑕疵（かし）の一つも発見できない。「女の過ちが降りかかる」[4]なら
それは他の女が受け持てばよい、彼女には
何一つ過失がなかった――最悪なことには。

1 サミュエル・ロミリー（既出）は政治家で法律家。バイロンが彼を嫌ったのは、妻との別居手続きが進行中に、始めはバイロン側につきながら、後で夫人の方に寝返ったからである。ロミリーは妻の死を苦にして一八一八年に自殺した。

2 「コヘレトは言う。なんという空しさ なんという空しさ、すべては空しい。」（『コヘレトの言葉』一章二節）。『コヘレトの言葉』は『伝道の書』とも呼ばれる。

1 マライア・エッジワース（一七六七―一八四九）は小説家。教育の専門家でもあった。

2 セアラ・トリマー（一七四一―一八一〇）は教育についての本を書いた。

3 ハナ・ムア（一七四五―一八三三）が書いた小説。

4 アレグザンダー・ポープ『髪の略奪』（*The Rape of the Lock*）二巻一七行。

17

おお、彼女はあらゆる比類を絶して完璧――
現代のどんな徳高き女との比較も越えていた。
地獄の狡猾な軍勢もまったく手が出せないので、
彼女の守護天使も守備隊を見捨ててしまった。
彼女のごくささいな挙動もハリソン[1]製作の
最高の時計の動きと同じだった。
徳の効力において彼女を凌ぐものはこの世になかった、
マカッサルよ[2]！　汝の「比類なき油」の効力を除いては。

18

彼女は完璧だったが、完全無欠は
我らのこのふしだらな世界では退屈なもの、
そこでは我々の先祖は以前の住処から
追放されるまでは、キスすることを知らず、
すべてが平安、無垢そして祝福そのものだった
（彼らは一体十二時間をどう過ごしたのだろう）、
ドン・ホセはイヴの直系の息子らしく、
彼女の許可なしに色々な果実をもぐのだった。

1　ジョン・ハリソン（一六九三―一七七六）は有名な時計師で経度を正確に測定する時計を発明した。
2　一九世紀の英国で使われたヘアーオイル。マカッサル油を使った髪で椅子の背が汚れるのを、アンチ・マカッサルと呼ばれる布で防いだ。バイロンもこれを使った。

19

彼は無頓着な類の人間で、
学問や学ある者には大した愛着もなく、
気が向けばどこへでも行くことを好み、
妻が心配するなどとは、夢にも思わなかった。
悪意ある世間はいつも通り、王国や家族が
転覆するのを見たくて、こう囁いた、
彼には愛人がいると、二人だと言う者もいた、
しかし夫婦喧嘩には一人で十分だ。

20

さて、これだけ取り柄のあるドニャ・イネスは、
自身の美点をとても高く評価していた。
確かに軽視に耐えられるのは聖人だけで、
道徳面において彼女は確かに聖人だった。
しかしとんでもない気質の持主で
時には空想と現実を混同して、
御主人様を窮地に陥れる機会を
逃すことは滅多になかった。

21

常に非があって、決して警戒しない男に対して
こうすることはたやすいことだった、
最も賢い者が最善の限りを尽くしても
うかつな瞬間や時間や日々はあるもの、
「女の扇であいつらの頭をなぐる」[1]ことは
できるもの。時にご婦人方はしたたか打ち据え、
きれいな手の中で扇は剣に変わる、
なぜ、なにゆえにそうなのか、誰にも分からない。

22

学のある乙女が、まったく教養のない者や、
生まれや育ちがよくても、
科学に関する会話には飽きる紳士と
結婚するのは残念なことだ。[1]
この点についてわたしは多くを語りたくない、
わたしは平凡な男で、独り者、
しかし――おお！　汝ら、知的な女性の夫たちよ、
本当のことを言え、汝らは皆、尻に敷かれはしなかったか。

1 シェイクスピア『ヘンリー四世第一部』二幕三場二五―二六行。

1 バイロンは自分の身に起こったことを書いているようだ。

23
ドン・ホセと妻は口論した――なにゆえに、
何千人もが推測しようとしたが、
誰も察知できなかった、確かにそれは
彼らやわたしの感知することではなかった。
わたしはあの卑しい悪徳、好奇心を忌み嫌う、
しかし、もしわたしが何かに秀でているとしたら、
それはすべての友人の問題を調停することで、
理由は自分自身の家庭内の心配事がないからだ。[1]

24
そこでわたしは最善の意図をもって干渉した、
しかし彼らのわたしへの態度は親切ではなかった。
この愚か者たちは何かに憑かれていたと思う、
わたしは二人のどちらにも会うことができなかった、
もっとも門番は後になって白状したが――
しかしそれはどうでもよく、最悪の事態が待っていた、
小さなジュアンが階下にいたわたしに
不意に、女中の桶の水[1]を投げたのだ。

1 この詩の語り手はいざ知らず、バイロンは夫人との別居など大いに「家庭内の心配事」があった。

1 桶の中身が何なのか、定説はない。掃除用なのか、人体から出てくるものなのか。

25
生まれた時から、こいつは巻き毛の
役立たずの悪戯好きな小僧だった。
両親の意見が一致したのは唯一、この世で
もっとも落ち着きのない腕白坊主に対する溺愛だった。
もし二人とも正気だったら、言い争うことなく
来るべき時に備えて礼儀を教えるために、
若い御曹司を学校へ遣ったことだろう、
あるいは家でたっぷり鞭打ったことだろう。

26
ドン・ホセとドニャ・イネスはしばらくの間、
不幸せな生活を送った、離婚するのではなく
お互いに、相手が死ぬことを願いながら。
彼らは妻と夫としての体面を保って生きた、
二人の振舞はすこぶる上品で、
内なる争いの徴候を外には出さなかったが、
ついに、くすぶっていた火が突然燃え出し、
事態をまったく疑問の余地なきものにした。

27

なぜならイネスは薬剤師や医者を呼び、
愛する夫が狂人（マッド）であることを証明しようとした、[1]
しかし彼には時に正気の中休みがあったので、
次にはただ悪人（バッド）だとの決定をした。
しかし彼女が宣誓証言を求められると、
いかなる種類の説明も得られなかった、ただ
人と神の両方に対する義務ゆえに、[2] この行動が
必要だった、と言うだけだった――これは非常に奇妙に思われた。

28

彼女は日記をつけ、そこには彼の欠点が記された、
また本や手紙の入ったいくつかのトランクを開けた、
これはみな、機会があれば引用することができた。
それから、彼女を（溺愛した）古きよき祖母の他に、
セビリア中の人間を、自分の煽動者にした。
彼女の立場を聞いた者は復唱者となり、
次に、擁護者、審問者そして裁判官になった、
ある者は面白がって、他の者は昔の恨みゆえにそうした。

1 別居手続きの進行中の一八一六年に法律家と医者が突然バイロンを訪問した。バイロンは二人が妻によって送り込まれ、彼の狂気を証明しようとしたと主張した。

2 「さて、いかなる忠告とは別に、わたしの今の行動は神に対するわたしの義務だと考えます」（オーガスタ宛、一八一六年二月一四日付のバイロン卿夫人の書簡）。

29
それに、この最善の、まこと温和なる女性は
夫の苦悩をいとも平然たる態度で耐えた、
それはまさに、その昔、夫が殺されるのを見ても、
決して一言も発しないことを、高邁にも選択した
スパルタの女性たちのようだった――
彼女は夫が中傷される度に平然と聞き、
彼の苦悶をいとも崇高な態度で眺めたので、
世人は皆、「何という度量の大きさ！」と叫んだ。

30
世間が非難している時に、昔の友人の示す
この忍耐力は、確かに達観の境地だ。
度量があると見なされるのも楽しいこと、
目的とするものが手に入る時にはなおさらだ。
法律家が悪意（マルス・アニムス）[1]と呼ぶものは、
こんな行動を決して含んではいない、
自分で復讐するのは確かに美徳ではない、しかし
もし他人が傷つけるなら、それはわたしの過失ではない。

1　悪意（マルス・アニムス）はローマの喜劇作家テレンティウス（？一九〇―一五九ＢＣ）作『アンドロスの娘』からの引用。

31

たとえ我々の口論が古い話を蒸し返し、
一、二の嘘を付け足して増幅したとしても、
よくお分かりのようにわたしの責任でもないし
誰の責任でもない――それは言い伝えになるのだ。
それに、昔話が蘇れば、対比によって、我々の誉れの
助けになる、これはまさに我々皆が願っていたことだ。
学問はこの蘇りで得をする――
死んだ醜聞は解剖の格好の材料になるのだから。[1]

32

友人たちは調停を試みた、次に
親戚もそうしたが、事態は悪化した
（こんな場合に誰に頼るのが最善なのか、
それを言うのは難しいだろう――わたしは
友人や、親戚さえもあまり高く評価していない）。[1]
法律家たちは離婚のために最善を尽くしたが、
どちら側にもろくに謝礼が支払われないうちに
不幸にもドン・ホセは死んだ。

1 ここでは死体盗掘者のことを言っている。彼らは死体を解剖学者に売った。

1 三一―三六連はバイロンの経験した別居手続きが下地になっている。

33

彼は死んだ、本当に運が悪かった、
なぜなら、この種の法律に詳しい弁護士たちから、
わたしが集め得たすべての仄めかしによれば
(もっとも彼らの話は不明瞭で慎重だったが)、
彼の死は魅力的な訴訟を台無しにしたからだ。
世間の感情については、まことに
お気の毒様という訳だ、彼らは大騒ぎをして
この事件に強い感情移入をしていたから。

34

しかし、ああ、彼は死んだ、そして彼とともに
世間の感情も弁護士たちの費用も埋葬された。
屋敷は売られ、使用人は暇を出され、
ユダヤ人が二人の愛人のうち一人を引き受け、
坊主がもう一人を取った——少なくともそういう噂だ。
わたしは医者たちに彼の病気について尋ねた、
彼は三日熱と呼ばれる進行の遅い熱病で死に、
未亡人を彼女自身の嫌悪感に委ねたのだった。

35

そう、ホセは高潔な男だった、[1] 彼のことを
よく知っていたわたしはそう言わねばならぬ。
だからこれ以上欠点を詮索しない、実のところ
もう付け足すことはあまりなかった。
たとえ彼の感情が時に分別の境を越え、
ヌマ（またの名はポンピリウス）[2] の感情ほど
平穏ではなかったとしても、
躾は悪かったし、生まれつき怒りっぽかった。

1 シェイクスピア作『ジュリアス・シーザー』三幕二場のアントニーの演説の中では、「ブルータスは高潔な男だ」という台詞が繰り返される。ラテン語読みではアントニーはアントニウス、ブルータスはブルトゥスである。

2 ヌマ・ポンピリウスは伝説上のローマ第二代の王。彼の治世は平和だった。

36

彼の取柄あるいは取柄のなさがどうであれ、
かわいそうに！　彼は多くのことで傷ついた、
このことは言おう、地上ではもう役にも立たぬから。
侘しい暖炉のそばで彼がたった一人で
立っていたのは辛い瞬間だった、そこでは
屋敷の守護神[1]すべてが彼のまわりで砕け散り、
彼の感情や自尊心に残されていたのは
ただ死か民法博士会館[2]だけだった——そこで彼は死んだ。

1 ローマの家庭の守護神であるラーレースとペナーテース。

2 ロンドンの民事裁判所のあった建物で、結婚や離婚などを取り扱った。

37

遺書を残さず死んだので、ジュアンは
大法官庁の訴訟を引き継ぎ、家屋敷と地所の唯一の相続者になった、
長い未成年者の保護期間があるので、それらは
事情通の手に委ねたら利潤を生むはずだった。
イネスは唯一の後見人になった、それは正当なことで、
ただ「自然」の公正な要求に従うものだった。
母一人子一人の場合、そうでない場合よりも、
子供ははるかに賢く育てられるものだ。[1]

38

女の中でも、いや未亡人の中でさえ、
もっとも賢明な彼女は決心した、ジュアンが立派な人の鑑、
そして、もっとも高貴な血筋にふさわしくあるべきだと
(父はカスティーリャ、母はアラゴンの[1]出身だった)。
さらに騎士道の嗜みについては、万が一、
主君がまた戦いに赴かれる場合を考えて、
彼は学んだ、馬術と剣術と砲術を、そして
よじ登る術を、砦を――あるいは尼寺の塀を。

1 バイロンも母一人子一人の家庭で育った。「賢く育てられる」というのは皮肉。

1 カスティーリャとアラゴンはともに古い王国で、一四六九年にフェルナンドとイザベラの結婚で合併した。

39

だが、ドニャ・イネスがもっとも望んだこと、
彼のために雇った学ある家庭教師皆にさきがけて、
日毎、彼女自らがよく調べたこと、それは
ジュアンの躾が完全に道徳的であるということだった。
彼女は彼の勉強すべてについてよく尋ねた、
だから才芸や学問のすべてにまず彼女が目を通し、
ジュアンの目にはいかなる学問分野も
隠すことはなかったが、博物学だけは例外だった。

40

言語については、特に死語、
学問については、すべて不可解至極なもの、
才芸は、少なくとも日常性からは
もっとも遊離していると考えられるものすべて、
これら全部に、彼は広く深く通じていた。
しかしふしだらなもの、あるいは種の保存を
示唆するものは、堕落するのを恐れて
・ページたりとも読ませて貰えなかった。

41

古典の勉強では、神々や女神たちの
汚らわしい愛のことで彼は少し困惑した、
彼らは古い時代には騒ぎを起こしたが、
決してズボンやブラウスをまとわなかった。
立派な家庭教師たちは時に激論を交わし、
『アエネーイス』[1]や『イーリアス』[2]や『オデュッセイア』[3]について
奇妙な類の言い訳をせざるをえなかった、それは
ドニャ・イネスが神話をひどく恐れていたからだ。

42

オヴィディウスは[1]、彼の詩の半分が示すように、遊び人だ、
アナクレオンの[2]道徳はなお一層悪い例で、
カトゥルスには[3]上品な詩はほとんどない、
わたしはサッポー[4]のオードもよき手本だとは思わない、
もっともロンギノスは[5]言う、彼女の讃歌以上に
「崇高」がより大きな翼で飛翔しているものはないと。
しかしウェルギリウスの[6]歌は清らかだ、例外はあの忌まわしい歌、
「フォルモスム・パストール・コリドン」[7]で始まるやつだ。

1 ローマの詩人ウェルギリウス（七〇―一九BC）作の叙事詩。アエネーアースがトロイ落城後、諸国を漂泊した後にローマを建国する物語。
2 紀元前一〇世紀ごろのギリシアの盲目詩人、ホメロス作と言われる叙事詩。ギリシアとトロイの戦いを歌ったもの。
3 ホメロスの作と言われる叙事詩。トロイ落城後、オデュセウスが自国のイサカへ帰るまでの十年間の漂浪の冒険を扱ったもの。

1 (?-四三BC―AD一七) ローマの詩人。『愛の技巧』などのエロチックな作品がある。
2 (?-五七〇―?-四八五BC) 愛と酒について歌ったギリシアの抒情詩人。
3 (?-八四―五四BC) ローマの抒情詩人。淫らな詩がある。
4 紀元前六世紀頃のギリシアの女流詩人。「アフロディーテに寄せるオード」はロンギノスの『崇高について』の第一〇節で引用されている。
5 (?-二一三―?-二七三) ギリシアの新プラトン派哲学者。『崇高について』の作者とされる。
6 四一連注1参照。
7 ウェルギリウスの『牧歌詩』の第二編

43

ルクレティウス[1]の無宗教には、若い胃袋は
消化不良をおこすので、健康的な食物ではない。
わたしはユウェナリス[2]も間違っていると
考えざるをえない、彼はまったく無作法なほど
歌の中では遠慮なくはっきり物を言うから、
もっとも彼の本意はおそらく善意なのだろうが。
それにまともな人なら誰がマルティアーリス[3]の
吐き気を催す、あんなエピグラム[4]が好きになれようか。

44

ジュアンは学ある者によって浄化された
最善の版で教えられ、彼らは賢明にも
生徒の目から、下品な部分を遠ざけた。
しかし削除することで、控え目な詩人の顔を
極度に損なってしまうことを恐れ、
それに損傷された状態をいたく憐れんで、
すべてを補遺として付け足す、そうすることで
実際は、索引で探す面倒がなくなるというもの。

は「羊飼いのコリドンは美しいアレクシスへの愛で燃えた」の一行で始まる。これは男色を扱っている。

1 (?・七九—五四 BC) ローマの詩人・哲学者。『事物の本性について』。

2 (?・六〇—一四〇) ローマの諷刺詩人。

3 (?・四〇—?・一〇四) ローマの諷刺詩人。

4 短い風刺詩のこと。機知に富んだ終り方をする。

45
その理由は、削除された部分が本のあちこちに
点在せず、そこで一挙に[1]読むことができるから。
それらは立派な隊列を組んで前進し
未来の純真な若者に出会う。そこでついに
あまりうるさくない編集者が恥を忍んで
皆を呼び集めて、それぞれの檻に入れる、
そうなると庭の神像のように、一斉に起立して
目立たなくなる――同じくあまり上品ではない姿で。[2]

46
ミサ典書もまた（家族のものだったが）
昔のミサ典書がしばしばそうあるように
装飾が施され、あらゆる種類の
グロテスクな姿で飾られていた。余白で皆が
キスをしているあの姿を見た者が、いかにして
目を本文に向けて祈ることができたかは、
わたしの理解を超える――だがジュアンの母親は
これは自分で保管し、息子には別のを与えた。

1 『マクベス』四幕三場二一九行。マクダフが自分の妻と子供たちが一挙に殺されたことを伝える台詞の一部。

2 庭の神の像は裸体であることが多い。

47

彼は説教を読み、講話や説法や
あらゆる聖人の伝記も我慢して読んだ。
ヒエロニムス[1]やクリュソストモス[2]には慣れていたので
そんな勉強は拘束とは思わかった。しかしいかに
信仰を獲得し、確たるものにするかについては、
上記のどれと比べても、聖アウグスティヌス[3]の
立派な『告白録』ほど見事に描かれてはいない、
それを読めば読者は彼の罪が羨ましくなる。

48

この本も小さなジュアンには封印されていた——
もしそんな教育がまことのものならば、
ママが正しいと言わざるをえない。彼女は
目を離した時のジュアンを滅多に信頼しなかった。
女中は年寄りで、もし若い娘を雇えば
必ず完璧な醜女（しこめ）に決まっていた、
夫が生きている間もそうだった——
わたしはすべての奥方に同じやり方をお勧めする。

1 ヒエロニムス（?・三四〇—?・四二〇）はキリスト教修道者・聖書学者。ラテン語訳聖書の完成者。

2 （?・三四七—四〇七）コンスタンティノープルの司教。教会博士。雄弁な神学者。

3 （三五四—四三〇）初期キリスト教最大の指導者・神学者・哲学者。著作の『告白』は有名。

49

若いジュアンは美しく優雅になっていった、
六歳で魅力ある子供、十一歳になると、
成人の暁には誰にも負けぬほど
いい顔になる期待を持たせた。
彼はまじめに勉強し、すみやかに成長し、
少なくとも天に至る正道を行くように見えた、
なぜなら日々の半分を教会で過ごし、残りは
家庭教師と懺悔僧と母親の間で過ごしたのだから。

50

わたしは言った、彼は六歳で魅力的な子供だったと、
十二歳の彼は美しいが静かな少年だった。
幼年期には少し手におえなかったが、
彼らはジュアンをおとなしくさせ、
彼の自然な生気を損なうことに努めて
効果を上げた、少なくともそう見えた。母親の喜びは
彼女の若い賢者が、もうすでに、何と賢く、平静で着実に
育ったかということを、宣言することだった。

51
わたしはそれには疑いを持った、今もそうだろう、
でもわたしの言うことは大事ではない、
彼の父親をよく知っていた、そして
性格を読む技も少しは心得ている——だが父から息子へ
善ないし悪が伝わる、と予言するのは不公平だ、
彼と妻は不釣合いな夫婦だった——
しかしわたしは醜聞は大嫌い——
あらゆる中傷に抗議する、たとえ冗談であっても。

52
わたしとしては何も言わない——何も——しかし
これだけは言おう——わたしのだけの理由だが——
もしわたしに学校へ入れる一人息子がいたら
(有難いことには息子がいないのだが)、
彼をドニャ・イネスと一緒に閉じ込めて、
教義問答を覚えさせることはしない、
否——否——わたしなら早いうちに大学へ遣る、
わたしはそこで見聞を広めたのだから。

53

なぜなら人はそこで学ぶから――自慢したくはないが
わたしは身につけた――いやそれには触れずにおこう、
今では忘れ去ったギリシア語のことも。
わたし言う、そこが最適の学び舎――だが
「賢者ニハ一言デ十分」[1]、そこで大抵の者と同じく
様々な知識を身に付けたと思う――中味はどうでもよいが――
わたしは結婚しなかった[2]――しかし、分かっているつもりだ、
息子がそんな教育を受けてはならないことを。

54

若いジュアンは今や十六歳になった、
背が高く、ハンサムで、ほっそりしていた、しかし
身体は引き締まっていた。小姓のようによく動いたが
それほど陽気ではなかった。母親以外の誰もがジュアンを
大人同然に見なしたが、誰かがそう言おうものなら、
彼女は突然怒りにかられ、唇をかんだ
（さもなければ金切り声を上げただろう）、
彼女の目には、早熟はもっとも邪悪なことだったから。

1 ラテン語の言い回し。
2 バイロンは結婚して別居した。

55

すべて思慮分別と献身振りの両面から
選ばれた、イネスの数多い知り合いの中に
ドニャ・ジュリアがいた、彼女をきれいと
呼ぶだけでは、ジュリアの多くの魅力を伝えるには
あまりにも弱々しいだろう。その自然なること、
花にかぐわしさ、海に塩、ヴィーナスに帯、
そしてキューピッドに弓があるようなものだ
（しかしこの最後の直喩は月並みでつまらない）。

56

オリエンタル風の黒い瞳は
ムーア人[1]の血筋であることを示していた（ところで
彼女の血統は純粋のスペイン系ではなかった、
ご承知のように、これはスペインでは一種の罪になる）。
誇り高きグラナダが陥落し、敗走を余儀なくされて
ボアブディル[2]が泣いた時、ドニャ・ジュリアの血筋のうち、
ある者はアフリカへ行き、ある者はスペインに留まった、
彼女の祖母のおばあちゃんは留まることを選んだ。

1 八世紀にスペインを征服し一四九二年まで支配した人種。アフリカ北西部に住むベルベル人とアラブ人との混血のイスラム教徒。

2 （？―？一五三二）ムハンマド一一世。一四九二年にグラナダが陥落した時の、グラナダ王国最後の君主。

57

彼女は小貴族(イダルゴ)と結婚した(血筋は忘れたが)、
この男はそんな血統にはふさわしくない
あまり高貴ではない血筋を伝えた。そんな縁組には
父親たちは眉をしかめるものだ、なぜなら
どの階級もこの点については非常に厳格で、
よくあることなのだが、彼らは近親結婚を繰り返し
従姉妹と結婚する――いや、叔母や姪とも一緒になり、
その結果、子孫は増えても血統は駄目になる。

58

この異教徒との交配によって種は回復し、
血は台無しになったが、肉は大いに改善した、
なぜなら古きスペインのもっとも醜い根から
新鮮な美しい幹が生じたのだから。
息子たちの背はもはや低くなく、娘たちは不器量ではなかった、
しかしわたしがもみ消したい噂がある、
ドニャ・ジュリアのおばあちゃんが、夫のために、
法定相続人よりも多くの庶子を産んだという噂だ。

59
このことがどうあれ、あらゆる世代を通じて
この一族はますます改善し続けて、
ついには一人息子に一点集中し、
その男が一人娘を残した。わたしの話し振りは、
この一人娘がジュリアに違いないと
仄めかしたかもしれない（そして彼女について
この機会に多くを語ることになるが）、そして
彼女は結婚しており、魅力的で貞淑な二十三歳だった。

60
彼女の目は（わたしは美しい目が大好きだ）
大きくて黒く、その火を半ば抑えていたが、
話し出すと、その優しい見せかけを通して、
怒りよりも誇りの表情が煌き、さらに
どちらにも増して愛の表情が煌いた。そこには
欲望ではなかったが、多分そうなったかもしれぬ
何かが浮かぶのだった、そうならなかったのは
魂が苦労して、そのすべてを鎮めたせいだった。

61

彼女の艶やかな髪は額の上に房をなし、
額は英知で輝き、きれいで滑らかだった。
眉の形は空にかかる弓のようで、
頬全体が若さの光で紅潮し、それが
時には透明な輝きとなって現れた、
あたかも稲妻が彼女の静脈を走るかのように。
まこと、彼女には並外れた雰囲気と優雅さがあった、
背は高かった——わたしはずんぐり女は嫌いだ。[1]

62

結婚してから何年か経っていた、相手は
五十歳で、そんな夫は数多くいる。
しかし思うに、そんな一人の夫より、
二十五歳の夫が二人いた方がいいだろう、
特に太陽に近い国々においては。
さてこのことを考えて、「頭ニ浮カンダ」[1]のだが、
もっとも強固な貞操の女性たちでさえ、
三十歳未満の配偶者を選ぶだろう。

1　バイロンの妻は背が低かった。

1　原文はイタリア語。

63

これは嘆かわしいこと、そう言わざるを得ない、
これもあの慎みのない太陽のせいで、
我々の無力な土でできた肉体を放っておかず、
焼き、焦がし、燃やし続けるのだ、
だからどんなに人間が断食して祈っても、
肉体は脆く、魂は破滅してしまう。
人間が情事と呼び、神々が姦通と呼ぶもの、
それはうだるように暑い所では、ごく普通のことなのだ。

64

道徳的な北方諸国の民は幸せなり！
そこではすべてが徳で、冬の季節は震える罪人を
ぼろ切れ一つもなしで、外に放り出す
（聖フランシス[1]を理性に戻したのは雪だった）。
そこでは陪審員たちが妻の値段を計算し、
罰金として、しかるべき額を情事の相手に科し、
男は高額な金を支払わねばならない、
なぜならこれは市場向きの悪徳なのだから。

1 アッシジの聖フランシスコ（一一八二―一二二六）のこと。フランシスコ派の創設者。情欲を抑えるために「雪の妻」を抱いたという逸話を指す。

65
アルフォンソがジュリアの夫の名前だった、
年の割には見かけのいい男で、特別に
愛されもせず、憎まれもしなかった。
二人は大方がそうするように、心を合わせて
互いの欠点を辛抱して共に暮らした、
正確には欠点は一つや二つではなかった。
さらに彼は嫉妬深かったが、表には出さなかった、
「嫉妬」は世間に知られるのを嫌うものだから。

66
ジュリアは――わたしには皆目その理由は分からないが――
ドニャ・イネスの友人で、大のお気に入りだった。
二人の趣向に共通するところはほとんどなかった、
なぜならジュリアは一行の詩も書かなかった。
こう囁く者もいた（しかしきっと嘘だろう、
悪意にはいつも何か個人的な目的があるもの）、
イネスは、ドン・アルフォンソが結婚する前に、
彼と一緒に、彼女のとても慎重な態度を忘れたこと、

67

そしてまたイネスは、時の経過のせいで、以前に比べて
最近は、ずっと慎み深くなった昔の古い関係を続けながら、
彼の妻にも好意を示している、とのことだった。
確かにこの方針はまこと最善のものだった。
また、ドン・アルフォンソの趣味のよさを褒めた、
彼女は賢明なる庇護でジュリアを喜ばせ、
たとえ醜聞を黙らせることができなくとも
（誰にできようか）、少なくとつけこまれる口実は減らした。

68

ジュリアが他人の目を介して情事を知ったのか、
自分の目で発見したのか、わたしは知らない、
誰もこれについては知ることはなかった、
少なくとも、いかなる兆候も顔には出さなかった。
彼女は知らなかったか、気にしなかったのだろう、
始めから無関心、無神経だったのだろう。わたしは
どう考え、どう言うべきなのか、まったく途方にくれている、
彼女はそれほどまでに心中を秘密にしていた。

69

彼女はジュアンに会い、可愛い子供として
よく抱きしめた、そんなことは
彼女が二十歳、彼が十三歳なら
ごく無邪気にやれるし、無害だとされる。
しかし彼が十六歳で、彼女が二十三歳だと
笑っていいのかどうかは分からない。
この年頃の短い年月は驚くべき変化をもたらすもの、
特に太陽に焼かれる国々ではそうだ。

70

原因が何にせよ、彼らは変ってしまった、
貴婦人はよそよそしくなり、若者ははにかみ、
二人は目を伏せ、挨拶はほとんど言葉にならず、
どちらの目にもどぎまぎした様子があった。
ドニャ・ジュリアにその理由が分かっていたことは
疑いの余地がない、とする人もいることだろう、
しかしジュアンには分からなかった、
海を見たことがない者に、大海が理解できないように。

71

しかしジュリアの冷淡な態度すら親切だった、
小さな手は震えつつも優しく
彼の手から引っ込められたが、その後に
かすかな圧力を残した、ぞくぞくさせる
いかにも穏やかで、かすかな、ほんのかすかな圧力を、
だから心に残るのは一抹の疑いだけだった、しかし魔法使いの杖が
アルミーダ[1]の妖精の技を使って作り出すどんな変化も、
この軽い接触がジュアンの心に残したものには及ばなかった。

72

ジュリアは彼に会っても、もう微笑みはしなかったが、
微笑みよりも、もっと甘美な悲しみの様子を見せ、
あたかもその胸はより深い思いを蔵するようだった、
彼女はそれを認めてはならなかったが、胸の燃える核に
圧縮されているゆえに、それは一層大切なものだった。
無垢自身でさえ多くの手管を使うもの、
あえて自らを真実に委ねることはしないもの、
愛は若い時から偽善を教えられているのだ。

1 イタリアの詩人、タッソ（一五四四―九五）の叙事詩、『解放されたエルサレム』に登場する美しい魔女で、主人公のリナルドを誘惑する。

73

しかし情熱はつとめて外見を装うが、
見えなくすることで、一層秘密を漏らしてしまう、
漆黒の空がもっとも激しい嵐を告げるように、
見張っても役に立たない目にその働きを露見してしまう、
情熱がどうのような衣を纏おうとも、
それはいつの時も変わらぬ偽善だ。
冷たさ、怒り、軽蔑あるいは憎しみなど、
情熱は仮面をよく被るが、いつも遅きに失する。

74

その次は溜息、抑えるゆえにより深くなり、
盗み見は、盗みゆえに一層甘美になった、
何の罪も犯さないのに、顔は焼けるように赤くなり、
会えば震え、別れると落ち着きがなくなった。
これらすべては、愛に夢中になる前の小さな前触れで、
若い時代の「情熱」に必ずついてまわるもの、
また、「愛」が初めて初心者に対する時には、
如何に当惑するかを、単に示そうとするものなのだ。

75

かわいそうにジュリアの心は厄介な状態になり、
消え入りそうになった、そこで自分と相手のために
最大限、高邁な努力をする決心をした、
名誉、誇り、宗教そして美徳のために。
その決意はまことに立派なもので、
タルクィニウス[1]でさえ震えたかもしれない。
彼女は、女の立場の最善の理解者としての
聖処女マリアの恩寵にすがった、

76

彼女はもう決してジュアンに会わないと誓った、
そして次の日、彼の母親を訪れた、
そして開きゆくドアを、目を凝らして見た、
ドアは聖母マリアのお恵みで別人を通した、
彼女は感謝したが、少し気を害した――
またドアが開く、今度はきっと間違いなく
ジュアンだわ――違った！　その夜はもうマリア様に
お祈りしなかったのではないか、[1]そうわたしは思う。

1 伝説上のローマ初期の王家の名。その中の一人はルクレティアを凌辱した。シェイクスピアの詩『ルクリースの凌辱』を参照。

1 ダンテの『神曲』（「地獄編」五巻）にあるフランチェスカと家庭教師パオロとの有名な場面に、「もうその日はそれ以上読まなかった」とある。

77

次に彼女は決心した、貞淑な女は
誘惑に立ち向かい、それに打ち勝つべきだと、
逃げるのは卑しく軽蔑すべきことだから、
いかなる男にも少しでも胸をときめかせてはならぬと。
すなわち、時に他の人より感じのいい人に
抱かずにはおれない、好意以上の思いを
抱くべきではないと。そんな人がいたとしも
兄弟の数がそれだけ増えるだけのようなものだから。

78

たとえもし偶然に——そうならないと誰が言えよう、
悪魔はこの上なく悪賢い——彼女の心中があまり
穏やかではなく、もしまだ自由の身であるなら、
こんな恋人なら気に入るだろうと気付いても、
貞淑な妻はそんな気持ちを抑え込み、
抑え込んでしまえば、よりましな人間になるだろう。
そしてたとえ男が言い寄っても、断るだけのこと、
若いご婦人方にはこれを試されるよう、お勧めする。

79

それに天上的な愛というのもある、それは
明るく輝き、汚れなく、混じり気なく純粋で、
天使がとても立派だと思うもの、そして
天使に劣らず、身持ちがよく、プラトニックで、完璧で
ありたいと願う既婚婦人が、「わたしの愛にそっくり」と
思うもの。そうジュリアは言った――あるいは
そう思ったに違いない。彼女の天上的な夢想の対象が
わたしだったなら、彼女にそう思わせておくだろう。

80

そんな愛は無垢で、何の危険もなく
若い者の間で存在するかもしれない、
始めは手にキス、次は唇となる。
わたしと言えば、そんな行為には縁はないが、
い、
聞くところによると、こんな大胆な振舞いは
そのような愛が動いてもよい限界となる、
もしそれ以上進めば、罪になる、しかしそれは
わたしのせいではない――皆にはあらかじめ伝えるのだから。

81
だから、愛が、きちんとした範囲内の愛が、
若いドン・ジュアンへ好意を寄せる
ジュリアの無垢な決心だった、時にはそんな愛も
彼のためになるかもしれないと思ったのだ。
この愛は、その天上の輝きを曇らせるには
あまりに清浄な社で火をともされているので、ジュアンが
どんな甘美な説得力で、愛と彼女によって教えられるのか――
わたしはよく分からないし、ジュリアだってそうだ。

82
この立派な意図で装備され、堅固な鎧の
清浄な魂にしっかり防御され、
彼女の未来の自制心を確信し、
貞操が岩盤か防波堤であると信じて、
その時以来、まことに賢明なことには、
どんな類の面倒な抑制もなしにすませた。
しかしジュリアがこの務めに堪えられたかどうかは、
この続きで語らねばならないことだ。

83
彼女はこの計画が無害でうまくゆきそうだと考えた、
確かに十六歳の若造の場合には、どんな醜聞の牙が
噛みついても大した餌食にならないし、
たとえ噛みついても、いいことだけをすることに
満足している彼女の胸は平穏だった、
穏やかな良心があれば、心は何と安らかなこと！
キリスト教徒はお互いを焼き殺した、すべての十二使徒が
自分たちと同じことをしただろう、と固く信じて。

84
そうこうするうちに、もしも夫が死んだら、
かりそめにもそんな考えが頭をよぎってはいけないわ、
たとえ夢の中でも！（そして彼女は溜息をついた）
夫の死はわたしの死、そんなことには耐えられないわ、
でもその瞬間が来るとちょっと仮定してみたら、
わたしはただ仮定だと言っているだけ――「インテル・ノス」[1]――
（ここだけの話）――（ジュリアはフランス語で考えたから
「オントル・ヌー」[2]とすべきだが、そうすれば脚韻が駄目になる。）[3]

1 インテル・ノス（inter nos）はラテン語。
2 オントル・ヌー（entre nous）はフランス語。
3 原文では nos は二行目の cross と四行目の loss と韻を踏んでいる。

85

わたしはただこの仮定を仮定したら、と言っているだけ、
ジュアンはその時には成長して大人になっているから、
身分の高い未亡人にはうってつけだろう、
これから七年経っても遅すぎはしないだろう。
それまでは（この妄想を続けるとして）
結局のところ大した害にはならない、ジュアンは
愛の初歩を学ぶのだから、つまりわたしが意味するのは
天上の熾天使（セラピム）[1]の愛し方を学ぶ、ということだ。

1 天使の九階級中最上級の天使で、しばしば六つの翼を持ち童顔の人間の姿で表現される。

86

ジュリアのことはこれで十分、次はジュアンに移ろう、
かわいそうな奴！　自分の症状がさっぱり
分からず、真の原因が突き止められなかった。
オヴィディウスのミス・メーデイア[1]のように、鋭敏な感情で
初めての気持ちについて思い悩んだが、
彼はまだ想像できなかった、物事の順序として
それが当然起こり、大して心配しなくてもよく、
少しの辛抱で魅力あるものになる、などということが。

1 オヴィディウス『変身』第七巻冒頭にメーデイアの話が出てくる。コルキス王の娘で魔法使い。イアソンに激しく恋をして妻になる。彼の金の羊毛獲得を助けた（ギリシア伝説）。

87
彼は黙って物思いに沈み、何もせず落ち着かず、
ゆっくりと家を出て寂しい森へと向かった、
理解できない傷で痛めつけられ、彼の悲しみは
すべての深い悲しみと同じく孤独に陥った。
わたし自身も孤独などというものが好きだ、
しかし分かっていただきたいのだが、
わたしの言う孤独は世捨て人のそれではなく、
スルタンの孤独で、洞窟のそれではなくハーレム付きだ。

88
「おお愛よ！　かくなる荒野で
恍惚と安全が絡み合うところ、
ここに汝の完璧な至福の帝国あり、
ここにて汝はまこと神聖な神」[1]。
わたしが引用した詩人の歌に誤りはない、
もっとも二行目は別だ、なぜなら
この絡み合う「恍惚と安全」なる文句は
捻じ曲げられて、意味不明瞭に陥っている。

1　引用の四行はトマス・キャンベル（一七七七―一八四四）の『ワイオーミングのガートルード』（一八〇九）三巻冒頭の四行。

89

きっとこの詩人が意味し、このように
人類の良識と五官に訴えていることは、
まさに誰もが感じること、皆が経験を通じて
悟ったこと、あるいは悟るだろうことだ、
すなわち、誰も食事や愛の営みの最中には
邪魔されたくはないということ――「絡み合う」や
「恍惚」については、皆がもう知っていることだから、
何も言うまい、ただ「安全」には戸締りをして貰おう。

90

若いジュアンは口にはできぬことを考えながら、
鏡のような小川のそばをさまよった。そして
コルク樫が気ままに枝を伸ばす緑陰の隅に
身を伸べた。そこで詩人たちは
本の材料を見つける、そして時には
我々はそんな本を最後まで読むこともある、
それは本の作意と作詩法がふさわしい場合で、
ワーズワスのように意味不明になれば話は別だ。

91

彼は、ジュアンは（ワーズワスにあらず）
自身の気高い魂との霊的な交わりを追い求め、
ついに彼の偉大な心[1]がその高邁な気分の中で、
心の病のすべてではなくとも、
その一部を和らげた。彼は抑制し難い
数々のものに対して、できるだけのことをした、
そして自らの状況を理解せぬまま、
コールリッジ[2]のように形而上学者になった。

92

彼は自分自身のこと、地球全体、
驚くべき人類、そして星々のこと、さらに
一体全体、いかにこれらが誕生したかを考えた。
それから地震や戦争のこと、月の周囲は
何マイルなのか、また気球のこと[1]、そして
限りない天空についての完璧な知識を
阻害する多くのものについて考えた、
それからドニャ・ジュリアの目のことを思った。

1 例えばワーズワスのソネット「ウェストミンスター橋の上で」の中には、「偉大な心」という表現がある。

2 コールリッジについては『献辞』二連参照。

1 一八世紀末フランスで人気のあった気球は、一九世紀前半のイギリスでももてはやされた。

93

これらの考えの中に、真の賢者は
崇高な憧れと高邁な熱望の存在を認めるだろう、
生れつきそうする者もいるが、大抵は
理由が分からぬまま、自分を苦しめることを覚える。
こんなに若い者がこのように空の動きに
頭を使うとは不思議なことだった、
もし諸君がこの原因が哲学だったと思っても、
わたしとしては思春期のせいだと考えざるをえない。

94

彼は木の葉と花をじっと見つめた、
あらゆる風に声を聞いた、次には
森の妖精や不滅の四阿（あずまや）のことを思った、
そして女神が男たちのところに降りてきたことを。
彼は小道を見失い、時間を忘れ、
時計をまた見た時には、「時の翁」[1]が
彼の先を行ってしまったことを知った——
ディナーを食べ損なったことも知った。

1 時の擬人化、大鎌と砂時計を持つ老人として描かれる。

95

時に彼は本を見つめる気になった、
ボスカンやガルシラソを[1]──本を見ていると
風でページがさらさら音をたてるように、
自らの詩心によって彼の魂は
神秘的なページの上で揺れた、
あたかもそこに魔法使いが呪文をかけ、
通う風に呪文を委ねるかのように、
善良な老女のたわいない話ではそうなのだ。

96

このように彼は寂しい時間を、満たされぬまま、
何が欲しいのか分からぬままに、過ごすのだった。
熱い夢想も詩人の唄も、彼の心に
渇望するものを与えることができなかった、
それはすなわち、そっと頭をのせたい胸であり、
与えた愛で胸が鼓動するのを聞くことだった、
その他──いくつか他のことも、でもそれについては
わたしは忘れた、少なくとも、今は言う必要はない。

1 ファン・ボスカン(?-一四九〇─一五四二)もガルシラソ・デ・ラ・ベガ(一五〇三─一五三六)もスペインの詩人で、ペトラルカ風のソネットを書いた。

97
あのような寂しい散歩、長々とした夢想は、
優しいジュリアの目を逃れることはできなかった。
彼女はジュアンに落着きがないのを見た。
しかしとりわけ、人を驚かせるかもしれず、
驚かせるにちがいないことは、ドニャ・イネスが
質問や推測で、一人息子を悩ませなかったことだ。
彼女は見なかったのか、見ようとはしなかったのか、
それとも、とても賢い人すべてのように、そうできなかったのか。

98
これは不思議に思えるかもしれないが
非常によくあることで、例えば紳士方が――
その奥方が文字に記された女性の権利を越えて、
破るとなると――破るのは十戒の何番だったか
(わたしは忘れた、誤りを犯さないように
誰も性急に引用すべきではないのだが)、
わたしが言うのは、これらの紳士方が嫉妬すると、
何かへまをやり、奥方たちがそのことを教えてくれる。

99
夫たる者は常に疑い深い、しかし
いつもきまって疑うところを間違える、
そんな気の毛頭ない者に嫉妬し、
ひどく性悪な親友を泊めてやって、
何も分からぬまま自分の不名誉の手助けをする。
この最後のことは正真正銘の事実だ、
そして妻と友が見事に駆け落ちした時、
夫が驚くのは、二人の悪徳で、自身の愚かさではない。

100
このように両親もまた時に近視眼的で、
山猫のように用心しても、決して発見しない、
若いホープフル[1]氏の愛人やファニー嬢の恋人のことを、
一方、悪意ある世間はそれを眺めて喜ぶのだ。
ついにはいまいましい駆け落ちが
二十年の計画を台無しにして、すべては終わる。
母親は泣き叫び、父親は悪態をつき、一体全体
なぜ跡取りなどもうけたのか、などと不思議がる。

1 原語はHopefulで前途洋々の意。

101

しかしイネスはとても心配性で目敏いので、
ジュアンをこの新たな誘惑に曝しておくについては、
この場合、何かもっと切迫した動機が別にあったと、
わたしは考えないわけにはいかない。
しかしその動機が何だったかは、ここでは言わない。
ジュアンの教育を完了させるためだったかもしれぬ、
あるいはドン・アルフォンソの目を開かせるためだったのか、
もしも妻が素晴らしすぎる逸品だと考えた場合に。

102

ある日、それは夏の日だった——
夏は確かに非常に危険な季節だ、
そして春もそう、五月の末頃は。
きっと太陽が主たる理由だ。
しかし原因が何であれ、次のように言っても
不実ではなく真実を言ったと、認められるだろう、
すなわち、自然の衝動がより楽しくなる数カ月があり、
三月の野兎[1]がそうだし、五月にはヒロイン[2]が必ず要るのだ、と。

1 「三月の野兎のように気が狂う」という諺がある。
2 五月祭のメイ・クイーンのこと。

103

それはある夏の日――六月六日だった――
わたしは時代や年代だけではなく
月にもこだわるのが好きだ、
時代や年月は駅舎のようなもの、運命の三女神は
そこで馬を乗り替えて、歴史に調子を変えさせ、
帝国や国家の上に拍車をかけて進ませ、
最後には年代記以外は大したものは残さない、
そこにあるのはただ、神学で言う死後払い債務証書[1]だけだ。

1 死後支払うべき証文、ここでは肉欲の罪に対する天罰のこと。

104

それは六月六日、時は六時半頃――
七時により近い頃だっただろうか、
ジュリアは美しい四阿(あずまや)に座っていた、そこは
マホメットやアナクレオン・ムア[1]の描く、
天女のいるあの異教徒の天国に劣らなかった、
ムアには勝利の歌につきものの、すべての記念碑とともに、
リュラと月桂冠が授けられた――彼が月桂冠を
勝ち取ったのは当然のこと、末永く額に戴かんことを。

1 アイルランドの詩人トマス・ムア（既出）はバイロンの親しい友人。アナクレオンについては一巻四二連注2参照。ムアはアナクレオンを訳し、また甘い叙情詩も書いたので、バイロンはそう呼んでいる。

105

彼女は座っていたが、一人ではなかった、どうして
こんな逢瀬になったのか、わたしはよく知らない、
たとえ知ったとしても、言うべきではないだろう――
どんな場合でも人は口をつぐむべきである。
如何に何故こうなったのかは別にして、
彼女とジュアンは面と向き合っていた――
二つの顔がそんな風になれば、目を閉じるのが
賢いことだろうが、それは非常に難しいこと。

106

彼女は何と美しかったことか！　自分の心を意識して
頬を火照らせた、しかし何も悪いとは感じなかった、
おお、愛よ、汝の神秘の技は何と完璧なのだろう、
弱きに力を与え、強きをくじくのだから。
汝の魅力に誘われた者の中で最高の賢者たちも
何と自身を欺いていることか――
彼女の立つ断崖は計り知れなかった、
自身の潔白さを信じる心もまたそうだった。

107
彼女は自身の強さとジュアンの若さのことを思った、
そして、あらゆるとりすました心配の愚かさや、
勝ち誇る美徳、そして家庭内の信頼のことを、
次にドン・アルフォンソの五十歳のことを思った、
確かに、この最後の思いは起こらねばよかった、
なぜならこの五十という数が有難いことは滅多にない、
雪の多い国や陽光溢れる国を問わず、あらゆる土地で
五十という数は、恋では響きが悪い、金の場合はいざ知らず。

108
「五十回も言ったのに」、と人が言う時、
その意図は叱ることで、度々人はそうする。
「五十編の詩を書いた」と詩人が言う時、
朗読するのを聞かされるのではないかと人は怖がる。
五十人の群をなして盗賊は罪を犯す。
五十歳では相思相愛の愛は確かに珍しい。
しかし、きっとこのことも同じく真実だろう、
ルイ金貨が五十枚あれば多くの物が買えるということは。

109

ジュリアはドン・アルフォンソに対して
敬意と貞節、信義と愛を抱いていた、そして
地上のすべての誓言によって天上の神々に
心の中で誓った、はめている指輪を決して汚すまいと、
また「英知」が咎めるような願いを抱き続けまいと。
そしてあれこれ色々思案している間に、
片方の手がジュアンの手に何気なく伸びた、
まったく誤って――彼女はそれが自分の手だと思った、

110

彼女は無意識にジュアンのもう一方の手に身を傾けた、
その手は彼女のもつれた髪を弄（もてあそ）んでいた、
取り乱した様子からすると、彼女は
押さえきれぬ思いに抗っているようだった。
この無分別な二人を一緒にしておくとは
ジュアンの母親にしてはまことに由々しいこと、
息子のことを長年あれほど見張っていたのに――
いかい、
わたしの母ならきっとこうはしなかっただろう。

111

ジュアンの手をまだ掴んでいる手が、少しずつ
優しくても、握る力を明らかに強めた、あたかも
その手が「どうぞそのままにして」と言うかのように。
それでも彼女がただ純粋なプラトン的握力で、
彼の指を掴むつもりだったことは疑いない。
こんなことは、分別ある人妻に危険な感情を
引き起こすかもしれぬ、と彼女が想像したならば、
蟇蛙や毒蛇であるかのように、尻込みしたことであろう。

112

ジュアンの方はどう思ったのか、わたしには知る術もない、
しかし彼のしたことは、きっと諸君のすることと同じだろう。
彼の若い唇は感謝のキスでその手に謝した。
それから自らの喜びに戸惑い、過ちを犯したのでは
ないかと恐れて、唇は深い絶望で自らを引っ込めた、
「愛」の始まりはとても臆病なもの。
彼女は頬を染め、顔をしかめなかった、しかし
話そうと努めて黙ってしまった、声はとても弱々しくなっていた。

113

日は沈み、黄色い月が昇った、
月には悪事を企む悪魔がいる、
月を貞淑だと呼んだ者たちは、わたしには
早まって名付けたと思える。どんな日でも、
日の一番長い六月二十一日においても、
月が微笑んでいる三時間の間に起こる
邪(よこしま)なことの半分も起こらない——それに
その間中、月はとても慎み深い様子なのだ。

114

そういう時間には危険な沈黙がある、
静けさがある、それは自制心を
呼び戻す力を持たぬまま、魂全体に
すっかり自らを開かせる機会を与える。
木と塔を神聖なものにし、辺り全体に
美と深い穏やかさを注ぐ銀の光が
心にも息を吹き込み、安らぎとは言えぬ
愛に満ちたやるせなさを、心に投げかける。

115

ジュリアはジュアンと座り、半ば抱かれ、
半ば熱い腕から身を引こうとしていた、
その腕はそれがおかれた胸と同じく震えていた。
それでも彼女は悪いこととは思わなかったにちがいない、
なぜなら腰を引くのはたやすいことだったから。
しかしその状況にはそれ特有の魅力があった、
それから——その後は神のみぞ知る——もう先へ進めない、
わたしはこの話を始めたことを後悔する程だ。

116

おお、プラトンよ、プラトンよ、お前は
その忌まわしい妄想で、さらに不道徳な行為へと
人を誘う道を開いた、[1] お前は人の心の
抑えのきかぬ奥底を支配する振りをする、それは
お前の体系が偽り装うもので、その行為は
長い列なす詩人や物語作者すべてよりもひどい——
お前は退屈な男、いかさま師、知ったかぶり——
精々男女の取り持ち役を務めてきたにすぎない。

1 魂の結合を意図するプラトニック・ラブが、結局は男女を肉体の結合に向かわせることを言っている。

117

ジュリアは溜息以外には声が出なくなり、
ついにはまともな会話は不可能になった、
優しい瞳からは涙が溢れ出た、こんなことに
ならねばよかったのに、とわたしは心底思うが、
悲しいかな、恋をして、分別ある者がいるだろうか。
後悔の念が誘惑に抗しなかった訳ではない、
彼女はなおも少し抗い、大いに後悔した、
そして「決して同意しないわ」と囁き——同意した。

118

クセルクセス[1]は新たな快楽を考案できる者に
褒美を取らせることにしたそうだ。
この要求はかなり難しいとわたしは思える、
陛下には大金が要ったことだろう。
わたしといえば、控えめな心持つ詩人で
（余暇と呼ぶ）少しの愛を好む。
わたしは新しい快楽には用はない、
古いもので十分だ、長続きしてくれての話だが。

1 （?‐五一九—四六五 BC）アケメネス朝ペルシャ帝国の王。彼のあくなき欲望については、キケロ（『トゥスクルム荘対談集』）もモンテーニュ（『随想録』）も記している。

119
おお、「快楽」よ！　お前はたしかに楽しいものだ、
ただ、お前のために人は地獄に墜ちるのも確かだ。
わたしは春が来る度に改心しようと決意するが、
どういうわけか、その年が尽きる前に
清らかな誓いは飛び去ってしまう。
それでも信じる、わたしの決意は一年を通じて
守れるかもしれないと。わたしはまことに残念で恥ずかしい、
だから、次の冬にはすっかり心を入れ替えるつもりだ。

120
ここで我が慎み深い詩神（ミューズ）を自由にさせてやろう、
驚くなかれ、もっと慎み深い読者よ、これからは
彼女は十分注意するから、震える理由はあまりない。
この勝手気ままは詩的許容[1]で、これは
構想上の変則を容認するかもしれない、
わたしはアリストテレスと彼の法則[2]に
高い評価を下しているので、
少し過（あやま）てば、彼の許しを乞うのが適切だ。

1　詩において、伝統的な規則や形式などに拘束されずに自由に表現すること。

2　西洋古典劇の三一致の規則をいう。「筋の一致」・「時の一致」・「場所の一致」をさす。劇は一日のうちに、一つの場所で、単一の行為（筋）で完結することを目指すべきだとする。アリストテレスの『詩学』に源があるが、彼は「筋の一致」を強調しただけである。

121
この許容とは、読者にこう考えて欲しいこと、
すなわち、六月六日以後（あの運命的な日、
その日がなければ、わたしの詩人としての技量も、
事実の欠如ゆえに、すっかり無駄になってしまうだろう）、
ジュリアとドン・ジュアンのことを忘れずに
数カ月が経過した、と想像して欲しい、
十一月だったと言おうか、だが日については
はっきりしない——時代についてはもっと怪しい。

122
この話にはほどなく戻るが——楽しいのは、
真夜中の月の照らす海で、アドリア海の
ゴンドラの船頭の歌とオールを漕ぐ音が、
遠くから甘く優しく、水面を伝わるのを聞くこと。
また宵の明星が現れるのを見るのは楽しい、
夜風が葉から葉へと移るのに
耳を傾けるのは楽しい。海に足おく虹が
空高く架かるのを見るのは楽しい。

123

楽しいのは家に近付くと、番犬が低い声で
忠実な歓迎の唸り声を上げるのを聞くこと。
楽しいのは我々が戻ると、それに気付いて
輝きを増す目があることを知ること。
楽しいのは雲雀の声で目を覚まされ、あるいは
流れ落ちる水で眠りに誘われること、
また楽しいのは、蜜蜂の羽音、娘たちの声、小鳥の歌、
子供たちの舌足らずな発音と最初に発する言葉だ。

124

楽しいのは葡萄の収穫、雨と降る葡萄は
バッカスのようにふんだんに、旋回して
地面に落ち、紫に染まりほとばしる。
楽しいのは街の逸楽から村の祭り騒ぎへ逃げ出すこと。
守銭奴にとって楽しいのはぴかぴか光る金貨の山、
父親にとって楽しいのは初めての子供の誕生、
楽しいのは復讐――特に女にとっては、
兵士には略奪、船員には捕獲分配金が楽しい。

125

楽しいのは遺産、優れて楽しいのは
七十歳を全うした老夫人や紳士の予期せぬ死、
彼らは「我々若者」[1]を待たせた、あまりに——
あまりにも長く待たせすぎた、
地所や現金や田舎の屋敷の所有を。
刻々と弱ってきても体力は変わらないので、ついには
ユダヤの金貸しが相続人に押し寄せるのもっともなこと、
二度も貰い損ねた死後支払い契約書[2]を手に入れようとして。

126

手段はどうあれ、流血あるいはインクで
栄光を勝ち取ることは楽しい、争いに
終止符を打つことは楽しい、時に喧嘩すること、
特に退屈な友との喧嘩は楽しい。
楽しいのは瓶に詰めた古いワイン、樽のビール。
いとしいのは世間から我々が守ってやる弱き者、
いとしいのは決して忘れない学校時代の
馴染みの場所、そこで我々は忘れられてはいるが。

1 シェイクスピア『ヘンリー四世一部』二幕二場八五行。

2 一〇三連の注参照。

127

しかしこれより、これらより、すべてにまして
楽しいのは情熱的な初恋、それは
アダムの堕落の記憶のように、唯一なるもの。
知識の木の実は摘まれた——すべては分かってしまった——
人生はこれ以上、この甘美な罪にふさわしい、
回想すべき何ものも生み出してはくれない。これが神話では、
プロメテウス[1]が我々のために天からくすねた
許されざる火として、間違いなく描かれているのだ。

128

人間は不思議な動物で、自身の本性と
様々な技を不思議な風に利用し、
特に自分の才能を見せるために、
何か新しい実験をするのを特に好む。
現代は風変わりなものが溢れる時代、
様々な才能が様々な市場を見出す。
まず正道から始めるのが最善だ、そして
無駄骨を折ったら、いかさまには確かな市場がある。

1 プロメテウスは天から火を盗んで人間に与え、その結果神々に罰せられた（ギリシア神話）。

129

何と相反する発明を我々は見てきたことか！
（真の天才の印、そして文無しの印。）
誰かが新しい鼻[1]を作れば、ギロチンを作る者もいる。
骨を折る者があれば、骨を関節にはめる者もいる。
しかし種痘は確かにコングリーヴ[2]の
ロケットに対する優しい対立物だ、
お陰で医者は牛から新しい疫病を借りて、[3]
古い疫病の借りを完済して退散させた。

1 アメリカのいかさま医師のベンジャミン・チャールズ・パーキンズは、鼻やその他の部分の異常を治す器具を発明したという。
2 サー・ウィリアム・コングリーヴ（一七七二―一八二八）はコングリーヴ・ロケットの発明者。実戦に使われた。
3 エドワード・ジェナー（一七四九―一八二三）は一七九六年に種痘を発見した。

130

じゃがいもからパンが作られた（味はまあまあ）、
電気療法は死体に、にやにや笑いをさせたが、
投身者救助協会[1]初期の器具のように、
無料で蘇生させることはできなかった。
最近は何と驚くべき新しい機械が
紡ぎだされることか！　小さな疱瘡である
天然痘が最近は消えた、とわたしは言ったが、次は
大きな疱瘡[2]も同じように消えて行くかもしれない。

1 王立投身者救助会は一七七四年に設立された。
2 梅毒のこと。

131

大きな疱瘡はアメリカから来たそうだ、
それは帰国の途につくかもしれない、
聞けば、そこでは人口があまりに
増えすぎたので、戦争か疫病か飢餓か何かで、
今度は間引く時がきたということだ、
そうすれば彼らは文明を学ぶかもしれない、
破壊の点でどちらがもっと忌むべき悪なのか、
彼らの本物の梅毒か、それとも我々の擬似梅毒[1]か。

132

現代は肉体を殺め、魂を救うための
新たな発明の特許時代だ、
すべては最善の意図で伝播する。
サー・ハンフリー・デイヴィー[1]のランタンは、
彼の言うやり方で安全に石炭を採掘できるが、
このランタンや、ティンブクトゥ[2]旅行そして
極地への大旅行は、人類に恩恵を施す手段で、
ワーテルローで人間を射殺するのと同じようなものだろう。

1 天然痘のこと。

1 （一七七八—一八二九）採掘時の爆発を防ぐ安全なランプを発明した。バイロンはロンドンで彼に会っている。

2 ティンブクトゥはマリ中部、ニジェール川付近の町で、一二—一五世紀には文化と通商の中心地。一九世紀初頭にはこの町や極地の探検記がよく出版された。

133

人間は途方もない奴、何なのか分からない、
すべての驚異の度合いを超えて驚異的だ、
もっとも、この崇高なる世界において
快楽は罪で、時に罪が快楽であるのは残念なこと。
何を目指したいのか分かっている人間は少ない、
しかし、栄光であれ権力であれ、愛でも宝物でも、
そこに至る道は人をまごつかせる、そして目標に達すると、
知っての通り、我々は死ぬ——そしてそれから——

134

それからどうなる?——わたしは分からないし
諸君も分からない、だからこれ位にして。さあ、話に戻ろう。
それは十一月だった、天気のいい日は少なく、
遠くの山々は少し灰色が目立つようになり、
青いマントの上に白い雪のケープをさっと引っ掛ける。
海は岬のまわりに激しく打ち寄せ、
大波が音をたてて岩礁に砕けて泡立つ、
控え目な太陽は五時には沈まねばならぬ。

135
それは、夜警たちの言う、曇った夜だった。
月も星もなく、突発的に風が吹いて、
高く低く音がした、火花を放つ暖炉は、
薪を積んで明るく、その周りに家族が集う。
あの種の光にはどこか楽しいところがある、
ちょうど夏空に一片の雲もない時のように。
わたしは暖炉の火が好きだ、そしてコウロギとか、
車えびのサラダやシャンパンやお喋りが好きだ。

136
真夜中だった――ドニャ・ジュリアは床につき
眠っていた、きっとそうだろう――するとその時、
決して目覚めたことのない死者をも
目覚めさせるような、ドアをがたがた叩く音がした、
死者が目覚めたことがあり、未来にも少なくとも
もう一度そうすることを、我々は皆読んだことがある。
ドアは施錠されていたが、声と拳で最初にノックする音が
聞こえた、次に「奥様――奥様――しーっ！」という声が。

137

「お願いですから、奥様――奥様――旦那様が
来られます、町の半分以上の者を引き連れて、
こんな呪わしい災難、聞いたことありません！
わたしのせいではないですよ――しっかり見張っていました――
ああ、なんてこと！　どうか、もう少し早く掛け金を外して――
もう階段のところに来ています、すぐにここに
着きます。まだあの子は逃げられるかもしれない――
確かに窓はそんなに高くはありませんから！」

138

その時にはもうドン・アルフォンソは来ていた、
松明と仲間と召使を多数引き連れて。
大部分の連中は長らく結婚していたので、
夫の額に邪魔なものをこっそり生やす[1]ことを
企む悪い女がいたら、どんな女であろうと
その眠りを妨害することには躊躇はなかった、
この種の例は非常に感染力が強いので
一人を罰しないと、皆が無茶することだろう。

1 寝取られ男の頭には角が生えると言われた。

139
わたしには分からない、どうして、なぜ、
どんな疑念がドン・アルフォンソの頭に
入り込んだのか。しかし彼のような
身分の騎士が、前もって一言の警告もなく、
妻のベッドのまわりに客の訪問を受け入れ、
松明と刀で武装した従僕を呼び寄せ、
自分がもっとも忌み嫌う者であることを
証明せんとするとは、非常に粗野なことだった。

140
気の毒なドニャ・ジュリア！　眠りから飛び起きたかのように
（いいですか——眠らなかったとは——わたしは言っていない）、
即座に悲鳴を上げ、口を大きくあけ、泣き出した。
手際のよい侍女のアントニアは夜具を放り投げて、
山の形にする手立てを講じた、あたかも奥様が
たった今そこから這い出して来たかのように。
わたしには分からない、どうしてこうも苦労して
奥様が二人で眠っていたことを証明しようとするのかが。

141
しかし奥様のジュリアと侍女のアントニアは
虫も殺さぬ二人の哀れな女性に見えた、
彼女たちは鬼も怖いが、それ以上に男が怖いので、
二人でいれば男一人を退散させられると思い、
それで二人で静かに横になっていたという訳で、
そうすればついに夫の留守の時間が終わって、
遊んでいた夫が戻って来て「ねえお前、最初に
抜け出してきたのだよ」と言うだろう、そう考えたのだ。

142
さてジュリアはやっと声を出して叫んだ、
「後生だから、ドン・アルフォンソ、どういうおつもりなの？
気でも狂(ふ)れたの？　こんな怪物の餌食になるくらいなら、
死んでしまった方がましだわ！　この真夜中の狼藉は
一体どういうこと、この突然の乱暴は、酔っ払ったの？
突然癇癪(かんしゃく)を起こしたの？　わたしを疑うおつもりなの？
そう考えただけで死んでしまうわ。分かったわ、
部屋を捜しなさいよ！」　アルフォンソは言った、「捜してやる」と。

143
彼は探した、彼らも探した、どこもかしこも
くまなく調べた、押入、衣装箪笥、箪笥、
窓際の椅子も、そして見つけたものは、
下着やレース、何足かの靴下とスリッパ、
ブラシ、櫛、そしてきれいな女性を美しく保ち、
こぎれいにしておく女用の品だった。
彼らは刀でアラス織りやカーテンを突き刺した、
そしていくつかの鎧戸と板に傷をつけた。

144
ベッドの下を彼らは探した、そこで見つけたのは——
どうでもよい——探していたものではなかった。
窓を開け、地面に足跡があるかどうか
目を凝らしたが、大地は何も言わなかった。
それからお互いの顔を見詰め合った、
不思議なことだが、これらの捜索者の中の
誰一人として、ベッドの下だけでなく中も
覗こうとしなかったのは、わたしにはひどい失態だと思える。

145

この捜索の間、ジュリアの舌は眠らなかった、
「そう、徹底的に捜せばいいのよ」と彼女は叫んだ、
「侮辱に侮辱を、不正に不正を山と積み上げたらいいわ。
わたしが花嫁になったのはこのためだったのね！
黙ってアルフォンソのような夫のそばで、
長い間、苦しんだのはこのためだったのね。
でも、スペインのどこかに法律や法律家がいるなら、
もうわたしは辛抱しないわ、ここにはいないわ。

146

「そう、ドン・アルフォンソ！　もう夫ではないわ、
夫の名に本当にふさわしかったとしても、
これがお年にお似合いなことなの？――あなたは六十よ、
五十も六十も――まったく同じこと――
ゆえなく貞淑な妻の評判を落とすために
事実を詮索するのは賢いことなの？　適切なことなの？
恩知らずな、嘘八百の誓いをした、野蛮なドン・アルフォンソ、
妻がそんなことをするなんて、よくも考えられるわね。

147

「こんなことのために、わたしは女の当然の特権を
ないがしろにして、他の人なら誰でも嫌だと思う
老いぼれで、耳の遠い懺悔僧を選んだと言うの。
この神父は、一度たりとも叱る理由はなく、
むしろ潔白すぎるわたしにあまりにも当惑して、
わたしが結婚しているってことを
いつも疑っていたのよ——流産でもしたら
本当にあなたは悔やみ切れないでしょう！

148

「わたしがセビリアの若者の中から、
今まで恋人を選ばなかったのはこのためだったの？
わたしが滅多にどこにも行かず、ただ闘牛やミサや
芝居や夜会やお祭り騒ぎだけにしたのは、このため？
どんな人に求愛されても、誰にも好意を示さず、
いいえ、無礼に近い態度を取ったのもこのためだったの、
アルジェを攻略した将軍、オライリー伯爵[1]が、わたしに
ひどい仕打ちを受けた、と公言したのはこのためだったの？」

1 アレグザンダー・オライリー（？—一七二二—九四）はアイルランド生まれのスペインの将軍。一七七五年のアルジェ遠征は大失敗だった。「ここでドニャ・ジュリアは間違いを犯した。オライリー伯爵はアルジェを落とさなかった、アルジェが彼を落とした…」（バイロン注一八一九）。

149

「イタリアの音楽家のカッツァーニ[1]が少なくとも六カ月間、
わたしの胸に向かって歌い続けても無駄だったでしょう。
同じ国のコルニアーニ[2]伯爵は、わたしがスペインで
唯一人貞淑な妻だと呼びませんでしたか。
ロシア人やイギリス人がたくさんいませんでしたか。
わたしはストロングストロガノフ伯爵を苦しめました、
アイルランドの貴族[3]のマウント・コーヒーハウス[4]卿は、
失恋したため（お酒の飲み過ぎで）去年自殺したでしょう。

150

「わたしの足下に二人の司教がひれ伏しませんでしたか、
それにイカール公爵とドン・フェルナン・ヌーニェスも、
あなたは貞淑な妻をこんな目にあわせるとは、
お月様はどの周期に入ったのでしょう。
わたしをぶたない、あなたの大変な忍耐力を
褒めてあげるわ、そうする絶好の機会ですもの――
おお、勇敢なお方！　刀を抜いて、ピストルの引き金も起こして、
さあ、言ってちょうだい、何と素敵なお姿だこと。

1 カッツァーニ（Cazzani）は、'cazzo'（イタリア語でペニスや愚か者の意）を思い起こさせる。
2 コルニアーニ（Corniani）は、'corno'（イタリア語で角）を思い起こさせる。寝取られ亭主の額には角が生えるとされた。
3 大ブリテンとアイルランドの連合時（一八〇〇）には、アイルランドでは多くの貴族が生まれたことを揶揄している。
4 ロンドンには「ザ・マウント」という名の有名なコーヒーハウスがあった。

151
「突然、旅行に出られたのこのためだったの。
ほっておけない仕事があるなどと言い訳をして、
悪党の中でも最高の弁護士を連れてね、
あそこに立っているわ、愚かな真似をしたことに
気付いた様子で。お二人とも軽蔑しますが、
あの人は最悪、行動を擁護する方が難しいわ、
というのも、あの人の目的は汚れた謝礼で、
わたしたちのことなどどうでもいいのよ。

152
「もし証言記録を取りにここへ来たのなら、
ぜひこの紳士にお仕事をしてもらいましょう。
あなたのお陰で、寝室は結構な様になりました——
ご入り用なら、ここにペンとインクが——すべてのことを
正確に記録なされればいいわ、仕事なしでは謝礼は
出ませんからね——でも侍女が寝巻き姿ですから、
どうかスパイを追い出して」「おお！」とアントニアは
すすり泣いた、「あいつらの目玉をくりぬいてやりたいわ」

153
「そこは納戸、あそこは化粧室、控え室も
あるわ――お捜しなさいな、上も下も、
ソファもあるし、大きな肱掛椅子も
煙突もあるわ――恋人の一人くらい十分入れるわ。
わたしは眠りたいの、だからこれ以上
どうか騒ぎ立てないで、あなた方が例の宝物が潜む、
秘密の洞窟を見つけるまではね、
見つかったら、わたしにもそれを楽しませてね。

154
「さあ、小貴族（イダルゴ）殿！　あなたがわたしに
疑いをかけ、皆を混乱させたからには、
どうかご親切にもお探しにになっている男が、
誰なのか知らせ下さいな。その方のお名前、
家柄は？　ともかくお姿を見せて欲しいわ――
若くてハンサムな人だといいのだけど――背は高いの？
教えて、安心して下さいな、わたしの名誉をこんなにも
傷つけるのだから、きっと無駄骨にはならないでしょう。

155
「その方は、少なくとも六十歳以下でしょうね。
そんな年寄りなら殺す値打ちはありませんし、
こんなに若い夫が嫉妬する恐れもないでしょうに。
（アントニア！　お水を一杯飲ませて）
涙なんか流して、わたし、恥ずかしいわ、
わたしの父上の娘には似つかわしくないもの、
母上は、わたしが生れた時、怪物の手中に
落ちるなど、夢にも思わなかったでしょう。

156
「おそらくアントニアのことで妬いておられるのね。
ご覧になったでしょう、彼女がわたしのそばで
眠っていたのを、あなたが仲間と乱入した時。
お好きなところをお捜しになって――隠すものは
何もないわ。ただ、今度来られる時には、
きっと知らせてね、礼儀正しく、ドアのところで
少しお待ちになって、こんな立派な方々には
きちんとした服装でお迎えしたいものですから。

157 「さあ、もうこれで終わり、これ以上申しません。
少し申したことで、お分かり頂けるでしょう、
偽りのない心は黙って不当な仕打ちに悲しむことを、
不当さはゆっくり身に染み込むことでしょう。
あなたについてはこれまで通り、良心に任せます、
良心はいつか尋ねるでしょう、どうしてあんなひどい仕打ちを
わたしにしたのかと！　その時、耐えられない程の辛い悲しみを
お感じになりませぬよう。アントニア！　ハンカチはどこ？」

158 彼女は黙った、そして枕に体を預けた、
青ざめて横たわり、黒い瞳が涙の間に煌いた、
雨を降らせ、稲妻を光らせる空のように。
流れる髪はヴェールのように波打ち
青白い頬に陰を作った。黒い巻毛は
艶のある肩を隠そうして隠せず、
肩はすべてを通して雪の肌を持ち上げていた——
柔らかな唇は開き、心臓は息づかいよりも高く鼓動した。

159

ドン・アルフォンソ殿は当惑して立っていた、
アントニアはかき回された部屋でせわしく動き、
鼻をつんと上げ、表情で、主人と
お付きの者をそしった。彼らの中では
弁護士を除いて、皆仏頂面をしていた。
弁護士は最後まで忠実なアカーテース[1]のように
論争があるかぎり、理由はどうでもよかった、
論争を決するのは法律だ、と知っていたから。

160

詮索好きな獅子鼻と小さな目で
大いに疑いの態度を示しながら、
彼はアントニアがあちこち動くのを追った、
評判を気にすることなどほとんどなかった。
訴訟や訴えがうまく運ぶかぎり
若くて美しい者にも情けはなかった、
否定されても、有能な偽証者が
証明するまでは、彼は信じなかった。

1 ウェルギリウス作『アエネーイス』に出てくるアエネーアースの親友で、篤い友情を表す人物（ギリシア・ローマ神話）。一巻四一連注1参照。

161
しかしドン・アルフォンソは目を伏せて立っていた、
実のところ、彼は愚かな様子を呈していた。
ありとあらゆる隅っこを捜し、
若い妻を非常に厳しく扱った後で、
彼の得たものはただ自責の念のみ、
それに加えて妻はこの半時間の間、
激しい勢いで彼を責め続けた、それは
鋭く、激しく、強かった——雷雨のように。

162
彼は最初、言訳をして取り繕おうとした、
それに対する唯一の答えは涙と啜り泣き、
そしてヒステリーの徴候だった、前触れは
ある種の痙攣と胸の動悸、そして喘ぎ、
その他何でもヒステリーの持ち主が好むものだった、
アルフォンソは妻を見て、ヨブの妻[1]のことを思った、
彼はまた彼女の親戚が控えているのが目に見えるようだった、
それから忍耐の限りを奮い起こそうとした。

1 ヨブの妻が彼に、「神をのろって死ぬ方がましでしょう」と言ったことを指す（『ヨブ記』二章九節）。

163
彼は話をしようと、いやむしろ口ごもろうとした、
しかし賢いアントニアは彼の話を遮って、
彼の言葉の鉄床(かなとこ)が金槌で打たれる前にこう言った、
「どうか、旦那様、部屋から出て行ってください、
もう何も言わずに、でないと、奥様は死んでしまわれます」
アルフォンソはただ「こん畜生！」と呟くだけだった。
口論の時間は終わった、彼は恨めしそうに一、二度
二人に目をやり、なぜか分からぬままに、言われた通りにした。

164
彼の率いる民兵隊も一緒に撤退した、
最後には弁護士がしぶしぶドアのところで
留まり、アントニアが許すかぎり
遅くまで残った——彼は、このまことに不可解で
解明されざる、ドン・アルフォンソに関する
事実の欠落部分に心を痛めた、そしてこの事実は、今や
厄介な様相を呈していた。彼が事件について思案していた時、
法律家然とした彼の顔の前でドアの錠が掛けられた。

165

さし錠がされるやいなや、おお、恥よ！
おお罪よ！　おお悲しみよ！　おお女性よ！
この世もあの世も盲目でないかぎり、如何にして
こんなことをして、評判を守れるというのか。
奪われざる名声[1]ほど尊いものはなし！
しかし先を急ごう――もっと話すことがある、
心底から不承不承ながら言おう、
若いジュアンが半ば窒息してベッドから滑り出たのだ。

1「わたしの名声を奪う者は…」（『オセロ』三幕三場一五五行）。

166

彼は隠れていた、どんな風にかは言う気はないし、
隠れ場所についても決して述べることはできない――
若くて、ほっそりして、たやすく詰め込めるので、
彼は丸か四角の小さな場所に横たわっていたのだろう。
しかし可愛い二人に窒息させられそうになった彼のことを
わたしは憐れんではいけないし、憐れみもしない、
確かに、マルムジー・ワイン[1]の樽の中に、泣き上戸のクラレンス[2]と
一緒に閉じ込められるより、そんな風に死ぬ方がましだろう。

1 マルムジーはマデイラ産の赤ワイン。
2 クラレンス公爵は突き刺され、ワインの樽の中に投げ込まれて溺れ死ぬ（『リチャード三世』一幕四場）。

167

同情しない第二の理由は、
彼は、天の掟で禁じられ、人の法で
罰せられる罪を犯す必要はなかった、
少なくともそうするには早過ぎた。
しかし十六歳では六十歳の時ほど
良心は痛まない、六十歳になって
我々は昔の負債を集めて悪の明細書を作成すると、
忌々しくも悪魔に借りのあることを知るのだ。

168

ジュアンの立場についてわたしは説明できない。
ヘブライの年代記に書いてあるのは、
年老いたダビデ王の血の動きが鈍くなった時、
医者たちが丸薬や水薬を捨てて、
発泡薬の代用として、若い美人を処方した、[1]
そしてその薬は非常に効果があった。
おそらくこの度は処方の仕方が違ったのだろう、
ダビデは生きたが、ジュアンは死にかけたのだから。

1 「この上なく美しいこの娘は王の世話をし、王に仕えたが、王は彼女を知ることがなかった」(『列王記上』一章四節)。

169

何をなすべきなのか、アルフォンソは
阿呆たちを帰したらすぐ戻ってくるだろう。
アントニアの手腕が精一杯試されたが、
いかなる工夫も実行に移せなかった——
どうして新たな攻撃に対処すればよいのか。
それにもう数時間で夜が明ける、
アントニアは当惑した、ジュリアは何も言わずに
血の気の失せた唇をジュアンの頬に押し付けた。

170

彼は唇を彼女の唇に向けた、そして手で
彼女のもつれてさまよう髪を元へ戻した、
その時でさえ、彼らは愛を抑えきれず、
危険と絶望のことを忘れる程だった、
アントニアの我慢は限界に達した——「さあ、さあ、
今は馬鹿な真似をする場合じゃありません」
彼女は大いに立腹して囁いた——「わたしは
このかわいい紳士を納戸に収納しなければ、

171
「どうか馬鹿な真似は安全な夜まで取っておいて――
旦那様があんな不機嫌になられるとは、一体誰のせいなの。
これからどうなるのでしょう――本当に恐ろしい、
あの腕白小僧には悪魔がいて、いいことありません――
今はくすくす笑う時ですか、愛を誓い合う時ですか。
いいですか、流血騒ぎで終るかもしれないのですよ。
あなたは命を落とし、わたしは仕事をなくし、奥様は
すべてを失うのですわ、あの女の子のような顔のためにね。

172
「二五歳か三十歳くらいの屈強な騎士だったら――
(さあ、早くして)――でもほんの子供なのに、
何と素晴らしい神の創造物なのでしょう![1]
わたしは奥様の好みには驚きますが――
(さあ、入って)――旦那様が近くにきっとおられます。
今の所はあそこで、ともかくあの子は安全です。
もしわたしたちが朝まで秘密を守れたら――
(ジュアン様、いいですか、寝たら駄目ですよ)」

1 「人間は何と素晴らしい傑作なのだろう」(『ハムレット』二幕二場三〇三―〇四行)。

173
さて、ドン・アルフォンソが一人で入ってきたので
頼りになる侍女の舌の動きは止んだ、
ぐずぐずしていたが、出て行けと言われ、
少し不機嫌そうに命令に従った。
しかしながら、当座の救済方法は何もなく、
その場にいても大して役に立つとも思えなかった、
彼女はおもむろに二人をはすに眺めながら、
ろうそくの芯を切り、お辞儀をして引き下がった。

174
アルフォンソはしばし黙った――それから
この行動について不可解な言訳をし始めた、
自分のしたことを正当化しようとはしない、
どう贔屓目（ひいきめ）に見ても、まったく下品なことだった。
だがあの態度をとる理由は十分あったのだ、と。
だが理由の一つも訴えの中で明らかにしなかった。
彼の言葉は、全体としては、修辞学の見事な一例で、
それは識者が下らない長談義（リグマロール）と呼ぶものだった。

175

ジュリアは何も言わなかったが、その間中、
すっかり答えを用意していた、それは
夫の弱点を知る妻が、時を得た二、三の言葉で
形勢を逆転させるに足るものだった。
たとえ多くの作り話が混じっていても、
沈黙させるとまではいかなくとも、困惑はさせるもの。
それは断固として応酬することで、
夫が一つ疑ったら、三倍にして責めることだ。

176

実際、ジュリアにはかなりの根拠があった、
アルフォンソとイネスとの情事はよく知られていた。
しかし自身の罪の意識で混乱したのか、でも
よく見られるように、そんなことはありえないだろう、
女性には謝罪の言葉が沢山あるものだ。
彼女が沈黙を守った理由はただ、
ドン・ジュアンの耳に入るのを気遣ってのことだろう、
彼にとって母親の評判が大事なことは分かっていた。

177

動機はもう一つあったかもしれない、だから
計二つとなる。アルフォンソはジュアンの名を
決して出さなかった、嫉妬心を口にしたが、
彼の家屋敷に隠れている幸せな恋人が誰なのか、
結論を出していなかった。確かに彼は
この謎に、それだけもっと思いを巡らしていた。
今イネスのことを持ち出すのは、アルフォンソの前に
ジュアンを投げ出すようなもの、そう言えるだろう。

178

面倒な場合にはほのめかしで十分だ、
沈黙が最善、その他にこつ[1]がある
（この現代の言葉はわたしには由々しいものと
思えるが、この詩を簡潔にしてくれるだろう）、
それは不躾な質問で迫られた時に、
いつも事実から女性を遠ざけてくれるもの——
魅力的な女性たちはこの上なく優雅に
嘘をつくので、これほど顔に似合うものはない。

1 原語はtact。この意味で使われ出したのは一八世紀末。

179
女性が顔を赤らめると、我々はそれを信じる、
少なくともわたしはいつもそうだった。
いずれにしろ応酬しようとしてもあまり役立たない、
すると女性の雄弁はとても豊かになり
ついに息が切れると、溜息をつき
けだるそうな目を伏せ、涙を一滴二滴こぼし、
そこで仲直りということになる。
そしてそれから——それから——それから——座って夕飯となる。

180
アルフォンソは話を止めて、許しを乞うたが、
ジュリアは許しを半ば与えず、半ば受け入れた、
そして彼の望むいくつかの些細なことを拒んで、
彼が思うに、非常に厳しいと思える条件を課した。
彼はエデンの園の近くでぐずぐずするアダムように立ち、
甲斐なき後悔の念に取り付かれ、途方にくれた、
そしてもうこれ以上拒否しないよう、嘆願した、
するとその時、何たることか、彼は一足の靴に躓（つまず）いた。

181

一足の靴！――それがどうした、大したことではない、
女性の足に合うものならば、しかしこれは
（これを言うわたしの心痛は誰にも分からない）
男物だった。彼がそれを見るのと、手に取るのは
ただ一瞬の行為だった――ああ、あわれ！
わたしの歯はがたがた鳴り始め、血管は凍りつく――
アルフォンソはまずその造りを吟味した、
そしてまたもや怒り心頭に発した。

182

彼は手放した剣を取りに部屋を出た、
ジュリアは間髪入れず押入れに飛んで行った、
「逃げて、ジュアン、逃げて！　後生だから――何も言わずに――
ドアは開いているわ、通路をすり抜ければ
いいのよ、いつもよく通った道よ。
これが庭の鍵――逃げて――逃げて――さようなら！
急いで――急いで！　アルフォンソが急いで来るのが
聞こえるわ、まだ夜明け前よ、通りには誰もいないわ」

183

誰もこれが悪い忠告だったとは言えない、
唯一まずかったのは遅すぎたことだ。
それはすべての経験の中でよくある代償で、
運命の課する所得税のようなもの。
ジュアンは即座に部屋のドアに達していた、
そして庭の門に着いたかもしれなかったが、
部屋着姿のアルフォンソに出くわしたのだ、
彼は殺してやると言った——そこでジュアンは彼を打ち倒した。

184

取っ組み合いはすさまじく、明りは消えた、
アントニアは「レイプ！」、ジュリアは「火事！」と叫んだ、
しかし召使は誰一人助けには来なかった。
アルフォンソは嫌というほど強打されて、
今夜中にし返しをしてやる、とひどい悪態をついた、
一オクターブ高い声でジュアンも罵った、
彼は激高した、若いが激しやすい男だった、
殉教者になるつもりなどさらさらなかった。

185
アルフォンソの剣は抜く前に落ち、
二人は取っ組み合いの戦いを続けた、
非常に幸運だったのは、ジュアンがまったく
剣を見なかったことだ、怒りを抑えることは
得手ではないので、あの瞬間に偶然にも
剣をつかんでいたら、地上でのアルフォンソの日々は
長くはなかっただろう——夫や恋人の命のことを考えよ！
汝らは二重に未亡人になるかもしれない——奥方たちよ！

186
アルフォンソは敵をつかんで引きとめんとした、
ジュアンは逃げようと彼の首を絞めた、
血が（鼻血だったが）流れ出た。ついに
二人が疲れて、取っ組み合ったまま横になった時、
ジュアンはぎこちない一撃を加えんとした、
すると彼のたった一枚の衣が脱げ落ちた、
彼はヨセフのように服を残して逃げた、[1] しかし
思うに、その時点で両者の類似は終るのではないか。

1 「彼女はヨセフの着物をつかんで言った。『わたしの床に入りなさい。』ヨセフは着物を彼女の手に残し、逃げて外へ出た」（『創世記』三九章一二節）。

187

ついに灯りが来た、そして男と女の召使は
無様な光景を目にした、アントニアは
ヒステリーを起こし、ジュリアは失神し、
アルフォンソはドアにもたれて息絶え絶えだった。
半ばちぎれたカーテンが床に散らばり、
流血の跡と足跡がいくつかあったが、それだけだった、
ジュアンは門に辿り着き、鍵を回し
屋敷の中は好まなかったので、外側から錠をかけた。

188

この巻はここで終わる——わたしは歌ったり
言ったりする必要があろうか、裸のジュアンが、
助けるべきでないことを助ける、闇の好意に恵まれて、
見苦しい格好で何とか家に辿り着いたことを。
翌日に広まった愉快なスキャンダル、
白日のもとに曝された一時の語り草、
アルフォンソが離婚の訴訟を起こしたこと、
これらのことは、勿論、イギリスの新聞に掲載された。

189

宣誓証書、申し立てのすべて、
証言者たち皆の名前、訴えの却下や
無効を主張した弁護士、訴訟手続きの
これらすべてについて、諸君が知りたければ
版は一つに限らないし、解釈も様々だ、
しかしどれもこれも退屈なものは一つもない。
最高なのはガーニー[1]が速記で書き写したもの、
彼はこの目的でマドリッドへ旅したのだ。

1 ウィリアム・ブローディ・ガーニー（一七七一―一八五五）は議会の公式の速記者。裁判や演説の記録を残した。

190

ロダリック[1]率いるゴート人や、より古いゲンセリックの
ヴァンダル族[2]以来、スペインでは何世紀にもわたって、
もっともよく流布するスキャンダルの
一つとなったこの事件、その余波を逸らすために、
ドニャ・イネスはまず聖処女マリアに誓いを立てて、
数ポンドの蝋燭を寄進した（彼女が無駄に誓いを
立てたことはない）、それから年輩のご婦人方の忠告で、
カディス[3]から出航させるべく、息子を送り出した。

1 ロダリックはスペインの最後のゴート族の王（七一〇―?・七一一）。
2 ヴァンダル人は五世紀に西ヨーロッパに侵入したゲルマン系の一部族。ゲンセリック（?・三九〇―四七七）はその王。四五五年にローマを略奪した。
3 スペイン南西部、大西洋岸のカディス湾に臨む港町。

191
彼女は決心した、息子にヨーロッパの
すべての国を陸路や海路で旅をさせ、
これまでの品行を改め、あるいは新しい道徳を
身につけさせることを、特にフランスとイタリアで
（少なくともこれは大方の人がすることだ）。
ジュリアは尼僧院に送られた、
そこでの彼女の気持ちを知るには、
以下の手紙の写しを読むのがいいだろう、

192
「決定が下され、あなたは出発されると聞きました。
賢明なこと――結構なことです、それでも心は痛みます。
わたしはもはやあなたの心を我が物とは主張できません、
わたしの胸が犠牲になりました、これからもそうでしょう。
愛しすぎたのがわたしの用いた唯一の策略でした。
急ぎ認めます――もしこの紙に染みがあっても
それは涙に見えますがそうではありません、
目は燃えて脈を打っていますが、涙はありません。

193
「わたしはあなたを愛しました、今も愛しています、
その愛ゆえに身分も地位も来世も、人の評判も自負心も
失いました。それでもその代償を悔やむことができません。
あの夢の思い出は今もとても大事なものです。
でも、もしわたしの罪のことを言っても、自慢ではありません、
誰もわたしほど自分に対して厳しい者はいないでしょう。
こうして走り書きをするのも、落ち着けないからです——
わたしには、責めることもお願いすることも、何もありません。

194
「男の人の愛は人生から離れた一つのこと、
女にとっては人生のすべてです。男の人は
さまよいます、宮廷、戦場、教会、船舶そして市場を。
そして剣、法服、利益そして栄光が見返りとして、
誇りと名声と野心を差し出し、胸を満たします。
これらを遠ざける者は滅多にいません。
男の人にはこんな方策のすべてがあります、わたしたち女に
あるのはただ一つ、また愛し、また破滅するだけなのです。

195

「わたしの胸は無力そのものでした、今もそうです。
いくらあがいても、心は落ち着きません。
わたしの血潮はいまだ心の定めた所へ激しく流れます、
それは変わらぬ追い風を受けてうねる波のようです。
わたしの頭は女のもの、忘れることもできません――
あなたのお姿以外は他には何も見えません。
磁石の針が震えながら、決して届くことのない
北の方向を指すように、わたしの魂もあなたの方を指しています。

196

「あなたは美しく誇り高く、生きていくでしょう、
愛され、多くの人を愛して。わたしにとって
この世はすべておしまいです、残っているのは
心の芯の奥深くにある恥と悲しみを隠す年月だけです。
これには耐えられても、以前と変わらず
心を引き裂く情熱を捨てることはできません。
だから、ごきげんよう――わたしを許して、愛して――
いいえ、その言葉は今では意味のないもの――でもそう書かせて。

197 「これ以上言うことがありませんのに、まだ逡巡して
この文（ふみ）にわたしの封蝋を押す気にはとてもなれません、
でもこの仕事は終わらせた方がいいでしょう。
わたしの惨めさほど完全なものはありません。
もし悲しみで死ねるなら、これまで生き延びなかったでしょう、
死神はその一撃を望む惨めな者から逃げていきます、
わたしはこの最後のお別れの後でさえ生き、人生に
耐えねばなりません、あなたのために、お祈りをし、愛するために！」

198 この短い手紙は金箔に縁取られた紙に、
固いが新しい、こぎれいな鴉の羽ペンで書かれていた、
彼女の細い白い指は蝋燭に届かないほどで、
磁石の針のように震えた、それでも
彼女は一滴の涙もこぼさなかった。
封は向日葵で、銘は白い紅玉髄に刻まれた
「何処マデモアナタトトモニ」[1]だった、
蝋は極上品で、色は深紅だった。

1 原語はフランス語。

199

これがドン・ジュアンの招いた最初の苦難だった、
しかしわたしが彼の冒険について書き進めるかどうか、
それはすべて世間の反応にかかっている。
しかし彼らの言い分は聞いてみよう、
読者の好意は作者にとっては名誉の印で、
その気まぐれは大した害にはならない。
もし彼らの賛同を得られるとしたら、
約一年後には続きをお見せできるかもしれぬ。

200

わたしの詩は叙事詩で、十二巻[1]に
分ける予定、各巻に含まれるのは
愛と戦争、海上の激しい嵐の他に
船と船長と君臨する王、そして
新しい人物の一覧表だ、挿話は三つ、
ウェルギリウスとホメロスの流儀に倣って、
準備中の地獄の鳥瞰図をお見せする、
だから叙事詩という呼称は誤りではない。

1 ホメロスの『オデュッセイア』やウェルギリウスの『アエネーイス』は二四巻からなる。ミルトンの『失楽園』は一二巻である。

201
これらすべてのことについては、そのうちに
アリストテレスの規則にきちんと則り明記する、
彼の規則[1]は真の崇高[2]の手引書(ヴァデ・メクム)で、
多くの詩人と何人かの阿呆を作る。
散文的詩人は無韻詩が好きだが、[3] わたしは押韻を好む、
腕の立つ職人は決して道具に文句をつけない。
わたしの詩には新しい神話的仕掛けがあり、
極めて壮麗な超自然的な場面もある。

202
わたしと過去の仲間の叙事詩人との間には
些細な違いが一つあるだけで、
その点でわたしの方が有利だと思う
(ほかにもいくつか長所がないわけではないが
このことが特にはっきりと分かるだろう)、
彼らがあまりにも潤色が過ぎるので、
虚構の迷路を縫って行くのはとても退屈だ、
それに比べて、この話は本当に真実なのだ。

1　アリストテレスの『詩学』を指す。一二〇連注2参照。
2　崇高については一巻四二連注5参照。
3　例えばワーズワスのことを指すか。

203

誰かこれを疑う者がいたら、わたしは訴える、
歴史、伝統、事実に、そして皆が正しいことと
知り感じてもいる新聞に、さらに
五幕の芝居と三幕のオペラに訴える。すべて
これらはわたしの叙述を十分裏書きしてくれる、
しかしもっと徹底的に信用を強いるのは、
このわたしと今セビリアにいる何人かが、
ジュアンと悪魔との最後の出奔を「見た」ことだ。

204

もしもわたしが身を落として散文を使えば、
詩の十戒を書き、間違いなく
過去の戒めすべてを凌ぐものにしてやろう。
この十戒において、誰も知らぬ多くのことで、
本文を豊かなものにし、
教えを最高のレベルへと持っていこう。
わたしはその作品を「グラス手にしたロンギノス、[1]
または、各詩人に自身のアリストテレスあり」と呼ぼう。

1 ギリシアの一世紀初期の哲学者。『崇高について』の著者とされる。一巻四二連注5参照。

205
汝、ミルトンとドライデン[1]とポープ[2]を信じるべし、[3]
汝、ワーズワス、コールリッジ、サウジー[4]を崇めるなかれ、
なぜなら第一の者は気が狂れて救いようがなく、
第二は酔っ払いで、第三は気障で口やかましい。
クラブに匹敵するのは難しいだろう、
キャンベルの詩泉(ヒッポクレネ)[5]は幾分涸れ気味だ。
汝、サミュエル・ロジャーズから盗むなかれ、また
ムア[6]の詩神(ミューズ)と姦通する——いや違った、いちゃつくことなかれ。

206
汝、サザビー氏[1]の詩神(ミューズ)を欲しがることなかれ、
彼の天馬(ペガサス)[2]や、彼の持ち物は何であれ。
汝、「青鞜派」[3]のように、偽りの証言をするなかれ
(少なくとも偽証が大好きな奴が一人いる)[4]。
つまり、汝、余が選ぶこと以外は書くべからず。
これが真の批評で、まさにお気に召すまま、
罰を甘受してもいいし、しなくてもよい、
だが従わなければ、神かけてわたしが鞭をくれてやろう。

1 この連と次の連はモーゼの十戒のパロディ。
2 ジョン・ドライデン（一六三一—一七〇〇）詩人・劇作家。
3 アレグザンダー・ポープ（一六八八—一七四四）詩人。バイロンは特にドライデンとポープを崇拝した。
4 これら三人については「献辞」参照。
5 ペガサスの蹄に打たれて湧き出たヘリコン山の泉。詩的霊感の源とされた（ギリシア神話）。
6 クラブ、ロジャーズそしてムアについては「献辞」第七連を参照。

1 ウィリアム・サザビー（一七五七—一八三三）詩人・翻訳家。
2 ミューズの乗馬で、ここでは詩や詩才を表す。前の連（二〇五）の注5参照。
3 青踏派（ブルー・ストッキング）については四巻一〇九—一二連参照。
4 自身の妻を指しているかもしれない。

207
この話が道徳的ではないと、
差し出がましく言い張る者がいれば、
どうか叫ぶのは傷ついてからにして欲しい、
もう一度読んで、それから言って欲しい、
この話は楽しいが道徳的ではないと
（しかしきっとそんな無礼な者はいないだろう）。
それに第十二巻で、わたしは示すつもりだ、
悪人たちの行く所、まさにその場所を。

208
それでも、自身のひねくれた頭に
導かれて、自分の身のためになることに
目をつぶって、この警告を蔑み、
わたしの詩や自分自身の目を信じないで、
「教訓が見つからない」と叫ぶ者がいて、
そいつが牧師なら、嘘つきだとわたしは言ってやる、
もし偉い人物や批評家がそんな発言をすれば
彼らも嘘を言っていると——誤解に基づいて。

209

わたしは世間が賛同してくれるのを期待する、
そして教訓についてのわたしの言葉を信じて欲しい、
わたしは教えと読者の楽しみとを結び付ける
（歯の生え始めた子供が珊瑚のおしゃぶりを貰うように）。
その一方、世間はきっと覚えていてくれるだろう、
叙事詩で名誉を得んとするわたしの自負を。
わたしはとりすました読者が物怖じするのを恐れて、
おばあちゃんの評論誌[1]『ブリティシュ・リヴュー』を抱き込んだ。[2]

210

わたしは編集者への手紙に賄賂を同封した、
彼はきちんと折り返し手紙で礼を述べた――
わたしは丁寧な記事を書いてもらう権利がある、
それでも彼は賄賂を受け取ったことを認めず、
わたしの優しい詩神(ミューズ)を火焙りにすることを喜び、
彼女に約束したのに、後でその約束を破り、
蜜ではなく胆汁で『リヴュー』のページを汚すのなら、
わたしに言えるのはこれだけ――あいつは金を受け取った、と。

1 『ドン・ジュアン』を批判した『ブリティッシュ・リヴュー』が保守的だと言っている。

2 『ブリティッシュ・リヴュー』はバイロンに買収されたことを否定した。

211
この新しい神聖同盟[1]で読者諸氏を
味方につけて、他の芸術や科学の
雑誌を無視できる、とわたしは思う、
日刊誌、月刊誌、季刊誌を問わず。
わたしは読者を増やす努力をしなかったが、
それはやっても無駄だと人に言われたからで、
『エディンバラ・リヴュー』と『クォータリー・リヴュー』[2]も
意見の異なる著者を殉教者のように扱う、と言われた。

212
「プランクス執政官デアリシ熱キ時代ニ我カクナル侮辱ニ
耐エルコトナカラン」[1]とホラティウスが言った、
わたしもそう言う。この引用の意味するところは
六、七年も前には（手紙の日付にブレンタ川[2]を
記すなどとは夢にも思わなかった頃）、
わたしは殴られたらすぐ殴り返す覚悟があり、
熱い青春時代には、この種のことはまったく我慢しなかった、
ということ——それはジョージ三世の御代のことだった。

1 一八一五年に、ロシア、プロシアとオーストリアの間で結ばれた同盟。

2 両方とも時代を代表する文芸雑誌。

1 ホラティウス『オード』三章一四行。

2 一八一七年にバイロンはヴェネツィアの近くのブレンタ河畔に別荘を借りた。

213

しかし三十歳になった今、わたしの頭は白髪まじり——
(四十歳では一体どうなっているのだろう、
わたしは先日、鬘のことを考えた)、
わたしの胸もあまり若くもない、つまり
五月なのに夏のすべてを浪費してしまい、
もう言い返す気概がない。わたしは
命の元金も利息も、両方使い果たした、そして
昔のように、今は我が魂が無敵だとは思わないのだ。

214

もはや——もはや——おお、もはや心の瑞々(みずみず)しさは
わたしの上に露のように降りることは決してない、
それは目にするすべての綺麗なものから、
美しく新しい情緒を引き出し、
密蜂の袋のように胸の中に貯める。
汝は蜂蜜がこれらの物とともに生じたと思うのか、
ああ、花の甘さをも倍にする力は
その物にはなく、汝の力にあるのだ。

215

もはや——もはや——おお、もはや決して、我が心よ、
お前はわたしの唯一の世界、宇宙にはなりえない！
かつてはそれがすべて、今ではほんの一部、
もうお前はわたしの祝福にも呪いにもなりえない。
幻想は永遠に消えた、きっとお前は無感覚なのだ、
しかし、わたしは信じる、以前とは変りはしないと、
お前の替わりに、十分な判断力をわたしは獲得した、
如何にしてそれが宿ったのかは、分からないが。

216

わたしの愛の時代は終わった、以前のように
もはや娘や人妻、ましてや未亡人の魅力が
わたしを虜にすることはない、つまりは
これまでの生き方をしてはならないということ。
軽々しく相思相愛を信じる望みは終わり、
クラレットをふんだんに飲むことも禁じられた、
だから昔ゆかしき紳士の悪癖として、
わたしは貪欲と付き合っていこうと思う。

217

野心はわたしの偶像だったが、
「悲しみ」と「楽しみ」の社の前で壊された。
この二つはわたしにゆっくり反省するための
多くの形見を残してくれた。さてわたしは言った、
ベイコン法師の真鍮の頭のように、
「時あり、時ありき、時すぎゆきたり」[1]と。
きらきら光る青春は錬金術の宝、わたしはそれを
時ならず使い果たした――胸を情熱に、頭を詩歌に委ねて。

218

名声の目的は何なのか。それはただ
当てにならぬ紙のある部分を満たすだけのもの。
このことを山に登るのに喩える者もいる、
頂きはすべての山の頂きのように霧に包まれている。
このことために、人は書き、話し、説教し、英雄は殺し、
詩人はいわゆる「真夜中の蝋燭」を燃やす、
その目的は、本体が塵に帰した時に、
名前と、ひどい肖像画と、もっとひどい胸像を得るためだ。

1 ロバート・グリーン（一五五八―九二）の喜劇『ベイコン法師とバンゲイ法師』（一五九四）に出てくる真鍮の頭が喋る文句。

219

人の望みとは何か。古代エジプトの王
ケオプス[1]は最初にして最大のピラミッドを建てた、
まさにそれが彼の思い出を完全に保ち、
ミイラを隠し続けておくものと考えて。
しかし誰かがその中を捜し回り、
侵入して棺の蓋を壊した、記念碑が
君や僕に希望を与えるとは思うな、
ケオプスの塵は一つまみも残っていないのだから。

1 紀元前二六世紀のエジプトの王。ギザにある最大のピラミッドは彼の墓。ケオプスはクフのギリシア語名。

220

しかしわたしは真の哲学が好きなので、
ごく頻繁に心の中で言う、「悲しいかな、
生まれたものすべては死ぬために生まれ、
(死神が刈り取って干草にする) 肉体は草だ。[1]
お前は青春をそれほど不愉快には過ごさなかった、
もう一遍やっても――それは過ぎ去るだろう――
だから事態がこれより悪くはなかったことを、
運命の星に感謝して、聖書を読んで、財布に気をつけることだ」

1 「草は枯れ、花はしぼむ。主の風が吹きつけたのだ。この民は草に等しい」(『イザヤ書』四〇章七節)。

221

しかし今のところは、優しき読者よ、
より優しき本の買い手よ！　詩人のわたしは
お許しを頂き、諸君と握手をしたい。
そこで、頓首敬白、さらばだ！
お互い理解し合えたら、また会うだろう。
そうでなければ、この短い見本以外のもので
諸君の忍耐力をさらに試すようなことはしないだろう、
他の作家連中もわたしの例に倣ってくれると有難いのだが。

222

「行け、小さき本よ、この我が寂しき処から、
我、汝を波間に委ねる、好きな所へ赴け、
我信じるごとく、汝に取り柄あらば
多くの日々隔てて、世間汝を見つけん」[1]
サウジーが読まれ、ワーズワスが理解される時、
わたしも賞賛に与りたいと主張せざるをえない、
最初の四行はすべてサウジーのもの、
後生だから、読者よ！　わたしのものと勘違いしてくれるな。

1 サウジー『桂冠詩人の歌あるいは婚礼の歌の反歌』（一八一六）より引用したもの。

第一巻本体に含まれなかった資料

以下の「序文」は、バイロンが「献辞」と第一巻を書いていた一八一八年に書かれたと考えられる。完成を見なかったが、『ドン・ジュアン』に展開されていくテーマの数々を考えると、興味ある資料である。特にこの詩の政治的、文学的（詩的）そして個人的な側面を予期させるものなっており、特にサウジーとワーズワスに対する風刺的な扱いは「献辞」との強い類似性がある。また『ドン・ジュアン』が語り手によってスペインで語られるという設定は、バイロンの個人的な経験、すなわち一八〇九年の最初の大陸旅行が背景にある。これから書き綴っていく『ドン・ジュアン』について、作者がどう考えていたかを伝える大事な資料だと考えられる。この「序文」を『ドン・ジュアン』全体の中に位置づけて出版した版も過去にはあったが、最近は全体には含めない形で出版されている。筆者が使ったオックスフォード版の底本では、「含まれない資料」として、第一巻の後に置かれている。「序文」は一九〇一年に初めて出版された。（訳者付記）

序文

W・ワーズワス氏がある詩に付した注か序文（どちらかかは忘れた）の中で——その詩のテーマは、理解できる限りでは、私生児を殺した無慈悲な母親の悔恨なのだが——親切な読者はいつもの親切な手をさらに差し伸べて、このお話が「最近、内陸の町に僅かな年金を貰って引退した、商船か小さな貿易船の船長によって——云々」語られている、と想像するように望まれる。わたしは記憶で引用しているが、上記のことが、前述の詩の――それが詩であるとして――注か序文の趣旨だと考える――趣旨があるとしてだが――。

わたしが言及している詩――あるいは作品[1]――は、「一本のサンザシがあって、それは実に古い」で始まり、次に詩人は教えて欲しい者すべてにこう教える――その樹齢は若い時代があったことさえ想像できぬほど古いものだった、と――このことは、その木が万物の創造主と同年代か、老いて生まれたかのどちらかだと言うのと同じで、かくしてこの木は、適切にも対照法によって、幼くして死んだ子供を記念するのに捧げられたものなのである。

　近くにある小さな池は計測に従って描かれている、
　　わたしは端から端まで測った
　　縦三フィート、横二フィートだった。

このような事柄の詳細に拘ることをお許し願いたい、なぜならこれが、見識あるイギリス国民の見解において、ポープに取って代り、彼の評判を落とした類の書き物だからである。この男は、ジョアナ・サウスコット[2]の水腫を、ふたたび受胎した全能の神だと何千人もが考えたように、何百人もが彼の狂気を誤って信じ、彼のことを、一種の詩的エマニュエル・スウェーデンボリ[3]――あるいは――リチャード・ブラザーズ[4]――あるいはトーザー牧師[5]――であると思わせたそんな詩人であり――半ば狂信者半ばペテン師なのだ――。彼の国の趣向に特有な、この田舎くさいゴンゴーラ[6]であり、下品なマリーニ[7]であるこの男は、もっとましなことができる精神を、長年、妄想を弁護するがらくたの創作に委ねてしまい、その妄想を錯乱した散文の体系に変形し、その体系が、これまで我々の先人の中で、もっとも優れ、もっとも賢明な者たちによって詩と考えられてきたことのすべてに取って代わるというのだ――そして彼の成功については——変節者を見つけないペテン師はいるだろうか（カリオストロ伯爵[8]やクリュドナー夫人[9]に至るまで）——一つには彼は自らの不条理に感謝すべきであろう、また一つには、自己の真の弱点を認めているある政党の援助に、彼のさらにあけすけな、節度のない散文を供したことに。もっともこの政党は、まったくの見せかけの権力なる鎧で守られ、金で購った才能のもつすべての巧妙さによって保護されており、ふんだんな称賛で報い、もっとも低級な信奉者たちにも金を払っている。後者の自己卑下をする連中の中で、詩の世界のトラソは長らく政治におけるグナト[10]で、活字になった彼に会いたければ、どこかの本屋やトランク製造人の所[11]、生身の姿ならロンズデール卿邸[12]のディナーの席に行けばよい。

彼の「惨め、おお、惨め」が「小さな……の船長」[13]によって語られる、というワーズワス氏の想定を受け入れる読者は、同じような想像力を働かせて次のように想定して頂きたい、すなわち、次に続く叙事詩体の物語はシエラモレナ山脈[14]中の、モナステリオとセビィリア間の街道にある村において、スペイン紳士によって語られることを。[15]彼は旅籠の戸口で、右手にいる村の補助司祭と座り、シガーをくわえ、オラ・ポドリダ[16]がおかれている彼の前の小さなテーブルには、マラガ・ワインかおそらくは「真正のシェリー」の瓶がおかれている——時刻は日没時——少し離れた所では一群の黒い目の百姓たちがポルトガルの召使いの笛の音に合わせて踊っている、彼が仕えるのはアンダルシアの首都[17]に行く途中の二人の外国の旅人[18]、一時間前に馬から降りたところである——この中の一人は話に耳を傾け、もう一人は離れた所へぶらぶら歩いて行き、背の高い百姓娘の美しい動きを見詰めている、彼女の全霊は目に、そして心は踊りに注がれている、彼女は踊りの磁石となって、自分の感情と一緒に震える無数の感情を惹きつけている。

そう遠くないところには、フランス人の捕虜の一群[19]がいて、黄昏時の祭を見ようとして、仮収容所の格子窓のところでもみ合っている。前にいる二人は軽騎兵で、一人は額にまだ血で汚れた包帯をしている、それは彼の気ままな自由を奪った最近の争いで受けたサーベルの傷だ。彼の目は音に合わせて輝き、指は、目の前を流れゆくファンダンゴ[20]

の音に合わせて、収容所の格子を叩いて拍子を取っている。

我らが友である語り手[21]は――少数の年輩の聞き手と少し離れたところで――村の緑地の反対側で、陽気な音楽にあまり動じることなく、自らの話をするという想定である。読者はさらに想像して欲しい、（語り手の英語の知識の説明として）彼がスペインに定住したイギリス人か、あるいはイングランドを旅したスペイン人であることを、そして多分は、復位を果たしたフェルディナンド王[22]の有難い覚えによって、その後、気前のよい報いを受けたリベラル[23]の一人であろうことを。

このことに関して、こんな想定の完全な不可能性が許す限りにおいて想定した後で、読者にはさらに想定される想定力を拡大して、次のことを理解して頂きたい、すなわちサウジー氏への献辞とこの詩のいくつかの連はイギリスの編集者によって挿入されていることを。読者はまた「献辞」の調子については様々な原因があるということを想像してもらいたい。それは現今のホイッグ党員の手になるものと推量されるかもしれない。その者は変質しうるトーリー党員として育ちながら、転向によって得るところが何もなかったことに激怒して、油断した瞬間に宗旨替えをし、『ワット・タイラー』[24]の作者のよりよい成功をすっかり羨み、あの完璧な人物に変節者の恨みをぶちまけたのかもしれない。そしてこの作者の不滅の未来と現在の清浄さについては、本人の度重なる明言によって、揺るぎないものとなっている。あるいはこの「献辞」はライバル詩人が書いたと想定されるかもしれない。彼の影が薄くなったのは、サウジー氏の現在の手早い人気によってではなくても、後世に授けた死後支払い契約証書[25]と、未来の時代の考えをふんだんに予期した高利子の自画自賛のせいかもしれない、未来人はいつも同時代人よりも啓発されている、特に自身の時代では印象がその価値に不相応だった者たちの目にはそうである。サウジー氏の価値が如何なるものか、それはサウジー氏がもっともよく知っている。昨今の彼の著作はすべて弱々しい人間の書き物を示している、彼は自分の世俗的昇進を自らの堕落に負っていることを承知している（奴隷貿易で大金持ちになった者や、賭博場や売春宿の引退した持主のように)、また自らを偽る力はないが、突発的に他人を騙そうとじたばたするのだ。

しかし本論に戻るとして——この献辞は件のサウジーに対して憎悪を抱く理由のある者によって書かれたと想定することもできる——何か個人的な理由ゆえに——おそらくはこの万民平等社会[26]を背信した信者によって捏造され、あるいは言いふらされた途方もない中傷[27]ゆえに。彼は時に法外な推測をするのと同じ程度に軽率な主張をする。そして——彼自身よりももっと首尾一貫しているか、もっと成功しているかもしれぬ者なら誰にでも悪口を浴びせて——惨めな虚栄の欲求を満足させている——彼はより高邁な希望の当てがはずれ、『クォータリー・リヴュー』[28]誌への寄稿が彼に与える名声の切れ端(その結果、力ある雑誌がその協力者に報いる称賛)——さらに彼のまわりに集まる鄙びた三文文士連中の称賛——を食い物にすることに陥ってしまったのだ。

1　ワーズワス作「サンザシ」('The Thorn')を指す。
2　イギリスの狂信者(一七五〇—一八一四)で、第二の救世主、シャイロを身籠もったと公表したが、水腫で死んだ。
3　スウェーデンの神秘主義者、哲学者(一六八八—一七七二)。
4　自身がイギリスの救世主だと信じた狂信者(一七五七—一八二四)。
5　ジョアナ・サウスコットの信奉者。
6　スペイン人のゴンゴラ・イ・アルゴテ(一五六一—一六二七)。気取った文体を使ったスペインの詩人。ゴンゴリズム(手の込んだバロック風の文体)の語源。
7　ジョヴァンニ・バティスタ・マリーニ(一五六九—一六二五)は凝った文体を使ったナポリの詩人。
8　アレサンドロ・ディ・カリオストロ(一七四三—九五)は「不老不死の妙薬」で大儲けをした。
9　フォン・クリュドナー男爵夫人(一七六八—一八二四)は神秘的な考えを説き、また神聖同盟を提唱してロシア皇帝アレクサンドル一世に影響を与えた。
10　トラソはほら吹きの軍人、グナトは食客。両者ともローマの喜劇作家、テレンティウスの『宦官』に登場する。

11 売れない本がトランクの裏打ちになるというのは諷刺詩におけるお決まりの冗談。
12 ロンズデール伯爵（一七五七―一八四四）はワーズワスの後援者で、彼の口利きでワーズワスはウェストモーランド州の印紙配布官になった。
13 ともに『サンザシ』に出てくる表現。
14 スペイン南西部の山脈。
15 背景にあるのは一八〇九年夏の、バイロンと親友ホブハウスのスペイン旅行。
16 スパイスの利いたスペインのシチュー。
17 セビリアのこと。
18 バイロンとホブハウスを指しているとも考えられる。
19 ホブハウスは日記に半島戦争で捕虜になったフランス兵のことを記している。半島戦争（一八〇八―一四）とは、ナポレオン指揮下のフランス軍と、ウェリントン指揮下のイギリス、スペインそしてポルトガル軍との戦い。
20 カスタネットをもって男女で踊る軽快な三拍子の、スペイン南部アンダルシア地方のダンス。
21 詩人バイロンとも考えられる。
22 スペインのフェルディナンド七世。ウェリントンとカースルレーによって復位した専制主義者。
23 サウジーに対する皮肉。若い時には急進的な思想をもっていたサウジーはこの頃には保守的になり、旧体制（アンシャン・レジーム）の復権を支持した。元は自由主義者（リベラル）であったサウジーが、ウェリントンらにより復位したフェルディナンド七世に篤く遇されたとあるのはきつい皮肉である。24の注も参照。
24 『ワット・タイラー』（一七九四）は農民の反抗をテーマにしたサウジーの作品。急進的な思想の持主だったサウジーは後に極端な保守主義者になった。
25 特定の人の死後、財産を受け取ることを期待し、その資金で債務を支払うと約した借用証書。
26 サウジーやコールリッジが一七九〇年代にアメリカに結成しようと考えた社会。
27 バイロン、シェリー、メアリー・シェリーそしてクレア・クレアモントが、一八一六年にスイスで「近親相姦の連盟」を結んだ、という中傷。
28 一巻二一一連参照。

第二巻

1

おお汝ら、オランダ、フランス、イギリス、ドイツ、
スペインの国々で、純粋な若者を教える者たちよ、
どうかあらゆる機会を捉えて、彼らに鞭をくれて欲しい、
そうすれば彼らの品行は改まる、痛みを気にするな。
ジュアンの場合、最善の母親と教育をもってしても、
結果はただただ空しいことになってしまった、
なぜなら、まったく奇妙なことなのだが、
彼は生来の慎み深さを脱ぎ捨ててしまったのだから。

2

もし彼がパブリック・スクール[1]の
三年生あるいは四年生であったなら、
毎日の勉強で忙がしくて空想は冷えたままになったであろう、
少なくとも北国で育てられたら、そうなったであろう。
スペインは例外であると判明するかもしれないが、
例外はつねに規則の価値を証明するもの——
離婚原因となった十六歳の少年は、無論
彼の家庭教師たちをすっかり当惑させた。

1 イギリスの上流子弟の全寮制の私立中等学校（日本での中学・高校を合わせたもの）。

3

すべてを考えたら、わたしが
当惑するかどうかは分からない。第一に、少年には
数学好きの母上がいて、それも――いやよそう、[1]
家庭教師はおいぼれの阿呆、それに加えて
きれいな女がいた――（これは自然なこと、さもなければ
あんなことはまさか起こらなかっただろう）、
それに、かなり年輩の夫がいて、若い妻とは
しっくりいっていなかった――暇と機会もあった。

4

さて――さて、世界は軸を中心に回らねばならず、
人類もすべて一緒に回る、運命がどうあれ
人は生きて死んで愛して税金を払う。
風向きが変わると、我々も帆も向きを変える。
王は命令し、医者はいかさま治療をし、
坊主は説教し、そんな風に我々の命は消散する、
少しばかりの息、愛、酒、野心、栄光、
喧嘩、祈祷、塵――そしておそらくは名声も。

1 自身の妻へのあてこすり。

5

わたしは言った、ジュアンがカディスに送られたと——
きれいな町だ、よく覚えている——
そこには植民地貿易の市場がある（いや、あった、
ペルーが反抗することを知る前のことだ）、それに
とても可愛い娘たち——いや、とても優雅なご婦人たちがいて、
その歩き方を見るだけで胸一杯になる。
本当に印象的なのだが、わたしには描写もできず、
喩えることもできない——あれ程のものは見たことがない、

6

アラビア馬、堂々たる雄鹿、馴らしたばかりの
バーバリ馬、キリン、カモシカ、いや——
どれもうまく表せぬ——それに彼女らの衣装ときたら！
ベールにペチコート、ああ、そんなことを語れば
一巻ほどは必要となるだろう——それに彼女たちの
足と足首ときたら——やれやれ、有難いことには
わたしには暗喩の用意がない（だから
わたしの真面目な詩神（ミューズ）よ——さあ、落ち着いて進もう——

7

純潔なるミューズよ！——それでも、やむを得ない時もある）——
一瞬さっと手が動いてベールが上げられると、
見る者の顔色を失わせる、悩殺的な瞳が煌き、
心臓を突き刺す。太陽の溢れる愛の国よ！
もしわたしがお前を忘れるくらいなら、
お祈りなど疎かにしてもよいだろう——だが衣服を通して
視線が一斉に人を射るとは、そんなことが計算されたことが
かつてあっただろうか、ヴェネツィアのファツィオーロ[1]以外は。

8

しかし話に戻ると、ドニャ・イネスが息子をカディスへ
行かせたのは、ただそこから出航させるためだった。
そこに滞在することは彼女の意図に反したことだろう、
だがなぜか——そのことは読者には内緒だ——
若いジュアンは旅することになっていた、
あたかもスペインの船がノアの箱舟でも
あるかのように、地上の悪から彼を引き離し
約束の鳩[1]のように、送り出すためのものだった。

1 ヴェネツィアの女性が使ったヘッドスカーフ。

1 ノアは箱船から鳩を放ったが、水がまだひいていなかったので、鳩は戻ってきた。七日待って鳩を放つと、オリーブの若葉をくわえて戻ってきた。ノアは水がひいたことを知った（『創世記』八章参照）。

9
ドン・ジュアンは指図通りに、荷造りを
従者に命じ、それから説教を受け金を受け取った、
彼は四度の春を、旅で過ごす手筈になっていた。
イネスは悲しんだが（すべての類の別れは
心を痛めるもの）、彼が向上することを
望んだ——いや信じたのだろう、そして
ためになる忠告の手紙を（彼はまったく読まなかった）
持たせた、その他、二、三の信用状も。

10
その一方で、立派にも彼女は無聊を慰めようと、
やんちゃな子供たちのために、日曜学校を設立した、
この子らは（ずる休みする悪戯っ子よろしく）
悪さや愚かな真似をする方が好きだった。
その当時、子供は三歳から教育を受け、
劣等生は鞭で叩かれ、懲罰椅子に座らされた。
ジュアンの教育で大成功を収めたので、イネスは
なお一層、次の世代の教育へと駆り立てられた。

11

ジュアンは乗船した——船は出航した、
風は順風、しかし海はひどく荒れた、
あの湾で波がひどくうねることは、
しばしばそこを渡ったわたしはよく知っている。
甲板に立っていると、打ちつける飛沫が
顔に当たり、顔は雨風を何とも思わなくなる。
ジュアンは甲板に立ち、ふたたびスペインに
最初の——おそらくは最後の——別れをした。

12

広がりゆく海を通して、故国の陸が
遠ざかるのを見ることは、厄介な眺めと
言わざるをえない。それは男を女々しくさせる、
特にまだ人生を始めたばかりの者の場合には。
わたしは思い出す、大ブリテン島の海岸は
白く見えるが、ほとんどの他国の岸は青いことを、
そして遠ざかりぼんやりかすむ海原を
見つめながら、我々は海上生活に入る。

13

かくしてジュアンは当惑して甲板に立った。
風は鳴り、策具は引っ張られ、船員たちは罵った、
船はきしみ、町は一点となり、
彼らは順調に速やかに出航した。
船酔いに対する最善の予防策は
ステーキだ、冷笑する前にお試しあれ、
これが正しいことを、わたしは保証する、
自分には効いた、だから諸君の場合も効くだろう。

14

ドン・ジュアンは船尾に立ち、目を凝らして、
故郷のスペインが遠ざかるのを見た。
最初の別れは理解しにくい授業のようなもの、
初めて戦争に赴く国民さえもこれを感じる。
そこには言葉にならない不安、
心を苛立たせる一種の衝撃がある、
この上なく不愉快な者たちや場所を
離れる時でさえ、人は教会の尖塔を見続ける。

15

しかしジュアンには残していくものが多かった、
母親、恋人、そしていない妻（ノー・ワイフ）[1]が、
だからもっと年輩の多くの者よりも
もっと悲しんでも当然の理由があった。
相争う仲の連中から去る時でさえ
時に我々が溜息をつくというのなら、
当然、慕わしく思う人のためには涙を流す——
より深い悲しみが涙を凍らせるまでのことだが。

16

そこでジュアンは泣いた、バビロンの海辺で、シオンのことを
いまだ忘れずに、囚われの身のユダヤ人が泣いたように。[1]
わたしも泣くだろうが、わたしのミューズは泣き虫ではない、
そんなささいな悲しみでは死ぬ思いはしない。
若者はただ楽しむだけの目的でも旅をすべきだ。
次に召使たちが馬車の後ろに
新しい旅行鞄をくくる時には、おそらく
鞄はわたしのこの詩編で裏打ちされているだろう。[2]

1 「いない妻」は原語では no wife で、バイロン夫人に対するあてこすり。ジュアンはまだ結婚していなかったが。

1 「われらはバビロンの川のほとりにすわり、シオンを思い出して涙を流した」（『詩編』一三七章一節）。

2 売れない本は包み紙や鞄などの裏打ちに使われた。

17

ジュアンは泣いた、何度も溜息をついて考えた、
そして、塩辛い涙が塩の海へ落ちた、
「かぐわしいものにはかぐわしいものを」[1]（わたしは
引用するのが大好きで、この抜粋を許して欲しい、
これはデンマークの女王がオフィーリアのために
花を墓へ持ってきた箇所）、彼はしばしば
すすり泣きながら今の状況を熟考し、
本気で改心しようと決意した。

18

「さらば、我がスペインよ！　永の別れだ！」
彼は叫んだ、「汝を二度と訪れることはなく、
汝の岸を今一度見たいと願いつつ、
多くの追放者のように、焦がれ死にするかもしれない、
さらばグアダルキビル川が静かに流れる所よ！
さらば、母上！　すべてが終った今となっては、
さらば、最愛のジュリアよ！――（そこで彼は
彼女の手紙をまた取り出して、最後まで読んだ）。

1　『ハムレット』五幕一場。原語は Sweets to the sweet である。

19「おお、もし万が一忘れようものなら、誓って言うが――
それは不可能なこと、ありえないこと――
僕があなたの姿を顧みず、おお、僕の美しい人！
あなた以外のことを少しでも考えようものなら、
この青い海が融けて空気になり、
大地そのものが溶けて海になるだろう。
病んだ心につける薬は何もない――」
（ここで船は突然傾き、彼は船酔いした）。

20「天が大地にキスするだろう」――（ここでもっと胸が悪くなった）
「おお、ジュリア！　他のすべての苦しみが
何だというのですか」――（頼むから、酒を飲ませろ、
ペドロ、バティスタ、下へ連れて行ってくれ）
「ジュリア、我が愛する人よ！――（馬鹿野郎、ペドロ、急げ）――
おお、ジュリア！（この船はやけに揺れやがる）
最愛のジュリア、僕がいまも哀願するのをお聞き下さい！」
（ここで彼は嘔吐で言語不明瞭になった）。

21

彼は冷え冷えさせる胸の重み、いやむしろ
胃袋の重苦しさを感じた、それは、悲しいかな、
最高の薬剤師の技もかなわず、失恋や友の裏切り、
溺愛する者の死の際にも伴うものだ、そんな時、
他愛もない希望の一つ一つが死んで行く時、
我々の一部は彼らとともに死ぬのだ。
彼はもっと哀れな様子を見せたことだろうが、
海が効き目の強い吐剤の役目を果たした。

22

「愛」は気まぐれな神だ。わたしは知っている、
「愛」は、自身の熱が原因の熱病に耐えぬいても、
咳と風邪には大いに困惑し、扁桃腺に
対処するのに大変な困難を感じることを。
「愛」はすべての高貴な病には強くても、
下品な病気と出会うのを嫌う、
くしゃみが彼の溜息の邪魔をしたり、
炎症が彼の盲目の目を赤くすることも。

23

しかし最悪なのは吐き気、
腸の下方部の痛みだ。
「愛」は雄々しくも血を流すが、
熱いタオルを当てがわれることを嫌い、
下剤は「愛」の支配を危うくし、船酔いは
死を意味する。ジュアンの愛は完璧だった、
さもなければ航海の経験のまったくない彼の情熱が
波が轟く中、どうして腹の変調に耐えられようか。

24

神々しくも「トリニダーダ」[1]と呼ばれた船は
予定通りリヴォルノ[2]の港へ舵をとっていた。
それはスペインの家族、モンカーダがその地に
ジュアンの父親が生れるずっと前から住んでいたからで、
彼らは親戚で、ジュアンは彼ら宛の紹介状を
携えていた。それは、スペインの友人から
イタリアの友人に宛てたもので、出発の朝に
ジュアンに届けられたものだった。

1 「神々しくも」とは、船の名前「トリニダーダ」が三位一体を意味するから。
2 イタリア西部トスカーナ地方の港町。

25

彼の一行には召使が三人と
一人の家庭教師、大学出のペドリーリョがいた、
彼は何ヶ国語も理解したが、今は船酔いして
口もきけず枕をして寝ており、
ハンモックで揺れながら、陸に焦がれた、
彼の頭痛は大波の来る毎にひどくなるのだった。
そして船窓から滲み出す海水で
寝床は湿気を帯び、彼を怖がらせた。

26

そうなる理由がなくはなかった、
夜には風が強まり、とうとう強風になった。
船乗りには大したことではなかったが、
陸上生活者の中には少し青ざめた者もいただろう、
実際のところ、船乗りは異なる人種だ。
彼らは日没には帆を絞り始めた、
空の様子から判断すると、風が強まり、
マストの一、二本が吹き飛ばされそうだったから。[1]

1 この巻の難破の場面を描くに当たって、バイロンは主に以下の書物を参考にした。ジョン・ダルヤル『難破と海上の惨事』（一八一二）、ウィリアム・ブライ『英国軍艦バウンティー号の叛乱の叙述』（一七九〇）、そして『ジョン・バイロン閣下の叙述』（一七六八）など。ジョン・バイロンは詩人の祖父。

27

午後一時、颪は突然向きを変え、
船を波のくぼみに投げ込んだ、そこで
船尾が打撃を受け、無様な亀裂ができた、
船尾のマストが外れ、船尾全体が
打ち砕かれた、その危険状態から船が
持ち上がる前に、舵がちぎれた。
今度はポンプの使用を考える時がきた、
四フィートの浸水があったのだ。

28

すぐに一団がポンプに配置され、
残りの連中は積荷の一部を
上に運ぶことなどのために配置された、
しかしまだ水漏れの場所が見つからなかった。
ついに実際にその箇所を見つけたが、
彼らが助かるかどうかは五分五分だった、
水はまったく予想外の勢いで侵入した、
一方で、彼らはシーツ、シャツ、上着、モスリンの束を

29

あいた穴に押しつけた。しかしもしポンプがなかったら
そのどれもが役に立たず、彼らの努力や方策の
すべてにもかかわらず、彼らは水底に沈んだことだろう。
今後、ポンプを必要とするかもしれぬ仲間の
船乗りたちにこのことを、わたしは喜んでお知らせる、
一時間に五十トンの海水が汲み上げられた、
もしポンプ製作者の、ロンドンのマン氏[1]がいなかったら、
彼らはすべて海の藻屑となったことだろう。

30

時間が経つにつれて、風雨は収まり始めた、
そして水漏れは減り、船が浮いたままになると
彼らは判断した、もっとも、まだ三フィートの
浸水があり、手押しポンプ二台と鎖ポンプ一台が
まだ使われていた。風がまた吹き出した、
夜遅く豪雨が襲ってきた、何門かの大砲が外れ、
突風——筆舌に尽くし難い風——が吹いて
船は傾き、横倒しになってしまった。

1 マン氏についてはダリヤルの記述に載っている。

31

船は横になって動かず、転覆したようだった、
船倉の海水はなくなり、甲板を洗った、
そしてなかなかに忘れ難い光景を呈した。
人は戦闘や火事や難破、あるいは
その他心を痛めるもの、また希望や胸、
あるいは首や頭を砕くものを忘れない、
だから溺れたことは、偶然に生き延びた
潜水夫や泳ぎ手によってよく語られるのだ。

32

すぐにマストは切り取られた、
大檣（たいしょう）も後檣（こうしょう）も。まず後檣が、次に
大檣がなくなった、しかし船は依然として
丸太同然に横たわり、我々の意図を挫いた。
前檣と第一斜檣が切り倒された、そしてついに
船は楽になった（もっとも我々はすべての望みが
断たれるまでマストのすべてを手放す気はなかった）、
そして古い船は激しい勢いで垂直になった。

33

想像に難くないことだが、この事態が
進行する間、こんな心配をする者がいた、
すなわち、乗客は、食物が台無しになる他に、
命も失うと言って大騒ぎをするのではないかと。
また、もっとも有能な船乗りでさえ、命脈が
ほぼ尽きたと考えると、騒動を引き起こす気になり、
そんな場合によくあるのだが、ラム酒の水割りを欲しがり、
時には樽から直接ラム酒を飲むのではないかと。

34

心を鎮めるのにラム酒と本物の宗教に若くものなし、
というのはまさにその通りで、この場合もそうだった、
略奪する者、飲酒する者、賛美歌を歌う者もいた、
強風が高音部を奏し、しわがれて耳障りな波が
低音部をなして拍子を合わせた。恐怖心のため
不幸な陸上生活者すべての船酔いした腹のむかつきが治った。
嘆きと悪態と祈りの不思議な声が
コーラスとなって轟く大海原に響き渡った。

35
もし我らのジュアンがいなかったなら、もっとひどいことに
なったことだろう、彼は年に似合わぬ賢さで
酒貯蔵室へ行き、両手にピストルを持って
その前に立った。そして船員たちは恐怖心のため
近づけなかった、あたかも悪態や涙にもかかわらず、
ジュアンの守るドアの前で、水ではなくピストルで死ぬ方が
もっと恐ろしいものであるかのように、彼らは
沈む前に酔っ払って死ぬのがふさわしいと思ったのだが。

36
「もっとグロッグ[1]をくれ」と彼らは叫んだ、
「一時間後には同じことだから」、ジュアンは答えた、
「駄目だ！　確かに死が俺たちを待っているが
人間らしく死のうではないか、獣のように海底に
沈んではならない」、こう言って危険な持ち場を守った、
誰もジュアンの一撃を早めたくはなかった。
彼のもっとも尊敬すべき家庭教師のペドリーリョさえも
ラム酒を欲しがったが、貰えずに失望した一人だった。

1 水で割った蒸留酒

37

このよき老紳士はすっかり恐怖にかられ、
大声で敬虔な嘆きの声を挙げた。
すべての罪を悔い、心を入れ替えるための
最後のもう取返しのきかない誓いを立てた、
すなわち、（この危険が去ったら）何があっても
もう二度と権威あるサラマンカ大学[1]の回廊での
学者の仕事を離れ、サンチョ・パンサ[2]のように
ジュアンに付いて行くことはしない、との誓いを。

38

しかし今一度、一縷の望みの光が煌いた、
夜が明け、風は静まった、マストはなくなり
水漏れが増した、周りには浅瀬はあったが岸はなかった、
船は漂流したが、まだ持ちこたえていた。
ふたたびポンプが試された、以前は
必死の努力もまったく水泡に帰したようだったが、
一瞬日が差すと、水のかい出しを始める者がいた――
頑強な者はポンプを使い、弱い者は帆をロープや油で強くした。

1　一三世紀創立のスペインの大学。
2　セルバンテス作『ドン・キホーテ』の登場人物。主人公ドン・キホーテの従者。

39
船の竜骨の下にその帆を通した、
しばらくの間は幾分かの効果があった。
しかし水漏れし、マストのかけらもなく
帆の布切れもないのに、何を期待できるというのか。
それでも最後まで努力するのが最善だ、
完全に難破するのはいつでもできる、
なるほど人間は一度しか死ねないが、[1]
リヨン湾[2]で死ぬのは楽しいことではない。

40
風と波が彼らを押しやっていたが、
それからは何の術もなく流された。
舵取りができなくなって、
一日たりとも、休息したり、
臨時のマストや舵を使い始めたり、
船が一時間は浮くだろうと言えるような、
そんな穏やかな日はなかった、船は幸運にも
まだ浮かんでいた——鴨のように、とは言えなくとも。

1 「また、人間にはただ一度死ぬことと、その後に裁きを受けることとが、定まっているように」（『ヘブライ人への手紙』九章二七節）。
2 南仏沿いの地中海の湾。

41

実際、風はむしろ弱まったようだったが、
船は難航し、あまり長く
嵐を凌ぐことは望めなかった。
水は欠乏しており、対処すべき
困難は大きく、また固形の食料は
すこぶる乏しかった。望遠鏡を使ったが
役に立たず、船の帆も岸も見えなかった。
あるのはただ荒れ狂う海と近づく夜だけだった。

42

ふたたび空は険悪な様相を呈し、
また強風が吹き、前後の船倉に
浸水があった。このようなことすべてを
彼らは知っていたが、大抵の者は辛抱強く、
勇敢な者もいた。だがついに、すべての
ポンプの鎖と皮が完全に擦り切れた、
完全な難破船となった船は、波の意のままに
横揺れし、波の温情は内乱時の人間のようだった。[1]

1 イギリスの清教徒革命（一六四二—四九）を指すと思われる。残酷な時代だった。

43

ついに船大工が荒々しい目に涙を浮かべて
やって来て、なすべきことはすべてやった、
と船長に言った。年輩の男で、長年、
嵐の海を何度も航海した経験があった、
その彼がついに泣いたとしても、彼の瞼を
女のそれにしたのは恐怖ではなかった、
可哀想にこの男には妻と子供がいた、
死にゆく者を大いに困惑させる二つのものだ。

44

船は今や明らかに船首を急速に海水に
突っ込んでいった。人を区別するものは
一切なくなり、ある者はまた祈り始め、
信心する聖人に蝋燭を捧げる誓いをした――しかし
捧げる蝋燭はなかった。船首から下を見る者もいた、
ボートを降ろす者もいた、またペドリーリョに
罪の許しを懇請した者がいたが、
彼は混乱のあまり、地獄に堕ちろと言った。

45

ハンモックに身を括りつける者がいれば、
縁日に行くかのように、晴着を身に付ける者もいた。
お天道様を目にした日を呪う者もおれば、
歯ぎしりして唸り、髪をかきむしる者もいた。
始めから態度を変えない者もいて、彼らは
ボートを引き出した、水漏れしないボートが
荒海では沈没しないことを熟知していたからだ、
もっとも大波が船の風下に接近したら話は別だが。

46

最悪だったことは、何週間もそんな状態で
ひどい災難に見舞われたので、
今や、長い苦しみを軽くしてくれる
糧食を取り出すのが難しいことだった。
人間は死に瀕しても空腹を好まないもの。
彼らの蓄えは悪天候で被害を受け、
カッターに投げ込めたのはビスケットの樽が二つ、
それにバターの小さな樽一つだけだった。

47

しかし彼らは長艇に備蓄する工夫をした、
それは濡れて痛んではいたが、数ポンドのパン、
二十ガロン入りの一樽の水、そして
酒瓶六本のワインだった。またなんとか
船倉から牛肉の一部を取ってきた、
一切れの豚肉を偶然見つけたが、
全員の昼食一回分にもならないほどだった――
それから、大樽に八ガロンのラム酒があった。

48

他の船、すなわち小雑用艇（ヨール）と積載端艇（ピンネース）は、
嵐の始めに穴があいてしまっていた。
長艇の状態もまったくひどかった、
なぜなら帆には二枚の毛布、マストには
オールが一本しかなかった、それは運よく
ある若者が船縁りから投げ入れたものだった。
二隻のボートはその時の乗客の半分も
収容できず、必要な食料も人数分はなかった。

49

黄昏時だった、太陽のない一日が
荒涼と広がる海の向こうに落ちた。海は
ベールを取り除くと、攻撃のために
隠されていた憎しみの渋面を見せるだけだった。
このように、夜が彼らの望みなき目に姿を見せ、
青白い顔の上に、そして薄暗い侘しい海原の上に、
恐ろしくも暗くなった。十二日の間、「恐怖」が
彼らの使い魔で、今や「死」がそこにいた。

50

筏を作る試みもなされたが、これほど
波立つ海ではとても助かる見込みはなかった、
このような時に笑うことが可能だとしたら、
こんな行為は嘲笑を招いたことだろう。もっとも、
酒をしこたま飲んで、癲癇症とヒステリー症が
相半ばする状態になり、一種の狂気と恐怖で
浮かれ騒ぐ連中の場合は、話は別だ――
彼らの生存など奇跡的なことだっただろう。

51

八時半に帆桁や鶏かごや円材などすべてが、
運を天にまかせて放り投げられた、それは
もがいている船乗りを漂流させることができた、
見込みはなくとも彼らはまだ奮闘していたからだ。
空にある光といえばただ数個の星だけだった、
多すぎる船員を乗せてボートは海に乗り出した、
本船は傾きそれから左舷に急に傾いだ、
そして船首から先に落ちていった——つまり沈んだのだ。

52

すると海から空へ狂気じみた別れの声が上った、
臆病者は悲鳴を上げ、勇敢な者はじっと立っていた、
恐ろしい叫び声を上げて、死を急ぐあまり
船縁から飛び降りる者がいた。
海は船のまわりで地獄のような口をあけた、
船は自分とともに渦巻く波を吸い込んだ、
それは敵と取っ組合いをし、死ぬ前に
敵を絞め殺そうとする者のようだった。

53

まず、一斉に突然の悲鳴が起こった、それは
騒々しい海よりも大きな声でこだまする
雷鳴のすさまじい音のようだった、次に
すべては沈黙した、聞こえるのはただ激しい風と、
容赦ない砕ける大波の音だけだった。しかし
時に痙攣するような波のはね散る音にともなって、
悲鳴が一つ、ぶくぶく音をたてる叫び声が起こった、
それは悶え苦しむ逞しい泳ぎ手のものだった。

54

先に述べたように、ボートは海に乗り出していた、
その中には船員の何人かが群がっていた。
しかし彼らの今の望みも以前とほとんど
変わらなかった、風があまりに強かったので
岸に辿り着ける見込みはわずかしかなかったからだ。
人数はとても少なかったが、それでも多すぎた――
ボートが漂い始めた時の人数は
カッターに九名、ボートに三十人だった。

55
残りの者はすべて死んだ、二百近い魂が
肉体を離れた、さらに悪いことには、悲しいかな！
カトリック教徒の上を波がうねる時、死者のための
ミサが行われて、一ペック[1]の煉獄の炭火を取り去って
貰うまでは[2]、数週間も待たねばならない、
なぜなら事実を知るまでは、人々は
死者のために金を使おうとはしない、
ミサは一度につき三フランかかるのだから。

1　一ペックは九リットル（乾量）。
2　煉獄での魂の浄化を指す。

56
ジュアンは長艇に乗り込み、なんとか
ペドリーリョを助けて座らせた、その様は
あたかも二人が役割を取り替えたかに見えた、
なぜならジュアンの顔は勇気で
毅然としていたが、可哀想にペドリーリョの両目は、
その持主の状況を悲しんで泣いていた、
もっとも、バティスタは（略してティタの名で
呼ばれていたが）ブランデーを掴もうとして波間に消えた。

57

ジュアンは従僕のペドロも救おうとしたが、
死を招く同じ原因で、すっかり彼は
酔っ払い、カッターの縁を越えようとして
海に飛び込み、そこで酒と水の混じった墓を
見つけることとなった。すぐ近くにいたのに
連中は彼を助けることはできなかった、
波が刻々と高さを増しており、ボートは――
乗組員でますます混み合ってきたからだった。

58

小さな老スパニエル犬がいた――ジュアンが
愛していた父のドン・ホセが飼っていたもので、
読者がお考えのように、人はそんなことを
優しく思い出すものだ――その犬が船縁で
吠えていた、船が沈まんとすることを
きっと分かっていたのだろう（犬の鼻は理知的だ！）、
ジュアンは犬を抱え上げ、船を離れる前に
投げ込み、その後から飛び移った。

59

彼はまたお金を自分の体にできる限り詰めた、
そしてペドリーリョの体にもそうした、実のところ、
彼はジュアンの思うままにされていた、
自身は何を言い、何をすればいいのか分からず、
波が盛り上がるたびに恐怖を新たにした。
しかしジュアンは、まだ切り抜けられると信じ、
どんな不幸にも救済策があると考え、
このように家庭教師とスパニエルを再び乗船させた。

60

荒れた夜で、風が激しく吹き、
帆は大波の間では動かなくなった、
もっとも波の頂点ではじっとしていなかった、
彼らは風があっても敢えて帆を取り入れなかった。
どの波も船尾に逆巻き、彼らは濡れたままになり、
一瞬の休みもなく水を掻き出した、だから
彼ら自身も望みも濡れて湿ってしまい、
哀れにも小さなカッターはすぐに海中に没した。

61

さらに九人の魂が船とともに消えた。長艇は
まだ浮いていたが、一本のオールをマストにして、
帆の役に立たない縫い付けた二枚の毛布が、
オールにしっかりと取り付けられた。
あらゆる波が逆巻き、船を海水で満たそうとした、
そして今の危険は過去の危険すべてに勝っていたが、
彼らは、カッターとともに死んだ者のみならず、
ビスケットの樽とバターが消えたことも悲しんだ。

62

太陽が赤く火のように昇った、
それは強風の続く確かな徴だった、
天候がよくなるまで波に流されるのが、
当分の間、取り得る手段のすべてだった。
弱ってきた者たちには、茶さじに
何杯かのラムとワイン、そして
袋の中で濡れたパンが分け与えられた、
大方は服といってもぼろきれ同然だった。

63

全部で三十人が、体を動かし、何かする余地もほとんどない所に詰め込まれていた。彼らは状況を緩和しようと最善を尽した、水に浸かって体は感覚を失っていたが、半分は座り、残りの半分は自分のいる場所で横になって四時間交代で見張りをした、このように彼らは三日熱のような悪寒の発作で震えながら、ボートを満たし、大外套の替りには空があるだけだった。

64

生命欲が命を延ばすことはまさにその通り、これは医者には自明のことだが、友にも妻にも苦しめられることのない患者が絶望的な状態を生き延びるのは、まだ希望があるからで、ナイフもアトロポス[1]の鋏も彼らの眼前に光ることはない。一切の回復に絶望すると長寿は損なわれ、人間の不幸を驚くほど短くしてしまう。

1 運命の三女神の一人で運命の糸を切る役。他に運命の糸を紡ぐクロト、糸の長さを決めるラケシスがいる（ギリシア神話）。

65

年金を受け取る者は、他の者より長生きする、
人はそう言う——交付者を苦しめるためでないとしたら、
その理由は皆目分からない——しかし確かにその通りで、
本気で思うのだが、決して死なない者がいる、
債権者の中でも最悪なのはユダヤ人で、
それが彼らの用立ての仕方で、若い時代、
そんな風に彼らは金を貸してくれたが、
こちらは返すのには大いにてこずった。

66

覆いのないボートにいる者もそうだ、
彼らは生命愛を糧にし、信じがたいことや
考えることさえ及ばないことにも耐え、
嵐の猛威に曝されても岩盤のように立つ。
ノアの箱舟があちこち巡航して以来、
艱難はずっと船乗りの運命だった、
このボートには船荷とともに奇妙な乗組員がいた、
最初のギリシアの私掠（しりやく）船[1]、アルゴ号[2]のように。

1 敵船の攻撃・捕獲の許可を政府から得ている民間の武装船。
2 伝説の英雄イアソンは部下とともにアルゴ船に乗って、金の羊毛を探しにコルキスへ行った（ギリシア神話）。

67

しかし人間は肉食の創造物で、
最低一日一食は食事を摂らねばならぬ。
山鴫(やましぎ)のように水を吸って生きられず、
鮫や虎のように獲物が必要だ。
人間の解剖学的構造は、野菜には
不平をこぼしつつ辛抱はするが、
肉体を使って働く者は、一切の疑いもなく
牛肉や子牛や羊肉の方が消化にいいと考える。

68

我々の幸薄き乗組員の場合もそうだった、
なぜなら、三日目には凪が訪れ、
始めはそれで体力が回復するかもしれず、
鎮静剤のように彼らの疲れの上を覆い、
青い海原で亀のようになだめられて
眠ってはいたが、目を覚ますと腹の不調を覚え、
しかるべき精密さで糧食を
蓄えもせず、がつがつと食らってしまった。

69

結果は容易に予測された――いくら忠告しても
彼らはあるだけの食料を食べ尽くし、
ワインを飲んだ、そうすると、実のところ
明日の食事はどうすればいいのだろう。
愚かな奴らだ！　彼らは、風が起こり
岸に運ばれることを望んだのだ、
希望は結構だが、あるのはオール一本だけ、
それも壊れやすく、食料を残しておく方が賢明だった。

70

四日目になった、かすかなそよぎさえなかった、
大洋は乳飲み子のようにまどろんだ。
五日目、ボートは漂っていた、
海と空は青く澄み、穏やかだった。
一本のオールで（一対ならよかったが）
何ができるというのか。飢餓が激しさを増した、
そこで、ジュアンのスパニエル犬が、彼の嘆願にも
かかわらず殺されて、当座の食料として分配された。

71

六日目には彼らは皮を食べた、
亡き父の犬だったので、ジュアンは
まだ食べることを拒否していたが
今や顎に鷹のような食欲を感じて、
自責の念を覚えながら前足を一本、
大層有難く受け取った（最初は断ったのだが）。
彼はそれをペドリーリョと分けたが、ペドリーリョは
それを貪り食うと残りの半分も欲しがった。

72

七日目、風はなかった――焼けつく太陽は
身体を焦がし、火膨れを作った、彼らは動かず、
死体のように横たわった。何の希望もなかった、
ただ微風に望みをかけたが、吹きはしなかった。
彼らは凶暴な目で互いを見詰めた――すべてがなくなった、
水もワインも食物も――もし誰かその場にいたなら、
肉食人種の渇望が狼のような目に現れるのを
見たことだろう（口にはしなかったが）。

73

ついに一人が仲間に囁いた、そいつが
もう一人に囁き、かくして囁きは広まり、
次にはかすれたつぶやきとなった、
不吉で、激しい絶望的な声に。
各自飢えに苦しむ者が仲間の心を知った時、
それが今まで抑えてきた自身のものだと分かった、
彼らははっきりと口にした、血と肉のために籤を引いて、
仲間の食料になって死ぬべき者を決めようと。

74

しかし、ことここに至るまで、その日は
皮の帽子と靴の残りを分け合った。
それからまわりを見回して絶望した、
犠牲者になりたい者は誰もいなかった。
ついに籤が引き裂かれ、用意が整ったが、
その材料はミューズには大きな衝撃だった――
紙がなく、他に適当なものもなかったので、
彼らは力ずくで、ジュアンからジュリアの手紙を奪った。

75

籤は恐ろしい沈黙の中で、作られ、印をつけられ、
混ぜられ、そして手渡された、配られる時には
残忍な飢餓感さえも鎮まった、プロメテウスの
禿鷹のように、飢えがこの穢れ[1]を要求したのだったが。
特に誰がそれを求め、計画した訳でもなかった、
彼らをさいなみ、この決意に至らしめたのは本性で、
誰もこれには中立ではおられなかった――
籤はジュアンの幸薄き家庭教師に当たった。

1 仲間の肉を食うこと。

76

彼は出血で死ぬことだけを願った、
外科医は器具を持っており、ペドリーリョの
血を採り、いとも静かに彼の息は絶えた、
いつ死んだのか分からないほどだった。
彼はカトリック教徒として生まれ、死んだ。
育てられた信仰に忠実な者の多くがするように、
まず小さな十字架にキスをして、
それから頚動脈と手首を差し出した。

77

他に謝礼がなかったので、外科医は
その労に対して好みの切り身を貰えたが、
その時、喉の渇きがとてもひどかったので
どくどくと流れ出る血を一飲みすることを選んだ。
身体の一部は分けられ、一部は海に投げ込まれた、
そして、はらわたや脳味噌は、波に乗って
追ってきた二匹の鮫のご馳走になった――
船乗りたちは哀れなペドリーリョの残りの部分を食べた。

78

船乗りたちは彼を食べた、あまり肉を好まぬ
数名を除いてすべての者が。ジュアンは
この数名の中にいたのだが、前には、自分の
スパニエル犬を食べるのを拒んだので、
食欲が増すなどということはなかった。
艱難辛苦の極限状態にあってさえ
彼らと一緒になって、自分の牧師兼教師を
食事にすることは起こるはずはなかった。

79
食べなくてよかった、なぜなら、実際のところ、
その結果はこの上なく恐ろしいものだった。
がつがつ食った者たちは激しい狂気にかられた——
神よ、彼らは何と罰当たりの言葉を吐いたことか！
不思議な痙攣に苦しめられ、泡を吹き、のたうちまわり、
山の水であるかのように塩水を飲んで、
身をかきむしり、歯をむき、唸り、叫び、悪態をつき、
ハイエナのように笑い、絶望しながら死んでいった。

80
この罰を受けて人数は激減した、
残りの者は皆、確かにやせ細っていた。
記憶を失った者もいたが、自分の不幸を
まだ知覚している者よりは幸せだった。
しかし新たな解剖に思いを巡らす者もいた、
あたかも、食欲を愚かにも行使した結果、
狂気に苦しんで死んでしまった者たちから、
まだ十分な警告を受けていないかのように。

81

彼らは次に考えた、一等航海士が
もっとも肉付きがいいことを。しかし彼は助かった、
そんな運命をひどく嫌がったこともあるが、
他にも理由があった。第一には、
最近、体の調子がすぐれなかったこと、
そして特に彼の留保条項となったものは、
カディスでもらった小さな贈り物[1]、
女性たちが全員でくれた餞別だった。

82

かわいそうに、ペドリーリョの身体の一部は
まだ残っており、それは大事に使われた——
ある者は怖がり、他の者は食欲を抑え続けた、
しかし時には粗末な夕食にした。
ジュアンだけは別で、常に食事を控え、
竹の切れ端や鉛をかじった、そしてついに彼らは
カツオドリ二羽とクロアジサシ一羽を捕まえ、
それからは死体を食べるのをやめた。

1 性病のこと。

83
もしペドリーリョの運命が衝撃的だと言うなら、
思い出して欲しい、ウゴリーノ[1]が丁寧にも
彼の話を終えるやいなや、不倶戴天の敵の頭を
親切にも食べてやったことを。
もし地獄で敵が食物になるなら、海上で
友を食事にしてもきっと穏当だろう、難破して
不足する食料の割当てがあまりに乏しくなるのだから、
ダンテより恐ろしいとは言えないだろう。

84
その夜、ひとしきり雨が降った、それを飲もうとして
彼らは大口を開けた、乾燥して夏の塵になった
大地の裂け目のように。苦しんで教えられるまで、
人間は有難い水の真価を本当には知らない。
もし諸君がトルコやスペインにいたことがあるなら、
あるいは、飢えた船乗りたちと寝起きをともにしたら、
はたまた砂漠でラクダの鈴の音を聞いたなら、
「真実」の在り場所にいたいと思うだろう——井戸の中に。[1]

1 ウゴリーノ・デラ・ゲラルデスカ（一二二〇—八九）のこと。ギベリン党の有力貴族。トスカーナ地方の一族。ピサの総司令官となったが、陰謀により地位を奪われ、息子二人、孫二人とともに、幽閉され餓死した。ウゴリーノは地獄で彼の敵ルッジェーリ大司教の首をかじる。（ダンテ『神曲』「地獄編」三三—三三章参照）。

1 「真実については我々は何も知らない。真実は井戸の中にあるから」（ディオゲネス『ピュロンの生涯』九章七二節）。

85

土砂降りになった、しかしシーツのぼろ切れを
見つけるまでは、恩恵を受けられなかった、
このぼろ切れはスポンジの水差しの役を果たし、
布が十分水を吸い込んだと思った時に
彼らはそれを絞った、喉の渇いた溝堀り人も
わずかな水の一飲みが、なみなみとつがれた
ビールと同じほど旨いとは、思わなかっただろうが、
今までこれほど水を飲む喜びを感じたことはなかった。

86

血の裂け目がたくさんできた焼けた唇は[1]
水気を吸い込み、水分は甘露（ネクタル）[2]のように流れた。
喉はオーブンとなり、膨れた舌は黒く、
あの地獄の金持ちの喉や舌と同じだった、[3]
こいつは金切り声を上げて、乞食に物乞いしても甲斐なく、
一滴ずつが天上の味がするように見えても、
乞食は一滴の露も降らしてくれなかった——もしもこれが
真実なら、確かに気楽な信仰を持つキリスト教徒がいるものだ。

1 「乾いた喉と焼けた黒い唇で」（コールリッジ『老水夫』三部一五七行）。

2 神々の酒で、これを飲めば不老不死になるという（ギリシア・ローマ神話）。

3 金持ちと乞食のラザロの話については以下を参照。「『父、アブラハムよ、わたしを憐れんでください。ラザロをよこして、指先を水に浸し、わたしの舌を冷やさせてください。わたしはこの火炎の中でもだえ苦しんでいます。』アブラハムは言った、『子よ、思い出してみるがよい。お前は生きている間に良いものをもらっていたが、ラザロは反対に悪いものをもらっていた。今は、ここで彼は慰められ、お前はもだえ苦しむのだ。』」（『ルカによる福音書』一六章二四—二五節）。

87

この幽霊のような連中の中に父親が二人いた、
それぞれに息子がおり、その中の一人は
見た目には、逞しく頑丈に見えたが、
先に死んだ。息絶えた時、すぐ近くにいた
食事仲間が、父親にそのことを告げた、
彼は一瞥をくれて、「神の御心のままに！
わたしには何もできない」と言った、そして息子が
海中に投げ込まれるのを、涙も呻き声もなく見た。

88

もう一人の父親の子供は弱々しかった、
柔らかな頬と虚弱な表情をしていた、
しかしこの少年は長く持ちこたえ、
穏やかで忍耐強い生気で、運命を遠ざけた。
ほとんど話さず、あたかも、父の心の重荷を
軽くするためであるかのように、時折微笑んだ、
それは、二人が別れねばならぬという深く辛い思いで、
父親の心の重荷が増していくのを、見たからだった。

89
父親は息子の上に屈みこみ、顔から
決して目を上げずに、ずっと見詰め続けた。
泡を拭いてやり、土色の唇から
待ちに待った雨がやっと降った時、
ものうい薄い膜で半ばかすんだ目が
輝き、一瞬、動くと見えた時、
父はぼろ切れから雨水を数滴絞り出して
瀕死の子供の口に入れてやった――しかし空しかった。

90
少年は事切れた――父親は亡骸を抱き、
長い間見詰めた、そしてついに死の
疑いようがなくなり、遺体の重みが父の胸に
硬直してのしかかり、脈拍も希望も過ぎ去った時、
彼は遺体を切なげに見詰め、ついにそれは
荒れる波に投げ込まれて、運び去られた。
すると彼自身もすっかり黙り込み、身震いして
へたり込み、震える手足を除き、生きた徴はなくなった。

91

今や頭上には、四散する雲の間から
突然虹が現われ、暗い海を跨いで輝き、
明るい脚を震える青い海においていた。
アーチの中のすべては外側にあるものより
鮮明で、その幅広い色合いは
たなびく旗のように、広く波打った、
それから、引き絞った弓のように変化し、
次には、難破した男たちのかすんだ目から消えた。

92

無論、虹は変化した。それは天上のカメレオン、
蒸気と太陽の軽やかな子供、
生まれる時は紫色、真紅の揺籠に寝かされて
溶けた金の洗礼を受け、焦げ茶のむつきにくるまれ、
トルコの四阿の上の新月章のように煌き、
すべての色を一つに混ぜ合わせる、
ちょうど最近の喧嘩でできた目の周りの黒い痣のよう
（時にはグローブなしで我々は打ち合わねばならぬから）。

93

難破した我らが船員はこれを吉兆だと考えた——
時にそう考えるのはもっともなこと。
それはギリシア人やローマ人の古い習慣で、
人が落胆した時には大いに役立つかもしれぬ。
何よりも明白なことは、彼らほど自らの
元気付けを必要とする者は他にいなかった、
したがって、この虹は希望に見えた——
まったく見事な天上の万華鏡[1]だった。

94

この頃に水かきのある、鳩に似た大きさと羽毛のある
一羽の美しい白い鳥が、彼らの眼前をしばしば飛んだ
（おそらく行く先を間違えたのだろう）、
船の中には人影が見え、声も聞こえたが
船に止まろうとした、そしてこんな風に
行ったり来たりして、彼らのまわりで
羽ばたいた、そしてついに夜になった——
これはなお一層よい前兆に見えた。

1　一八一七年にサー・デイヴィッド・ブルースターが発明した。

95
しかしわたしはまた言わねばならぬ、この場合、
この期待の鳥が船に止まらないでよかったと、
我らの破壊された船の索具は、止まり木にするには
教会ほど安全ではなかったからだ。
たとえその鳥が、首尾良くいった探索から
戻ってきた、ノアの箱舟の鳩であったとしても、
飛んでいる途中偶然に止まった瞬間に、彼らはそれを
食べたことだろう、オリーブの枝も一緒に。[1]

96
黄昏時にまた風が吹き出したが、激しくはなく、
星は光り、船は進んだ。しかし今や彼らは
すっかり意気消沈していたので、どこにいて
何をしているのかも分からなかった、陸を見たと
空想する者や、「そうじゃない」と言う者もいた、
霧峰[1]がしばしば現われて彼らを迷わせた――
砕け散る波だとか砲撃だと誓う者がいた、
そして一度は全員が勘違いして砲撃だと思った。

1「鳩は夕方になってノアのもとに帰って来た。見よ、鳩はくちばしにオリーブの葉をくわえていた。ノアは水が地上からひいたことを知った」(『創世記』八章一一節)。

1 水平線に厚い雲のように見える濃い霧のこと。

97

夜が明けると微風も消えた、
当直の者が叫んで、誓って言った、
朝日と一緒に昇ってきたものが陸でなかったら、
自分はもう金輪際、陸を見なくともよいと。
残りの者は目をこすり、湾を見た、
あるいは見たと思った、そして岸へと船を向けた、
それは正しく陸であり、徐々に鮮明となり、
高くなり、視界にはっきりと現われた。

98

すると一部の者が突然泣き出した、
他の者は呆然として目を凝らして、
まだ望みと恐れを分かつことができず、
あたかももう心配事がないように見えた。
一方、少数の者は祈った――（ここ数年で
初めてだった）――船底では三人が
眠っていた。手と頭を揺すって
起こそうとしたが、もう死んでいた。

99

その前日、彼らは亀を見つけた、それは
波の上でぐっすり眠っていたタイマイで、
運よく忍び寄ってきた時に捕まえた、
これで一日、露命をつないだ、それは
彼らの心にはなお一層の滋養になった、
それが生きる励みとなったからで、
彼らはこう考えた、このような危険な時に
偶然を越えたものが救出に亀を送ってくれた、と。

100

陸は高く岩だらけの岸に見えた、
海流でその方向へ近づくにつれて
山々はなおも高くなった、彼らは夢中になって
様々に推測した、なぜなら地球のどこに
押し流されたのか、誰にも分からなかった。
吹く風はあまりにも気紛れだった。
エトナ山[1]だと考える者や、カンディア[2]の高地、キプロス、
ロードス島[3]あるいはその他の島だと考える者もいた。

1 シチリア島東部の活火山。
2 クレタ島のこと。
3 エーゲ海南東部、小アジア南西端近くにある島。

101

その間に、風が強まり、潮の流れが彼らを
有難い岸の方へさらに近づけた、その様子は、
青ざめてものうい顔の亡霊を乗せた
カロン[1]の舟のようだった。生きた積荷は
今では減って四人になった、死者が三人いたが、
彼らの力では、以前に死んだ者のように、
海中に投げ込むことができなかった、二匹の鮫が
なおも離れず、水をはねつつ、彼らの顔に飛沫をぶつけた。

102

飢え、絶望、寒さ、咽の乾き、暑気が
彼らに次々と襲いかかり、やせ細らせ、
骨と皮の骸骨になった乗組員の中から、
母親も自分の息子を見分けられなかっただろう。
夜には冷やされ、昼は焼かれ、かくして一人ずつ
今の数名になるまで瘠せ衰えて死んでいった、
しかし主な理由は一種の自殺行為で、
つまりは塩水でペドリーリョを流し込んだからだった。

1 死者の魂を船に乗せて冥土の川（ステュクス川とアケロン川）を渡すと言われる渡し守（ギリシア神話）。

103

そこかしこ、どこも一様ではない陸地に
近づくにつれて、今や彼らはそこに育つ
緑の木々のみずみずしさを感じた、
木々は森の梢で波打ち、大気を穏やかにし、
煌く波や灼熱の剥き出しの太陽から守ってくれる
衝立のように、彼らのどんよりした目に映った――
茫漠として、恐ろしい、とこしえの塩の海原を
　掃してくれるものなら、どんな物でも美しく見えた。

104

海岸は人の気配もなく、荒れ果てた様子で、
恐るべき波が取り巻いていた。
しかし彼らには陸のことしか頭になく、
今や咆哮する波浪が行く手にあったが、
その方向へ進路を取った。波間の砂州もまた
沸き立つ磯波と飛び跳ねる飛沫を見せ始めた、
しかしよりよい上陸地が見つからず、
ボートを座礁させ、転覆させてしまった。

105

しかしジュアンは故郷のグアダルキビル川の水に
若々しい手足をよく浸したものだった、
あのいとしい川で泳ぎを覚えたので、
しばしば泳ぎの術の恩恵を受けていた。
彼を凌ぐ泳ぎ手は滅多にいなかった、
ヘレスポント海峡[1]も渡ることができたであろう、
(我々が大いに誇りとする快挙だが) かつて
レアンドロス[2]とイーケンヘッド氏とわたしがそうしたように。[3]

106

だから彼はここでは、力なく、やせ細り、
身体はこわばっていたが、少年らしい手足に
力を漲らせ、早い波に立ち向い、暗くなる前に
安全な、目前の砂浜へ到達しようと努めた、
ここでの最大の危険は一匹の鮫で、
そいつはそばにいた男の太腿をくわえて
運び去った、他の二人は泳げなかった、
結局、上陸できたのはジュアンだけだった。

1 地中海とマルマラ海を繋ぐ海峡で、ダーダネルス海峡のギリシア語の古名。マルマラ海はトルコ北西部にあって、アジアとヨーロッパを繋ぐ。
2 レアンドロスは毎夜アビドスからヘレスポントを泳ぎ渡って、ヘーローに会いに行ったが、嵐の夜、彼女の塔の灯りが消えて見えなくなったため溺れ死んだ(ギリシア神話)。
3 バイロンは一八一〇年五月一〇日にイーケンヘッド氏とともにヘレスポントを泳いで渡った。

107
それでも、オールがなければ上陸しなかっただろう、
天の配剤で、弱った腕がもう水をかけなくなった
ちょうどその時に、それは流されてきて、
冷酷な波が彼を呑み込んだその時に、オールが
手の届くところへ叩きつけられた。彼はそれにしがみつき、
海水が激しく打ちつけ、打ち据えられた。
ついに、彼は泳ぎ、浅瀬を渡り、這いながら、
半ば気を失って、海から浜へと転がった。

108
息も絶え絶えに、爪をめりこませ、
しっかり砂を捉まえた、さもなければ返す波が
（離そうとせぬ咆哮する波から彼は命をもぎとったが）、
また彼を貪欲な墓へと吸い込んでしまっただろう。
投げ出された所、崖を穿った洞穴の入り口の前に、
彼は大の字になって横たわった、
残された生命力は、やっと痛みを感じ、
助かったが命は尽きるだろう、と見なす程度のものだったが。

109

彼はゆっくり、よろめきながらも
なんとか立ち上がったが、血を流す膝と
震える手をついてまた倒れた、それから
海上で長らく仲間だった連中を探した、
しかし彼の悲しみを共にする者は現われなかった、
ただ一人、一個の死体を除いて。それは二日前に
餓死した三人の中の一人で、今や埋葬の地として
見知らぬ不毛の砂浜を見つけたのだった。

110

見詰めている間に、ふらふらする頭は
急速に回転し、身体は沈んだ、沈む時に
砂がぐるぐる回り、意識は消えた。
彼は横向きに倒れ、伸ばされた水をたらす手は、
オール（彼らの臨時マスト）の上にたれた、
そしてしおれた百合のように陸地に
ほっそりした体と青白い顔を横たえた、
土より生まれた何物にも劣らぬ美しさだった。

111

どのくらい濡れたまま昏睡状態で横たわっていたのか、
ジュアンには分からなかった、彼にとってこの世界は
消え去っていた、固まりゆく血とぼんやりした意識には
もはや昼夜を区別する時間の観念はなかった。
強度の失神が如何に過ぎ去ったのか、分からなかった、
しかしついに痛む脈と手足の一つ一つ、そして
ひりひりする血管が、動悸を打ちながら生に戻るようだった、
なぜなら死神は敗れても、なおも抗いつつ退いたから。

112

彼は目を開け、閉じ、また開けた、
なぜならすべてが疑いと眩暈だったから。
まだボートにいて、ただうとうとし、
絶望で疲労困憊の末、感覚が戻り、
憩いが死であることを望んでいるように、
そんな風に思えた、そして今一度
感覚が戻ると、ぐるぐる回る目に、
徐々に美しい十七歳の娘の顔が見えてきた。

113

その顔は彼の顔近くに屈み込み、小さな口は
息を調べようとして、彼の口を覗き込むかに見えた、
柔らかくて暖かい、若々しい手が彼をこすり、
それに応えて彼の生気は死から呼び戻された。
手は冷たいこめかみにあてがわれ、
一つ一つの脈拍をなだめて活気づけようとした、
そしてついに、優しい感触と震える気遣いを受けて、
低い声がこれら親切な努力にため息で答えた。

114

そこで気付け用の酒が口に注がれ、
裸同然の手足にマントが掛けられ、
美しい腕が寄りかかった力なき頭を持ち上げた。
ひたすら純粋で暖かい彼女の透き通った頬は
彼の死んだような額の枕になった。それから彼女は、
すべての嵐で長らくずぶぬれだった露おく巻き毛を絞り、
膨らむ胸から溜息を漏らす動悸の一つ一つを
しきりに見詰めるのだった——彼女の胸もまた膨らんだ。

115
優しい娘と侍女は注意深く彼を持ち上げ、
洞穴の中へと運んだ、お付きの女は
若いが年上で、それほど威厳のある顔付きではなく、
より丈夫な体つきをしていた。
二人は火を起こし始め、新たな炎が
これまで太陽が決して見たことのない、
彼女らの上にある岩を照らした時、この乙女の様子は
（彼女が誰であれ）際立っていて、背は高く、美しかった。

116
額の上には金貨がぶら下がり、
房をなす亜麻色の髪の上に煌いていた、
もっと長い編んだ房はお下げとなって
後ろに垂れていた、背丈は
女としてはもっとも高い部類だったが
髪は踵まで届くほどだった。
その態度にはこの地の貴婦人として、
どこか命令を下す者の風情があった。

117

髪は亜麻色だ、とわたしは言った、
しかしその目は死のように黒く、
うつむいた睫毛も同じ色合いで、
その絹のよう影には深遠なる魅力があった、
なぜならその漆黒の縁から豊かな一瞥が放たれ、
その飛ぶ力はもっとも速い矢さえも凌いだ、
それはあたかも、今とぐろを巻いていた蛇が
身を伸ばし、毒と力を同時に投げつけるようだった。

118

彼女の額は白く低く、頬の純粋な色は
今なお夕日で薔薇色に染まる黄昏のようだった、
小さな上唇――うるわしの唇よ！　それは
見るだけで溜息をつかせるもの、なぜなら
彼女は立像のモデルにぴったりだったから
（結局のところ、彫刻家はただのいかさま連中――
わたしは、理想の石像についてのあらゆる戯言（たわごと）よりも、
もっと見事に成熟した、本物の女性を見たことがある）。

119

なぜそう言うのかをお教えしよう、それはただ
まともな理由なしには罵るべきではないからだ。
あるアイルランドの女性がいたが、彼女の胸部（バスト）が
正当な扱いを受けたのを一度も見たことがなかった、
それでいて彼女はよくモデルになっていた。いつの日か
もし彼女が、厳しい「時」と、皺を作る「自然」の法則に
従わねばならぬなら、人の思いが決して描き切れず、ましてや
彫刻家の鑿（のみ）が造らなかった顔は、破壊されることだろう。

120

洞窟の貴婦人はまさにこんな風だった、
服はスペインのものとはすっかり異なり
素朴で、それでいて色はそれほど地味ではない、
ご存知のようにスペインの女は外では
明るい色合いを捨て去るのだが、
女たちのまわりでバスキーナ[1]やベール[2]が
波打つかぎり（それらが決して消え去らないことを
望むが）、彼女たちは神秘的にして陽気なのだ。

1 バスク地方やスペインの女性が纏う黒のスカート。
2 頭と肩を覆う大きなもの。

121

だが我らの乙女の場合はそうではなかった、
衣装は色彩豊かで、繊細に紡がれていた。
髪は乱れて顔のまわりにカールしているが、
それを通して金や宝石がふんだんに輝いていた。
飾り帯は煌き、ベールには最高級のレースが流れ、
たくさんの宝石が小さな手に輝いていた。
しかしショックだったのは、雪のような足は
スリッパをはいていたが、靴下がなかった。

122

もう一人の女の服は似てはいたが、
生地はそれほどよくなかった。人目を惹く
あのような多くの飾りは付けていなかった、
髪飾りは銀細工だけで、きっと彼女の持参金に
なるはずのものだった。ベールの形は似ていたが、
生地は粗かった。その態度は毅然としていたが
闊達さでは劣っていた。髪は豊かだったが、より短く、
目は同じ黒だったが、より鋭敏で、より小さかった。

123

二人は彼の世話をし、食事と衣服で、
そして（わたし認めねばならぬが）
女性が身に付けている優しい配慮の数々で
彼を元気づけた。彼女たちは上等な
煮出しスープを作った、それは詩では
滅多に触れられることはないものだが、
それは、ホメロスの描くアキレスが
新参者に晩餐を注文して以来[1]、最高の料理だった。

124

この二人の女性が誰なのかお教えしよう、
変装したお姫様と思われないように。
それに、わたしはあらゆる神秘や、
最近の詩人たちが大事にする、あのはったり風な
態度が嫌いだ、だから手短かに言えば、
好奇心の強い読者の目の前に登場させる娘たちは、
本物の女主人と侍女だった。そして前者は
海上で生計を立てる老人の一人娘だった。

1 ギリシアの将軍たちがアキレスを訪問した時、彼は食事の用意をした（『イーリアス』九巻）。

125

その老人は若い時は漁師だった、
未だにある種の漁師だった。
しかし実際は他の思惑も
彼と海との関係に加わった、実のところ
それはあまり尊敬に値することはないだろう、
少しの密輸といくばくかの海賊行為で
ついに彼は、不法入手した多額のピアストル[1]の
大勢の所有者のうちで、唯一最高の者となった。

1 トルコの旧通貨単位。

126

それゆえ彼は漁師だったが――使徒ペテロと
同じく人間を釣る漁師だった[1]――
時にさまよう商船を狙って釣りをし、
時には希望通りの数を釣った。
積荷は没収し、奴隷市場でも儲けを
得ようとした、そしてあのトルコ貿易用[2]に、
大量のご馳走を皿に盛った、
おそらくこの取引は大変な利益を生むのだろう。

1 イエスは、ガリラヤ湖のほとりでペテロとアンデレの二人の兄弟に会った時に、こう言った、「わたしについて来なさい。人間をとる漁師にしよう」と（『マタイによる福音書』四章一九節）。

2 奴隷貿易のこと。

127

彼はギリシア人だった、そして、彼の島
（荒れたより小さなキクラデス諸島の一つ）[1]に、
罪のもたらす儲けで立派な館を建て、そこでいとも
安楽な生活を送っていた。いかほどの現金があり、
いかほどの血を流したのか、誰も知らない、
あきれた話だが、彼は実際、途方もない奴だった、
しかしわたしはこのことは知っている、彼の館は
広々とした建物で、粗野な彫り物と絵と金箔に満ちていた。

128

彼にはハイディという名の一人娘がいた、
東方諸島一番の遺産相続人だった。
そのうえ、とても美しかったので、持参金すら
彼女の微笑みとは比較にならなかった。
まだ十代で、美しい樹木のように成長し、
大人の女になった。その間、何人かの求婚者を
はねつけたが、それはそのうちに現われる、
よりよい求愛者を受け入れる方法を学ぶためだった。

1 エーゲ海南部にあるギリシア領の諸島。

129

あの日、日の落ちる頃、彼女は崖の下の砂浜を
歩いていて、人事不省になったドン・ジュアンを
見つけた――死んではいなかったが、死の寸前だった――
飢え死にしそうで、半ば溺れ死んでいた。
しかし裸だったので、お分かりのように、勿論
彼女はショックを受けた、しかしあるかぎりの
慈愛の精神で、瀕死の「こんなにも白い肌をした
よその国の人を家に連れて行かねば」と考えた。

130

しかし父親の家に連れて行くのは
決して彼を助ける最善の方法ではなく、
鼠を猫のいるところに、あるいは人事不省の者を墓に、
持って行くようなものだった。なぜなら
いとも勇敢で正直者のアラビアの盗賊とは異なり、
このよき父親には十二分良識（ナウス）[1]があったからで、
彼は丁重にこのよそ者を快復させてやって
危機を脱すれば、即座に売り飛ばしただろうから。

1 バイロンはギリシア語のνοῦςを使い、mouse（マウス）と韻を踏ませているので、発音はナウスとする。

131
だから当座の休息には、彼を洞窟に
置いておくのが最善の策だと、彼女と侍女は
考えた（娘はいつも侍女に頼るもの）。
ついに彼が黒い目を開けた時、
客人への二人の慈しみの情は増した。
憐れみの情はとてつもなく大きくなり、
天国の通行料取立門の半分を開けた——
（聖パウロは憐れみが払うべき通行税だと言っている）。[1]

132
二人は火を起こした、しかしその火は
当座、湾のまわりに打ち上げられた物で
なんとか工夫して起こせる類のものだった、
それは砕けた板やオールで、長い間
そこにあったので、触れると火口のようになり、
マストは粉々に崩れて松葉杖のようになった、
しかし神の恩寵によって、ここには船の残骸が
十分にあったので、二十人分の燃料になったことだろう。

1　聖パウロは愛の重要性を説く、「信仰と、希望と、愛、この三つは、いつまでも残る。その中で最も大いなるものは、愛である」（『コリントの信徒への手紙』一三章一三節）。

133

彼のベッドは毛皮とペリース[1]でできていた、
それはハイディが黒貂（くろてん）の服を脱いで
彼のベッドにしたから。目覚めたら
もっと心地よく暖かくなるように、
彼女と侍女は二人のスカートを提供した、
そして夜明け前に、朝食用に
卵、コーヒー、パンそして魚を持って、
ふたたび訪問すると約束した。

134

かくして二人はジュアンを一人で休むままにした、
彼はぐっすりと、あるいは死者のように眠った、
死者はついには眠る、おそらくは（神のみぞ知る）
今だけかもしれぬが。[1] ジュアンの静まった頭には
それまでの苦しみの幻影の一つさえも
呪わしい夢の中で脈動することはなかった、
夢は時に過去の年月の望まぬ幻影を繰り広げ、
ついに目は欺かれて、涙を一杯にして開く。

1 女性用の長いマント。

1 死者の蘇りのことを言っている。

135
若いジュアンはまったく夢を見ずに眠った――
しかし枕の皺を伸ばした娘は、洞穴を出る時に
今一度振り返って見て、一瞬立ち止まり、
振り向いた、彼が応えて呼んだと信じて。
彼はまどろんでいた、しかし彼女は思った、
少なくとも口にした（心さえ口やペンのように間違うもの）、
彼が自分の名前を呼んだと――しかし彼女は忘れていた、
この時点ではジュアンは彼女の名を知らなかったことを。

136
物思いに耽りつつ彼女は父の家へ帰った、
ゾウイに厳しく沈黙を課して。ゾウイの方は
その意味するところを、もっとよく知っていた、
その理由は、一、二歳分は賢かったからである。
まともに過ごした一、二年は何年もの値打ちがあり、
大方の女性がするように、ゾウイは歳月を過ごした、
自然という古きよき大学で習得される、
あの役立つ類の知識のすべてを身につけて。

137
夜が明けても、ジュアンはまだ洞穴で
ぐっすりと眠っていた、どんな物音も彼の休息を
妨げなかった。近くの小川の激しい流れも、
今まで享受できなかった曙光も、
悩ませなかった、好きなだけ眠ってよかった。
彼には眠りが必要だった、これほど苦しんだ者は
他にはいなかった――彼の難儀はわたしのおじいちゃんの
『物語』[1]に書かれた苦難に匹敵するものだった。

138
ハイディはさにあらず、哀れにも何度も
寝返りを打ち、突如目を覚ました、そして
身体の向きを変えて、彼女が躓いた無数の難破船の
残骸について夢を見た、美しい男たちの死体が砂浜に散らばっていた。
彼女は朝早く侍女を起こし、侍女はぶつぶつ言った、また
父親の古い奴隷を呼んだが、彼らはそれぞれの言語で――
アルメニア語やトルコ語やギリシア語――悪態をついた、
彼らにはこんな気紛れは理解できなかった。

1　一巻二六連注1参照。

139
しかし彼女はさっと起き、さっと彼らを起こした、
ちょうど太陽が昇る時と沈む時には、
空がきれいになるなどと言い訳をして。
確かに明るい太陽神（フォイボス）[1]が忽然と輝き出すのは
見るに値する光景だ、山々はまだ霧に濡れ、
鳥たちはみな太陽と一緒に目を覚まし、
夫や、他の人でなしのために着た
喪服のように、夜は投げ捨てられる。

140
確かに太陽の姿はまこと壮麗だ、
わたしも幾度となく日が昇るのを見た、
そして近頃、特にその目的で徹夜をしたことがある、
そんなことは人の死を早める、と医者は言う。
だから健康も財布も健全でありたいと願う
汝らすべてよ、一日を夜明けから始めよ、
そして八十歳で棺桶に入ったら、
四時に起きた、と銘板に刻するのだ。

1 太陽神としてのアポロの名（ギリシア神話）。

141

ハイディは朝に面と向かった、
彼女の顔の方がすがすがしかった、もっとも
熱っぽい赤らみが激しく流れる血で顔を染めていたが、
血は心臓から頬へ駆け巡り、抑えられて
恥じらいとなり、それは、あたかもアルプスの
川の突進を抑える山裾が阻止して、湖に変える
急流のようだ、湖では波は円となって広がる、
あるいは紅海のようになる——でもあの海は赤くない。

142

崖を下って島の乙女はやってきた、
洞窟の近くでは軽やかに歩を早めた、
太陽は彼女に最初の炎で微笑みかけ、
若いアウローラ[1]は彼女を妹だと勘違いをして
唇に露でキスをした。彼女ら二人を見た時には
誰もが同じ間違いをしたことだろう、
もっとも、滅ぶべき者の方が爽やかで美しく、
空気でないことのすべての利点も有していた。

1 曙の女神（ローマ神話）。

143
ハイディがとても臆病そうに、しかし素早く
洞穴に入ると、そこには子供のように
愛らしく眠るジュアンの姿があった。すると
彼女は歩を止め、畏れるかのよう立ち止まった
（眠りは畏れ多きものだから）、そして爪先で忍び寄り、
湿った冷たい風が彼の血管に届くのを恐れて、
しっかりと彼をくるんだ、それから死のように静かに
彼の上に屈み、唇を閉じたまま、吸うとも見えぬ彼の息を飲んだ。

144
このように、正しく生きて死んでゆく者の上にいる
天使のように、彼女は彼の方に体を傾けた、そこには
ひたすら穏やかに、難破した少年が横たわり、
その上には静けさと動かぬ大気があった。
しかしゾウイはその間、目玉焼きを作っていた、
結局、きっと若い二人は朝食を必要とするだろう——
ほどなく、二人が欲しがることに備えて、
彼女は籠から食料を取り出した。

145

ゾウイは知っていた、最高の気分の時も食料を必要とし、
難破した若者は空腹に違いないことを。
その上、それほど恋心はないので、少し欠伸をし
海が近くなので血管が冷えるのを感じた。
そこで細かい所まで気を付けて朝食を作った。
ティーを出したかどうかはわたしには言えないが、
卵、果物、コーヒー、パン、魚、蜂蜜、それにキオス産[1]の
ワインがあった——すべては愛のため、金のためではなかった。

146

卵とコーヒーの用意が出来た時に、ゾウイは
できればジュアンを起こしたかったが、
ハイディが小さな手で素早く制した、
そして何も言わずに指を唇に当てて合図をしたので、
それに同意せねばならなかった。
最初の朝食が無駄になり、また準備をした、
決して目覚めそうにない眠りを妨げるのを、
女主人が許そうとはしなかったからだ。

1 エーゲ海のギリシアの島。

147

それは彼がまだ横たわっていたからで、
瘠せてやつれた頬には、病的な赤らみが、
遠い山々の頂の雪に映える、死に行く太陽のように
揺らめいた。一抹の苦しみの影が額に残り、
青い静脈は縮み、弱々しく、ぼんやり見えた、
黒い巻毛は波の飛沫に濡れていた、飛沫は
洞窟の石から落ちる水気と混ざり合って、
塩気と湿気十分の巻き毛に重くのしかかった。

148

彼女は彼の上に屈み、彼はその下にいた、
母親の胸に抱かれた赤子のように静まり、
息づく風のない時の柳のようにうなだれ、
波立たぬ深い海のように穏やかで、
花輪の仕上げとなる薔薇のように美しく、
巣にいる羽の生え揃わぬ白鳥の雛のように
柔らかだった。要するに、彼は大変きれいな奴だった、
苦しんだので顔はかなり黄ばんではいたが。

149

彼は目を覚まして見詰めた、また
眠ったかもしれないが、美しい顔が
目を閉じるのを止めさせた、疲れと苦痛は
さらなる眠りをさらなる喜びとしただろうが。
女性の顔はジュアンにとっては決して無駄には
造られていなかった、だからお祈りの時でさえ、
恐ろしげな聖者や毛むくじゃらの殉教者の方から、
聖処女マリアの優しい肖像へと彼の目は移った。

150

そこで肘をついて起き上がり
この女性の顔を見た、そして彼女が
努力して話し始めた時、その頬では
青白さと深紅の薔薇色が争った。
彼女の瞳は雄弁だったが、言葉は当惑させただろう、
きちんとした現代ギリシア語で、小声で優しく
イオニア風に語りかけたのだが、すなわち、
体が弱っているので、話しをせずに食べねばならぬ、と。

151

さてジュアンはギリシア人ではないので
皆目分からなかったが、音感がよかったので、
彼女の声は鳥のさえずりのように聞こえた、
とてもやさしく、甘く、優雅に澄んでいて、
これ以上素晴らしい素朴な音楽を聞いたことがなかった。
それは、理由も分からぬままに、我々が涙で
応える類の声音——圧倒するような音調で、
あたかも「メロディ」が玉座から降りてくるようなもの。

152

ジュアンは、遠くのオルガンの音で
目を覚ます者のように、じっと見詰めた、
まだ夢を見ているのではないかと訝りつつ。
だがついに眠りの魔法も解けるもの、
門番か、何かそんな現実的なことで、あるいは
従僕が朝早くいまいましくもノックする音で。
とにかくそれは朝のまどろみを好むわたしには辛い音——
夜の方が星と女性はきれいに見えるのだから。

153

ジュアンもまた、夢か眠りか、何であったにしろ、
そこから救い出された、それは途方もない食欲を
感じたためで、ゾウイの用意する料理の
湯気の匂いがきっと彼の感覚に
忍び寄っていたのだ。そして彼女が跪いて、
食べ物をかき回すために、絶やさなかった
新しい火の燃える光で、彼はすっかり目を覚まし、
食べ物を切望した、とりわけステーキを。

154

しかし牛のいないこれらの島では牛肉は稀だ、
勿論、山羊肉はあり、仔山羊や羊の肉もある。
そして休日に恵まれると、人々は
粗雑な串に骨付きの切り身を突き刺す。
しかしこれは時たま、稀にあること、
島のいくつかは岩山で小屋さえないほどだから、
他に美しい肥沃な島もあり、そしてその中でも
この島は大きくはないが、もっとも豊かな島の一つだった。

155

重ねて言うが牛肉は稀で、わたしは
こう考えざるをえない、すなわち
昔のミノタウロス[1]のお話は――
現代の道徳は当然尻込みして、
仮面の代わりに牛の姿を身につけたお妃[2]の趣味を
非難するが――このお話は（寓意を無視すると）
ただの喩えにすぎず、パーシパエーが、戦場のクレタ人を
流血好きにするために、牛飼いを奨励しただけのことだ。

156

なぜなら、イギリス人が牛肉を常食とすることを
我々はみな知っている――ビールについては多くを言わない、
それはただの飲み物で、わたしの今の主題とは
かけ離れており、ここで扱う必要はない。
我々は彼らが戦争好きなことも知っている、
それは、すべての快楽と同じく高くつくもの、
クレタ人も戦争好きだった、そこで類推すると、
牛肉と戦争はともにパーシパエーのお蔭なのだ。

1 クレタ島の王ミノスの妻パーシパエーと雄牛の間に生まれた子で人身牛頭の怪物（ギリシア神話）。
2 パーシパエーのこと。

157
だが話を続けると、衰弱したジュアンは
肘をついて頭を上げた、そしてここしばらくは
見たことのなかった光景を目にした、
これまで食べた三、四種類の食事はみな
生ものだったからで、それゆえに神を称えたが、
飢えた禿鷹のごとき食欲にさいなまれて、
彼は出されるものに飛びついた、
僧侶や鮫、参事会員やカマスのように。

158
彼は食べ、そして十分な量が与えられた、
母親のように見守っていた彼女は、無制限に
食べさせたことであろう、なぜなら死んだと思った者に
こんなにも食欲があるのを見て、微笑んでいたから。
しかしハイディより年かさなゾウイは知っていた
（決して本を読まなかったが、伝え聞いて）、すなわち
飢えた者の世話はゆっくりとせねばならぬ、スプーンで少しずつ
食べさせねばならぬ、さもないと必ず腹がはち切れる、ということを。

159

そこで彼女は、事態が急を要したので、
失礼も省みず、言葉ではなく行動で知らせた、
この殿方がここで死にたくなければ、これ以上
食べてはならない、この紳士の身に及んだ運命のせいで、
お嬢様は早起きして、こんな時間に海岸を辿って
ここへ来たのだからと——彼女は皿をひったくり、
それ以上一口も与えず、こう言った、
馬も病気になるくらい、もうたらふく食べたから、と。

160

ジュアンは、とても礼儀正しいとは言えぬ
ぼろぼろのズボンを除いては、裸だったので、
二人は仕事にかかった。今までのぼろを火にばらまき、
当座はトルコ人風かギリシア人風の服を着せた——
つまり、あまり大事なことではなかったが、
ターバンとスリッパ、ピストルと短剣は省いて——
彼女らは、縫い目を除けばすっかり、清潔なシャツと
とてもゆったりした半ズボンを彼に宛がった。

161

それから美しいハイディは話そうとしてみたが、
ジュアンには一言も通じなかった、
だが彼が耳を傾けたので、若いギリシア娘は
際限もなく熱心に話し続けたことであろう。
彼が遮らなかったので、彼女は
自分の保護者で友でもあるこの若者に、話し続けていたが、
ついに息を継ぐために、話すのを止め、
彼が現代ギリシア語を理解しないことを悟った。

162

そこで彼女は頷きや仕草、微笑み、
さらに表情豊かな目の煌きに頼った、
そして彼の美しい顔の表情を読んだ
（それは彼女の読めた唯一の本だった）、
そして魂が輝き、素早い一瞥となって
長い返答を放つその顔に、彼女は心を通わせて、
雄弁な答えを見つけた、かくしてすべての表情に
無数の言葉と、彼女の推測する事柄が表現されるのを見た。

163

さて、指と目の動きによって、また鸚鵡返しに
単語を繰り返して、彼女の国の言葉を
彼は習ったが、彼女の言語よりも
その表情の意味を推測して学んだに違いない。
熱心に天空を研究する者が書物よりも
星々の方に、頻繁に目を向けるように、
刻まれた文字よりもハイディの一瞥から、
ジュアンはアルファ・ベータをよりよく学んだ。

164

女性の唇と目で外国語を教えてもらうのは
楽しいこと、もっともそれは
教師と生徒の両方が若い場合で、
わたしの場合は少なくともそうだった。
正しければ二人は笑うし、間違えば
もっと笑う、その合間に、手を握ることや
清らかなキスが入り込むこともあろう、
わたしはこの方法で知っている僅かな言葉を習い覚えた、

165

すなわち、スペイン語とトルコ語とギリシア語を少々、
イタリア語は先生がいないのでまったく知らない。[1]
英語をよく喋れるなどとは、とても言えない、
それは主に説教者から習ったからで、わたしが
毎週勉強しているのは、バロー、サウス、ティロットソン、
そしてブレアー[2]で、彼らは敬虔さと散文においては
雄弁術の最高峰に到達した者たち——
わたしは諸君の詩人たちは嫌いだから、その誰をも読まない。

166

ご婦人方について何も言うことはない、わたしは
イギリスの社交界からさまよい出た者、そこでは
他の「犬たち」と同じく「いい目をみた」[1]、そして
他の男たちと同じく愛を経験したかもしれない——
しかしそれも他のものと同じく消え去った、
わたしが鞭打つことのできるあの国の阿呆ども、
敵、味方、男、女は、今ではわたしにとっては何の意味もなく、
かつては存在したが、もう戻りはしない過去の夢だ。

1 バイロンが旅した国々。イタリアには長期滞在しているから実際にはよく知っていた。

2 一七世紀から一八世紀にかけてのイングランドとスコットランドの説教家たち。

1 「猫はニャーニャーなくし、犬にもいい日があるもの」(『ハムレット』五幕一場)。

167

ドン・ジュアンに戻ろう。新しい単語を
彼は聞いて、繰り返すことを始めた、しかし
ある種の感情は、太陽のように普遍的なものだから、
尼僧の胸にも閉じ込めておけないし、
ジュアンの胸の中にも封じ込めておけなかった、
彼は恋をした——君たちもきっとそうなるだろう、
若い女性が恩人なら——彼女もまた恋をした、
我々はそんな様子をよく目にするものだ。

168

毎日、夜明け前——むしろ眠ることの方を
好むジュアンにはかなり早すぎたが——
彼女は洞穴に来た、しかしそれはただ
巣の中で休む彼女の小鳥を見るためだった。
彼女は見事な巻毛をそっと動かし、
いまだまどろむ客人の邪魔をせずに、
彼の頬と口の上でやさしく息をした、
甘い南風が薔薇の花壇に吹くかのように。

169

朝ごとに、彼の顔色はより生き生きとなり、
日ごとに回復していった。それは結構なことだった、
なぜなら健康な肉体は快いものであり、
その上真の愛には不可欠なものだから、
なぜなら健康と無為は愛の炎にとっての
油と火薬だから。ケレス[1]とバッカス[2]から
我々は大事な教えを学ぶことができる、
彼らなしではヴィーナス[3]も、我々を長くは攻撃しないだろう。

1 ケレスは穀物・実りの女神（ローマ神話）。ギリシアではデメテルと呼んだ。
2 バッカスは酒の神（ローマ神話）。ギリシアではディオニソスと呼んだ。
3 ヴィーナスは春・花園・豊穣の女神（ローマ神話）。後に、ギリシアの愛と美の女神アフロディーテと同一視された。

170

ヴィーナスが心を満たし（愛は常によいものだが、
本当に心がこもっていなければ、そうはよくはない）、
ケレスがヴェルミチェリ[1]を一皿差し出す――
肉と血のように愛にも食べものが要るのだ――
一方、バッカスがワインを注ぎ、ゼリーを差し出す、
卵や牡蠣もまた愛を促す食物だ、しかし
天上の誰がこれらを調達するのかは分からない、
おそらくネプチューン[2]かパン[3]かゼウスだろう。

1 スパゲッティより細いパスタ。

2 海の神（ローマ神話）。
3 牧神（森・原野・牧羊などの神）のこと（ギリシア神話）。

171

ジュアンが目を覚ますと、結構なものが
用意されていた、水浴びと朝食、そして若い心を
動揺させた目の中でも、もっとも素晴らしい目が、
その上、大きくはないが、同じく美しい侍女の目もあった。
しかしこんなことはすべてもう話した――
繰り返しは退屈で思慮を欠く――
そうだ――ジュアンは海で水浴びをした後は、
常にコーヒーとハイディのところへ戻った。

172

二人はとても若く、一人は純情無垢で、
水浴びすることは何でもなかった、
彼女にとって、ジュアンは、二年間
夜毎夢に見た贈り物だった、
何か愛すべきもの、彼女の幸せとなるよう意図された者、
また彼女が幸せにすべきだと見なした者だった、
喜びを得んとする者は皆喜びを
共有せねばならぬ――「幸福」は双子で生まれたのだ。

173

彼を見詰めるのはとても大きな喜びだった、
自然を共に味わうこと、触れられて
わくわくすること、まどろむ彼を見守り、
目覚めるのを見ること、これらは得も言えぬ
存在の広がりだった。いつまでも共に生きるのは
あまりに過ぎたことだろう。しかし別れのことを思うと
彼女は震えた、彼は自分だけのもの、漂着した難破船の
高価な品のような海の宝——彼女の愛する最初で最後の人だった。

174

かくして月は巡り、美しいハイディは
愛する若者の所へ毎日通った、
十分用心をしたので、岩場の隅に
彼がいることはまだ知られていなかった。
ついに父親の船がとある商船を
探すために航海へ出た、古(いにしえ)のように
イオ[1]を攫(さら)うのではなく、スキオ[2]に向う
三艘のラグサ[3]の船を攫うためだった。

1 アルゴスの王、イナコスの娘。彼女を愛したゼウスは、妻の嫉妬から彼女を守るために白い雌牛に変えた（ギリシア神話）。
2 スキオはキオスのこと、エーゲ海の島。
3 ラグサはドゥブロブニク、クロアチア共和国のアドリア海に臨む港町。

175
それで彼女は自由になった、母親はいなかったので、
父が海に出ている時には、
既婚女性のように、あるいは好きな所へ
自由に行ける、そんな女のように自由だった、
兄弟という厄介な者さえいなかった、
今まで鏡を見つめた女の中でこれほど自由な者はいなかった、
わたしのこの比喩はキリスト教国についてのもので、
そこではともかく妻が幽閉されることは滅多にない。

176
今では彼女の訪問と話は長くなった
(二人は話さねばならぬから)、彼は
散歩を提案するくらいは言えるようになった——
なぜなら茎から切られた若い花のように、
砂浜に萎れて濡れて、横たわっていたあの日以来、
彼はほとんどさまよい出ることがなかったのだ——
かくして二人は午後に散歩に出て、
太陽が月と反対の方向に沈むのを見た。

177

そこは荒涼とした、波浪砕ける岸辺だった、
上には崖があり、広い砂の海岸を
浅瀬と岩場が大軍のように守っていた、
そこかしこに小さな入江があり、その様は
嵐にもまれた者には有難いものに見えた。
横柄な大波の轟きは滅多に止みはしなかった、
ひたすら昼の長い夏の日々は別で、
その時は、広がる大海原が湖のように煌めく。

178

砂浜にこぼれ散る小さな波紋は、
泡立つ満杯のグラスの縁に溢れる時の
かのシャンパンの精髄も及ばない程だ、
それは魂のあの春の露！　心の雨だ！
年代物のワインに勝るものはほとんどない、
説教したければすればいい――役に立たないから
なおさら説教するのだ――さあ、ワインと女と
楽しみと笑いだ、説教とソーダ水は明日でいい。

179

人間には理性的であるがゆえに、酔っ払わねばならぬ、
人生の最高のものは酩酊以外にない、
栄光、酒、愛そして黄金、これらに
すべての人間と国家の望みが呑みこまれる。
これらの樹液なしでは、時に豊かな果実を実らす
人生の不思議な木の幹は、すっかり枝無しになるだろう。
しかし話を戻すと――しこたま酔っ払うことだ。そして
頭痛で目が覚めたその時には、どうすればよいか教えよう。

180

ベルを鳴らして従者を呼べ――急いで
ホック[1]とソーダ水を持ってくるように言え、
そうすれば君はクセルクセス大王[2]にふさわしい
快楽を知ることだろう。なぜなら、雪で浄化された
有難いシャーベットも、オアシスの最初の煌きも、
夕日の輝きに染まるブルゴーニュのワインさえも、
長旅や倦怠、愛や殺戮の後の
一杯のホックとソーダ水には及ばないから。

1 ドイツのライン地方産白ワイン。
2 クセルクセス一世のこと。一巻一一八連の注参照。

181
海岸は——今しがた描写していたのは
海岸だったと思う——そう、確かに海岸だった——
この時刻には、空と同じように静かだった、
砂浜は乱れず、青い海も波立たず、
あるのは静けさだけで、聞こえるのはただ
海鳥の声とイルカの跳ぶ音、低い岩や浅瀬に
当る小さな波の音だけ、波もほとんど
濡らすこともせずに、水と岩の境界で揺らぐのだった。

182
二人はさまよい出た、先に言ったように、
父親は遠征に出かけていなかった。
彼女には母も兄弟も後見人もいなかった、
いるのはゾウイだけで、夜が明けると、
彼女はきちんとお嬢様に仕えたのだが、
日中の仕事が自分の唯一の役目と思い、
湯を運び、彼女の長い髪を編み、
時々は着古した服を所望した。

183
涼しくなる時刻だった、丸い赤い太陽が
まさに青い丘のかなたに沈む頃で、
太陽はあたかも地球全体を取り巻くかに見え、
黙してほの暗く、動かぬ自然すべてを囲み、
片方では、遠い三日月型の山が、
もう片方では、静かで冷たい深い海が
赤い陽に取り囲まれ、薔薇色の空には
瞳のような星が一つ、空を貫き煌いていた。

184
かくして二人はさまよい出た、
手に手を取り、煌く小石や貝殻を踏み、
滑らかで硬くなった砂浜に沿って
軽やかに進んだ、嵐が造ったが、計画して
拵えられたような、削られた自然の避難所で、
鍾乳石の屋根や部屋のあるうつろな広間で、
二人は休むことにした、そしてお互いをかき抱いて、
深い黄昏の深紅の魅力に身を任せるのだった。

185

彼らは空を見上げ、流れる空の輝きが
薔薇色の海のように、広漠と明るく広がるのを見た。
眼下に煌く海を見つめた、そこから
大きな月が弧を描きつつ目に入ってきた。
二人は波の跳ねる音、かすかな風の音を聞いた、
そして互いの黒い瞳が相手の目に
光を放つのを見た――これを見ながら
二人の唇は近づき、くっつき、キスとなった。

186

長い、長いキス、青春と愛と美のキス、
天上で火を点けられた光線のように
すべてが一つの焦点に収斂する。
それは人生の初期に知るキス、
心と魂と感覚が一つになって動き、
血は溶岩で、脈動は炎、各々のキスが
胸を激しく揺り動かす――わたしが思うに
キスの強さはその長さで計るべきだ。

187

強さとは長さを意味する、彼等のキスはどれほど
続いたのか分からない――きっと二人は計らなかっただろう。
もしそうしていても、彼らの感覚の総計を
秒単位で計ることはできなかったであろう。
二人は何も言わずとも、魅せられるのを感じた、
あたかも魂と唇がお互いを差し招いたように、
唇は合わさり、群れる蜜蜂のようにくっついた――
彼らの胸がそこから蜜の生じる花だった。

188

二人きりだったが、部屋に閉じこもるのを
孤独だと思う者のようには、孤独ではなかった。
沈黙する大洋、星明りの湾、
刻々と薄れゆく黄昏時の輝き、
声なき砂浜、まわりで滴を垂れる洞窟が、
二人をお互いの身体に押し付けさせた、
あたかも空の下には彼ら以外に生き物はいず、
自分たちの命は決して朽ちることがないかのように。

189
その寂しい砂浜では二人は人の耳目も恐れず、
夜のもたらす恐怖も感じなかった、
彼らは互いにとってのすべてだった、
言葉は途切れても、そこに言語をなす思いがあった――
情熱の教えるすべての燃える言葉は、
一つの溜息の中に、自然の神託――初恋――の
最高の通訳を見出した、それはイヴが
堕落して以来、その娘たちに残したすべてだった。

190
ハイディは心配事を口にしなかった、
誓いの言葉を求めず、誓いも立てなかった、
配偶者になるための婚約や約束、恋する娘が
招く危険のことなど、聞いたこともなかった。
彼女は純粋な無知が可能にするすべてだった、そして
若鳥のように若い連れ合いのところへ飛んで行った。
嘘偽りなどは夢にも思ったことがなかったので、
貞節について何も言うことはなかった。

191
彼女は愛し愛された――彼女は崇め、
崇拝された。自然のやり方で
彼らの激しい魂はお互いの魂に注がれた、
もし魂が死ぬことができたなら、あの熱情の中で
滅んだことだろう――しかし少しずつ正気が戻り、
ふたたび圧倒され、そしてまた突き進むのだった。
彼の胸を打つハイディの胸は、そこを離れては
もはや決して鼓動しないかのように感じた。

192
哀れ、彼らはあまりに若く、美しく、
たった二人きりで、あまりに愛らしく、
寄る辺なかった、そしてその時刻は
胸はいつも一杯になり、自らを抑える力を
もはや持たず、永遠さえも消滅できない
行為を促すが、終りなく降り注ぐ地獄の炎で、
瞬間の対価を払う――それは、生きている時、お互いに
苦楽を与える人すべてに、用意されているのだ。

193

哀れ、ジュアンとハイディ！　彼らは
あまりにも愛に溢れ、愛らしかった――
その時まで、我らの原初の両親[1]を除いて、
永罰を受ける危険を冒したこんな二人は
いなかった。ハイディは美しいばかりではなく
敬虔だったので、きっとステュクス川[2]のことを、
地獄や煉獄のことを聞いていただろう――しかし
忘れてはならない、まさにそんな重大局面で忘れてしまった。

194

二人はお互いを眺め合い、月の光の中に
目は輝く。彼女の白い腕がジュアンの頭を
かき抱き、彼女の頭を抱く彼の腕は
掴んだ長髪に半ば埋もれている。
彼女は彼の膝の上に座り、その溜息を飲み、
彼は彼女の溜息を飲む、そして溜息は途切れて喘ぎとなる、
かくして二人はいとも遠い時代の彫刻の群像となる、
半裸の、愛に溢れた、自然な、ギリシア的な像に。

1 アダムとイヴのこと。

2 黄泉の国の川。死者は渡し守カロンの舟でこの川を渡り死者の国に入ったという（ギリシア神話）。

195

あの激しい燃える瞬間が過ぎ去り、
ジュアンが彼女の腕の中で眠りに落ちた時、
彼女は眠ることもなく、いとも優しく
しっかりと彼の頭を魅惑的な胸で支えた。
時折、目は天に向けられ、次には
彼女の胸が暖める青白い頬へ向けられる、
溢れんばかりの胸を枕にする頬へと、そして
その胸は与えたすべて、与えるすべてで喘ぐのだ。

196

灯りをじっと見る赤子、
母乳を飲み干した幼子、
舞い上がる天使の群を目にする信者、
異邦人を客に迎えるアラビア人、
戦いで拿捕船が中檣帆（ちゅうしょうほ）を降ろした時の船乗り、
蓄えで一杯の収納箱を満たす守銭奴、
彼らはすべて有頂天になる。しかし愛する者が
眠るのを見守る者ほどには、真の喜びは得ることはない。

197

なぜなら愛する者が、いとも静かに、いと愛されて
眠っているから、我らとともにあって生きている命のすべてが。
優しく、動かず、寄る辺なく、じっとして
与える喜びをまったく意識しないで。
彼が感じ、苦しめ、味わい、経験したものすべては、
見守る者の理解を越えた深みの中で押し黙っている。
そこには、あらゆる過ちと魅力を持つ
我々の愛する人が眠っている、恐怖のない死のように。

198

乙女は愛する者を見守った――
愛と夜と大洋の孤独のあの時間が
その力を合わせて彼女の魂に溢れた。
不毛の砂浜と荒々しい岩の中で、
彼女と波の運んだ恋人は四阿（あずまや）を作った、
そこでは何も二人の情熱を邪魔しなかった、
青い空間に満ち溢れるすべての星は、
彼女の輝く顔ほど幸せなものを見はしなかった。

199

哀れ、女の愛よ！　人は知る、
それが美しくも恐ろしいものだと。
なぜなら女のすべてがそれに
賭けられ、もし負けたら、人生は
過去の真似事しかもたらさない、
そして女の復讐は虎の跳躍のように、
致命的で、素早く、決定的だ。だが本物の心痛は
女のもの、女は自分が与える苦痛を感じるのだから。

200

その通り、男は男にはしばしば不当だが、
女に対しては常にそうだ、唯一の証文が
彼女たちを待つ、頼みはただ裏切りだけ。
隠すことを教えられ、張り裂ける胸は偶像に
絶望し、ついにはもっと金のある男の欲情が
彼女たちを購い結婚となる——その後に来るのは何か、
恩知らずな夫、次は不実な愛人、それから
着飾り、育児、お祈り、そしてすべては終ってしまう。

201

愛人を作る者、酒や祈りに浸る者、
家事に励む者、浪費に励む者がいる、
駆け落ちする者もいるが、貞淑な妻の地位という
特権を他の心配事に換えるだけのこと。
彼女たちの状況を改善できるような変化は滅多にない、
理由は、退屈な宮殿でも、むさくるしい茅屋（ぼうおく）でも
どこであれ、女の身分が不自然だから。
ある者はさんざん暴れた挙句、小説を書く。[1]

202

ハイディは「自然」の花嫁で、こんなことは知らなかった。
ハイディは「情熱」の子で、生まれたのは太陽が
三倍の光で降り注ぎ、ガゼルの目をした娘たちの
キスさえも焼け焦がす所だった。彼女は創造された、
愛するためだけに、選びし人のものと感じるためだけに。
どこか他で、何が言われ、何が成されても無意味だった——
彼女には、この世界を超えて、恐れ、望み、気遣い、
愛するものは一切なかった、彼女の胸はここで打っていた。

1 キャロライン・ラムはバイロンとの情事を題材にして『グレナーヴァン』（一八一六）という小説を書いた。

203

おお、胸のあの動悸、あの鼓動！
それは我々には何と高くつくことか！
高まる脈動の一つ一つの原因と結果が
あまりにも甘美なので、その錬金術の喜びを奪おうと、
立派な真理を繰り返そうと、常に見張っている「叡智」にも、
「良心」にとってさえ、古きよき金言[1]の一つ一つを
我々に理解させることは、とても困難な仕事になる、
金言はあまりによきものなので、カールスレイ[2]なら課税しかねない。

1 恋の愚かさを教える金言。

2 「献辞」一一連の注参照。

204

今や事は成された——人里離れた浜辺で
二人は誓い合った、星たちは婚礼の松明となり、
自らが照らす美しい者の上に美を注いだ。
人海が証人となり、洞窟が寝床となり、
自分たち自身の感情で清められ、結ばれ、
「孤独」を司祭として、二人は結婚した。
彼らは幸せだった、なぜなら若い目には
お互いが天使で、大地は楽園だったから。

205

おお、愛よ！　偉大なカエサルはお前に求愛した、[1]
ティトス[2]は愛の主人、アントニウス[3]は愛の奴隷だった、
ホラティウスとカトゥルス[4]はお前の研究者で、
オヴィディウス[5]は家庭教師、サッポー[6]は賢明な青踏派、
中性でありたい者は彼女の墓に飛び込めばよい――
（レウカディアの岩は今も波間を見下ろしている）
おお、愛よ！　お前はまさに悪の神だ、
なぜなら結局は、お前を悪魔とは呼べないのだから。

206

お前は貞節な結婚を危うくし、
最強の男たちの額[1]を慰み物にする、
カエサル[2]とポンペイウス[3]、マホメット[4]とベリサリオス[5]は
歴史のミューズのペンをよく煩わせた、
彼らの人生と運命はすこぶる変化に富んでいた、
こんなお偉方はもう現われることはないだろう、
しかしこの三人に共通する運命が三つある、
彼らはすべて、英雄で征服者、そして寝取られ亭主だった。

1　カエサルはクレオパトラに求愛した。
2　ティトスは皇帝になった時、評判の悪い愛人のベレニケをローマから追放した。
3　クレオパトラを溺愛した。
4　ホラティウスとカトゥルスは恋愛詩を書いた。
5　『恋の技法』などの著者。
6　女流詩人のサッポーは同性愛だったという説もある。彼女はレウカディア（イオニア海の島）の岩場から身投げしたとも言われる。一巻四二連注4参照。

1　寝取られ亭主の額に角が生えると言われる。
2　カエサルの第三の妻ポンペイアは不貞を疑われた。
3　（一〇六―四八 BC）古代ローマの将軍・政治家。彼の第三の妻ムキアはカエサルと通じた。
4　マホメットのお気に入りの妻アイシャは不義をはたらいたとされる。
5　東ローマ帝国の武将ベリサリオス（？五〇五―五六五）の妻アントニナは放縦だった。

207

お前は哲学者を作る、エピクロス[1]や
アリスティポス[2]など重要な人物たちだ、
彼らは十分実行可能な理論で
我々を不道徳な道へ誘おうとする。
彼らが我々を悪魔から守ってくれさえしたら、
（特に新しくはない）この金言は何と愉快なものだろう、
「食べて、飲んで、愛せよ、他は何の役に立とうか」、
賢い王であったサルダナパルス[3]はこう言った。

208

だが、ジュアン！　彼はジュリアのことをすっかり
忘れたのか。こんなに早く忘れてもいいものか。
わたしには、これは本当に理解しがたい問題だと
言わざるをえない。しかしきっと月が
我々にこんなことをさせるのだ、胸の動悸が
新たに起こる時は、それはいつも月の恵みだ、
さもなければ一体全体どうして我々哀れな人間に、
新しい容貌があれほど魅力的なのだろうか。

1　（三四二—二七〇 BC）最高の善は高潔な生き方のもたらす幸福であるとしたが、バイロンは一般的な誤解に従い、アリスティポスと結びつけている。

2　（?·四三五—?·三六六 BC）ギリシアの哲学者で地上の快楽が最高の善だとした。

3　サルダナパルスはバイロンの同名の戯曲（一八二一）の主人公で、アッシリア最後の王。詳しいことは分かっていない。

209
わたしは移り気が嫌いだ――わたしが忌み嫌い、
憎み、嫌悪し、非難し、拒否するのは、
あんなにもすぐ変化する土でできた人間で、
そんな奴の胸には堅固な土台を据えることはできない。
愛、変らぬ愛、それがわたしの不断の客人だ、
それなのについ昨晩、仮面舞踏会で、
ミラノから来たばかりの、最高に可愛い娘を見た、
そしてわたしはえも言えぬほどの興奮を覚えた。

210
だがほどなく「哲学」[1]がわたしの助けに来て囁いた、
「すべての神聖な絆のことを考えよ」と。
「そうします、親愛なる哲学殿」とわたしは言った、
「でも、あの娘の歯、そして、ああ、あの瞳！
人妻か娘か、それだけ訊いてみよう、それとも
どちらでもないのか――ほんの好奇心から。」
「止めよ」と「哲学」はギリシア人風に叫んだ
（その時彼女は美しいヴェネツィア女の仮装をしていたが）。

1 ローマの哲学者・政治家のボエチウス（?・四八〇―五二四）は、その著『哲学の慰め』に擬人化された「哲学」を登場させた。

211

「止めよ！」、そこでわたしは止めた――
しかし元に戻ると、人が移り気と呼ぶものは、
自然の贅沢な豊穣さが、誰か恵まれた者を
若々しい美で覆っている時に、
それに払う当然の称賛にすぎず、我々が
壁龕（へきがん）のきれいな彫像を崇拝しそうになるように、
この種の実在するものへの崇拝は
「理想美」を高めたものにすぎないもの。

212

それは美しいものの知覚、
様々な能力の見事な伸長、
プラトン的で、普遍的で、素晴らしく、
星々から引き出され、空で漉（こ）されるもの、
それなしでは人生は極度に退屈になるだろう。
つまりそれは我々自身の目を使うことであり、
さらに一つか二つ他の感覚が加わって、
肉体は燃える塵から成る、と示唆するだけのことだ。

213

だが、それは苦しくて望ましくない感情だ、
なぜなら、もしもイヴさながらに、女性が
我々の眼前に現れた時に感じる、強烈な魅力を
同じ対象の中に常に感知できたなら、きっと我々は
多くの胸の痛みも多くの金も必要としないだろう
（我々は胸の痛みと金をとにかく手に入れねばならぬ、
さもないと悲しむことになる）、他方、一人の女性だけが
いつも気に入れば、胸にも肝臓にも何と快適なことだろう！

214

胸は空のようなもの、天の一部だ、
しかし空のように夜も昼も変化する。
天上と同じように、胸の上を、時に雲や雷が、
暗黒と破壊が必ず駆けていくもの。
しかし胸が焦がされ、突き刺され、裂かれると、
その嵐は水滴となって果てる。ついには
目は涙に変じた胸の血を溢れさせ、それが
我々の人生をイングランドの気候[1]にしてしまう。

1 よく雨が降って、気分が滅入ること。

215

肝臓は胆汁のための検疫所だが
滅多にその機能を果たさない、
なぜなら最初の情熱がそこに長く留まり、
他の激情は忍び込んできて接合点を作る、
堆肥の土の上に縺れ合う毒蛇のように、すなわち
怒り、恐れ、憎しみ、嫉妬、復讐心、悔恨などのように、
だからこの内臓からさまざまな悪が飛び出してくる、
「中心的」と呼ばれる、隠れた火から起こる地震のように。

216

今のところは、これ以上この解剖には
深入りしないことにして、前と同じく
今や二百有余の連を書き終えた、
それは、およそ十二歌あるいは二十四歌の
作品の各歌編にわたしが与える数だ。
わたしはペンをおいて、頭を下げよう、
読んで下さる皆様に対して、ドン・ジュアンと
ハイディに、自分たちとその縁者のために弁明させよう。

第三巻

1

ようこそ、ミューズよ！[1]とか何とか言うのだが――
我々はジュアンを眠らせておいた、美しくも幸せな胸を
枕にし、一度も泣いたことさえない瞳に
見守られ、若い心に愛されるままに。
その若い心は幸せすぎて、魂に忍び寄る毒を
感じることも、誰がそこにいるのかも知らなかった。
平安の敵が彼女の罪なき年月の流れを汚し、
清らな胸のもっとも清らかな血を涙に変えていたのだ。

2

おお、愛の神よ！　我らのこの世界において、
愛されることを致命的にするものは何なのか。
ああ、何ゆえに汝は糸杉[1]の枝で四阿を飾り、
溜息を汝の最善の理解者にしたのか。
ひたすら芳香を愛でる者たちは花を摘み
胸の上におく――しかしそれは枯らすためなのだ――
かくして我々が優しく慈しみたいと願う脆き者たちは、
我々の胸の中に横たえられ、ただ滅びるだけなのだ。

1 伝統的な叙事詩は冒頭で詩神（ミューズ）を呼び出す。

1 喪の象徴として墓地に植えられる。

3

女は初恋の時は恋人を愛し、
それ以外の恋では、恋のみを愛し、[1]
それは決して直せない癖になり、
締まりなく合うのだ――ゆったりした手袋のように、
確かめたければ、いつもそうだと分かるだろう。
女心を動かすのは、最初は一人の男だけ。
その後は複数の男を好み、
追加があっても、大して困りはしないもの。

1ラ・ロシュフコー（一六一三―八〇）『箴言集』四七一番。

4

その責任は男か女か、わたしには分からない。
しかし確実なことが一つある。裏切られた女は――
（すぐ祈祷の一生に飛び込まないかぎり）――
しかるべき時が来れば、きっと求愛を受けることになる。
もっとも、心のありたけを捧げるのは
おそらく最初の恋だろう。それでも人は言う、
一度も恋をしなかった女はいるが、
恋をした女は決して一度では終らないと。[1]

1ラ・ロシュフコー『箴言集』七三番。

5

恋愛と結婚がめったに両立しないとは
憂鬱なこと、そしてそれは人間の脆さ、
愚かしさ、罪深さの恐ろしい兆候だ、
ともに同じ風土に生まれるというのに。
ワインが酢に――嘆かわしい、酸っぱい、
興ざめな飲み物に――変質するように、
結婚もそのうちに天上的で素晴しい香りから、
ごく平凡な家庭向きの酸っぱい味に変わってしまう。

6

結婚と愛の現在と未来の有り様には
どこか両立しないところがある。
公正とはいえない一種のご機嫌とりが
用いられ、真相が分かった時には遅すぎる。
しかし絶望する以外に何ができよう。
同じ事がまたたく間に名前を変える。
例えば――恋人の情熱は光輝あるものだが、
夫のそれは女房に甘いと宣告されるのだ。

7

男は妻に優しすぎるのが恥ずかしくなり、
時には少しばかり退屈し
（しかし勿論それは稀だが）、次に意気消沈する。
同じ物を常に褒め称えることはできない、
それなのに、一方が死ぬまで二人は結ばれている、
という趣旨の「証文で定められている」[1]
悲しい思いだ！　我々の日々を飾っていた
連れを失い、召使たちを喪に服させるということは。

1『ヴェニスの商人』四幕一場二五九行。

8

家庭内の行動には疑いもなく、
何か真実の愛に反するものが、確かにある。
騎士物語は求愛の全身像を描くが、
結婚については胸像しか見せない。
それは誰も夫婦の睦言を好まないし、
夫婦がキスをしても一切不都合がないからだ。
諸君はお考えか、もしラウラがペトラルカ[1]の妻だったら、
彼が一生ソネットを書き続けただろうか、と。

1ペトラルカ（一三〇四―七四）の詩集『カンツォニエーレ』（一三七二）には、ラウラに捧げた恋愛詩が数多く含まれている。

9

すべての悲劇は死で終わり、
すべての喜劇の結末は結婚となる、
その後の両方の有り様は信仰や信頼に委ねられる、
なぜなら作家は、どちらの未来の世界を描いても、
貶すことになったり、力不足になることを恐れるからだ、
それに両方の世界が作家の失敗を罰するだろう。
だから各々の世界には坊主と祈祷書を用意しておき、
死と奥方[1]については、それ以上何も言わないのだ。

10

わたしの記憶では、天国と地獄を、すなわち
結婚を詠った二人、ダンテとミルトンにとっては、
結婚生活における愛は幸薄いものだった、
欠点か気質の何らかの障害が、
関係を損なってしまったからだ（実際、
こんなことで結婚は簡単に壊される）。
しかしダンテのベアトリーチェ[1]とミルトンのイヴ[2]は、
諸君も知っての通り、配偶者を描いたものではなかった。

1 一八世紀のバラッド、「死と奥方」(*Death and the Lady*)を指している。

1 ダンテの『新生』や『神曲』に登場する象徴的な理想の女性。「確かにわたしの荒々しい妻は何にもましてわたしを苦しめる」（『神曲』「地獄編」一六章四四―四五連）。

2 「ミルトンの最初の妻は一月以内に逃げ出した。もしそうしなかったら、ジョン・ミルトンはどうしたことだろう」（バイロン注一八一九）。

11

ダンテのベアトリーチェは神学を意味し、
愛人ではなかった、と言う者がいる――
わたしの意見では、弁明が必要かもしれないが、
それは注釈者の妄想だと思う、
もっとも彼が自分の経験からそう判断する
妥当な理由を示せば、話は別だが。
わたしは、ダンテのもっと深遠な譫言は、
数学の人格化[1]を意図したものだと考える。

12

ハイディとジュアンは結婚していなかったが、
それは二人の責任で、わたしの責任ではない、だから
清らかな読者よ、多少なりとも、わたしを責めるのは
決して公平ではない、二人の結婚をお望みなら話は別だが。
だからもし二人を結婚させたいのなら、
この結末がひどくなりすぎる前に、
間違いを犯した二人を扱うこの本をどうか閉じて欲しい、
不道徳な恋について読むのは危険なことだから。

1 数学をよくしたバイロンの妻に対するあてこすり。

13

けれども二人は幸せだった——不道徳にも
無垢な欲望に耽溺して幸せだった、
しかし、ハイディは彼を訪れる毎に軽率になり、
島の所有者が父であることを忘れてしまった。
好きな物が手に入ると、手放すのは難しいもの、
少なくとも、飽きが来る前の、始めのうちはそうだ。
かくして、海賊の父が海上を巡行している間、
彼女は寸暇を惜しんで足繁くやって来た。

14

彼の現金調達法が奇妙だとは思わないで欲しい、
彼は確かにすべての国の旗を剥がしたが、
その肩書きを首相に変えさえすれば、
課税するのと何ら変わりはない。
しかし彼はより穏健で、よりつつましい
人生の活動範囲を巡り、より正直な天職について、
公海で水上の旅を続けていた、そして
単に海上弁護士として開業していただけなのだ。

15

この古きよき紳士は強風や高波で、また
いくつかの重要な捕獲物で、帰国が遅れていた、
そして、さらなる捕獲を求めて海上に留まった、
もっとも一、二度スコールに出会って、獲物の一隻が
水浸しとなり、彼の狂喜に水を差しはしたが。
彼は囚人を鎖で繋ぎ、本の章のように
番号を付した組に分けた。皆、手錠と首輪をはめられ、
それぞれ平均して十ドルから百ドルの値がついた。

16

彼はマタパン岬[1]沖で、数名を仲間の
マイノット人[2]のところで処分した。何人かは
チュニスの取引先に売った、一人だけは
（老いぼれて）売り物にならないので、船外へ放り投げた。
残りは――後の身代金用に船倉に取っておかれた
あちらこちらにいる金持ち以外は――
同じように鎖に繋がれていた。並の人間については
トリポリ[3]の太守から大口の注文があった。

1 ペロポネソス半島の最南端にある。
2 ギリシアの海賊。
3 トリポリは現ギニア領だが、この当時はトルコの治世下にあった。

17

商品も同じように扱われ、レバント[1]の
様々な市場の不足を補うのに使われた、
略奪品の一部は例外だった、
女物の一寸したお決まりの品々、フランスの嗅ぎ煙草、
レース、ピンセット、楊枝、ティーポット、盆、
ギター、そしてアリカンテ[2]のカスタネット、これらは
すべて、彼の収集した分捕り品から選び抜かれたもので、
最高の父親が自分の娘のために強奪したものだった。

18

猿、オランダ・マスティフ、コンゴウインコ、
二羽のオウム、ペルシャ猫と子猫たちは、
自分が見た様々な動物から選んだ——
かつてイギリス人が飼っていたテリアもそうだったが、
イタケー島[1]の海岸で飼い主が死んだので、百姓たちが
哀れな物言わぬ奴にわずかな餌をやった。
彼は、強風の吹く中、これらの動物を守るために
一緒にまとめて、一つの大きな檻に入れた。[2]

1 ギリシアからエジプトまでの地中海東部沿岸諸国地方。

2 スペイン南東部の地中海に臨む港湾都市。

1 ギリシアのイオニア諸島の一つ、オデュッセウスの故郷。

2 バイロンは動物を飼うのが好きだった。

19

それから海上での用件を済ませ、
そこかしこに個々の海賊船を派遣した、
彼の船は修繕を要したので、
美しい娘がなおも手厚いもてなしを
続けている所へと舵を取った。
しかし、海岸のその部分は浅瀬で木もなく、
何マイルも続く岩礁でごつごつしていたので、
彼の港は島の反対側に位置していた。

20

彼は即刻、そこから上陸した、
いつ、どこにいたかなどと、
途中で厄介な質問をする
税関も検疫もなかったからだ。
翌日には船を傾けて修理せよと
部下に命じて、下船した。
だから部下たちは皆、商品やバラストや銃、
そして宝物を下ろすのにこの上なく忙しかった。

21

自宅の白壁を見下ろす丘の頂に
到着した時、彼は立ち止まった。
放浪に誘われた者の胸は、
皆が無事か否か、不安でどきどきするもの、
何たる不思議な感情で胸が一杯になることか！
多くの者には愛を、ある者には恐れを抱いて。
失われた長い年月を飛び越えて、
あらゆる感情が出発地点に我々の心を呼び戻す。[1]

22

陸路や海路の長旅の後、
家が近づくと、夫や父親には
いささかの疑念が起こるのも当然——
女だけの家族であれば、事は重大だ。
（わたしほど女性を信頼し、称賛する者はいない——
だが女はお世辞を嫌うので、決してお世辞は言わない）。
妻は夫の留守の間により狡猾になり、
娘は執事と駆け落ちすることもある。

1 バイロンはオデュッセウスのイタケー島帰還を頭において、ランブロの帰郷を描いている。

23

誠実な紳士が帰郷する時には、
オデュッセウスの幸運に恵まれるとは限らない。
孤独な奥方のすべてが夫の留守を嘆き、
求愛者のキスに同じ嫌悪感を示すとは限らない。
おそらく目にするのは、彼を偲ぶ立派な骨壷と、
友人を父とする二、三人の娘で、この友人は
今や妻と財産を所有し、彼のアルゴス[1]は
ズボンに噛み付くことだろう。

1 アルゴスはオデュッセウスの愛犬。帰郷した主人を見分ける。

24

もしも独身なら、不在中に、美しい婚約者は
誰か金持ちの守銭奴と結婚しているかもしれない。
しかしその方がいい、なぜなら幸せな夫婦は
口論するかもしれないし、妻はより賢明になると、
夫は随身の騎士(キャヴァリア・セルヴェンテ)[1]となって、色恋の務めを再開し、
あるいは彼女を袖に振ることもできるかもしれない。
また悲しみを沈黙にしておかないために、
「女性の移り気」について頌歌(オード)を書くかもしれない。

1 一巻一四八連の注参照。

25

おお、この種の貞節な密通を経験中の
汝ら紳士方よ——人妻との誠実な友情の
ことだが——これはこの種の中では
長続きする唯一のもの——
すべての関係の中でもっと安定したもので、
本物の結婚（最初のは隠れ蓑）だ——
だからといって、あまり家を空けてはいけない、
不在中に、日に四度、裏切られた男をわたしは知っている。

26

海事弁護士のランブロの陸上での経験は、
海上に比べてはるかに少なかったが、
自宅の煙突の煙を見て喜んだ。
しかし形而上学には疎かったので、
自分が悲しくない理由にも、その他の
強い感動の理由にも、考えが及ばなかった。
彼は子供を愛しており、彼女を亡くしたら
泣いただろうが、哲学者と同じく、その訳は知らなかった。

27

彼は見た、家の白壁が日を浴びて輝き、
庭の木々がすべて陰をなして緑なのを。
彼は聞いた、小川がさらさら流れ、
遠くで犬が吠えるのを。そして
とても涼しく薄暗い森陰に、動く人影と、
きらきら光る武器に気付いた
（東洋では皆武装している）――そして
蝶のように鮮やかに彩色された服の様々な色合いも。

28

人影の見える場所に近付いて、
常ならぬこの怠けた様子に驚いた彼は
耳にする――悲しいかな、それは天球の音楽[1]ではなく、
神聖ではない、地上のバイオリンを鳴らす音だった。
それは彼の耳を疑わせる旋律であり、
その理由（わけ）は彼の推測や謎解きの域を超えていた。
笛も鳴り、太鼓の音がし、すぐ後には、
オリエントにはまったく似合わぬ大笑いも聞こえた。

1 中心を共有するいくつかの透明な天球の一つ。各層には星・太陽・月などの天体が固着していて、天体の動きは各層の回転によると考えられ、また回転する時に音楽を奏でたという。

29

彼はその場にさらにもっと近づき、
素早く坂を降りて、揺れる枝の間を抜け、
緑の芝生にちらっと目をやりつつ、
さらなる浮かれ騒ぎの兆候を通り抜けると、
彼の召使が群をなして、デルウィーシュ[1]のように、
旋回軸の上を回るかのように踊るのに気付いた、
彼には分かった、それがレバント人の大好きな、
まこと好戦的なピュリケー[2]の踊りであることが。

30

少し向こうではギリシア娘の群れが、
紐を通した真珠のように列をなし、
先頭の一番背の高い娘は白いハンカチを振っていた。
彼女たちは手に手を取って踊っていた。どの娘も
白い首に沿って長いとび色の巻毛が流れていた
（その僅かな巻毛でも十人の詩人をうっとりさせることだろう）。
先導する娘は歌った――その歌に合わせて、
乙女らの群れは、声とステップを揃えて、飛び跳ねた。

1　イスラム教の熱狂派修道僧。

2　古代ギリシアの戦いの踊り。

31

ここでは、打ち解けた小さな集まりがいくつか、
盆のまわりに胡坐をかいて、食事を始めた。
彼の注視したのは、あらゆる種類の
ピラフと肉類、サモス島とキオス島のワインの瓶、
そして素焼きの壷の中で冷えるシャーベットだった。
頭上にはデザートがぶどうの蔓に実り、
オレンジと石榴が揺れて、ほとんど捥ぎもしないのに、
彼らの膝の上に、甘い蓄えを落とすのだった。

32

雪のように白い雄羊のまわりにいる
子供の一団が、立派な角を花で飾っている。
一方、羊の群れの長は、まだ乳離れをしない
子羊さながら、おとなしく、堂々として従順に、
その頭を穏やかにも優しくかがめる、
あるいは手の平から物を食べ、あたかも
小さな手を突付くかのように、戯れて額を下げる、
それから小さな手に服従して、また身を退くのだ。

33

彼らの古典的な横顔、きらびやかな衣服、
大きな黒い瞳、割った石榴のように真っ赤で
柔らかい天使のような頬、長い髪、
心を魅する仕草、物を言う目、そして
幸せな子供時代を祝福する純真さ、これらが
小さなギリシア人たちを一幅の絵にしていた、
それゆえに、その様子を哲学的に見る者は、
彼らのために溜息をついた——子供も年を取るゆえに。

34

遠くでは、落ち着いて煙草を吸う白髪の老人たちに向かって、
小人の道化が立って、話をしていた、
それは、隠れた谷間で見つかった秘密の宝物のこと、
アラビアの道化の見事な答えのこと、
良質の金を作り、悪い病気を癒すまじないのこと、
ノックする者には開く魔法の岩に関すること、
そしてたった一度の行為で、夫を獣に変身させる[1]
魔法を使う女についての話だった（しかしこれは事実）。

1 寝取られ亭主の額には角が生えると言われる。

35

ここには想像力や五感にとっての
無邪気な気晴らしがすべて揃っていた、
歌、踊り、ワイン、音楽そしてペルシャのお話など、
何の罪もないあらゆる結構な娯楽があった。
しかしランブロは嫌悪の情でこれらすべてを見た、
なぜなら自分の留守中のかくもひどい出費に
気付いたからで、人のすべての災難の中でも最悪なるもの、
すなわち、毎週の請求書の増大を、彼は恐れたのだった。

36

ああ、人間とは何なのか、つねに何という危険が
正餐後にさえ、もっとも幸せな者をも取り囲むことか――
鉄の時代の中の黄金の一日、それが
人生がもっとも幸運な罪人に与えるすべてだ。
「快楽」はセイレンで[1]（少なくとも彼女が歌う時はいつも）、
若い未熟者をおびき寄せ、生きたまま皮を剥ぐ。
部下の宴会でランブロが受けた応対は、
火に濡れた毛布を当てるようなものだった。

1 シチリア島の近くの小島に住んでいたとされる半人半鳥の海の精。その歌を聞いた船人は美声に魅せられて海に飛び込んで死んだという（ギリシア神話）。

37

彼は——余分な言葉は滅多に使わず、
娘を不意に驚かせることを喜んで望んだので
（普段は剣で男に不意打ちをかけるのだが）、
あらかじめ人を遣って到着のことを知らせていなかった、
だから誰一人として動きはしなかった。
彼はゆっくり間を取って、目に入ることを
しっかり確認し、実のところ、楽しい仲間が
大勢招かれているのを見て、喜ぶよりも驚いた。

38

彼は知らなかった（ああ、人は何と嘘をつこうとするのか）、
彼の死（そう言われた者は決して死なない）を
明言した報告（特にギリシア人の）があり、
それゆえ、彼の家が数週間喪に服したことを。
しかし今や、人々の涙目も唇も乾き、
ハイディの頬にも輝きが戻った。
涙もその源泉に戻ったので、彼女は今や
自らの責任で家を切り盛りしていた。

39

だから、こんなにも、米、肉、踊り、ワインがあり、
バイオリンが鳴り、この島を快楽の場に変えていたのだ。
召使たちは皆、酔払っているか、ぶらぶらしていた、
彼らにとってこれほど幸せな生活はなかった。
父の財産を使うハイディに比べれば、
ランブロのもてなしは月並みだった。
事態がよくなっていくのは素晴らしいことだった、
一方、彼女は一時間さえも惜しんで愛するのだった。

40

諸君は思うかもしれない、この宴会に
遭遇した彼が激怒したと。確かに
喜ぶべき強い理由はなかった。
諸君は何か性急な行動を予想するだろう、
部下にもっときちんとした振舞を
教えるための、鞭打ちや拷問、少なくとも
土牢に放り込むなどの行動を、そして迅速に事を運び、
海賊の王者たる者の好みを示しただろうと。

41

それは間違いだ——かつて船に穴をあけ、人の咽を
掻き切った者の中で、彼ほど穏やかで礼儀正しい男はいなかった。
彼はまこと紳士として育てられたので、
その本心を見抜くことはできなかった。
いかなる宮廷人も見抜けず、ペチコートの中に
彼以上に偽りを閉じ込め得る女はまずいないだろう。
彼が多彩な人生の冒険を愛したのは残念なことだ、
上流社会にとってはまことに大きな損失だった。

42

彼は間近にある食事の盆に近付き、
独特の笑み浮かべて、すぐそばの客の肩を
軽く叩いた、因みに、この笑みが表すものが
何であれ、それは良き兆候ではなかった、
彼はこの祭日の意味を尋ねた。問いかけたのは
ワインで酔払ったギリシア人で、この男は
陽気さが過ぎて、質問する者が
誰なのかが分からず、ワイングラスを満たして、

43

おどけた顔を、肩越しに向けることなく、
ワインが大好物だという様子で
溢れる杯を差し出し、こう言った、
「話しは退屈だ、俺にはそんな暇はない」と。
二人目の男はしゃっくりをして言った、
「前の御主人は死んだよ、跡継ぎの女主人に訊けばいい」
「女主人！」、三番目の男が言った、「女主人だと！
馬鹿な！——ご主人様のことだろう——前のではなく今の」

44

こいつらは新顔で、話す相手が誰なのか
知らなかった——ランブロの表情は曇った——
彼の目には一瞬陰鬱さが走った、
しかしごく礼儀正しく、その表情を
抑える努力をして、努めてまた笑みを作り、
彼らの一人に頼んだ、ハイディを
立派な既婚婦人に変えてしまったらしい
新しい主人の名前と身分を教えてくれるように。

45
「おれは知らねえ」とその男は言った、「ご主人様が
誰でどこの出なのか、知らない――気にもしない、
おれが知っているのは、この雄鶏のローストは
太ってて、それに、これほどうまい料理を上等のワインで
流し込んだことはないということだ。この答えに納得しないなら
そこの隣の奴に訊いてくれ、あいつは
ことの良し悪しは別にして、何でも答えてくれるよ、
あいつほど自分が喋るのを聞きたがる奴はいないのだから」

46
わたしは言った、ランブロは辛抱強い男だと、
確かに彼は最高の育ちのよさを見せた、
それは諸国の規範であるフランスの
最高に礼儀正しい息子たちをも凌ぐほどだった。
彼は耐えた、近親者に対する軽蔑や、
彼自身の不安に、血を流している自らの心臓にも、
そしてその間にも、彼のマトンを平らげている、
すべての卑しい大食漢の侮辱にも。

47

さて、つねに命令を下すことに慣れた男、
部下に来させ、行かせ、また来させること、
命令が即座に実行されるのを見ること、
それが死であれ、単なる束縛の鎖であれ——こんなことに
慣れた男の態度が穏やかなのは、不思議に見えるかもしれぬ。
しかし、説明はできないが、こんなことはあるもので、
もっとも、自らを律することのできる者は、きっと
支配することにかけても有能だ——ほとんどゲルフ族[1]のように。

48

彼が時に性急でないこともなかったが、
本当に真剣な時は決して性急ではなかった。
冷静にして集中し、平静にして急がず、
森のボアのように、とぐろを巻いて横たわっていた。
彼にあっては言葉に攻撃は伴わなかった、
怒りの言葉が発せられるとそれで終り、血を流すことはなかった、
しかし彼の沈黙は人を大いに後悔させた、
一撃があれば、第二の攻撃の必要はほとんどなかった。

1 中世イタリアの教皇派（ゲルフ党）に由来する、ドイツの王家、ハノーヴァー家を指している。ジョージ一世からヴィクトリア女王まではハノーヴァー家の血を引く。

49

彼はそれ以上質問せず、家の方へ向った、
私道を使ったので、出会った少数の者にも
ほとんど注目されなかった、その日に彼が
帰宅することなどほとんど予想されなかったから。
ハイディに対する父としての愛があるゆえに
心を痛めたかどうかは、わたしには知りえない、
しかし死んだと見なされた者に対する
このお祭り騒ぎは、奇妙な種類の哀悼に思われた。

50

もしすべての死者の誰かが、あるいは大勢が
今蘇ることができ（神よ、そんなことを禁じ給え！）、
例えば、夫かその妻が蘇るなら
（夫婦の例は他のどの例にもひけはとらない）、
生前の争いがどうであったにせよ、
今の天候ははるかにひどい雨になるだろう――
縁者の墓に落とした涙はきっと
その縁者の復活にも関与することだろう。[1]

1　五〇―五二連はバイロンが経験した夫人との別居騒動を下敷きにしている。

51

もはや我が家ではない家に彼は入った、
それは人間の感情にはもっとも辛いことで、
心がそれを克服するのは、おそらく
死ぬ時の胸の痛みよりも難しいだろう。
我々の炉辺の敷石が墓に変わり、
かつては暖かだった所のまわりに、我々の希望が
灰燼となって青白く横たわる、そんな光景を見ることは、
深い悲しみだ、独身紳士には信じがたいことだが。

52

彼は家に入った――もはや我が家でない家に、
思いやる心がなければ家とはいえないもの――
そして、歓迎されることなく、我が家の扉を通り抜ける
孤独を感じた、そこで彼は長らく住んだ、
そこで彼の少なき平穏な日々の上を「時」が通り過ぎたのだ。
そこで彼の疲れた胸と鋭い目は
あの可愛い子の無邪気さに和んだものだった、
その子は彼の唯一の汚れなき感情の社だった。[1]

1 バイロンは娘のエイダを指していると思われる。

53

彼は不思議な気質の男だった、
気分は凶暴でも表情は穏やかで、
すべての習癖には節度があり、食べ物と同じく
快楽においても節制することに満足し、
察知するに早く、耐えるに強く、完全には善良でないが、
本来は何かもっと善きことをするはずだった。
祖国の受けた不当な仕打ちと、その救済に対する絶望感が
彼の心を傷つけ、隷属の身から隷属させる者になったのだ。

54

権力欲、迅速な黄金の取得、
長い習慣の生み出した冷酷さ、
年を重ねつつ経験した危険な人生、
与えた慈悲がしばしば悪用されたこと、
彼の見慣れた光景、荒れた海、
ともに巡航した荒くれ男たち、
これらが敵には長い後悔の種となり、
味方としては良かったが、知り合いとしては悪かった。

55

しかし古いギリシア精神のようなものが
彼の魂の上に数条の英雄的な光を煌かせた、
それは彼の先祖たちをコルキスの時代に、
「金の羊毛」へ至る道を照らしたものに似ていた、[1]
確かに彼には平和を求める熱意はなかった――
悲しいかな、祖国は称賛には一切値しなかった、
彼は世間を憎み、すべての国との戦いに従事した、
それは祖国の堕落に対する復讐だった。

56

それでも彼の精神にはその地の影響が
イオニア風の優雅さを投げかけ、
幾度となく思わず知らず、その力を示した――
住まいの選択にみられる趣向、
音楽や崇高な景色を愛する心、
水晶のように目の前を流れる
ゆるやかな小川を楽しみ、花を喜ぶこと、
これらが穏やかな時間に彼の心を浸すのだった。

1 イアソンはアルゴ船に乗って金の羊毛を求めてコルキス国へ出掛け、妻になるメーディアの助けを得て手に入れた（ギリシア神話）。

57

彼の抱いた愛がいかなるものであれ、
それはあの最愛の娘に注がれていた。彼女は、
彼が成しそして見た残酷行為の中にあって、
彼の心を閉ざさなかった唯一のものだった。
競合するもののない、ただ一つの純粋な愛情だった。
もしもこの愛情が失われたら、それだけで
彼の感情はすべての自然の人情から引き離され、
盲目にされて怒り狂うキュクロープス[1]に変わるのだ。

58

子を奪われ、密林で猛り狂う虎は
羊飼や羊には怖いもの。
嵐で泡立ち荒れ狂う大海は
岩場に近い船には恐ろしい。
しかし強靭なる者の心、それも父親の心にある
唯一の、厳しくて深い、無言の怒りに比べれば、
猛々しいものの怒りは、もっと早く
それ自身の衝撃で尽き果てて、穏やかになる。

1 シチリア島に住んでいた一つ目の巨人。オデュッセウスは彼を酔わせ、盲目にした。

59
子供が手に負えなくなるのを見ることは
よくあるが、辛いものだ――我々は
子供の中に自らのもっとも光り輝く時代を辿る、
彼らはより優れた土で、ふたたび造られた
小さな我々自身、そんな彼らは、ちょうど老年が
足早に忍び寄り、我々の人生の日没を雲が覆う時に、
親切にも離れて行く、だが一人ぼっちにしないで
良い仲間を残していく――痛風や結石を。

60
しかし美しい子供たちは美しいもの
（彼らが食後に入って来ない限り）。
奥方が子育てするのを見るのは
美しい光景だ（育児で瘠せ細ることがなければ）。
祭壇画のまわりの天使のように、子供たちは
炉辺にぴったりくっつく（罪人の心をも動かす光景だ）。
娘や姪を引き連れた女性は光り輝く、
ギニー金貨一枚と七枚のシリング硬貨のように。

61

夕暮れに老ランブロは姿を見られることなく
私用の門を通って、玄関の広間に立った。
その間、奥方と恋人は自らの美と栄光を
ほしいままにして、酒盛りの席にあった。
二人の前の豪勢な食事を載せた象牙の食卓には
象嵌が施され、美しい奴隷たちが四方八方にいた。
揃いの食器類の大部分は宝石や金で作られ、
それほど高価でないものは真珠と珊瑚でできていた。

62

正餐にはおよそ百の料理があった。
ピスタチオを添えた子羊の肉——手早く言えば、
すべての肉類とサフランのスープと膵臓の料理があった。
魚は網の中であがいたものの中の最高級で、
シバリス人[1]のもっとも贅沢な要求に合わせて
調理されていた。飲み物は様々なシャーベット、
干し葡萄、オレンジそして石榴（ざくろ）のジュースからなり、
汁は皮のまま絞られ、それが最高なのだ。

1　南イタリアの都市シバリスに住む人。奢侈逸楽で有名だった。

63

それぞれクリスタルガラスの水差しに入れられ、
ぐるりと並んでいた、食事の終わりはなつめやし入りの
パンと果物で、最後には、小さな繊細な磁器のカップに、
アラビア産の純粋のモカ・コーヒーが出た。
下にかざした手が火傷するのを防ぐために、
金銀線細工を施した金のカップが置かれた、
丁子（ちょうじ）、シナモン、サフランもコーヒーと一緒に
沸かされたが、（思うに）これはコーヒーを台無しにした。

64

部屋の壁掛けはつづれ織りで、それぞれ
異なる色のビロードの布でできており、
絹のダマスク織りの花がぎっしりと散りばめられ、
周りには生糸の縁取りもあった。
豪華に拵えられた上部の縁飾りは
繊細な青い刺繍が施されたライラック色の文字で、
詩人やもっと偉い道徳家から取られた、
穏やかなペルシャの文句を見せていた。

65

壁の上のオリエント風の書き物は
これらの国ではごくありふれたもので、
一種の訓戒であり、メンフィス[1]の宴席にあった
されこうべのように、大広間のベルシャザル[2]を
震え上らせ、彼から王国を奪った言葉を
思い起こさせるのにふさわしいもの。
諸君は分かるだろうが、賢者は彼らの英知の宝庫から
言葉を繰り出すが、快楽ほど厳しい道徳家はいないのだ。

1 エジプト古王国の首都。「メンフィス」はエジプトを指している。エジプトの宴席では死を思い起こさせるものを見せた。
2 (五三九BC没) バビロニア最後の王。酒宴を開いていると突然に手が現れて壁に彼の運命を示す文字が現れたという(『ダニエル書』五章五節)。

66

社交界の季節の終わりに熱病にかかる美人、[1]
飲みすぎで死に至る天才、[2]
メソディストか折衷主義者(エクレクティック)に転向した放蕩者[3]——
(人々はこんな名のもとにお祈りをしたがる)——
しかし特に、卒中を起こした参事会員、
こうした連中は我々を唖然とさせて、
夜更かしや酒や女遊びが、贅沢な食事と
同じほど、有害であると教えてくれる。

1 バイロンにつきまとったキャロライン・ラムを指しているかもしれない。
2 バイロンは泥酔したリチャード・シェリダン(一七五一—一八一六)の介抱をした。シェリダンは劇作家・政治家。
3 バイロンに敵対した『エクレクティック・リヴュー』(*Eclectic Review*)を指すか。

67

ハイディとジュアンは淡いブルーの縁取る、
真紅の繻子のカーペットに足をのせた。
二人のソファは部屋の四分の三を
完全に占めていた――それはまっさらに見えた。
ビロードのクッションは――（玉座によりふさわしいが）――
緋色で、その輝く中心から金で浮き彫りされた
太陽が現れて、薄織物の光線が
真昼のように、あらゆる光を放つのが見えた。

68

クリスタルガラスと大理石、食器と磁器は
自らの光輝ある仕事をなした。インドのマットと
ペルシャ絨毯が床に広げられていた、汚しでもすれば、
心臓から血を流す思いをさせる絨毯だ。
ガゼルや猫、小人や黒人、またお付きの者や、
お気に入りとして日々の糧を得る者たちが――
（これすなわち堕落なのだが）――ここでは
宮廷か市場のように大勢入り混じっていた。

69
背の高い鏡はふんだんにあった、
手近にはテーブルがあり、大半が
真珠か象牙の細工を施された黒檀、あるいは
金か銀の雷文模様の鼈甲か珍しい木で
できていた——命令によって、大方の
テーブルの上には、ご馳走や氷を入れた
シャーベット——そしてワインも——並べられ、
来る者は皆、四六時中食事ができた。

70
すべての服の中から、わたしはハイディの服を選ぶ、
彼女はベストを二つ着ていた、一つは淡い黄色だった。
ブラウスの色は青とピンクと白だった——
その下で小波のように彼女の胸が波打っていた。
ボタンは豌豆のような大きな真珠でできていた、
もう一つのベストはどこも金色と真紅に輝いていた、
そして身体を包む縞の白い繊細な薄物は、
月のまわりの羊毛のような雲に似て、体の周りに流れていた。

71

大きな金のブレスレットがきれいな両腕を巻いていた、
留め金はなかった——純金のしなやかさで
手を傷つけることなく、伸び縮みした、
それを飾る腕が唯一の鋳型だった。
あまりに美しいので、形そのものに魔力があり、
腕を離すのを嫌がるようにくっついていた、
高価な金属によって巻かれた肌の中で
もっとも白い肌を、いとも純粋な金属が囲むのだった。

72

父の祖国の姫にふさわしく、同じような金の延べ棒が
足の甲の上に巻かれており、身分を明らかにしていた。
片手に十二個の指輪をはめていた。
髪は星のように宝石で飾られていた。胸の下の
ベールの細かい襞はあり余るほどの真珠の帯で
留められており、その価値は計り知れなかった。
オレンジ色のゆったりしたトルコ風の絹のズボンは、
この世でもっとも可愛い足首の辺りにたわむのであった。

73

とび色の長い髪は踵まで届き、波打ちながら、
太陽が朝の光で染めるアルプスの急流のように流れた――
そしてたとえ自由に乱れることが許されても、
彼女の体を隠そうとするのだった、それでも
彼女の髪はいつも絹の髪紐の束縛に対して、
怒っているかのように見え、捉えたそよ風が
扇となって、若い羽を動かし始める時は
その縛めを解こうとするのだった。

74

彼女のまわりは生気に溢れていた、
大気までが彼女の瞳で軽やかに思えた、
その瞳はひたすら優しく美しく、我々が
天空について想像するすべてに満ち溢れ、
妻になる前のプシュケー[1]のように純粋だった――
最も純粋な人間の絆にとってさえ純粋すぎた。
その圧倒的な存在ゆえに、その前に跪いても
偶像崇拝ではないと、人は感じたことだろう。

1 プシュケーは蝶の羽をもった美少女。エロスに愛された。霊魂の化身（ギリシア・ローマ神話）。

75

夜のように黒い睫毛はうっすらと染めてあったが
（この国の習慣に従って）、それは無駄だった。
なぜならあの黒い大きな瞳の縁はあまりに黒かったので、
艶やかな反乱軍はその漆黒の色付けを侮り、
生まれつきの美しさで復讐したのだ。
爪はヘンナ[1]で染められていたが、ここでも
人為の力は何の役にもたたなかった、
より鮮やかな薔薇色にはできなかったのだから。

1 シコウカ（指甲花）、染料として指先や爪を染めるのに用いられる。

76

ヘンナが救おうとした肌をなお一層
きれいに見せるには、濃く塗らねばならない。
だがその必要はなかった、山の頂きに差す曙光にも
彼女ほどの天上的な白さはない。
彼女を見る目はそれ自身が目覚めているのかを疑うほど、
まこと幻のようだった。思い違いかもしれないが
シェイクスピアも言っている、純金に鍍金（ときん）することや、
百合の花に色付けすることは愚の骨頂だと。[1]

1 『ジョン王』四幕二場一一行。

77

ジュアンは黒と金色のショールを羽織っていた、
しかし白いバラカン[1]はとても透けていたので、
その下には煌く宝石が見えた、銀河の中に
くっきりと見える小さな星のようだった。
多くの襞をなして、優雅に巻かれたターバンは、
ハイディの髪を容れたエメラルド色の髪飾りを
留め金として載せていた――それは燃えるような三日月で、
その光は常に震えつつ、絶えることなく輝いた。

78

今はお付きの者たちが二人の気を紛らわせていた、
小人、踊り子、黒人の宦官、そして詩人[1]などだ、
彼らによって新しい所帯は完全なものになった。
詩人は誉れ高く、それをひけらかすのを好んだ、
彼の詩にはあるべき詩脚がないことはまずなかった――
主題について言えば――それにふさわしくない歌い方はしなかった、
彼は風刺や追従をするために金を貰っており、
『詩編』が言うように、「よきことを綴って」[2]いたからだ。

1 絹などの繊細な生地でできた高級な織物。

1 詩人とはロバート・サウジーを指すと思われる。「献辞」を参照。以下サウジーが諷刺されている。

2 「心に湧き出る美しい言葉／わたしの作る詩を、王の前で歌おう。／わたしの舌を速やかに物書く人の筆として」（『詩編』四五章二節）。

79

彼は古き時代のよき習慣を逆にして、
現在を称え、過去を罵り、ついには
無称賛より実質的報酬の方を好んで、
オリエントの反ジャコバン主義者になった――
数年間は、彼の詩は自主的だと見えたので、
彼の運命は暗雲で覆い隠された、しかし
今ではスルタンからパシャまで歌った、
サウジーの真実とクラショー[1]の詩体を用いて。

80

彼は多くの変化を見てきた男だった、
そして磁石の針のようにいつも正確に変化した。
彼の北極星はむしろ変動し、動かぬ恒星では
なかった――彼は甘言を用いる術を弁（わきま）えていた、
あまりにも堕落していたので、しばしば運命の復讐を免れた。
また能弁だったので（勿論報酬が少ない時は別だが）、
とても熱い思いを込めて嘘をついた――
だからきっと桂冠詩人の年金を手にしたのだ。[1]

1 リチャード・クラショー（一六一三―四九）の形而上学的なイメジャリーをバイロンは好まなかった。バイロンの散文の序文参照。

1 サウジーは一八一三年に桂冠詩人になった。

81

しかし彼は天才だった――変節漢が天才なら、
「イライラする詩人」[1]は、人の注目なしには
二、三カ月すら経過しないように気を配る。
善人ですら社会が注目してくれるのを好む――
しかし主題に戻るとして、さて、何の話だったっけ――
ああ――第三巻――かわいい一組の男女――
二人の愛の有様、宴会、家、衣服、
そして島の住処の生活様式だった。

82

彼らの詩人は、嘆かわしい日和見主義者だったが、
同席すると非常に愉快な奴だったので、
多くの会食で気に入られて、
少し酒が回ると一席弁じるのだった。
稀にしかその意味を推測できなかったが、
それでも彼らはかたじけなくもしゃっくりや唸り声で、
大向こうの喝采という、栄えある報酬を与えて下さったが、
第一原因[1]には、第二原因の喝采が皆目分からなかった。

1 ホラティウスは「わたしは怒りっぽい詩人という種族をなだめるために多くのことに耐える」（『書簡詩』二巻一歌）と言っている。コールリッジは「天才たちにあるとされる怒りっぽさ」（『文学的自叙伝』二章）について書いている。

1 第一原因は詩人の霊感、第二原因はその影響、読者の反応を指すか。

83

しかし今や上流社会に引き上げられて、
旅するうちに、目先を変えるために
自由な思想の寄せ集めを拾い上げた後、
彼は考えた、仲間うちに囲まれて
孤島にいる今は、騒ぎを起こす危険もなしに、
長年の虚偽の償いができるし、また、
熱い青春時代に歌ったようにうたって
真実との短い休戦を結べるのでは、と。

84

彼は旅をした、アラブ人、トルコ人そして
西欧人の間を、そして各国の自己愛を知った。
しかしあらゆる身分の人々と交わったので、
大抵の場合つねに何らかの用意はできていた――
そのため多少の贈り物やいくばかの感謝を得た。
彼は巧みに追従に変化を加えた、
「ローマにあってはローマ人に従え」というのが、
ギリシアで彼が遵守した振舞だった。

85

こんな風に、通常、歌えと言われたら、
別々の国に何かそれぞれの国のことを伝えた、
彼にはすべて同じで――すっかり流行に合わせて
「神よ、王を救い給え(ゴッド・セイヴ・ザ・キング)」[1]とか「うまくいくよ(サ・イラ)」[2]などと。
彼のミューズは何であれ増幅させるのであった、
高邁な抒情詩から低級で合理的な概念に至るまで。
もしピンダロス[3]が競馬のことを歌ったら、
彼がピンダロスのように柔軟に歌って何が悪いのだろう。

86

彼はたとえば、フランスではシャンソンを書き、
イギリスでは六巻の四折版の物語を書いた、
スペインでは最近の戦争について、バラッドや
ロマンスを作り、ポルトガルでもほぼ同じことをした。
ドイツで彼が意気揚々と乗った天馬(ペガサス)は、
ゲーテ的なもので――(スタール夫人[1]の言を参照せよ)、
イタリアでは十四世紀の詩人たち[2]の真似をし、
ギリシアではこのような讃歌を諸君に歌うのだった、

1 「神よ、王を救い給え」はイギリスの国歌。
2 「うまくいくよ」(Ça ira)はフランス革命時に流行った歌。
3 (?-五二二―?-四四三BC)ギリシアの抒情詩人、『競技祝勝歌』がある。

1 (一七六六―一八一七)フランスの文学者。彼女は『ドイツについて』(一八一八)の中で、「ゲーテは全ドイツ文学を代表することができるだろう」と書いた。
2 ダンテ、ペトラルカ、ボッカチオなどを指す。

1

ギリシアの島々よ、ギリシアの島々よ！
燃えるサッポーが愛し歌ったところ、
戦争と平和の技が育ったところ——
デロス[1]が生じ、フォイボスが生まれところ！
永久(とわ)なる夏が今も島々を金色に染める、
しかし太陽以外は、すべては沈んだ。

2

キオスのミューズとテオスのミューズ、[1]
英雄のハープと恋人のリュートは
名声を得たが、汝らの故郷はそれを認めない。
黙するのは二人の誕生の地のみ、
汝らの先祖の「福者の島々」[2]の
さらなる西方で、名声が鳴り響こうとも。

3

山々はマラトン[1]を見つめる——
マラトンは海を見つめる。
わたしはそこで独りで一時間、瞑想し、
夢想した、ギリシアはまだ自由になりうると。
ペルシャ人の墓のそばに立つと、
自分が奴隷の身とは思えなかったから。

1 デロス島はポセイドンが創造した島で、フォイボス（アポロ）はそこで生まれた。

1 キオス島生まれの叙事詩人ホメロスと、テオス生まれの抒情詩人アナクレオンを指す。

2 ギリシアの神話では福者（祝福された者）の島々は西方にあるとされた。「さらなる西方」とは西欧のこと。

1 マラトンはアテネから約四〇キロのところにある。紀元前四九〇年、ギリシア軍はダリウス一世のペルシア軍を破った。一人の兵士が勝利をギリシア軍に伝えるために、マラトンからアテネまで走って息絶えた。マラソンの起源である。バイロンとホブハウスは一八一〇年一月二四日にここを訪ねた。

4

王が一人、断崖に坐っていた、
海より生まれしサラミス[1]を見下ろす所に。
眼下には何千の船と諸国の兵がいた――
すべては彼の指揮下にあった！
王は夜明けにその数を数えた――
日が沈んだ時、彼らはいずこに。

5

彼らはいずこ、汝はいずこ、
我が祖国よ、汝の声なき岸には
雄々しい歌はもう聞こえない――
雄々しい胸はもはや鼓動しない！
幾久しく神聖だった汝の竪琴が、
我ごとき者の手に堕ちねばならぬとは。

6

名を失い、奴隷の民に混じり
鎖に繋がれても、大事なことは、
まさに歌う今、せめて愛国者の羞恥の念が
我が顔に広がるのを感じること。
ここで詩人に残されたものは何か、
ギリシア人には赤面――ギリシアには涙。

1 紀元前四八〇年、サラミスの海戦でアテネ軍はペルシァの軍勢を破った。

7

我々は祝福された時代を思い、
ただ嘆き赤面するだけなのか――我々の祖先は
血を流した。大地よ！　汝の胸から、
我らのスパルタの死者の中より
少数の者を返せ！　三百人中三人だけを、
新たなテルモピレー[1]を作るために！

8

何だと、まだ黙するのか、皆黙するのか、
ああ、何たること――死者の声が
遠くで急流が落ちるように響き、答える、
「一人、ただ一人でいいから生ける者の頭を
持ち上げさせせよ――行くぞ、行くぞ！」
黙するのはただ生ける者のみだ。

9

甲斐なし――甲斐なし、別の弦を鳴らせ、
杯をサモスの酒で満たせ！
戦いはトルコの連中に任せて、
キオスのブドウの血を流せ！
聴け、卑しい呼び声に応じて――
飲み騒ぐ輩が各々答えるのを！

1 ギリシア北東部からテサリーに通じる海辺の峡路。紀元前四八〇年、スパルタ王レオニダスの率いる軍隊がペルシアの大軍を迎え全滅させたところ。

10

汝らには今なおピュロス[1]の踊りがある
ピュロスの方陣はどこに消えたのか。
なにゆえに二つの教えのうち、
より気高く雄々しい方を忘れるのか。
汝らにはカドモス[2]のくれた文字がある——
彼がそれを奴隷のために与えたと思うのか。

11

サモスの酒で杯を満たせ！
こんな問題は考えまい！
酒はアナクレオン[1]の歌を神聖にした、
彼は仕えた——だがポリグラテース[2]に——
暴君に。しかし当時の支配者たちは
それでもまだ我らの同胞だった。

12

ケルソネソス[1]の暴君は自由の
もっとも勇敢にして最善の味方だった。
あの暴君はミルティアデス[2]だった！
おお、今の時代があの類（たぐい）の
暴君をもう一人与えてくれれば！
彼の鎖はきっと我々を結束させるだろう。

1 （？三一八—二七二 BC）は古代ギリシアのエピルスの王。アスクルムの戦いでローマ軍を破った（二八〇 BC）。ピュロスの踊りとは戦いの踊りのこと。

2 アルファベットをギリシア人に教えた王。

1 （？五七〇？—？四八五 BC）恋と酒を歌った抒情詩人。

2 ポリクラテースはアナクレオンがサモスに逃げた時の専制君主だった。

1 現在のクリミア半島にあったギリシアの植民地。

2 （五四〇—？四八八 BC）アテネの将軍・政治家。マラトンの戦いでペルシャ軍を破った。

13

杯をサモスの酒で満たせ！
スリ[1]の岩場やパルガ[2]の岸には、
ドーリア[3]の母の産んだ種族の
名残が今も住む。そこでは
ヘラクレイダイ[4]の血族が子孫と認める
種が蒔かれているかもしれない。

14

ヨーロッパ人に自由を委ねるな――
彼らには売買いを業とする王がいる、
勇気の唯一の望みは
祖国の剣と兵卒に宿る。
だがトルコ軍とラテン民族の欺瞞は
汝らの楯を壊すだろう、いかに幅広くとも。

15

サモスの酒で杯を満たせ！
我らの乙女たちは木陰で踊る――
見事な黒い瞳が輝くのを見る、しかし
華やかな娘を一人一人見ていると、
わたしの目には熱い涙が溢れる、
乳房を奴隷に含ませねばならぬかと思うと。

1 エピルスの山岳地帯。一八〇九年にバイロンはここを訪れている。
2 イオニアの沿岸の町。
3 ドーリア人はギリシアの初期の定住者。
4 ヘラクレスの子孫、特にスパルタのドーリア人貴族。

16

我をおけ、スニオン[1]の大理石の崖に、
波と我を除いて、お互いの嘆きの声が
流れるのを聞く者はいない。
そこで白鳥のように我に歌わせて死なせよ、
奴隷の国は我が物ならず――
かなたのサモスの杯を打ち砕け！

1 アテネ近郊の岬。バイロンは一八一〇年一月に初めてここを訪れた。

87

現代のギリシア人はまずまずの出来の詩で、
このように歌った、歌ったであろう、
歌えただろう、あるいは歌うべきだった。
ギリシアが若かりし時のオルフェウス[1]のようではなくとも、
今の時代ではもっとひどい出来になったかもしれないが、
彼の歌はなにがしかの感情を表した――よかれあしかれ。
詩人の感情は他人の感情の源泉だ、しかし彼らは
嘘つきでどんな色にも染まる、染物師の手のように。

1 トラキアの詩人で音楽家。竪琴の名手で鳥獣草木をも魅了した（ギリシア神話）。

88

しかし言葉はそれ自体存在であり、
ほんの一滴のインクが、ある思いの上に露のように落ちると、
数千人、いやおそらくは数百万人に物を考えさせる。
不思議なことだ、話すかわりに人の使うもっとも短い手紙が、
時代と時代を繋ぐ永続的なものになるかもしれぬとは。
年取った「時の翁」は脆い人間を何と狭い場所に入れることか、
その一方で紙は——こんなぼろきれのようなものでさえ、
人間自身や彼の墓や彼のものすべての後まで生き残るとは。

89

骨が塵になり、墓が空っぽになり、
身分も世代も祖国さえも、
年代記の記録の中に位置を占める以外には
単なる物、あるいは無に帰してしまう時、
忘却が長らく隠していた退屈な原稿によって、
あるいは便所の基礎を掘っている時に、
兵舎だった場所で見つかった墓碑銘によって、
彼の名前が明らかになるかもしれぬ、珍しい埋蔵物として。

90

栄光は長年、賢者たちの笑いを誘ってきた、
それは何か、無、言葉、幻想、風のようなもの――
それは人が死んで残す名に頼るよりも
歴史家の文体を当てにする。
ホイスト[1]がホイル[2]のお陰であるように、
トロイの存在はホメロスのお陰だ。今世紀は忘れかけていた、
偉大なマールボロ[3]の攻撃の巧みさを、
コックス[4]英国国教会大執事の最近の伝記が出るまでは。

1 ブリッジの前身。
2 エドモンド・ホイル（一六七二―一七六九）はホイストに関する本（一七四二）の著者。
3 ジョン・チャーチル（初代マールボロ公爵、一六五〇―一七二二）はスペイン継承戦争（一七〇二―一三）時に活躍した将軍。
4 ウィリアム・コックス（一七四七―一八二八）は『ジョン、マールボロ公爵の回想録』（一八一八―一九）の作者。

91

ミルトンは最高の詩人――そう我々は言う。
少々重々しいが超人的であることに変りはない、
彼の時代では自立した存在だった――
学があり、神を敬い、酒色を控えた。
しかし彼の生涯がジョンソン[1]の手にかかると、
この九詩神[2]の最高の司祭が、学校では鞭打たれ――
厳しい父親で――変わり者の亭主になる、
最初のミルトン夫人は家を出たのだから。

1 サミュエル・ジョンソンの『ミルトン伝』（一七八一）にはここで言われているようなことが書かれている。『献辞』五―一一連も参照。
2 文芸・学術を司る九人の姉妹神を指す。

92

これらすべては確かに面白い事実だ、
シェイクスピアの鹿盗み[1]やベイコン卿の賄賂[2]、
ティトスの青春時代、カエサルの若年時の振舞[3]のように、
（医師カリー[4]の見事な描写になる）バーンズのように、
クロムウェル[5]の悪戯のように。——しかし真実は
英雄の話に不可欠なものとして、
書き手にこのような愛すべき叙述を強いるが、
それらは英雄の栄光にはあまり寄与しない。

93

人すべてが、万民平等社会（パンティソクラシー）[1]について世間に
吹聴していた、サウジーのような道徳家ではない。
あるいは、間接税務局に任用されず、雇われず、
そこで、行商人に関する詩[2]を民主制で味付けをした、
ワーズワスのようでもない。またコールリッジとも違う、
その軽率なペンが『モーニング・ポスト』誌に
その貴族趣味を貸す前[3]のことだが。その頃、彼とサウジーは
同じ道を進み、二人の配偶者（バースの小間物屋）を娶った。[4]

1 ニコラス・ロウ（一六七四—一七一八）の『シェイクスピア伝』（一七〇九）によれば、シェイクスピアは鹿を盗んだために起訴されて、ストラトフォードを去らねばならなかった。

2 フランシス・ベイコン（一五六一—一六二六）は賄賂を受け取った廉で告発される。自身もそれを認めた。

3 スエトニウス（?六九—?一四〇）は『皇帝たちの生涯』の中でティトスとカエサルの残酷性と好色性について記している。

4 医師ジェームズ・カリー（一七五七—一八〇五）はロバート・バーンズの伝記の中で詩人をアルコール中毒だと書いた。

5 クロムウェルは子供の時に果樹園から果実を盗んだという話がある。

1 コールリッジやサウジーがアメリカのペンシルバニア、サスカハナ河畔に建設しようとした理想的な平等社会。

2 例えば、ワーズワスの『逍遥』（*The Excursion*, 1814）は行商人が主人公。

3 コールリッジは『モーニング・ポスト』（新聞）に詩や記事を寄せた（一七九七—一八〇二）。

4 コールリッジとサウジーはスティーブン・

94

こんな名前は今では罪人の印象を与え、
道徳の地理におけるボタニー湾[1]に他ならない。
彼らの忠節を尽した裏切り、変節者の逞しさは
もっとあからさまな伝記にはよい肥料だ。
ところでワーズワスの最近の四折版は、
印刷術の誕生以来のどの作品にも劣らず大部だ。
それは眠気を誘う、むさ苦しい『逍遥』[2]と呼ばれる詩で、
わたしの大嫌いなやり方で書かれてある。

95

その中で、自身の知性と他者の知性の間に
ワーズワスは恐るべき障壁を立ち上げる。
しかし彼の詩や、彼の追随者、例えば
ジョアナ・サウスコットのシャイロー[1]、そして
彼女の宗派は、今世紀においては大衆の心を
打つことはない、選良者は滅多にいないのだから。
二人の古くさい処女性から新たに生まれ出たものは、
神のようなものと見なされたが、ただの水腫だと判明した。

フリッカーの娘、セアラとイーディスとそれぞれ結婚した。彼女たちは小間物屋ではなかった。

1　一八世紀末にできたオーストラリアの流刑地。

2　一八一四年に出版されたワーズワスの長編詩。「献辞」四連参照。

1　（一七五〇―一八一四）デヴォンシャの農夫の娘で予言者。一八一四年、六五歳の時に自分が『黙示録』一二章に書かれている身籠もった女性で、シャイロー（新しい救世主）を生むと公言した。しかし彼女は水腫症で死んだ。

96

しかし元の話に戻るとして、わたしは認めねばならない、
わたしに短所があるとしたら、それは脱線だということ。
読者に勝手に読み進むままにさせて、
言葉で言い表せないほど、自分は独白を続ける。
しかし脱線は玉座からの言葉のようなもので、
やるべきことを次の議会開会まで延ばしてしまい、
各々の削除が世間の損失になることを忘れてしまう、
アリオスト[1]ほど自分は偉くはないが。

97

わたしは知っている、我らの隣人が
「饒舌な一節（ロンガール）[1]」と呼ぶものが、読者を誘う
真の誘惑にはならないことを（我々には
そんなにいい言葉はないが、完全な完璧な姿で
まさにそのものがあり、毎年春になれば
ボブ・サウジーの叙事詩[2]が決まって現われる）、しかし
その偉大な要素が倦怠（アンニュイ）であることを証明するのに、
見事な例を叙事詩から持ち出すのは難しくはないだろう。

1 （一四七四—一五三三）バイロンの好きなイタリアの詩人。彼も脱線を好んだ。

1 原文はフランス語。

2 サウジーは六編ほどの叙事詩を書いた。

98

ホメロスが時に居眠りをすることを、[1]
我々はホラティウスから学ぶ。彼がいなくても
我々は感じる、ワーズワスが時には目を覚ますことを。
そうするのは、彼の愛する『荷車引き』[2]とともに、
湖の周りを這いつくばるのを悦に入って見せんがためだ。
彼は深みを航行する「舟」を欲する――大海の深みか、
いや、空（くう）の深みだ、さらに「小さな舟」[3]が欲しいと、
今一度喚き、それをうまく浮かすために海なす涎をたらす。

1 ホラティウス『詩論』参照（三五九行）。
2 ワーズワスの詩『荷車引き』（一八一九年）を指す。
3 『ピーター・ベル』の中に「小さな舟がなければわたしは雲間を漂わない」（プロローグ）とある。

99

もし彼が天空の野を行くのを切に望むなら、
そしてペガサス[1]が彼の「荷車」を引くのを嫌がったら、
シャルルマーニュの荷車[2]を頼めばどうなのだ、
あるいはメーデイアに一頭の龍[3]を願い入れたら。
それとも彼の卑俗な頭には高級すぎて、
命を惜しんでそんな駄馬を試すのを恐れ、
この愚か者が月の近くへどうしても上ると
言い張るなら、気球を頼めばいいではないか。

1 ミューズ愛用の馬とされている。
2 北斗七星のこと。
3 自分の子供を殺したメーデイアは龍の引く車で運ばれた（ギリシア神話）。

100

「行商人」、「ボート」、「荷車」！　おお、汝ら
ポープとドライデンの霊よ、ことここに至るとは！
この種の塵芥が軽蔑を逃れるだけではなく、
漸降法[1]の巨大な深淵から、浮き滓のように
表面に浮かび上がり、ジャック・ケイド[2]のような
こいつらが、意味と歌について、汝らの墓の上で
嘲り非難するのか。「小さな船頭」や「ピーター・ベル」が
「アキトフェル」[3]を描いた者を嘲るとは！

101

話に戻る。——宴会は終わり、奴隷は去った、
小人も踊り子も皆引き下がった。
アラビアの教訓話も詩人の歌も終わり、
歓楽の物音はすべて消えた。
女主人と恋人だけが残され、
黄昏時の空に溢れる薔薇色を讃美した——
アヴェ・マリア[1]！　大地と海の上なる「天」の
もっとも天上的な時間が汝にふさわしい。

1　漸次高まった崇高・荘重な文体から、急に卑俗で滑稽な調子に転落する表現法。

2　一四五〇年、ヘンリー六世とその廷臣の失政に対して民衆が蜂起した時、ジャック・ケイドは指導者となりロンドンにも進軍したが、負傷して死んだ。

3　ドライデンは諷刺詩『アブサロムとアキトフェル』（一六八一）を書いた。ワーズワスはドライデンの『インドの皇帝』とポープについて以下のように言っている。「ドライデンの詩は曖昧で大げさで理解しがたい。ポープの詩はホメロスを手本としているが総体的にわざとらしく矛盾している。かつては大いにもてはやされたドライデンの詩は今では忘れられた。」（一八一五年版『詩集』の序論の補遺）。

1　聖母マリアへの祈祷を指す。

102

アヴェ・マリア！　この刻に祝福あれ！
この時、この国、この場所に！　わたしは
幾度感じたことか、あの瞬間が最高の力に溢れて
何と美しく優しく大地の上に沈みゆくのを。
遠くの塔では鐘が揺れ深い音を響かせ、
かそけくも消え行く一日の讃美歌がそっと流れる、
薔薇色の大樹を伝わる風の息づかいさえない、
それでいて森の木の葉は祈りでかすかに動くようだった。

103

アヴェ・マリア！　それは祈りの刻！
アヴェ・マリア！　それは愛の刻！
アヴェ・マリア！　我らの魂があえて
天上の汝と汝の息子の魂を崇めんことを！
アヴェ・マリア！　おお、あの何ともうるわしいお顔！
全能の鳩[1]の下で伏せたあの瞳――
心を打つのが単に描かれた像だとしてそれがどうした――
あの絵は偶像ではない、あまりに似すぎている。

1「全能の鳩」とは聖霊のこと。

104
親切な詭弁家たちは、匿名で本を出版して、
わたしに信仰心がないと好んで言って下さる、
しかしそんな奴らとわたしをともに跪かせ、祈らせたらいい、
そうすればどちらがまっすぐに天国に行くのに
ふさわしい考えを持っているのか、分かるだろう。
わたしの祭壇は山々、大海原、大地、
大気、星々——偉大な「全体」から生じるすべて、
その「全体」が魂を生み出した、そしてそれを受け入れる。

105
甘美な黄昏時よ！——それは松林の中の
寂しい場所に、そしてラヴェンナ[1]の太古の森を囲む
静かな岸にある時間！　森が根ざすのは
かつてアドリア海が流れていた所、
最後の皇帝[2]の砦が立っていた所、
常緑の森よ！　ボッカチオの物語と
ドライデンの歌[3]が汝を霊気漂う地にした、
どれほどわたしは黄昏時と汝を愛したことか。

1 この箇所を書いている時、バイロンはラヴェンナにいた。

2 西ローマ帝国の最後の皇帝、ホノリウス（三八四—四二三）はこの砦に隠棲した。

3 ドライデンの『シアドーとホノリア』は、ボッカチオの『デカメロン』五日目第八話を題材にした恋愛物語。背景はラヴェンナの松林。バイロンはこの地へよく馬で行ったことや、この地がボッカチオやダンテに縁の深い詩的な場所（歌枕）であることを伝えている。

106

松林の住人、甲高い蟬の声だけが、
彼らの夏の命を一つの終わりなき歌にして
唯一の響きとなり、他には、わたしと馬の足音、そして
大枝にそって聞こえる夕べの鐘の音だけだった。
オネスティ[1]の血を引く亡霊の猟師、
彼の地獄の犬たち、彼らの追跡、そして真の恋人から
逃れることの非をこの例から学んだ佳人たちの群れ、
これらがわたしの心の目に映ずるのだった。

107

おお、宵の明星よ！　汝はすべてのよきものをもたらす、
疲れし者に家を、飢えし者に元気を、
雛鳥には抱いてくれる親鳥の羽を、
疲れ切った若い雄牛に有難い牛舎をもたらす。
我らの平安の炉辺に寄り添ういかなるものも、
家庭の守護神の守ってくれるいかなる愛しいものも、
すべて汝の安らかな様子ゆえ、我々のまわりに集められる、
汝はまた子供を母親の胸へと連れていく。[1]

1 オネスティ（ドライデンではシオドー）はボッカチオ『デカメロン』の第五日第八話に出てくる、ドライデンが題材にした話の主人公。愛する女性の高慢さとつれなさを直すために、彼女に、猟犬に追われる女性の幻想を見させる。

1 この連はサッポーの夕べについての詩を敷衍している、「夕べよ、汝は曙が引き離した／すべてのものを集める／子羊と子山羊を連れてくる／少年を母親のところへ連れてくる」（サッポー）。訳についてはローブ古典叢書（Lobe Classical Library）の英訳を参考にした。サッポーについては一巻四二連注4を参照。

108

穏やかなる刻よ！　海を旅する者たちが優しい友から
引き離される最初の日に、幸あれかしと願わせ、
また心を和らげてくれる刻よ。
それはまた、旅に出る巡礼者の心を愛で満たすもの、
その時、滅び行く一日の凋落を悲しむがごとく、
夕べの祈りの鐘が遠くで鳴ってはっとさせる。
これは我々の理性の侮る空想というのか、
ああ、確かに何かが死ねば必ずや嘆くものがある！[1]

109

つねに破壊する者を破壊する
もっとも正当なる運命によって、ネロが滅びた時、
解放されたローマ、自由を得た諸国、
そして歓喜する世界のどよめきの中で、
彼の墓を人知れず花で飾る手があった。[1]
それはおそらく何か親切な行為に対して、
優しい気持ちを抱かざるを得ない者の弱さだったのか、
卑劣な権力者にまだ堕落せぬ時間があった頃のことだ。

1 この連はダンテの『神曲』の『煉獄編』八歌一―六を訳したもの（バイロン草稿注）。

1 歴史家スエトニウス（?六九―?一四〇）はネロ（三七―六八）が殺された時、その死を悼む者もあったと記している。

110

しかしわたしは脱線している、一体ネロや
そんな君主の道化たちがわたしの主人公の行状と
何の関係があるというのか、そんな狂人たちの相棒、
月にいる架空の人間[1]以上に何の関係が。
確かにわたしの創意は今やゼロにまで落ちたに違いない、
そしてわたしは、詩作上の多くの「木のスプーン」の
一つになってしまった（それは我々ケンブリッジ大学の
数学の優等課程で、ビリで卒業した者を突くのに使うもの）。

111

この退屈さは決して通用しないだろう――
これはあまりに叙事詩的すぎる、だから
（書き写す時には）この長い巻を二つに分けねばならぬ。
経験豊かな少数者を除いて、わたしが事実を認めなければ、
二つに分けても決して見つからないだろう。そうすれば
これは改善だと見なされるだろう、わたしは
証明して見せよう、アリストテレスのあちこちを読めば、
それが批評家の意見[1]であることを――詩論（ポイヘティケース）[2]を見て欲しい。

1 人の顔に似た月面の模様のこと。

1 アリストテレスは『詩論』において叙事詩を短くする方がいいとは書いていない。
2 原文はギリシア語を使っている。

第四巻

1

詩の始めほど難しいものはない、
おそらくは詩の終り方は別としても。
ペガサス[1]が競争に勝っていると思える時に、
翼を痛めて、我々は落ちていく、罪を犯して
天上からほうり投げられたルシファー[2]のように。
我々の罪も同じで、彼の罪と同じく改めるのは難しい、
それは高慢の罪で、精神が高く舞い上がりすぎて、
ついには自身の短所が我々の本当の姿を教えてくれる。

2

しかしすべてのものを本来の位置につかせる「時」と
厳しい「逆境」は、ついには人間と――
望むらくは――おそらく悪魔にも教えるだろう、
どちらの知性も広大ではないということを。
青春の熱い欲望が赤い血管の中で浮かれ騒ぐ時、
我々はこのことを知らない――血の流れが速すぎるのだ。
しかし急流が広くなって大海に向う時、
我々は過去の感情のひとつひとつについてとくと考える。

1 詩神が乗る馬で、詩的感興を詩人に与えるとされる。この行は詩作がうまくいっていると思われる時に、の意。
2 もっとも輝かしい天使で神に反抗して敗れる（『イザヤ書』一四章一二節）。サタンの名でミルトン『失楽園』に登場。

3

少年の頃、わたしは自分が賢い奴だと思った、
そして人もそう思ってくれることを願った、
人生が円熟してきた時に、人はそう思い、
他者はわたしの支配を認めた。今では
わたしの枯れた空想力は「黄ばんだ枯葉となり」[1]、
想像力の翼は垂れ下がっている、
机の上に行き交う悲しい真実が、
かつて情熱的だったものを滑稽なものに変えてしまう。

1 「おれの人生はひからびて、黄色くなった枯葉」(『マクベス』五幕三場二二―二三行)。

4

わたしが何か人間のことについて
笑うとすれば、それは泣かないでいるため。
もしわたしが泣くなら、それは我々の本性が
いつも無関心ではおれないからだ、
なぜならもっとも目にしたくないものが消える前に、
我々はまず忘却(レーテー)[1]の川の泉の深みに心を浸さねばならない、
テティス[2]は彼女の人間の息子をステュクス[3]で清めた、
人間の母親は忘却(レテ)の川を選ぶだろう。

1 冥界にあり亡霊がその水を飲むと自己の過去を一切忘れるという(ギリシア・ローマ神話)。
2 海の精の一人でペーレウスとの間にアキレスを生んだ(ギリシア神話)。
3 冥界の川。死者は渡し守のカロンの舟で死者の国に入る(ギリシア神話)。

5

ある人たちは、わたしが我が国の信条と道徳に対して、
不可解な企みを意図していると非難し、
この詩の一行一行にそれを辿ろうとする。
わたしは、とても立派であろうとする時には、
自分の意味することを理解している振りはしない。
事実、わたしは何も計画したことはない、
もっとも、ある瞬間に浮かれようとするのは別だが、
この「浮かれる」[1]という語はわたしの語彙では新しい。

6

我らが真面目な国の優しい読者には、
この手の書き方は異国風に映るだろう。
この真面目半分な詩の元祖はプルチ[1]で、
彼は騎士道がもっとドン・キホーテ的[2]だった時に歌い、
当時の様々な空想を大いに楽しんだ、つまり
真の騎士、貞節な婦人、途方もない巨人、専制君主のことだ、
しかしこれらはすべて、最後のものを除き廃れたので、
わたしはよりふさわしいものとして現代の主題を選んだ。

1 実際は、バイロンはこの詩ではよく「浮かれて」いる。

1 ルイジ・プルチ（一四三二―八四）は『ドン・ジュアン』を書くにあたってバイロンが参考にしたイタリアの詩人。バイロンはプルチ作『モルガンテ』の第一巻を英訳した。

2 ドン・キホーテに似て愚かなほど空想的なこと。

7

その主題をわたしがどう扱ったかは、分からない、
わたしに対する彼らの扱いと変りはないだろう、
見たものではなく、見たかったものを示すという、
そんな目論見がわたしにあると、彼らは非難した。
しかし彼らがそれで嬉しいのなら、それでもいい、
現代は自由な時代、思想は自由だ、
そうこうするうちに、アポロ[1]がわたしの耳を引っ張って、
このあたりで元の話に戻れと言う。

8

若いジュアンと彼の愛する女性は、
心ゆくまでいとも甘美な交わりに耽っていた。
容赦なき「時」さえも、粗暴な大鎌で
そんな優しい胸を切り裂くのを悲しんだ。
「時」は愛の敵だが、自分たちの時間を
奪われた二人を見て溜息をついた。しかし二人は
年を重ねるのではなく、幸せな春に死ぬのが定めだった、
魅力一つ、希望一つも飛び去らぬうちに。

1 アポロは詩・音楽・予言・医術などを司る神（ギリシア・ローマ神話）。

9

彼らの顔は、皺が寄るために、純粋な血が淀むために、
豊かな心が衰えるために、創られたのではなかった。
白髪は二人の髪を枯らすためには創られず、
二人は雪も霰（あられ）も知らない土地、夏そのものだった。
稲妻が彼らを襲い、灰燼に帰してしまうかもしれないが、
蛇のように長いものうい凋落の人生を辿ることは、
この二人には意図されていなかった——
彼らにはほんの少ししか土がなかった。[1]

10

彼らは今一度二人だけになった、そうなることは
もう一つのエデンの園に変りなかった。
離れている時以外は決して退屈しなかった、
長年、根付いていた森から切り倒された木、
源泉を塞き止められた川、母親の膝と胸から
これを限りに永遠に切り離された子供、こんな事柄も
引き離された時のこの二人ほど萎れはしないだろう。
悲しいかな、心ほど本能的なものはないのだ——

1 天上的で、地上的なものは少なかったという意。人間は土よりなるという考えが背後にある。

11

心——それは砕けるかもしれない、
あの脆い型、人間を作る土でできた貴重な磁器が、
最初の落下で砕ける者は何という幸せ者！[1]
幾重にも幸運だ。彼らは決して見ることができない、
重苦しい日々で繋がれた長い年月を、
ひたすら耐えて、決して口に出せないものを。
一方、生命の不思議な原理は、ひたすら死を
欲する者の中に、しばしばもっとも深く存するものだ。

1 磁器を落とすことと、アダムとイヴの堕落がかけてある。原語ではfall。

12

「神々の愛する者は夭折す」と古人は言った、
それにより、彼らは多くの死を免れる、
友の死と、それ以上の破壊をもたらすもの——
友情、愛、青春の死、そしてありとあらゆるものの
死を免れる、単に呼吸していることは除いて。
そしてついには、沈黙の岸が、老射手[1]の矢を
最後まで逃れた者をも待っている、だから
人は夭折を悲しむが、それは救いかもしれぬ。

1 死神のこと。

13

ハイディとジュアンは死者のことは考えなかった。
天地と大気は彼らのために創られているようだった。
彼らは「時」に対して、過ぎ去ること以外、不満はなかった。
自らの中には何ら責めるべきものを見なかった、
お互いがお互いの鏡で、喜びが黒い瞳に
宝石のように煌くのを読み取るだけだった、
彼らには分かっていた、そのような輝きは
二人の交わす愛情の目配せの反映にすぎぬことを。

14

優しく押さえる手、ぞくぞくさせる接触、
そしてかすかな一瞥が言葉よりも多くを解し、
すべてを語って、しかも語り尽くせなかった。
そして言葉、それは小鳥のそれのように
二人だけに分かるもの、少なくとも
恋する者だけに真意が伝わるように見えた。
それは甘い戯れの文句で、そんな言葉を聞かなくなった者や、
一度も聞かなかった者には不条理と思えるものだった、

15

これらすべてが彼らのものだった、なぜなら二人は
まだ子供であり、いつまでも子供でいるべきだった。
彼らは現実の世界の退屈な場面で
多忙な役を演じるべく、創られたのではなく、
小川から生まれ出でた二つの存在、
妖精（ニンフ）とその最愛の者として、人には一切
姿を見られず、泉の中や花の上で一生を過ごし、
人間の時間の重みを決して知るはずのない者だった。

16

月は形を変えて巡ったが、変らぬ二人を見た、
月が輝き昇る時に照らした二人は、
巡る月がめったに見ないような喜びの中にいたのだった。
その喜びは飽きのくる空しい類のものではなかった、
心はうきうきし、一度たりとも単なる感覚で
縛られはしなかった、大抵の愛を破滅させる
「占有」も、二人にとっては、愛の表現が、
より一層愛着を生むものに思われた。

17

おお、美しきものよ、美しくも稀有なるものよ！
しかし、彼らの愛とは、その中で心が喜んで
自らを失うもの。一方で、古い世界は退屈なものになり、
我々はうんざりする、陳腐な響きや光景に、
ありきたりの流儀の陰謀や冒険に、
つまらない情熱、結婚そして駆け落ちにうんざりする、
結婚においてはヒュメーン[1]の松明が、またもう一人に
娼婦の刻印を押し、知らぬは夫だけなのだ。

18

これは厳しい言葉、過酷な真実、多くの者が知る真実。
もういい——貞節な妖精のような二人にとって、
時の流れは一時間たりとも遅すぎはしなかった、
彼らに心配事を免れさせたのは何だったのか。
それはすべての者が地上で感じる、若い生得の感情、
それは他の者にあっては滅ぶのだが、二人の中では
本質的なものだった、それを我々はロマンチックと呼び、
狂気の沙汰と考えるが、常に羨ましがるものなのだ。

1 古代ギリシアの婚姻の神で、松明を持った美青年の姿で表される（ギリシア神話）。

19

これは他の者においてはわざとらしい状態で、
過剰な若さと読書のもたらすアヘンの夢だが、
二人にあっては、本性あるいは運命だった、
いかなる小説も彼らの若い胸に血の出る思いをさせなかった、
なぜならハイディの知識は決して広くはなく、
ジュアンは聖人のように育てられた少年だった。
だから彼らの愛には夜鳴き鶯や
鳩の愛以上の理由は考えられなかった。

20

二人は夕日を見詰めた、それは誰にとっても
尊い時間だが、彼らの目には最も尊かった、
なぜなら夕日が今の二人にしたのだから。
このような空にある愛の力が最初に彼らを圧倒した、
その時、幸せが二人の唯一の持参金だった、
そして黄昏が情熱の絆で結ばれた二人を見た。
互いに魅了され、今の思いのように過去を
なおも有難いものにする、すべてのものが魅力的だった。

21

なぜだか分らないが、今夜のその時間、
まさに二人が見詰め合っていた時に、突然震えが起こり、
歓喜する心の上を、あたかも竪琴の弦や炎を
風が吹くかのように、通り過ぎるのであった、
竪琴の音の震えを聞き、炎の揺らぎを見るように。
かくして何かの前兆がお互いの体に煌き、
ジュアンの胸からかすかな低い溜息が洩れ、
ハイディの目には一滴の涙が浮かんだ。

22

あの大きな黒い予言者のような瞳は広がって、
遠くに消えゆく太陽の行方を追うかに見えた、
あたかも幸せな期間の最後の日が、
広く輝いて落ちる日輪とともに消え去ったかのように。
ジュアンは自らの運命を問うかのように彼女を見詰めた——
彼は悲しみを感じたが、その原因が分からず、
理由なき感情の、少なくとも深遠なる感情の訳を求めて、
彼女の目に一瞥を投げかけ、問いかけるのであった。

23

彼女は彼の方を向いて微笑んだが、それは人に微笑みをもたらすようなものではなかった。それから横を向いた、彼女を震わせた感情がいかなるものであれ、それは短く、彼女の知恵か誇りで抑えられたかに見えた。ジュアンもこのお互いの感情について、冗談めかしたかのように話した、すると彼女は答えた、「もしそんなことになれば——でも——それはありえないこと——少なくとも、そうなる前にわたしは死んでしまうわ」

24

ジュアンはさらに尋ねようとしたが、彼女は彼の唇に唇を押し当てて黙らせ、その胸から予兆を追い出し、かくしてあの優しいキスで虫の知らせを無視した。疑いなくこれはすべての方法の中で最善のもの、ワインを好む者もいるが、それも悪くはない、わたしは両方を試みた。だから選択次第で頭痛か胸の痛みか、どちらかを選ぶことになる。

25

二つの中のどちらか、女か酒か、
好みによって人は耐えねばならぬ。
どちらの病気も喜びに対する課税だ、
どちらを選ぶべきなのか、分かりかねる。
もし決定票を投じねばならぬなら、
わたしはどちらをも不当に扱うことなく、
両者の利点を数多く示してから決めるだろう、
しかしどちらもないより、両方ある方がはるかにいいだろう。

26

ジュアンとハイディは互いをじっと見詰めた、
涙ぐんで言葉にはならない優しい表情で、そこには
あらゆる感情、友、子供、恋人、兄弟の感情が混ざり、
それは最善のものが混ざり表現しうるすべてで、
その時、二つの純粋な心が、互いに注がれ、
愛しすぎて、しかも愛の強さは変わらず、
むしろ祝福するための不滅の願いと力で、
過剰な甘美さを神聖にさえできるものなのだ。

27

お互いの腕の中で、心と心が交わった二人は、その時
どうしで死ななかったのか——離れて生きることを命じる
時が来るとしたら、二人は長く生きすぎてしまっていたのだ。
歳月はただ、残酷なもの、誤ったものしかもたらさない、
世間も世間の作為も、サッポー[1]の歌のような
情熱的な者には意図されていなかった、
愛は二人とともに生まれ、二人の中にあって
あまりに激しく、愛はまさに二人の霊で——感覚ではなかった。

28

彼らは森の奥深く、ナイチンゲールが歌うように、
人に見られることなく、二人で生きるべきだった。
彼らは社会と呼ばれる密集した孤独な場所、
「敵意」、「悪徳」そして「心労」の訪れる場所での
交わりには向かなかった。すべての自由民は
いかに孤独な巣につくことか！　いとも優しい歌鳥は
番（つがい）となって巣を作る、鷲は一羽で舞い上がる、
鴎や烏は死肉に群れ集まる、下界の人間さながらに。

1　一巻四二連、二巻二〇五連参照。

29

頬と頬を寄せて枕として、愛の眠りについた
ハイディとジュアンは仮眠をとった、
穏やかなまどろみだったが、深い眠りではなかった、
なぜなら絶えず何かがジュアンの体を揺らし、
震えが彼の体に忍び寄るのだった。
ハイディの優しい唇は、小川のように言葉にならぬ
楽の音をつぶやいた、そしてあれほどにも美しい顔が
夢で揺らぐのだった、風に揺れる薔薇の花びらのように、

30

あるいはアルプスの窪地で、風が動く時の
澄んだ深い渓流の揺らぎのように、
ハイディは震えた、神秘的な侵害者、夢によって——
夢は我々を圧倒し、もはや抑制の利かない魂にとって
何であれよしと思えるものに、我々を変えてしまう。
それは奇妙な存在のあり方！（なぜなら
それでもこれは存在なのだから）
感覚無くして感じ、閉じた目で見るというのは。

31

彼女は、岸辺に一人いて、岩に繋がれている夢を見た、なぜか分からなかったが、その場から動けず、咆哮が大きくなり波が次々と荒々しく高まって、彼女を危険に曝した。上唇に波が注がれるように思え、とうとう彼女は息苦しくなってすすり泣いた、まもなく独りでいる彼女の頭上で波は激しく高く泡立った、そして一つ一つが砕けて飲み込まれそうになった、それでも死ななかった。

32

しばらくして、彼女は解き放たれ、次には足から血を流しながら、鋭い小石の上をさまよった、ほとんど一歩毎に躓いた。行く手には経帷子にくるまった何かが転がって行き、どれほど怖くても追わねばならなかった、それは白くてぼんやりしていて、止まって彼女の視線と目を合わさず、手に触れることもしなかった、彼女はなおも見詰め、手を掴もうとし、追いかけた、しかしそれは掴まえようとすると逃げるのだった。

33
夢は変わった。彼女は洞窟の中に立っていた、
壁には大理石のような氷柱（つらら）が垂れ下がっていた、
長い年月、水が侵食してできた広間で、そこには
波が打ち寄せ、海豹（あざらし）が繁殖して身を潜めるような所だった。
髪からは水が滴り、まさに黒い瞳の眼球さえも
涙に変じるように思われ、尖った岩々は涙の粒を
受ける度にその下で暗くなり、その粒が
凍って大理石になった、そう彼女は思った。

34
足元にはジュアンが横たわっていた、
濡れて冷たく息絶えて、生気なき額に泡立つ
泡（あぶく）のように青白く、それを彼女は払おうとしたが
空しく（彼女のかつての心遣いの何と優しかったことが、
それが今やなんと無力に思えたことか！）、
事切れた心臓の鼓動はどうしても戻らなかった、
彼女の悲しみの耳には海の挽歌が、人魚の歌のように
低く響いた、そしてあの短い夢さえ長すぎる命に思えた。

35

死んだ彼を見詰めていると、彼女には思えた、
顔が薄れ、あるいは何か別のものに変ったと――
父親の顔付きのように、ついには造作の一つ一つが
ますますランブロの顔に似てきた――鋭くも
やつれた表情とギリシア風の風雅な顔に。
はっとして彼女は目を覚ます、そして何を見たのか、
おお、天の神々よ、どんな厳しい目を彼女は見るのか、
それは――それは父親の目――二人を凝視する目だった！

36

彼女は悲鳴をあげて起き上がり、悲鳴をあげて倒れた、
喜びと悲しみ、望みと恐れを感じつつ、それは
大海に葬られた者の住む世界の住人が
死から蘇ったのを見たからで、その男が自分が愛しすぎた者を
殺すかもしれないと思ったからだ。
父はハイディにとって大事な人だったが、
それはあの恐ろしい類の瞬間――わたしは
そんな場面を経験した――だが思い出してはならない。

37

激しい悲鳴を聞いてジュアンは飛び上がり、
倒れるハイディを支え、サーベルを壁から
掴み取り、このことすべての原因である者に
即座に復讐しようとした。すると、これまで話すのを
控えていたランブロは軽蔑の笑みを浮かべて言った、
「呼べば聞こえる所に、一千の三日月刀が
俺の命令を待っている、若造よ、
鞘に納めよ、納めるのだ、お前の下らない刀を」

38

ハイディは彼に縋りついた、「ジュアン、この人、
この人はランブロ、わたしの父！　一緒に跪いて――
お父様は許して下さるわ――そうよ――きっと――そうよ。
ああ、最愛のお父様、この喜びと苦しみの極みに――
お父様の着物のへりに我を忘れてキスするその時に、
子としての喜びに疑いが混じるなんてこと、
ありうるでしょうか。わたしに対しては
お好きなようにしていいわ、でもこの若者の命は助けて」

39

丈高く、心明かさず老人は立っていた、
声に静けさを、目にも静けさを湛えて——
これは必ずしも彼のもっとも静かな気分の徴ではなかった、
娘を見詰めたが、何も答えなかった。
次にジュアンの方に向いた、彼の頬には血潮が
上っては消えた、その場で死ぬ決心をしたかのように。
彼は少なくとも武器を持って立ち、ランブロの合図で
やってくる最初の敵にまさに飛びかからんとしていた。

40

「若者よ、剣をかせ」、ランブロは今一度言った、
ジュアンは答えた、「この腕が自由な間は嫌だ」と。
老人の頬は青白くなったが、恐れのためではなかった、
彼は帯からピストルを引き抜いて、答えた、
「それじゃ、お前の頭に血が流れることになる」と。
そして火打石をじっと見た、あたかもそれが新しいかどうかを
確かめるかのように——それは最近、発射装置を使ったからだ——
そして次には、物静かに打金を起こしにかかった。

41

ピストルのあの撃鉄の音は、耳には
不思議な素早い軋みだ、そして一瞬の後
君は知る、十二ヤードほど離れた所で、
ピストルが自分に向けられていることを。
それは紳士的な距離で、近すぎはしない、
もし君の以前の友が敵になっているのなら。
しかし一度か二度、発砲されると
耳は鈍感になり、繊細さを失う。

42

ランブロは狙いをつけた、そして一瞬の中に、
この詩編もドン・ジュアンの命も終ったことだろう、
だがハイディは少年の前に体を投げ出した。
父と同じように厳しく、「わたしを殺して」と彼女は叫んだ、
「悪かったのはわたし。この人は運命でこの岸に来たの――
自分から来たのではないの。わたしは誓いを立てました、
この人を愛しています――わたしは一緒に死にます、お父様の
毅然たる性格は承知しています――娘の性格も分って下さい」

43

一分が過ぎた、それまでの彼女は涙にくれ、
優しさ、子供らしさそのものだった、しかし今は
人間の持つ恐れを征服した者として立っていた――
青白く、彫像のように、厳しい様子で、一撃を覚悟した。
普通の女性よりも背が高く、男にもひけをとらぬ彼女は
自分の背丈をさらに高く伸ばした、あたかも
標的をはっきりさせるかのように。そして父の顔を
凝視した――しかし彼の手を止めはしなかった。

44

父は娘を、娘は父を見詰めた、これ程まで二人が
似ているとは不思議だった！　表情は同じだった。
静かにも激しく、大きな黒い目が
互いを射る炎に、わずかな違いがあるだけだった。
なぜなら彼女もまた理由次第では報復しただろうから――
おとなしくとも雌のライオンだった、
父と同じ血が父の面前で煮えたぎり、彼女が
偽りなく彼の一族であることを証明していた。

45

わたしは言った、二人は似ていると、
顔付きと背丈の違いは年齢と男女の差に
よるものだった。手の繊細さ[1]にいたるまで、
高貴な者に見られるように、二人は似ていた。
今、喜びの涙と優しい感動が、
両者を歓迎すべき時なのに、立場を異にし、
確固たる凶暴さで立っているのを見ると、
激情の完璧な姿が分かるというものだ。

46

父親は一瞬動きを止めて、それから武器を
引っ込め、元通りにした。しかしじっと立ったまま、
真意を読み取ろうと、彼女を見詰めた、
「わたしが」と彼は言った、「この異国の者の不幸を
求めたのではない、この惨状はわたしのせいではない、
こんな侮辱に耐えて、殺さずにおれる者はそうはいない。
だがわたしは義務を果たさねばならぬ——お前がいかに
義務を果たしたかについては、現在が過去の証拠だ。

1 一八〇九年、バイロンがアルバニアの首長、アリ・パシャに会った時、小さな手をしているから高貴な生まれだと言われた。

47

「武器を捨てさせよ、さもないと我が父の首にかけて、あいつの首がお前の前に球のように転がるのだ!」

そう言って、笛を取り上げて吹いた。

別の笛がそれに答えた、すると先導者はいたが無秩序に、二十人ほどの部下が次々と列をなして突入してきた、一人残らず爪先からターバンまで、武具に身を固めていた。彼は命令を下した、

「この西欧人を捕えよ、さもなければ殺せ」

48

それから素早い動作で、娘を抱き抱え、しっかり押さえている間に、部下たちが彼女とジュアンの間に入り込んだ。

父親に取り押さえられた彼女はもがいたが無駄だった、彼の腕は蛇のとぐろのようだった。

それから海賊が列なして、怒った毒蛇が襲うかのように、獲物に跳びかかった、ただ先頭の男だけは右肩を半ば切り裂かれて、倒れていたが。

49

二番目の男の頬がざっくり開いた、しかし
三番目は慎重かつ冷静な刀使いの名手で、
短剣で攻撃を受け流し、それから短剣を
深く突き刺した、あまりにも深かったので
一瞬にして相手は倒れ、足元で動けず、
深くて赤い、強烈なサーベルによる
二つの傷口から、血は細流のように流れた、
一つは腕から、もう一つは頭から。

50

次に彼らは倒れたままのジュアンを縛り、
部屋から運び出した、老ランブロは合図をして、
岸に連れて行くように命じた、そこでは
九時に出航予定の船が何隻か停泊していた。
彼らはジュアンを舟に寝かせ、オールを漕いで、
列をなして並ぶガレー船のところに着いた。
そしてその一隻のデッキの下に彼を収容した、
厳しく寝ずの番をせよとの命令を下して。

51

この世は不思議な有為転変に満ちている、
そしてこの事例は極めて不快なものだった、
俗世の財という点ではとても富裕な紳士が、
ハンサムで若くて今の時間のすべてを謳歌しながら、
そんなことが起こるとは夢にも思わぬ、
まさにそんな時に、傷つけられ、鎖に繋がれ、
動くこともできず、突然海に送り出されるとは、
そしてすべては女性が恋に落ちたためなのだ。

52

ここでわたしは彼から離れねばならぬ、なぜなら
中国の涙のニンフ、緑茶ゆえに、心ほだされ
悲しくなったから。このニンフにはカサンドラ[1]以上の
予言の力がある。なぜなら我が純粋な飲み物が
三杯を過ぎると、とても同情的になるので、
黒いボヒー茶[2]に頼らねばならない。
ワインが極めて身体に悪いのは残念だ、なぜなら
お茶とコーヒーは我々を一層真面目にしてしまうのだから、

1 トロイのプリアム王の娘で予言者。彼女はアポロの愛を受け入れる約束をして断ったので、彼女の呪いは常に正しくても信じてもらえなかった。

2 一八世紀には最上種とされた中国の紅茶。

53

お前を入れて薄めたら話は別だが、コニャックよ、
プレゲトーン[1]の流れの優しいナーイアス[2]よ！
ああ、なにゆえにお前はかくも肝臓を攻撃し、
他のニンフと同じく、お前を愛する者を病気にするのか、
わたしは弱いパンチに逃げ込みたいのだが、
ラック[3]で（この語の持つそれぞれの意味で）、
真夜中に穏やかな大杯を縁まで満たす時には、
それは翌朝にその同義語[4]でわたしを目覚めさせるのだ。

1 冥界の火の川（ギリシア神話）。
2 川・泉・湖に住む、若くて美しい水の精（ギリシア・ローマ神話）。
3 ラックには中近東で飲まれる蒸留酒の意味と拷問の意味がある。
4 二日酔いの苦しみ。

54

当分わたしはジュアンを危険のない状態にしておく――
かわいそうに、無事ではなく、ひどい傷を負ったままに。
それでも彼の肉体の激痛は、ハイディの胸を
縛った激痛の半分にも及ばなかった！
彼女は泣き、喚き、泣き叫び、取り囲まれても、
屈服し、諦めてしまう人間ではなかった。
彼女の母親はフェス[1]出身のムーア人[2]の娘だった、
そこはすべてがエデンの園、さもなければ荒野だった。

1 モロッコ北部の都市。
2 八世紀にスペインを征服した北アフリカのイスラム教徒。

55

そこではオリーブの大木が、琥珀色の蓄えを
大理石の泉に雨と降らす。そこでは穀物と花と
果物が大地から迸り出て、土地に溢れる。
しかし多すぎるほどの毒の木も根付き、
真夜中はライオンの唸り声が聞こえ、
果てしなく続く砂漠が駱駝の足を焦がし、
はたまた波打って無力な隊商を呑み込む、
土地がそうなら、人の心もそうなのだ。

56

アフリカはすべて太陽のもの、その大地のごとく、
土から成る人間は火を点けられる。
誕生の時から燃え、善であれ悪であれ強い力に満ち、
ムーア人の血は運命の星の影響を受け、
足元の土と同じように、果実を生み出す。
美と愛はハイディの母の持参金だった。
しかし彼女の大きな黒い瞳は深い情熱の力を示した、
泉のそばのライオンのように眠ってはいたが。

57

より穏やかな光で和らげられた娘の方は、
夏の雲のようにゆっくりと雷を孕んで、
大地に恐怖を、大気には嵐を見せるまでは、
ひたすら銀色で滑らかで美しく、
これまではその穏やかな優しい態度を見せた。
しかし今は激情と絶望で興奮の極に達し、
彼女のヌミディア人[1]の血管から火が噴出した、
それは砂嵐（シムーン）が荒れ野に吹きまくるようだった。

58

彼女が最後に見たのはジュアンの血糊と、
打ち負かされ、切り倒された姿だった。
血が流れていた、つい今しがた、彼が、
彼女だけの美しい男が歩んだその床に。
彼女はそれだけを一瞬見ただけだった――
彼女のもがきは発作的な呻き声一つで終わった。
それまで彼女のあがきをやっと抑えていた、
父親の腕の中に彼女は倒れた、あたかも杉が倒れるように。

1 アフリカ北部の古王国生まれの者。

59

血管が破裂していた、可愛い唇の清らかな色が
溢れる深紅の血で濡らされた。
雨でぐっしょり濡れた百合のように
頭はうなだれた。呼ばれた侍女たちは
涙にくれながら彼女を寝床へと運んだ。
そして備えの薬草や気付け薬を取り出した、
しかし彼女は用い得るすべての治療を拒んだ、
命を保つことも、死も滅ぼすこともできない者のように。

60

何ら変わることなく彼女は何日も横になっていた、
唇は冷たかったが蒼白ではなく、赤いままだった。
脈はなかったのに、死はなおも不在のようだった。
明らかに死を示す、恐ろしい兆候は何もなかった。
すべての望みを断つ腐敗のことは誰の頭にも浮かばなかった。
優しい顔を見ると命について新たな考えが生まれた、
それは彼女の顔があまりにも魂に満ち溢れていたからで、
大地は彼女のすべてを自分のものにはできなかった。

61

例えば精妙に彫られた大理石が見せる、人の心を
支配する感情がまだそこには残っていた、
しかしその感情は動かなかった、大理石の変わらぬ様相が、
美しくそれも永遠に美しいヴィーナスに、投げかけるように、
またラオコーン[1]のすべての永遠の苦痛の上に、
常に死なんとする剣闘士[2]の姿の上に投げかける時のように、
動かなかった。彼らの活力は生あるごとく名声を保つが、
生命があるとは見えない、常に同じなのだから。

1 トロイのアポロ神殿の祭司。トロイの市民に木馬を城内に入れてはいけないと警告した（ギリシア神話）。罰としてアテネから送られた二匹の海蛇により絞め殺された。バチカン宮殿には、蛇に巻き付かれて苦痛の極に達したラオコーンと二人の息子の像がある。

2 ローマのカピトリーノ美術館にある「瀕死のゴール人」と言われる像。

62

彼女はついに目覚めたが、眠っていた者のようではなく
死者のように目を覚ました、なぜなら生は
何か新しいものに思え、無理に共にしなければならぬ
不思議な感覚のように思えたからで、目に触れるものが
何であれ、彼女の記憶を蘇らせることはなかった、
それはしばらくの間、復讐の女神たち[1]が休んでいたからだ、
もっとも重い痛みが胸にのしかかり、なおも偽りなく
心臓の最初の鼓動は、理由なしの痛みの感覚をもたらしはしたが。

1 三姉妹で頭髪が蛇（ギリシア神話）。

63

彼女はうつろな目で、多くの顔を見つめた、
何も理解せぬままに、多くの思い出の品を。
自分を見守る顔を見ても、何も尋ねなかった、
そして枕辺に誰が坐っても気にかけなかった。
話しはしなかったが、口がきけないのではなかった、
溜息が彼女の思いを和らげることはなく、
召使たちが鈍い沈黙と早いお喋りで試したが、
息をすることを除いては、墓から出てきた徴（しるし）を見せなかった。

64

侍女たちが世話しても、彼女は留意しなかった。
父親が見守ると、目をそらした。
以前にどれほど親しんだ者も、
愛着のある場所も、分からなかった。
部屋は次々と変わったが、すべては忘れられ、
穏やかだが、記憶もなく横たわっていた。
ついには、侍女たちが何とか彼女の瞳を、昔の思いへ
引き戻そうと願ったが、瞳には恐ろしい意味合いが増した。

65

ある奴隷がハープのことを思い出させた、
ハープ奏者が来て、調弦した。
不揃いで鋭い最初の音を聞いて、
彼女の目は煌めき、彼の方へ向いた、
それから壁の方を向いた、心にふたたび送られた
悲しみの思いを逸らそうとするかのように、
そして彼は長い低音で、古い時代の島の歌を始めた、
それは専制が強まる以前のものだった。

66

すぐに青白い細い指が古い節に合わせて
壁を打った。彼はテーマを変えて
愛の歌をうたった。激しい力を持つジュアンという名が
彼女のあらゆる記憶の中を駆け抜けた。
昔の自分、そして今の自分についての夢が
彼女に閃いた（そんな姿を生存と呼べるとしたら）。
雲に覆われた頭脳から涙が滝のように溢れ出した、
山の霧がついに雨になって融けるかのように。

67

短い慰め、そして空しい安堵！　記憶がすぐに戻り、
彼女の頭を狂気へと投げ込んだ。一度たりとも
病人でなかったかのように起き上がり、
敵に向うかのように、会う者すべてに飛びかかった。
しかし誰も彼女が話し、喚くのを聞かなかった、
彼女の痙攣は終りに近づきつつあったが。
彼女を救おうとして、たとえ人が叩いても、
喚くのをよしとしないのが彼女の狂気だった。

68

それでも時に一条の正気の光を見せた。
どうしても父親の顔を見ようとはしなかったが、
他のものすべてには目を凝らして見詰めた、
しかし何の記憶も呼び起こすことはなかった。
食べることも服を着ることも彼女は拒否した、
どんな口実も役に立たず、場所を変えても、
時間が経っても、どんな医術も治療法も彼女の五感を
眠らせることはできなかった——眠る力は永遠に去ったようだった。

69

十二日間、夜も昼も、彼女はこうして萎れていった。
ついにこの世を去る痛みも見せることなく、
呻き声も溜息も一瞥もなく、生気は彼女から消えた。
すぐ近くで見守った者たちにもその瞬間が
分からなかった、優しい顔に陰を差す変化が
瞳の上に――あの美しくも黒い瞳の上に――ものうくも
ゆっくり現れ、瞳をどんよりさせるまでは。
おお、あれほどの輝き――そしてそれがなくなるとは！

70

彼女は死んだが、一人ではなかった、
体には第二の生命の素を宿していた、
それは罪より生まれた、美しい罪なき子として、
曙のように輝いたかもしれなかったが、
光を見ることもなく小さな存在を終え、
生を享けず墓へと降りていった、そこでは
花と枝が同じ病気で枯れて横たわる。天の露は
空しくも降りる、愛の血を流す花と、損なわれた果実の上に。

71

彼女はかく生き、かく死んだ。もはや二度と
悲しみや恥が降りかかることはなかった。
彼女は、長い年月を生きて、心の重荷に耐えるために
生まれたのではなかった、彼女より冷たい心持つ者は
年老いて地中に寝かされるまで、重荷に耐えるのだが。
彼女の喜びの日々は短かったが、楽しいものだった——
そんな日々は彼女の運命とは長く留まらなかった。しかし
彼女はぐっすり眠っている[1]、住むことを愛した海辺で。

1 「ダンカンは墓の中、／人生の発作的な熱病の後でぐっすり眠っている。」（『マクベス』三幕二場二三―二三行）。

72

あの島は今では荒れ果てて不毛の地となり、
人家は倒れ、住人はいなくなった。
あるのはただ彼女と父親の墓だけ、そして
外見上、塵なる人間について語るものは何もない。
あれほど美しかった者が眠る所も分からぬ、
何があったのかを示す石碑もなければ、それについて
語る人の口もない。虚ろな海の挽歌を除いて、
キクラデス諸島[1]の美人を嘆く挽歌もない。

1 デロス島を中心とするエーゲ海南部のギリシア領の諸島。

73

しかし多くのギリシア娘は愛らしい唄で
彼女の名を口にし、溜息をつく。多くの島人は
彼女の父親の話をして夜の無聊を慰める。
勇気は彼のもの、美は娘のものだった。
もし彼女が奔放に愛したとしたら、命で過ちを償った――
こんな過ちを犯す者は何らかの形で、重い代償を
支払わねばならぬ。誰もその危険から逃れようとは思うな、
遅かれ早かれ「愛」は自らの復讐者になるもの。

74

しかし、あまりに悲しくなったこのテーマを変えて
この悲しみに満ちた稿を棚上げしよう。
わたしは狂った者を描くのはあまり好まない、
それは情にほだされるのを恐れるからだ――
それに、もうこれ以上付け加えるものはない。
私のミューズは気まぐれで悪戯好きな妖精、
進路を変えて、何連か前に半殺しにされた
ジュアンについて別のやり方を試してみよう。

75
傷つき足枷をはめられ、「閉じ込められ、
押し込められ、監禁されて」[1]、何日も経ってやっと、
彼は過去のことを全体として思い出すことができた。
その時には海上にあって、毎時六ノットで
風下を進んでいることが分かった。
イリオン[2]の数々の岸も風下の側にあった、
別の時なら好んでその光景を見ただろうが、
今はシガエウム岬[3]を見てもあまり嬉しくなかった。

76
村の農家の点々とした緑の丘には
(ヘレスポント[1]海峡と海の間に挟まれて)、
勇者の中の勇者、アキレス[2]が埋葬されている。
人はそう言う――(ブライアント[3]はそれを否定するが)、
さらに下の方にあるのは、高く聳える古墳――
誰のものなのか、知る人もない。パトロクロス[4]か
アイアース[5]かプロテシラオス[6]のものかもしれぬ。
彼らは皆英雄、もし今も生きていたら、我々を殺すだろう。

1 『マクベス』三幕四場二四行。
2 イリオンはトロイのことでダーダネルス海峡の南東部の岸にあったとされている。
3 ダーダネルス海峡の南にある岬。一八一〇年バイロンはイギリスの護衛艦上でここに二週間滞在した。

1 ヘレスポントはダーダネルス海峡の古名。
2 アキレスはホメロス作『イーリアス』に出てくる、トロイ戦争におけるギリシア軍の第一の英雄。
3 ジェイコブ・ブライアントは一七六九年出版の著書の中で、ギリシアとトロイの戦いは神話であるとの見解を示した。
4 アキレスの親友。ヘクトルに殺されるが、アキレスがその仇を討つ。
5 トロイ戦争におけるギリシア軍の英雄。
6 トロイ戦争で戦死した最初のギリシア人。

77

大理石の墓石も名前もない高い塚、
広大な耕されていない、山囲む平野、
遠くには今も変わらぬイダ山[1]が残っている、
そして昔のスカマンドロス[2]も（それがその川なら）。
この地勢は今も名声のために造られているようだ——
十万の兵がふたたび楽に戦えるだろう。
しかし、わたしがイリオンの城壁を探した所では、
羊が静かに草を食み、亀が地を這っている、

1 トルコ西部、古代トロイ南東にある山。
2 川の神。トロイの平野を流れる川（ギリシア神話）。

78

そして放し飼いの馬の群がいた。ここかしこには
無骨な新しい名前が付いた寒村があった。
（パリス[1]とは異なり）生徒の時の気持ちに導かれて、
その場に導かれた西欧の若者たちを、
少しでも見ようとやって来た羊飼が何人かいた。
手には数珠、口にはパイプをくわえて、
己が宗教に没頭するトルコ人がいる。これらが、そこで
わたしが見たすべてだ——しかしフリギア人[2]は皆無だ。

1 トロイの王子。スパルタの王メネラウスの妃ヘレンを奪ったため、トロイ戦争が起こった。
2 フリギアの住人。フリギアは小アジアの中央および北西部にまたがるトロイ周辺の地方。

79

ドン・ジュアンは、ここで退屈な船室から
出るのを許されたが、奴隷の身であることを知った。
寄る辺ない彼は、あまたの英雄の墓が
影を落とす、濃紺の大波を見詰めていた。
出血でまだ弱々しく、二、三の短い質問すらも
言い出すことができないくらいだった。
答えを聞いても、自分の過去や現在の
状況について、あまり納得のゆく情報はなかった。

80

仲間の捕虜を見たが、皆イタリア人に見えた、
事実その通りだった。彼らから、少なくとも
彼らの運命を聞いた、それは妙なものだった。
シチリアで上演するはずの団員たちで、
皆きちんと専門の訓練を受けた歌手だった。
彼らはリヴォルノ[1]を出航してから
海賊に攻撃されたのではなく、
大して高くない額で興行主によって売られたのだった。

1 イタリア西部トスカーナ地方の港市。

81

一行の一員である道化役[1]から、
ジュアンは彼らの奇妙な事情を聞いた。
なぜなら彼はトルコの市場へ売られてゆく
運命なのに、まだ元気よくしていた、
少なくとも顔はそうだった。この小柄な男は
すこぶる活発な様子に見え、陽気に優雅に振舞い、
プリマ・ドンナ[2]やテノールよりは、はるかにもっと
現状をよく受け入れている様子だった。

1 音域はバス。

2 オペラの主役の女性歌手。

82

彼は手短に自分たちの不運な話をした、
「おれたちの策謀家の興行主はある岬の沖合で
合図をし、妙なブリッグ[1]を呼び寄せた、
カイウス・マリウス[2]の体にかけて言うが、
我々は急いでこの船に移された、
一スクード[3]の給料も貰わずに。
でももしスルタンに歌の趣味があるなら、
まもなくおれたちの運命も一新することだろう。

1 横帆の二本マストの船。

2 紀元前一世紀のローマの将軍。バイロンが手紙の中でも使った一種の罵り語。

3 イタリアで使われた古い金・銀貨。

83

「プリマ・ドンナはやや年を取っており、
道楽でやつれ、聴衆が少ないと
風邪を引きやすいが、声は悪くない。
それからテノールの女房は
大した声ではないが、見栄えはする。
彼女はこの前のカーニバルでは大騒ぎを起こした、
ボローニャで、年寄りのローマの妃殿下から、
チェザーレ・チコーニャ伯爵を奪ったのだから。

84

「それに踊り手たちがいる、ニーニがいる、
彼女は一つ以上の仕事で誰からも金を稼ぐ。
それから笑いを絶やさぬあの売女、ペレグリーニ、
彼女もまたこの前のカーニバルでは運よく、
少なくとも真正の五百ゼッキーノ[1]を儲けた、
しかしすぐに浪費するので今は一パウロ[2]も残っていない。
それにグロテスカもいた――素晴らしい踊り手だ！
男が魂か肉体を持っていりゃ、彼女は必ず応(こた)えてくれるさ。

1 セークインに同じ、古いイタリアやトルコの金貨。
2 古いイタリアの銀貨。

85

「踊り子たちに話を移せば、あの種族の
他の者たちと同じだ。ここかしこに
きっと人目を引く可愛いのがいるが、
残りの者たちは縁日の余興もつとまるまい。
しかし、背が高くて、槍よりも体は固いが、
情に訴える風情のあるのが一人いて、
人気者になるはずなのに、踊りに元気がない、
あれほどの顔と姿をしているのに、それだけ残念なことだ。

86

「男たちときたら、平凡な連中だ。カストラート[1]は
ひびの入った古い盥(たらい)にすぎないが、
それでもある一点では資格があるので、
ハーレムに顔を出しても問題ないかもしれず、
召使として栄進するするかもしれない。
あいつの歌については、おれはもう信用しない、
法王が毎年作り出すカストラート全員[2]の中から、
第三の性[3]の中で、完全な声帯を三つ探すのは難しい。

1 ソプラノやアルトの声域を保つために少年時代に去勢された男性歌手。

2 バチカン宮殿の合唱団には男のソプラノが採用された。

3 去勢された男のこと。

87

「テノールの声は気取るので駄目、
バスは獣のように唸るだけだ。
実のところ、歌の教育も受けていなし、
無知で音痴、調子外れで拍子もとれない、
しかし、プリマ・ドンナの近い親戚で、
声がとても朗々としていて、柔らかできれいだと
彼女が断言したので、雇われた。でも声を聞いたら
ロバが叙唱（レチタティーボ）[1]の練習をしているのかと、思うほどだよ。

1 叙述するかのように歌われる部分。

88

「自分の長所についてくどくど言うのは
わたしには似合わない、お若いが――そう、旦那は――
旅慣れたご様子、だからオペラのことは
ご存知でしょう、ラウコカンティ[1]のことは
知らないことはないでしょう――わたしがその本人。
わたしの歌を聞かれる時も来るかもしれません。
去年のルーゴの市には行かれなかった、でも次に
そこでわたしが歌う時には――ぜひとも行って下さい。

1 大きな、しわがれ声の歌という意味。

89

「バリトンのことを忘れるところでした、
きれいな若者だが、生意気そのもので、
仕草は優雅だが技量はなっていない。
音域は大したことはなく、声も甘くない、
あいつはいつも運が悪いと不平を言う、
本当は道端でバラッドを歌う値打もないのに。
恋人役ではもっと情熱を出そうとして、
見せる心がないので、歯をむき出しにする」

90

ここでラウコカンティの雄弁なお話は
海賊の一団によって中断された、彼らは
決まった時刻に捕虜たち全員を、悲しい寝床へ
連れ戻すためにやってきた。捕虜たちは各々
恨めしそうに波に視線をやった（輝く波はすべて
青い空のお陰で二重に青くなり、
日を浴びてみな自由に楽しく踊っていた）、
そして一人ずつ昇降口（ハッチ）を降りて行った。

91

彼らは次の日に聞いた――ダーダネルス海峡で、
君主の呪文の中でもっとも権威ある
スルタンの許可書を待っている時に
（できることなら、誰もがそれなしですませるのだが）、
捕虜をより安全に船内の独房で
監禁するため、男は男に、女は女に
鎖で繋がれ、一組ずつ分けられる、それは
コンスタンティノープルの奴隷市場に備えるためだった。

92

この割り当てが決められた時、たまたま
男と女が一人ずつ余った、この二人は
（ソプラノは男と見なせるかどうか、
しばしの議論と疑念の表明の後に、
男は女の番人として置かれた）たまたま
一緒に繋がれた男はジュアンだった――
彼の年齢では気づまりなことだったが、
酒好きな赤ら顔の女と対になった。

93

不運にもラウコカンティに繋がれたのは
テノールだった、二人は舞台でしか見られないような
憎しみで憎み合った、各自が自己の運命よりも
隣にいる歌手で、さらにもっと苦しめられた。
ひどい争いが起こった、あまりにも
敵対していたので、口論なしで辛抱する代わりに、
悪態をついて反対方向に引っ張った、「両者トモ
アルカディア人」[1]、すなわち(イド・エスト)[2]——両方とも碌でなしだった。

1 「両者とも花の盛り、両者ともアルカディア人」(ウェルギリウス『牧歌詩』第七編四行)。
2 原文はラテン語。

94

ジュアンの相棒はロマーニャ[1]出身だったが、
旧アンコーナ[2]の境界内で育ち、
魂をも見通すような輝く瞳をしており
(美女(ベラ・ドンナ)の持つ他の特徴もあって)、
炭のように黒く燃える瞳をしていた。
澄んだ焦げ茶の肌の色艶を通して
喜ばせようとする強い意志が輝いていた——
それは大変魅力的な資質で、実力が伴うと特にそうだ。

1 ラヴェンナ周辺のイタリア東部地区。
2 ロマーニャの港。

95

しかしその魅力は彼には無駄になった、悲しみが
彼の五感のすべてを厳しく抑えていたから。
彼女の目が彼の目に煌いても、ものういままだった。
このように鎖に繋がれて、彼女の手は彼の手に
当然触れたが、その手も、その他のどんなきれいな手足でも
（彼女は抗い難い手足をしていたが）、彼の鼓動を刺激したり、
誠実さを脆(もろ)くすることはできなかった。
おそらく最近受けた傷のせいも少しあったのだろう。

96

それはどうでもよい、詮索しすぎてはいけない、
しかし事実は事実、いかなる騎士も彼ほど忠実ではなく
いかなる恋人もこれ以上固い信義を望めなかった。
我々はその証拠を省こう、一つ二つを除いては。
人は言う、誰もその手に、「凍るように冷いコーカサスのことを
思い浮かべても、火を持てない」[1]と。そんな者は滅多にいないと
わたしも確かに思う、だがその時のジュアンの試練は
より大きな成功を収め、同じほどの現実味があった。

1 シェイクスピア『リチャード二世』一幕三場二九四―九五行。

97
わたしは若い時に誘惑に打ち勝ったのだから、
ここで慎みある描写を始めてもいいのだが、
わたしは耳にする、最初の二巻にはあまりに真実が
多すぎると、異を唱える者たちがいることを。
ゆえにドン・ジュアンをまもなく下船させる、
なぜなら出版者[1]が次のように言明するから、
「確かに、この二巻が家庭の中に入り込むより、
駱駝が針の穴を通過する方が易しい」[2]と。

98
わたしはどちらでもよい、譲歩するのが好きだから、
そんな連中を、スモレット、プライア、アリオスト、
そしてフィールディング[1]のもっと清らかな書物に
委ねておこう、彼らは極めて正しい今の時代にとっては
奇妙なことを言っている。[2]わたしはかつてペンを
揮うのがとても巧みで、詩的戦争をするのを好んだ、
そしてこんな偽善的な言辞[3]がわたしのコメントを
誘発した時代を思い出す、今はそうはしないが。

1 バイロンの出版者のジョン・マリーは第五巻まで出版したが、第六巻以降はジョン・ハントが出版することになった。

2 「金持ちが神の国にはいるよりは、らくだが針の穴を通る方が、まだ易しい」(『マタイによる福音書』一九章二四節)。

1 トバイアス・スモレット(一七二一―七一)、小説家。マシュー・プライア(一六六四―一七二一)、詩人。ロドヴィーコ・アリオスト(一四七四―一五三三)、イタリアの詩人。ヘンリー・フィールディング(一七〇七―五四)、小説家。

2 バイロンはこれらの作家たちも下品だと言っている。

3 九七連の出版社の言葉を指す。

99

少年が喧嘩を好むように、わたしも少年時代は
口論が好きだった、しかし文壇の烏合の衆に
喧嘩は任せて、今は、穏便に別れたい、
これを書いた右手がまだ動いている間に、
わたしの詩の名声が終わる運命にあるのか、
はたまた名声の貸借期間が何世紀にもなるのか、
我が墓石の草も同じほど長く伸び、我が歌にではなく、
真夜中の風に向って、溜息をつくことだろう。

100

時間と言語の隔たりを通して
我々に伝わる詩人たち、「名声」の養い子たち、
彼らにとってこの世は存在の最小の部分に思われる。
膨大な年月が一つの名の上に集まるところ、
それはすべての雪片の助けを受ける雪玉のよう、
しかも同じように転がり続け、ついには
図らずも氷山になるのかもしれない。
しかし、結局、それは冷たい雪にすぎない。

101
このように偉大な名は名目上だけで、
栄光を愛する心はただ実体のない欲望で、
いとも頻繁に皆をその激しさで圧倒し、
彼らは己が塵を広大な破滅の中から、言わば、
確認しようとする、そしてその大破滅はすべてを埋葬し、
「正しき者の降臨」[1]まで、変化するだけで跡に何も残さない、
わたしはアキレスの墓に立ち、トロイの存在が
疑われるのを聞いた、ローマの存在を疑う時も来るだろう。

102
何世代に亘る死者も一掃されて、
墓の後に墓が続く、そしてついには
一時代の記憶が消え去り埋もれて、
その子孫の運命のもとに沈む。我々の父たちが
読んだ墓碑銘はどこに消えたのか、残るのはただ
墓の暗闇から拾い集められた少数のものだけ、
その闇の下に、かつて名ありし無数の者が名もなく横たわり、
万人を覆う死の中に自らの名を失ってしまう。

1 「いったい、あなたがたの先祖が迫害しなかった預言者が、一人でもいたでしょうか。彼らは、正しいかたが来られることを預言した人々を殺しました。そして今やあなたがたが、そのかたを裏切る者、殺す者となった」（『使徒行伝』七章五二節）。

103

わたしは毎日午後には馬を駆け足で走らせる、
あの英雄的な若者が名声の中に滅んだ地点へと、
彼は、殺した人々のために長生きしすぎ、虚栄のためには
早く死に過ぎた、若きドゥ・フォア[1]だ！
折れた石柱、切り出された時は無様ではなかったが、
放置されて崩壊への道を急いでいる、
この石柱の表面はラヴェンナの殺戮を記録する、
その一方、台座のまわりを雑草と汚物が痛めつける。[2]

1 （一四八九—一五一二）フランスの将軍で一五一二年のイースターの日にラヴェンナの戦いで戦死した。彼の率いた軍団は勝利した。彼は二三歳で、彼の殺したイタリア人の数から「イタリアの雷電」と言われた。この箇所を書いている時、バイロンはラヴェンナに滞在していた。

2 「…勝利したギャストン・ドゥ・フォアは戦死し、その戦いで両軍合わせて二万人が戦死した。柱の現状とその位置が本文に記されている。」（バイロン注）。

104

わたしは毎日ダンテの遺骨を納めた所を通る。[1]
荘重というよりこぎれいな小さなキューポラが
彼の遺骸を守っている、だがここでは敬意の対象は
詩人の墓であって、武人の石柱ではない。
この両方が朽ちて、将軍の戦勝碑も詩人の巻も
沈む時が必ずやってくる、そしてそこには
ペーレイデース[2]の死やホメロス誕生以前の
地上の歌や戦（いくさ）が横たわっている。

1 ダンテはラヴェンナに埋葬されている。バイロンはしばしば彼の墓を訪ねた。

2 ペレウスの息子だったアキレスの別名。

105

人の血であの石柱は固められ、
人の汚物で汚された、あたかも
百姓が汚した場所に嫌悪を示すために、
その粗野な軽蔑をぶちまけたかのように。
戦勝碑はかく扱われる、そしてこんな風に
あの血に飢えた者どもは嘆かれて然るべきだ、
彼らの血糊と栄光の狂った本能から、
この世は知った、ダンテが地獄だけに見た苦しみを。

106

それでもなお詩人は存在するだろう、名声は煙でも、
その煙霧は人間の思想には乳香となる。
この世で初めて歌を目覚めさせた
心かき乱す感情は、その時求めたものを求めるだろう。
波もついには砂浜に砕けるように、
激情もそのように極限に達すると、
突進して詩となる、詩は激情そのもの、
少なくとも流行になる前はそうだった。

107

冒険的で同時に瞑想的、そんな人生の過程で、
過ぎゆくあらゆる激情に与(あずか)る者たちが、
深遠にして辛辣な能力を手に入れ、
鏡のようにそれらのイメージを写し出し、それも
生きているかのような色合いで見せた、と仮定しよう。
彼らがそんなイメージを見せるのを、
君たちが禁じるのは正しいかもしれないが、
（わたしが思うに）とても見事な詩[1]を台無しにしてしまう。

1 バイロンは『ドン・ジュアン』のことを言っている。

108

おお、汝ら、すべての本の運命を定める、
第二の性に属する、優しい青鞜派の人たちよ[1]、
新作の詩を顔つきで宣伝する人たちよ、
汝らは「活字ニセヨ」との許可をくれはしないのか。
何だって、わたしは忘れっぽい料理人[2]の許へ行かねばならないのか、
パルナッソス山の残骸の略奪者、あのコーンウォール人たち[3]の許へ。
ああ、わたしは、カスタリア[4]の茶を味わうことを
禁止された、唯一の詩人でなければならないのか。

1 一八世紀半ばのロンドンで集まり、文学を話題にした女性たちのことを指す。参加者の一人（男性）が青い毛糸の靴下をはいていたことから、こう呼ばれるようになった。
2 売れない本は紙くずになってパイなどを包むのに使われた。
3 コーンウォール（イングランド南西端の州）沖で難破した船はよく略奪された。
4 カスタリアはパルナッソス山の泉で詩歌の源泉とされる。文人の集まりではティーが飲まれた。

109

何、わたしはもはや「人気者」にはなれないのか、舞踏会の詩人、
フールスキャップ[1]に身を包んだ、加熱プレス[2]の寵児には。
多くの退屈野郎のお世辞に耐えて、ヨリックの椋鳥[3]のように
「わたしは出られない」と溜息をつくことはないのか。
それなら誓って言おう、詩人ワーディ[4]が誓って言ったように
（世間が彼の詩には見向きもしないので、いつも唸っている）、
あのよき趣向は消えた、あの名声は富籤にすぎない、
籤を引いたのは青い上着を着たお嬢さんたちの一団[5]だ。

1 様々な大きさの二つ折りの印刷紙。もとは道化師の帽子（フールスキャップ）の透かしが入っていた。
2 紙の表面を滑らかにするために熱い金属板に挟んで押しつけた
3 ローレンス・スターン『感傷旅行』（一七六八）に出てくる、檻にいれられた椋鳥のこと。
4 ワーズワスのこと。
5 青踏派のこと。

110

おお、「暗く、深く、美しくも青く」[1]と、
どこかの誰かが空のことを歌うように、
学あるご婦人方よ、あなた方についてそう言おう。
人は言う、あなた方の靴下[2]はそうなのだと
（なぜ青いか分からない、わたしはその色の靴下を
ほとんど調べたことがない）。その青さは
貴族の左脚を静かに巻いているガーター勲章のよう、
お祭り騒ぎの真夜中や朝の接見の飾りとなるものだ。

1 サウジー作『ウェールズのマドック』には「青く、暗く、深く、美しくも青く」（一部五巻一〇二行）という行がある。もっともサウジーはイルカと海について言っている。
2 青鞜派を指す。

111

だがあなた方の中にはまこと天使のような人がいる――
しかし時代は変わり、恋をして詩を書くあなたは
わたしの詩を読み、わたしはあなた方の容貌を読む。
それに――もういい、こんなことはすべて終わった。
わたしは学問好きな人が嫌いではない、
時には多くの美点を隠している人がいるから。
わたしはあの華麗な青の流派に属する女性を一人知っている、
いとも美しくも無垢で、最善なる人、しかし――まったく阿呆だ。

112

フンボルト[1]は「第一級の探検家」、
そして、最近の報告が正確なら、
後に続く者もいるとのことだが、その者が
空気を計る器具を発明したが（わたしは
その崇高な発見の日付と名前を忘れてしまった）、
それにより、フンボルトは「青の強度」を計測して
大気の状態を突き止めようとした、
おお、ダフニー夫人[2]よ、あなたの青さを計測させて欲しい！

1 アレクサンダー・フォン・フンボルト（一七六九―一八五九）はドイツの自然科学者・探検家。

2 アポロに追われて月桂樹に化したニンフのダフネのこと（ギリシア神話）。ここでは文学好きの女性を指すか。

113
だが話に戻るとして、首都で
売り飛ばす奴隷を乗せた船は、
通常の手続きの後、ハーレムの壁の下で、
停泊している姿が見られたであろう。
疫病にかからず、無事安全だった船の積荷は、
一人残らず、市場に陸揚げされた、そこで
グルジア人、ロシア人、チェルケス人[1]とともに
様々な目的と情感のために買い占められた。

114
高く売れた者もいる、処女との保証付きの
可愛いチェルケスの娘には、千五百ドルの値がついた。
美のもっとも輝かしい色が、彼女を
天上のすべての色で飾り立てていた。
彼女が売却されると、喚いていた者たちは
失望して家に帰った、彼らは千百ドルまで競(せ)った、
しかしそれ以上の額になった時、了解した、
それはスルタンのためだと、そしてすぐに撤退した。

1 コーカサス山脈の北西地方にあるチェルケスの住人。

115

ヌビア[1]出身の十二名の黒人女には
西インドの市では到底付かない額が付いた。
もっともウィルバフォース[2]は、ついには奴隷の値段を
奴隷貿易の廃止以前に比べて、二倍の額にした。
これは特に素晴らしいと見なされる必要はない、
悪徳はいつも君主よりもはるかに華麗なものだから。
様々な美徳も、もっとも高邁な美徳である「慈善」さえも、
節約をするもの——悪徳は稀有なる物には金を惜しまない。

116

しかしこの若い集団の運命について言えば、
ある者はパシャやユダヤ人に買われ、
ある者は身を屈めて重荷を担ぎ、
ある者は背教者になって、船員の指揮者の
地位に上った。一方、不幸な集団の中には、
老いぼれのイスラムの高官に選ばれないように
念じつつ、立っている女たちがいた、そして一人ずつ
選ばれていった、愛人、第四夫人、あるいは犠牲者になるために、

1 ヌビアはエジプト南部アスワンから南方のスーダンのハルツームに至る地方。
2 ウィリアム・ウィルバフォース（一七五九—一八三三）は政治家で慈善家。一八〇七年に奴隷貿易を禁止する法案を通した。もっとも奴隷制度は一八三三年まで続いた。

117

こんなことすべては、今後の話にとっておかねばならぬ。
我らの主人公の運命も、いかに不快であろうとも
（この巻が長くなりすぎたので）今のところは
慎重に考えて、後回しにしなければならぬ。
「過ぎたるは及ばざるがごとし」ということは
分かってはいるが、わたしの詩神にかけて、
これ以上分量を減らせなかった。今は、オシアン[1]の作品では
第五歌（ドゥアン）[2]と呼ばれる所まで、ジュアンの成行きを遅らせる。

1　ジェームズ・マクファーソン（一七三六—九六）は叙事詩、『フィンガル』と『テモーラ』を書き、古代のゲール語の詩人オシアンの作品の翻訳だと主張した。

2　ドゥアン (duan) とジュアン (Juan) は韻を踏んでいる。

第五巻

1

恋愛詩人たちが優しくも甘く流れる詩句で
己が恋のことを歌い、ヴィーナスが鳩[1]を頚木（くびき）に繋ぐように、
同韻語を二行ずつ対にする時、彼らは
どんな災いが待っているのか、ほとんど考えない。
オヴィディウス[2]の詩が教えてくれるように、
成功すればするほど、結果は一層悪くなる。
もし正当な厳しさで判断すれば、ペトラルカ[3]さえも
後代の人間すべてのプラトン的女衒（ぜげん）である。

2

ゆえにわたしは恋愛詩すべてを糾弾する、
人を惹きつけないような書き方のものは除くが。
地味にして簡素、短くて、決してうっとりさせず、
過失にはそれぞれ教訓を付け加え、
喜ばすよりむしろ教えるために作られ、
激情はみな順番に攻撃を受ける、それならばよい。
さて、我がペガサス[1]の蹄鉄の打ち方が
まずくなければ、この詩は道徳の規範となるだろう。

1 鳩はヴィーナスの車を引く愛の聖鳥。

2 オヴィディウス（四三 BC―?・AD 一七）は『愛の技巧』を始め愛に関する詩を多く書いた。

3 ペトラルカは『詩歌集』においてラウラへのプラトニックな愛について歌った。三巻八連参照。

1 ペガサスの蹄で打たれてヘリコン山にヒッポクレネの泉（詩的霊感源泉）が涌き出した。一巻二〇六連参照。

3

宮殿の点在するヨーロッパとアジアの海岸[1]、
七十四砲搭載の戦艦をここかしこに散りばめた海流、
黄金に煌めく聖ソフィア寺院[2]の丸天井、
糸杉の木立、白く聳えるオリュンポス山[3]、
十二の島々、その他わたしが夢に見ることも、
ましてや描写することもできなかったもの、
それらが今、魅力的なメアリー・モンタギュー[4]を
魅了したまさにその姿を展開している。

4

わたしは「メアリー」[1]という名前が大好きだ、
それはかつてわたしには魔法の響きだった。
今も妖精の国を呼び起こしかねず、その国では
その後起こり得なかったことを見た。
すべての感情は変わったが、この感情は最後まで残り、
今も完全には逃れられぬ呪縛となった、
だがわたしは悲しくなり、話を冷やかなものにしている、
この話は哀れなものになってはならないのに。

1 背景はトルコのコンスタンティノープル（今のイスタンブール）で、ここはヨーロッパとアジアが接する所。
2 ハギアソフィアはもとはキリスト教の大聖堂だったが、トルコ人はモスクに変えた。
3 神々の住んだギリシアの山ではなく、トルコの山。
4 モンタギュー夫人（一六八九―一七六二）はコンスタンティノープルの大使に任ぜられた夫とこの地に滞在して、故国へ有名となる書簡を書き送った。

1 バイロンは少年時代、メアリー・チャワースに激しい恋心を抱いた。従姉妹のメアリー・ダフはもう一人のメアリー。

5

風はエウクセイノス海[1]に吹きつけ、
波は砕け、青いシュンプレガデス[2]に泡立った。
「巨人の墓」[3]から、身を安全な所において、
ボスポラス海峡[4]の逆巻く海流が、
ヨーロッパとアジアに打ち当って洗うのを
見守るのは壮大なる眺めだ。
乗船者が船酔いをして、反吐を催す海の中で、
エウクセイノスほど危険な波を起こす海はない。

6

秋の初め、荒涼として薄ら寒い日だった、
夜はどれも変わりはないが、昼はそうではない。
運命の三女神は船乗りの運命を
これ以上紡ぐのを中断し、騒々しい嵐は
海を持ち上げ、大海原を旅する皆の心に
過去の罪に対する悔悟の念を起こす。
彼らは生き方を改めると誓うが、そうはしない、
溺れて死んだらできない――助かったらしない。

1 黒海の古称。
2 黒海の入り口近くの二つの島。
3 「この名はボスポラス海峡のアジア側にある丘に付けられたもので、ハローやハイゲイトのように行楽客がよく訪れる」(バイロン注一八二一)。
4 トルコのイスタンブールを貫いて黒海とマルマラ海を結ぶ海峡。ダーダネルス海峡とともにヨーロッパ側とアジア側を分ける。

7

老若男女、あらゆる国の奴隷の群れが
震えながら市場に並べられた。
どの一団にも商人が持ち場にいた、
可哀想に！　いい顔立ちも哀れにも変わってしまった。
黒人を除いては、皆、友人、故郷そして自由から
はるかに引き離されて、心痛で疲れ切った様子だった。
黒人の方がより冷静だった——彼らはこんなことには
きっと慣れているのだろう、皮を剥がされる鰻のように。

8

ジュアンはまだ若造で、この年頃の者が
大抵そうであるように、希望と健康に溢れていた。
しかし、わたしは認めねばならぬ、彼が少々沈んで
見えたことと、時に涙が密かに頬を伝ったことを。
おそらく最近、出血したので、
意気消沈していたのかもしれない。
それに、財産と愛人と快適な住処(すみか)を失い、
タタール人の間で競売にかけられることは、

9

禁欲主義者さえ身震いさせるものだった、
それでも概ね彼の振舞は落ち着いていた。
その姿格好、金箔の残り部分が
まだ見えている服の見事さは、
皆の注目を引き、顔付きからして
一般の民衆ではないと推測させた。
さらに、青白くとも美しい顔をしていた。
そこで——彼らはその身代金を見積もった。

10

双六盤さながらその場には白人と黒人が点在し、
群れ毎に、販売用に展示されていた、違いは
双六盤より不規則な点になっていたこと。
真黒を買う者がいれば、青白いのを選ぶ者もいた。
区分された他の者の中に、
すこぶる頑強で壮健な三十歳の男がいた、
濃い灰色の目には決意が宿り、誰かが
買うと決めるまで、ジュアンの隣に立っていた。

11

彼はイギリス人風だった、すなわち
体格は頑丈で、顔色は白く赤みがかり、
きれいな歯と濃い茶色の巻き毛をしていた、
そして、思索か労苦か勉学のためか、
広い額には気苦労の跡が少々見られた、
片腕には血に汚れた包帯を巻いていた。
彼はいとも冷静にそこに立っていたので、
単なる見物人さえこれ以上冷静にはなれないほどだった。

12

しかし彼がそばに見たのはまだほんの若者で、
一見、意気盛んなようだったが、今は
大の大人でも意気消沈させたであろう
運命の重荷に、圧倒されていた。
彼は、まもなく悲しい運命を共にする
かくも若い仲間に、一種の無骨で率直な同情を
示し始めたが、彼自身はこの災難を他の難儀と
変りはしない、当然のことと見なしている風だった。

13

「おい、君！」――彼は言った、「このごたまぜの連中、グルジア人やロシア人やヌビア人たちは肌の色が違うだけで、全員が碌でなしだ、こんな奴らと俺たちは運命を共にすることになった、この中で紳士なのは俺と君だけのようだ。だから当然のことだが、知り合いになろう、もし俺が何か君の慰めになれたら嬉しいがね――ねえ、国はどこなんだい」

14

ジュアンが「スペインです」と答えると、彼は応じた、「実のところ、ギリシア人のはずはないと思っていたよ、あの卑屈な奴らはそんな誇り高い目をしていない。運命の女神は君に結構な悪戯をしたものだ、しかし皆を試練に遭わせるまで、彼女は誰にもそうするもの。でも気にするな――運命は変わるよ、多分来週にでも。運命は君と同じように俺を扱った、もっとも俺はそのことを特に珍しいとは思わないがね」

15

「失礼ですが」とジュアンは言った、「なぜここに
来られたのですか」――「おお、特別珍しくはないよ――
六人のタタール人と頑丈な鎖が――」「お訊きしていいなら、
どうしてこんな運命に遭われたか、というのが
わたしが知りたいことなのです」――「俺は数カ月間
あちこちでロシアの軍隊に務めた、そして
最近はスヴォーロフ[1]の命令で、ある町を奪取したが、
ウィディン[2]の替わりに俺自身が奪取されたよ」

16

「友人はおられますか」「いたがね――神の祝福で
最近は煩わされることはなくなった。さて俺は
強制もされずに、君の質問のすべてに答えたよ、
だから君も同じように好意をみせて欲しいね」
「ああ！」ジュアンは言った――「悲惨で、
長い話になるでしょう」――「おお！　本当にそうなら
その両方の理由で、黙っているのが正しいことだ。
悲しい話が長ければ、悲しみは倍増するからね」

1 アレクサンドル・スヴォーロフ（一七二九―一八〇〇）はロシア帝国の陸軍元帥。露土戦争やポーランド鎮圧に功があった。

2 スヴォーロフは一七八九年ブルガリアのウィディンを攻撃したが成功しなかった。

17

「でも気を落とすな、君の年頃には
運命の女神は、適度な浮気な女だとしても、
こんな苦境の時は（君の妻ではないから）、
何日も君のそばを離れはしないだろう。
我々が運命と抗うことは、麦の束が
鎌に反抗するような、そんな抵抗だろう。
情況が人間の慰み物に見える時、
実際は人間が情況の慰み物なのだ」

18

「僕が嘆くのは」とジュアンは言った、
「今の運命ではなく過去の運命なのです――
僕はある娘を愛しました」、彼は話をやめ、
黒い目は陰鬱そのものになった。涙が一滴、
睫毛に一瞬留まって落ちた。「でも話を続けますと、
言いましたように、わたしが大層悲しんでいるのは
今の運命ではありません。もっとも頑健な人をも
疲れ果てさせる難儀にわたしは耐えたのです、

19

「荒海でのことです。でもこの最後の打撃は――」

ここで彼はまた話を止め、顔をそむけた。

「ああ」、ジュアンの友は言った、

「女が関係していたらしいと思ったよ。

こんな事柄は、君の立場にいたなら

俺でも優しい涙を流すことだろう、

最初の妻の死んだ日には俺は泣いた、

二番目の妻が駆け落ちした時もそうだった、

20

「三番目は」――「三番目！」、ジュアンは振り向いて言った、

「あなたはまだ三十歳にもなっていないでしょう、三人も」、

「違う――いま生きているのは二人だけだ、

確かに一人の人間が三度結婚に縛られるのを

見るのは、何も不思議なことではない！」

「では、三人目は」、ジュアンは言った、「どうされました、

また逃げ出したのではないでしょうね」「その通りだ」――

「ではどうなったのですか」――「俺の方から逃げ出したのさ」

21

「あなたは物事を冷静に受けとめますね」
ジュアンは言った、「そりゃ」もう一人が言った、
「人間に何ができるというのかい。
君の空には虹がまだ一杯あるが、俺の虹は
すっかり消えてしまったよ。人生の初期は
誰もが熱い感情と高遠な期待で始める。しかし
時は我々の幻想から色を剥がし、一つずつ順番に、
大きな過失がその輝く皮を、蛇のように毎年脱ぎ捨てる。

22

「なるほど新しい皮は新鮮で明るい、いや前の皮よりも
もっと鮮やかで明るいだろう、しかし一年経つと
この皮もすべての生き物の道を歩まねばならぬ、
あるいは、時にほんの一、二週間しかもたない――
愛は致命的な網の目を広げる最初の網だ。
後半生のきらめく鳥もちのついた小枝には、
野心、強欲、復讐そして栄光がくっつく、そこで我々は
なおも金や誉れ欲しさに羽ばたき続けるのだ」

23

「言われたことはすべて大変結構で、本当かもしれません」
ジュアンは言った、「でもよく分かりません、それが
今の我々の状況をどう改善してくれるのかが」
「分からない？」相手が言った、「しかし物事を
正しい視点におけば、少なくとも知識は得られる、
これは認めるだろう。例えば我々は今、
奴隷の身分が何なのか知っている、だから我々の災難は、
主人になった時、よりよき振舞を教えてくれるかもしれぬ」

24

「今、主人だったらいいのに、ここの異教徒の友人たちに、
彼らが実践している今の教えを試してやれるのに」
恨みっぽい溜息を呑み込みながら、ジュアンは言った、
「運命がここに送り込んだ生徒に天の助けがありますように」
「ここでの悪運がいい方に向いていけば、そのうちに
我々は主人になるだろう」ともう一人が応えた、それまでは
（あっちの年取った黒人の宦官がこっちをじろじろ
見ているようだ）ああ、誰か買ってくれたらいいのに！」

25

「しかし結局のところ、我々の状況とは一体何なのか。
状況は悪いがよくなるかもしれぬ――人間すべての定めだ。
大抵の人間は奴隷で、偉い奴が一番そうだ、
自分たちの気紛れや激情や何やかやの奴隷なのだ。
優しさを創造すべき社会自身が、我々が
手にしたごく僅かなものまでも破壊する、
誰にも同情しない、これこそこの世の禁欲主義者が
社会を生きるためのまことの術――心無き者の術なのだ」

26

ちょうどその時、第三の性に属する
黒人の老宦官が進み出て、捕虜たちを凝視して
容姿と年齢と素質に注目するようだった、
それは彼らが意図された檻に合うかどうかを
見つけるためだった。恋人が愛する女性に
流し目を送る様子、競馬のいかさま師が馬に、
仕立屋が広幅織物に、弁護士が謝礼に、
看守が重罪犯人に秋波を送る様子も、

27

入札者が奴隷を見る目にはかなわなかった、
仲間の人間を購入するのは楽しいもの。
もし君が皆の感情を考慮して、抜け目がなければ
誰でも売ることができる、ある者は容貌によって、
他の者は、戦争での指揮官によって買われる、
年齢や性格次第では、地位で買われるものもいる。
大方は即金で買われる――しかし値段は誰にでもつく、
悪徳の程度によって、数クラウン[1]から六ペンスまで。

28

宦官は二人を注意深く吟味してから、
商人に向かって、最初は一人だけの値を、
次に二人分の値をつけ始めた。彼らは値切り、
言い争い、悪態もついた――確かにそうしたのだ！
あたかも彼らが単なるキリスト教国の市で、
雄牛や驢馬、子羊や子山羊を値切っているように。
だから彼らの取引は、頸木に繋がれた、
これら上等な人間家畜を争う戦いのように響いた。

1 クラウンは五シリング、一シリングは一二ペンス。

29

ついに彼らはただぶつぶつ言う状態に
落ち着き、嫌々財布を取り出して、
一枚一枚、銀貨をひっくり返し、
転がし、手で重さを計り、そして
誤ってシークイン金貨[1]とパラ銀貨[2]を
ごた混ぜにしたが、最後には
総計を正確に吟味し、商人は釣銭を渡し、
全額領収書に署名し、次に食事のことを考え始めた。

30

この商人の食は進んだのだろうか。
もしそうなら、消化の方はどうだったのか。
わたしには思える、食事時には妙な考えが
入り込み、良心が神聖な権利について、
奇妙な質問をするかもしれぬと、すなわち
どの程度まで我々は血と肉を売っていいのか、と。
わたしは思う、夕食時に人が滅入るなら、それは
悲しい二十四時間のうちで、もっとも陰鬱な時間だと。

1　イタリアの金貨。昔のトルコの金貨も指した。
2　一七―一八世紀のトルコの銀貨。後には銅貨。

31

ヴォルテール[1]は「否」と言う。彼によれば、食事の後は
カンディード[2]にとって人生はかなりいい時間だった、と。
彼は間違っている――人が豚でなければ、確かに
飽食は人が感じることをむしろ増幅する、
酔っていたら別だが。酔っている時、くるくる頭が回る間は、
きっと人は頭脳の圧迫から解放されているに違いない。
食べ物については、フィリップの息子、と言うよりアモンの息子[3]と
同じ考えだ――（彼は一つの世界と一人の父親だけでは不満だった）。

1 （一六九四―一七七八）フランスの作家・哲学者。
2 ヴォルテールの作品、『カンディード』（一七五九）の主人公。
3 プルタルコスは、アレキサンダー大王（三五六―三二八 BC）はフィリップ二世の息子ではなく、アモンの神の子であるという伝説を記録している。王が節食家であったことも、プルタルコスは伝えている。

32

わたしの考えはアレキサンダーと同じで、
食べる行為は、その他、一、二の行為とともに、
我々が死ぬべき運命にあることを、実際、
二倍も強く感じさせる。[1] ロースト・ビーフやラグー、[2]
魚やスープが、その他の添えものの料理の助けを借りて、
我々に苦痛か快楽を与える時、
誰が知性を誇りに思うだろうか、
知性の働きは胃液に大いに依存するのだから。

1 プルタルコスによればアレキサンダーは性と眠りについてこう言ったという。
2 肉主体の煮込み料理。

33

先日の夕べ（先週の金曜日だった）――
これは事実で詩的な作り話ではない――
大きな外套がわたしに投げ掛けられ、
帽子と手袋がまだテーブルにあった時、
わたしは銃声を聞いた――八時になるかならない頃だ――
できるだけ急いで表に出ると、通りには
大の字になった軍の指揮官の姿があった、
ほとんど喘ぐことすらできない状態だった。[1]

34

可哀想な奴！　何か不当な理由で
銃弾を五発受け、殺され、舗道に投げ捨てられ、
息絶えた。わたしは家の中へ彼を運ばせ、
二階へ連れて行き、服を脱がせ、
世話をした――だが、これ以上事情を付け加える
必要はあろうか、看護はすべてむなしかった。
男は死んだ、何かイタリア流の喧嘩で、
古い銃身の発した五発の銃弾で殺された。

1　「ここに触れた暗殺は一八二〇年一二月八日、筆者の住居から百歩も離れていないラヴェンナの通りで起こった。その状況は書いた通りだった。彼のそばには半分の長さに切られた古い銃身があり、発射されたばかりでまだ暖かかった」（バイロン、一八二一）。バイロンはこの事件に書簡で何度も触れている。

35

わたしは彼を見詰めた、よく知っていた男だから。
今まで多くの死体を見てきたが、こんな災難に
出くわした者が、これほど静かなのを
見たことがなかった。腹と心臓と肝臓を貫通されながら、
眠っている風だった、とても死んでいるとは
思えなかった（体内の出血だったので、
恐ろしい血の川がその原因を漏らさなかった）、
そこで彼を見詰めながら、わたしは考えた、あるいは言った――

36

「これが死というものなのか、では生死とは何だ、
語れ！　彼は語らなかった、目覚めよ！　だが眠り続けた――
つい昨日まで、彼ほど強い声の持主はいただろうか。
一千の兵士は彼の言葉を敬い、それに従った。
百卒長が言うように、彼が「行け」と言えば、
兵士は行き、「来い」と言えば、進み出た。[1]
彼が命令するまで、トランペットも小ラッパも沈黙した――
今や彼に残されたのは、ただ布で覆った太鼓だけだ」

1　「わたしも権威の下にある者ですが、わたしの下にも兵卒がおり、一人に『行け』と言えば行きますし、他の一人に『来い』と言えば来ます。また、部下に『これをしろ』と言えば、そのとおりにします」（『マタイによる福音書』八章九節）。

37

かつては彼に仕え、崇めた者たち――彼らは
荒々しい顔で、土になった指揮官を今一度
見詰めるため、寝床のまわりに押しかけた、
彼にはこれが最後の流血だった、最初ではなかったが。
何たる最後か！　彼は何日にもわたって
ナポレオンの敵に立ち向かい、ついには敗走させた――
突撃や出撃の先頭に立ったこの男が、
今や都市の路地で無残にも殺されるとは。

38

古傷の跡が新しい傷の近くにあった、
名声をもたらした名誉ある傷跡が。
目につくその対照は恐ろしかった――
だがこのテーマから離れよう、このようなことは
おそらく、わたしが払う以上の注目が必要だろう。
わたしは見詰めた（しばしばそうしたように）、
信仰を固め、揺るがせ、抱かせる何かを、
死から無理に引き出せるかどうか、試すために。

39

しかしすべて不可解だった、我々は今ここにいて、
あちらへ行く――しかしいずこへ。五つの鉛の小片が、
いや、三つ、二つ、一つでも我々をはるか遠くへ追いやる！
それなら、この血は流されるべく作られたのか。
四大要素からなる我々を、どの要素でも壊せるのか、
風、土、水、火は生きる。そして我々は死ぬのか、
すべての物事を理解する精神を有する我々は。
もういい。さあ、前と同じく話に戻ろう。

40

ジュアンとその知人の買い手は、
お買得品を金箔の船に運び、自身と二人を
積み込んで、オールが漕げるかぎり、
波が流れるかぎり早く進んだ。
彼らは次に何が起こるのかを訝(いぶか)りながら、
刑を受けに連行される者に見えた、
ついに軽舟(カイーク)[1]は壁の下の小さな入江に着いた、
上には背の高い、濃い緑の糸杉が覆っていた。

1 ボスポラス海峡で用いられる細長い漕ぎ舟。

41

ここで彼らの案内人は小さな鉄の扉の
くぐり門をトントンと叩いた、それは開いた、
彼は二人をさらに導いた、始めは両側に聳える
大きな木立の並んだ低い茂みの中を抜けて。
彼らは道に迷いそうになり、道を見つけねばならなかった――
なぜなら上陸する前に夜が迫っていたからだ。
宦官が舟にいる者たちに合図をすると、彼らは
一言も発することなく漕ぎ出し、去って行った。

42

彼らが曲がりくねった道をオレンジの四阿（あずまや）や、
ジャスミンなどの中をとぼとぼ行った時
（オリエントの草木等については、
北国ではあまり沢山見られないので、
わたしは多くを語ってもいいのだが、そうはしない、
それは最近、諸君の国の物書きが彼らの作品の中で、
完全な温床を作る値打ちがあると考えるからだ、それは
一人の詩人がトルコ人の間を旅したこと、それが理由なのだ）[1]、

1　バイロンは自分のことを語っている。彼は一八一〇年に小アジア地域やコンスタンティノープルを旅し、一八一三―一四年にかけて、オリエントを主題にした物語詩（『邪宗徒』や『海賊』など）を書いた。もっとそれ以前からオリエントを舞台にした物語詩は存在し、サウジーの『破壊者サラバ』（一八〇一）や『ケハマの呪い』（一八一〇）などがすでに出版されていた。

43
彼らが道を縫って行った時、ジュアンの頭に
ある考えが浮かび、相棒に囁いた――
それはその時、諸君やわたしにも
浮かんだものだろう。「わたしの考えでは」
と彼は言った、「我々が自由になるために、
一撃を加えても恥にはならないと思います。
あの年寄りの黒人の頭を殴って、堂々と
ここから出て行きましょう――言うより行うが易しです」

44
「その通りだが」と他方は言った、「やったとして
どうなるのだ。どうして出るのか、一体どんな風に
ここに来たのか。なんとか外へ出て、命が助かり
聖バルトロマイ[1]の運命を免れたとしても、
明日にはどこか別の穴ぐらに入れられ、
これまで以上にひどい目に遭うだろう。
それに、俺は腹がすいた、今ならエサウ[2]のように
長子権と交換しても、ビフテキの方を選ぶだろう。

1 十二使徒の一人。皮剥の刑で殉教したと言われる。

2 弟のヤコブにスープ一杯で長子権を売り渡した（『創世記』二五章二九―三四）。

45

「ここはどこか人家の近くにちがいない――
年寄りの黒人が捕虜二人を連れて、
自信あり気に、こんな変な道を忍んで行くのは、
味方に油断はないと考えているからで、
一声で、皆が外に出てくるだろう、
だから跳ぶ前に見よ、ということだよ――
ほら、見ろ、ここを曲がったらもう出てきたよ、
いやはや、立派な館だ！――灯りもついている」

46

彼らの視界に開けたのは、確かに
広大な建物だった、トルコによくあるように、
正面には大量の金箔と多彩な色彩が
散らされているようだった――
けばけばしい趣向だ。なぜならこの国は
かつて生み出した技芸には今は長けてはいない、
ボスポラス海峡の別荘はどれをとっても、
塗りたての衝立か、きれいなオペラの背景に見える。

47

さらに近づくと、ある種のシチューと焼き肉、
そしてピラフの快い香りがしてきた、
それは空腹の人間の目に好感を持たせ、
ジュアンに粗暴な意図を思い止まらせ、
よき振舞を身に付けさせたものだった。
彼の友も新しい保留条項を付け加えて、言った、
「神の名にかけて、今は夕食にしよう、その後で
もし君が騒ぎを起こす気なら、俺も一緒にやろう」

48

何か激情に訴えよと言う者がいる、
感情に訴えよという者、理性に訴えよという者も。
この最後のものが流行になったことはない、
理性は理性的推論すべてを時機を失していると考えるからだ。
愚痴を言う者もいれば、酷評する者もいる、
しかし多かれ少なかれ、彼らは自分の得手に
根ざした論拠で、人を悩ませ続ける、
しかし誰も口数を減らそうなどとは夢にも思わぬ——

49
だがこれは脱線、心に訴えるすべての中で――
わたしは、悲哀、黄金、美、追従、威嚇
そしてシリングの力を認めるとして――
我々が日々目にするように、より優しくなる
人間の最善の感情を時に捉える
方法の中で、もっとも確かなものは、
あのすべてを穏やかにする圧倒的な鐘の音、
魂の警鐘――食事の鐘だ。

50
トルコには鐘はないが、人は食事をする、
ジュアンと友は、食事を告げる
キリスト教国の鐘の音を聞かず、
用意された宴会へ案内する
従僕たちの列も見なかったが、
焼肉の匂いをかぎ、大きな暖炉が輝くのを見、
清潔な腕を露にした料理人たちが働くのを見て、
食欲の予言的な目で左右を見回した。

51

彼らは抵抗する考えは一切諦めて、
黒い案内人の後にぴったりついていく、
彼は自身の損なわれた存在[1]が、
片付けられる寸前だとは夢にも思わず、
二人に少し離れた所で止まるよう合図をした、
そして門を叩くと、それは大きく開かれ、
堂々たる大広間を見せた、
アジア風の豪華なオスマン朝の華美を。

1 宦官であることを指す。

52

わたしは描写しない、描写は得意なのだが、
結構な現代ではどんな阿呆でも、
どこか外国の宮廷への驚くべき旅を描写し、
四折版を生み出し、称賛を要求する——
出版社には死を意味しても、作者には楽しみだ。
一方、「自然」は二万回も曲解されて、
模範的な忍耐心で、案内書、詩集、旅行記、
素描、図解などに、身を任すことになる。

53

大広間のあちこちで、しゃがんで
チェスに余念のない者がいた。
他の者は単音節でお喋りをし、別の者は
自分の衣服をいたく気に入っている様子だった、
何人かは特上のパイプを吸っていた、パイプを
飾るのは、様々な値のつく琥珀の吸い口だった。
気取って歩く者や眠る者もいた、そして
ラム酒のグラスを手にして夕食を待つ者もいた。

54

黒人の宦官がこの一対の、購入した
不信心者を連れて中に入った時、
歩調は変えず、一瞬目を上げる者がいたが、
坐っている者は微動だにしなかった。
一人か二人、捕虜の顔を見詰めたが、
ちょうど馬の値を推測する風だった。
自分の居場所から黒人に頷く者もいたが、
わざわざ話しかける者は誰もいなかった。

55
彼は二人を先導して大広間を通り抜け、止まらずに
さらに先の一続きの立派な部屋を通った、
部屋は豪華だが静かだった、一室だけが例外で
そこでは、大理石の噴水が落ちてきて
部屋を包む夜の闇にこだましている、あるいは、
女性の頭がひょいと飛び出て、強い好奇心で
一体全体何の騒ぎかと訝（いぶか）って、大胆にも
黒い目を扉や格子に押し当てて見ようとする。

56
高い壁から輝くほのかなランプの光は、
進む道をやっと示すには十分だったが、
スルタンの数々の広間を、その完全な装いの
煌きすべての中で示すには十分ではなかった。
全体の命なき華麗さを打ち破る者が、
一人もいない巨大な広間ほど、昼夜を問わず
ぞっとさせるとは言わないまでも、
これほど悲しい思いをさせるものはないだろう。

57

二、三人はあまりに少なく、一人はいないも同然、
砂漠や森や群衆の中、あるいは海岸では
「孤独」が、永遠にその領域であった場所で
十二分に育つことを、我々が知っている。
しかし古い時代や現代の建物、そのいずれであれ、
巨大な広間や回廊にたった一人でいると、
一人ぼっちの我々すべてに一種の死が襲ってくる、
多数がいるべき場所にたった一人でいることを知って。

58

冬の夜のこぎれいな心地よい書斎、
一冊の本、一人の友、独身女性、あるいは
一杯のクラレット、サンドイッチそして食欲、
これらはイギリスの夜を過ごさせてくれるもの。
ガス灯で照らされた劇場ほどには、
確かに決して素晴らしい光景ではないが。
わたしは一人で、長い回廊で夜分を過ごす、
それが理由でわたしはとても憂鬱だ。

59

あわれ、人は自分を小さく見せるものを大きくする、
教会が大きいのは大変結構なこと、それは認めよう。
天上世界を語る物は、決して脆くてはいけないし、
それを建てた者の名を知る者がいなくなるまで、
強固で永続的であるべきだ。しかし巨大な屋敷は――
巨大な墓はもっとひどいが――アダムの堕落以来、
人間には似合わない。思うに、バベル[1]の塔の話は
わたしよりはるかに上手に人間にこのことを教えている。

60

バベルはニムロデ[1]の狩小屋だった、それに
庭園、城壁そして驚くべき富を有する町だった、
そこでは人間の王、ネブカドネザル[2]が君臨したが、
ついにある夏の日に草を食い始めた。
ダニエル[3]は穴にいる獅子を馴らし、
人々の畏怖と称賛の気持ちを起こした。
そこはまたティスベとピュラモス[4]ゆえに、
また中傷されたセミーラミス[5]ゆえに有名だった。

1 バベルはバビロンのこと。ノアの洪水の後、人々は天まで届く塔を建てようとしたが、神の怒りに触れ、人間の言語は混乱した（『創世記』一一章一―九節）。

1 ニムロデはノアの曽孫で狩の名人（『創世記』一〇章八―九）。

2 バビロニアの王、ネブカドネザル二世（在位？六〇五―？五六一 BC）は気が狂って草を食べた（『ダニエル書』四章三三節）。

3 紀元前六世紀のヘブライの預言者。ネブカドネザルの怒りに触れて、ライオンの巣に放り込まれた（『ダニエル書』六章一六―二三節）。

4 バビロンの青年ピュラモスは恋人のティスベが食い殺されたと思い込んで自殺し、ティスベも後を追った（ギリシア・ローマ伝説）。

5 アッシリアの賢明な女王でバビロンの創建者。プリニウス（二三―七九）によれば、セミーラミスは馬に惚れて結婚した（『博物誌』八巻六四章）。

61

名誉を傷つけられた女王[1]は、ひどく粗野な
年代記作者によって（疑いなく陰謀で）、
彼女の馬と不適切な友情を結んだ廉（かど）で非難された
（愛は宗教と同じく時には異端に走るもの）。
おそらくこの途方もない話の元は（こう言うのも
この手の誇張をあちこちで見るからだが）、
誤って従者（カリアー）を駿馬（コーサー）[2]と印刷したからだろう、
わたしはこの国の陪審にこの事件を審理してもらいたい。

62

話を続けると――たとえ不信人者がいて
（今の時代には何がいても不思議はない）、
あのバベルの塔のあった正確な位置を
見つける能力がないから、またはその気がないから、
発見しないとしても（クローディアス・リッチ氏[1]が
いくつか煉瓦を手に入れて、最近、それについて
回想録を二冊著したが）、あの不信心者たち、
あのユダヤ人たちの言うことを信じよ、彼らは諸君を信じないが。

1 ジョージ四世の妃、キャロラインは従者と姦通したとの嫌疑をかけられた。

2 従者のスペルはcourier、駿馬はcourserで、よく似ている。

1 （一七八七―一八二〇）バビロンについて二冊の回想録を出版した（一八一五、一八一八）。

63

しかし彼らに考えさせればよい、ホラティウスは
簡潔にうまく表現している、すなわち
大事な安息所のことを忘れて、建築にすっかり
心を奪われて建造する者たちの愚かさについて。
我々は知っている、物や人が精々どこで終わらねばならぬかを、
それは（すべての教えと同じく）もの悲しい教えだ、
そして「墓ノコトヲ忘レテ宮殿ヲ建テル」[1]という言葉は、
自らを埋葬すべき時に人は建造することを示している。

64

ついに彼らはもっとも奥まった場所に来た、そこでは
こだまが目覚めた、長い眠りから覚めるように。
人の欲しがるあらゆるものに満ちていたが、
誰も必要とはしないそんなに多くの品々を
どうすればいいのか、人は不思議に思った。
ここでは富が最大限の力を発揮して、
見事な部屋を家具でふさぎ、「自然」は
「人為」の意図を計りかねて、大いに困惑した。

1 ホラティウス『オード集』二巻一八章一八―一九行。

65

しかし、そこはさらなる一続きの部屋に
開いているだけに見え、それらの部屋は
一体どこに続くのか分からなかった、だが
家具には贅を尽くした豪華さがあった。
ソファに坐るのは半ば罪深い気にさせた、
それほどに高価だった。絨毯の編み目は
どれも稀有なる出来栄えで、金魚のように
その上を滑って行けたら、と思わせるのだった。

66

しかし黒人は、二人の奴隷を
驚嘆させたものには、ほとんど一瞥さえくれず、
星一杯の銀河が足下にあるかのように、
二人が汚すのを恐れて踏めない所を、
踏みつけた。さらに進んで、諸君にも見えるだろう——
(見えなくとも、それはわたしの責任ではないが)、
向うのあの離れた壁龕に収まっている、
大きな戸棚や食器棚のある所に着いた、

67

わたしは明快でありたい、いいですか、黒人は
壁龕の錠を開けて、どんなイスラム教徒でも、
体に合う（そいつの値打ちがどうあれ）
沢山の服を引っ張り出した。
多様性には不足はなかった——
だが、不足なしとわたしは言ったが、
彼は、購入したキリスト教徒たちにとって、
もっともふさわしいと考える服を、指示することに決めた。

68

二人にもっともよく似合うと、彼が考えた服は、
年上で恰幅のいい奴には、まずは、膝まで届く
カンディア[1]の外套、次には、張り裂けないように
あまり窮屈ではないズボンで、
アジア人の臀部に合いそうなものだった。
ショールは襞の部分がカシミールで育まれたもの、
サフラン色のスリッパ、豪華で使いやすい短剣、
つまり、すべてトルコのダンディを作り上げるものだった。

1 クレタ島の町、イラクリオンのこと。

69

彼が服を着ている間に、二人の黒人の友、バーバは
仄めかした、「運命」が明瞭に勧めると
思われる、きちんとした道を、彼らが
辿りさえすれば、最後に手に入れるであろう
莫大な利益のことについて。そして付け加えた、
「言っておかねばならないが、
お前たちが割礼を受け入れるなら
事態は大いによくなるだろう」と。

70

「自分としては、お前たちが真の信者に
なれば大喜びなのだが、それでも
提案の採否は、お前たちに委ねる」
ジュアンの相方は、こんな些細なことでも、
こんな風に選択を任せるという
身に余る善意に感謝して、こう言った、
「この洗練された国のすべての習慣に対する
賞賛の気持ちを十分には表し切れません」と。

71

「わたしとしては、これほど尊敬に値する古来の儀式に反対する気はほとんどなく、今、食べたいと感じている少しの食べ物を呑み込んだ後で、数時間考えたらきっとそうする気になるのでしょう」と彼は言った。「その気になることですって」とジュアンは厳しく言った、「わたしはたとえ殺されても、頭を割礼された方がまだましだ！

72

「その前に、千の首を切り落とされても――」

「ねえ君、頼むから」、もう一人は答えた、「俺の話の腰を折らないでくれ。いいかい、君のせいで言うことを忘れてしまったよ。

いいですか、わたしが言いましたように、食事がすめばすぐに提案をきちんと受け入れられるかどうか考えましょう。条件は、あなたの立派な善意が、その時になっても、事態を我々の自由意志に任せて下さるかどうかです」

73

バーバはジュアンを見詰めて、言った、
「どうか服を着てくれ給え」——そして
お姫様なら喜んで手足を飾るであろう
揃いの服を指さした。しかし仮装舞踏会を
楽しむ気分にはないジュアンは黙って立ち、
キリスト教徒の足で軽く蹴った。
そして年寄りの黒人が「早くしろ」と命じた時、
彼は答えた、「お年寄り、僕は女ではありません」と。

74

「お前が何なのかは、知らないし気にもしない」
バーバは言った、「どうか俺の望み通りにしろ。
時間もないし、くどくど説明はできない」
「少なくとも」ジュアンは言った、「この妙な
変装の理由を尋ねても構わないでしょう」
「好奇心は捨てるのだな」、バーバは言った、
「きっとしかるべき場所、時間、機会が来れば
判明する。俺には理由を知らせる権限はない」

75

「そんなことになれば」、ジュアンは言った、「僕は――」

「黙れ！」黒人は応答した、「俺を挑発するな。元気なのは結構だが、大胆になりすぎることもある、俺たちがあまり冗談好きではないことが分かるだろう」

「何ですって、僕が女の服を着たことが人に噂されるというのですか」とジュアン。しかしバーバは服を撫でつけながら言った、「俺を怒らせると、人を呼んで、性別すらないようにしてしまうぞ。

76

「お前にはきれいな服を一揃いやる、女物だ、確かに、だがお前が着なければならない理由があるのだ」「何ですって、僕は女の服なんか心底大嫌いなのに」――このように短い間をおいて、ジュアンは軽い悪態をつぶやき、溜息をついた、「畜生、こんな薄物に一体何の用があるのだ」かくして彼は、新婚の朝、新妻の顔を引き立てる最高のレースに、不敬な言葉を使った。

77
それから毒づき、溜息をつき
肌色の絹のズボンを急いではき、
次に処女用の帯を身につけた、それで
ミルクのように白い、薄いシュミーズを締めた。
しかし、ペチコートを引っ張ったので、つまずいた、
それは（ウィッチ）――我々はそう言うが――スコットランド人なら
ウイルクと言う[1]（これを使うのは脚韻のせいで、
時には君主も脚韻ほど権威的ではない）――

78
ウイルクあるいはそれ（ウィッチ）[1]（どちらでも好きなように）は、
衣服の珍しさと彼の不器用さのせいだった。
それでもついになんとか着付けを終えた、
確かに少々気が進まなかったが。黒人のババも
服の扱いにくい部分を、留めたり外したりする時には
少し手助けをした、そして両腕をガウンに
無理に押しこんでから、一休みして、
ジュアンを頭の先から爪先まで眺めた。

1 スコットランド人は関係代名詞のwhichを意味する'whilk（ウィルク）を使うと言っている。この語を使ったのはsilk/milk/whilkと韻を踏ませたいため。

1 ジュアンがつまずいたこと。

79
まだ問題が一つあった――彼の髪は
決して長いとは言えなかった。バーバは
余っている長い髪の房を沢山見つけたので、
まもなくジュアンの頭は、その当時その地で
流行っていた髪形ですっぽり覆われた。
この追加された髪は、衣装一揃い（アンサンブル）に
似合った宝石で留められた、その一方で
バーバは、髪に櫛を入れて油を塗るよう命じた。

80
鋏や白粉や毛抜きの助けを少々借りて、
彼は今やすっかり女の装いをし、
あらゆる点でほとんど娘に見えた、
バーバは笑みを浮かべて叫んだ、
「諸君、さあ見ろ、完全に変身したね、
それじゃ、俺に付いて来い、紳士方、
いやご婦人の方だ」、彼は二度手を叩いた、
すると黒人が四人、瞬時にそばに来た。

81

「君は」と、バーバはもう一人に頷いて言った、
「これらの紳士方と一緒に夕食に行って欲しい、
だが、尊いキリスト教徒の尼さんは
俺について来なさい、馬鹿な真似はなしだ。
俺が何かを言えば、すぐにその通りになる。
何が怖い、ここがライオンの巣穴とでも思うのか。
おい、ここは宮殿だ、真の賢者が
預言者の楽園を先取りする所[1]なのだ。

82

「馬鹿だね！　いいかい、誰も君に危害を加えはしないよ」
「それはよかった、奴らにとっては」、とジュアンは言った、
「さもないと、この腕の強さを感じさせてやりますから、
この腕はあなたが思うほどか弱くはないのです。
これまでは言われる通りにしてきましたが、
もし僕が見かけ通りだと思う者が出てきたら、
呪文はすぐ解かしてみせます。だから、みんなのためにも、
この変装が間違いを起こさないと信じていますが」

1 ハーレムにおける性の快楽を指す。

83

「馬鹿もん！　さあ来い、見ろ」、バーバは言った。ドン・ジュアンは、少し心を痛めていた相棒の方を向いたが、彼はジュアンの変身を目にして、笑いを抑えるのが難しいようだった。

「さらば！」互いに彼らは叫んだ、「この地は珍しくて新しい冒険が豊かに実る所らしい。この年寄りの黒い魔法使いのお陰で、求めもしないのに一人は半イスラム教徒に、もう一人は娘に変身したよ」

84

「さらばです！」ジュアンは言った、「二人がもう会えなくなっても、食欲が旺盛でありますように」——「さらば」もう一人が答えた、「別れはとても辛いが、次に会う時は、俺たちは面白い話をすることだろう。運命が出航する時には、我々は従わねばならぬ。名を惜しめ、もっともイヴも一度は堕落したが」「いや」、乙女は言った、「スルタンでも抱かせはしない、殿下が僕との結婚を約束したなら話は別ですが」

85

かくして二人は、別々のドアを通って別れた。
バーバはジュアンを部屋から部屋へと先導した、
光り輝く回廊を通り、大理石の床を踏んで、
ついには暗闇を通して、途方もなく大きな正門が
尊大にも巨大、遠くで顔をしかめている所へと、
そして豊かな芳香が遠くから運ばれてきた。
二人は社に行き当たったように思えた、
それはすべてが巨大で静かで芳しく神聖だったから。

86

巨大な扉は広く、明るく、高く、きらきら輝き、
金箔のブロンズ製で、奇妙な様式の彫刻が施されていた。
そこに描かれた戦士たちは激しく戦っていた。
勝者が闊歩すれば、敗者は横たわり、
勝者が勝ち誇る中を、捕虜は目を伏せて引かれ、
遠景には多くの軍団が敗走する。
この作品は入植したローマの家系[1]が、
コンスタンティヌスとともに滅ぶ以前のものに思われた。

1 コンスタンティヌス一世（?・二八〇—三三七）はローマ帝国の首都をビザンチウムに移した。一四五三年にコンスタンティヌス一一世（一四〇四—五三）はモハメド二世に滅ぼされ、東ローマ帝国は滅びた。

87

このどっしりした扉は巨大な広間の
広大な境界に立っており、両側には
想像もできないほど小さい小人が二人、
醜い小鬼のように坐っていた、侮蔑という点で、
彼らは、ピラミッド的高慢とも言える
聳え立つ巨大な門と、結託しているようだった。
門はあらゆる点であまりにも見事なので、
小人たちのことに初めて考えが及ぶのは、

88

彼らを踏んづけそうになる時で、
これらの小男たちの驚くべき醜悪さを
眺めて、恐ろしさで後ずさりする、
彼らの肌の色は黒でも白でも灰色でもなく、
異質な混合で、絵筆なら描けても
ペンでは描くことはできない。
聾唖者で不恰好な小人――怪物だ、
そして怪物のような恐ろしい値段がつく。

89

その任務は——彼らは強かった、見かけは
きわめて矮小だが、時に強力な仕事をした——
この扉を開けることで、実際にそれができた、
蝶番がロジャーズ[1]の詩のように滑らかだったからだ。
また時には東方の地域の習慣に倣って、
弓の頑丈な弦をクラヴァットのように、
反逆者のパシャの首に巻いた、
口のきけない従者は概してこの目的に使われる。

90

彼らは手まねで話した——つまり全く話さなかった。
バーバが指を使って、折りたたみ戸の扉を後ろに
持ち上げさせた時、彼らは二匹の小悪魔のように
睨み付けた。かくもちっぽけな一対が、
縮まりゆく蛇の目でジュアンを凝視した時、
彼は一瞬怖くなった。見詰める者が誰であれ、
あたかもその小さな目つきが、毒となるかのように、
はたまた誰であれ見詰めた者を魅するかのように。

1 バイロンは概ねサミュエル・ロジャーズ（一七六三—一八五五）の詩を好んだ。『献辞』五五行と一巻一六三九行参照。

91

バーバは入る前に立ち止まり、案内人として
ジュアンにちょっとした教えをほのめかした、
「何とか」と彼は言った、「どこか男らしい、
その堂々とした大股の歩き方を抑えてくれたら、
都合がいいのだが――それに（大したことじゃないが）
体を横に揺するのを控え目にして欲しい、
時に非常に可笑しな風に見えるから、
それに、もう少ししとやかにしてくれたら、

92

「都合がいいのだがね。口のきけない者は
ペチコートをも貫き通す、針の目をしている、
もしあいつらが、万が一、君の変装に気が付けば、
君も知っているように、深いボスポラス海峡が
すぐ近くを流れている。ひょっとしたら君と俺は
夜明け前に袋に縫い込まれて、船には乗らずに
マルモラ[1]行きということになるかもしれぬ――
これはここでは折りにふれ、よく用いられる航海の仕方だ」

1 トルコのマルモラ海はボスポラス海峡とダーダネルス海峡によって、それぞれ黒海とエーゲ海に通じている。この巻の五連注4参照。

93
こう激励して、今居た部屋よりも
もっと立派な部屋へ連れて行った。
豪華な混乱が、そこに目を向けても
何も心に残らないような、
そんな類の無秩序を作り出していた、
それほど明るく素早く、物が物に煌いた。
目も眩むような宝石と黄金と煌めきが、
豪勢にも混ざり合い、一つの乱雑を成していた。

94
富は驚異を作り出した――あまりよい趣向ではないが。
こんなことは東洋の宮殿ではよくあるが、
西洋の王たちのより地味な館にさえ起こること
（わたしはそんな館を六つか七つ、見たことがある）、
そこでは黄金やダイアモンドが、際立って光沢を放つとは
言えないが、目をつぶらねばならぬものが多々ある、
群れなす下手な彫像、テーブル、椅子そして絵画、
それらについて、わたしには批評する時間はない。

95

この壮大な広間の、離れたところに
貴婦人が一人、天蓋の下に横たわり、
女王らしく、自信たっぷりに体を伸べていた。
バーバは立ち止まり、跪いてジュアンに合図をした、
彼は祈ることにはあまり慣れていなかったが、
本能的に膝をついた、このすべてが意味することは
何なのか、訝りつつ。一方でバーバは
儀礼がすむまで、お辞儀をして頭を垂れていた。

96

貴婦人は、波間から立ち上がった
ヴィーナスのような風情で立ち上がり、
羚羊（アンテロープ）のようにあだっぽい両の目を彼らに向けた、
それは取り巻く宝石のすべての光をかき消した。
彼女は美しい月の光のように腕を上げて、
バーバに合図をした。彼はまず
濃い紫の衣の縁に唇を触れ、それから
低い声で話しつつ、後ろにいたジュアンを指差した。

97

彼女の威光は地位と同じく崇高だった、
美しさはあの抗しがたい類のもので
描こうとすれば美の力を減らすだけ、
姿や容貌について語ることで、その力を
弱めるよりも、ここは諸君の考えに委ねよう。
完全な詳細に至るまで、正当に描こうとすれば、
諸君の目は眩んでしまうだろう。だから
諸君とわたしに有難いことには、わたしの言葉は役に立たない。

98

しかし、これだけは付け加えよう——
彼女は女盛りで、二十六回目の春を迎えた頃だろうか、
しかし「時」が触れるのを控える姿形もある、
「時」[1]は大鎌の方向を逸らせ、卑俗なるものへ向ける。
スコットランド女王メアリー[2]はそうだった。確かに——
涙と愛は人を破滅させる。徐々に弱らせる悲しみは
魅力ある者から魅力を絞り取る、しかし決して
醜くならない者もいる、例えばニノン・ド・ランクロ[3]のように。

1　時間の擬人化である「時の翁」は、大鎌で人を刈り取る。

2　メアリー・スチュアート（一五四二—八七）はスコットランド女王（一五四二—六七）、美しい女性だったとの記録が残っている。エリザベス一世暗殺の陰謀に加わったとされ、処刑された。

3　アン・ド・ランクロ（一六二〇—一七〇五）はフランスの高級娼婦。八〇歳を越えても美しさを失わなかったという。彼女は多くの有名な作家の友人で、その中にはモリエール、ラ・ロシュフコーそしてヴォルテールもいた。

99
彼女はお付きの者に何か言った、それは
十人か十二人の娘の一団で、皆同じ服を着ており、
バーバの選んだ、彼女たちとお揃いの服を着た
ジュアンのようだった。娘たちはまさに
妖精のような群れをなし、ディアーナの侍女の一団を
従姉妹と呼んだかもしれない、少なくとも
外観の類似という限りはそうだった。
それ以上のことは、わたしには保証できない。

100
彼女たちはお辞儀をして退席したが、バーバとジュアンが
使ったドアではなく、別のドアから出た。ジュアンは
少し離れたところで、この不思議な大広間の中で
見たすべてに感嘆して立っていた、それらは驚嘆と称賛を
呼び起こすのに最適だった。なぜなら物事とは
この両方を得るか得ないかのどちらかだから。
わたしは言わねばならぬ、わたしには決して分からない、
「驚嘆スルモノナシ」[1]が、最高の幸せになるのかが。

1 「ヌミーキウス君、（何ものにも驚かない）といふことこそ、人を幸福にし又常に幸福にして置く殆ど唯一無二のものです」（ホラティウス『書簡詩』一巻六書簡一―二行。田中秀央・村上至孝訳）。

101

「感嘆しないことが、人を幸せにし、あるいは
幸せを保つままにする、わたしの知る唯一の技だ
（親愛なるマリー[1]よ、明白な真実は言葉の綾を必要としない、
だからクリーチ[2]の言葉そのままに受け取って欲しい）」
このようにホラティウスが遠い昔に書いたことを、
我々は皆知っている。そしてこのようにポープは翻訳して、
再び教えるべくこの教訓を引用する。しかし誰も感嘆しなければ、
ポープは歌っただろうか、ホラティウスは霊感を受けただろうか。

102

乙女たちが全員退くと、ババは
ジュアンに近づくように合図をした、
そして再度、跪き、淑女の足に
キスすることを求めた。この処世訓が
繰り返されるのを聞いたジュアンは、
渋い顔をし、背を一杯に伸ばして言った、
「心は痛みますが、教皇の靴は別として、
いかなる靴にも身を屈めることはできません」と。

1 ウィリアム・マリー（一七〇五—九三）はポープと知り合った時は、若い法廷弁護士だった。後に英国首席裁判官を務めた。バイロンはポープの『ホラティウスの翻案「一巻第六書簡、マリ氏へ」』（一—四行）をここに引用している。

2 トマス・クリーチ（一六五九—一七〇〇）はホラティウスの詩を訳した。ポープはクリーチの訳の「人を幸せにし、幸せを保つままにする」をそのまま採用し、それに「明白な真実は言葉の綾を必要としない」なる行を付け加えている。

103

時を弁(わきま)えないこの高慢な態度にバーバは立腹し、
激しく諌めた、そして次に、弓の弦[1]について
脅かしの言葉を呟いたが（この部分は
脇台詞として言った）——まったく空しかった。
今は、マホメットの花嫁に対してさえ、
ジュアンは膝を曲げなかったことだろう。
君主の私室や皇帝の広間での儀礼(エチケット)の大事さに
勝るものはない、それは競馬や州都の舞踏会でも同じこと。

1 絞め殺すこと。

104

彼はアトラス[1]のように立ち、無数の言葉を耳のまわりで
聞かされたが、それでも跪こうとはしなかった。
彼の家系に属するカスティーリャの
すべての貴族の血が血管にたぎり、
身を落として血統を汚すくらいなら、
千の剣で千度、命を奪われた方がよかった。
とうとう、足についてはいうことをきかないと
認識したバーバは、手にキスすることを提案した。

1 天空を双肩に担う巨人（ギリシア神話）。

105

これは名誉ある折衷案だった、
外交上の休息をとる中間点の旅籠で、そこで
両者は、はるかにもっと友好的な雰囲気で会える。
ジュアンはすべての妥当で適切な礼儀作法には
従う気があるとの気持ちを表し、さらに付け加えて
この方法がもっとも常識的で最善のものであり、
その理由は、南国ではどこでも、紳士が淑女の手に
キスするのは、今も従うべき習慣であるからだ、と言った。

106

不承不承ではあったが、彼は進み出た、もっとも
これほど気品のある美しい指に、いかなる唇も
つかの間でも痕跡を残したことはそれまでなかった。
かくなる指には唇はいとおしくも留まるもの、
一つではなく二つのキスを刻したいと願うもの、
君にも分かるだろう、もしも愛する人の指に
触れることになったなら。美しい見知らぬ人の指すら、
時には十二カ月続いた真心をも危うくするものだ。

107

貴婦人は幾度も彼をじっと見た、そしてバーバに
下がるように命じた、彼は退席する仕事に
よく慣れているかのように、大仰に従った。
その間中、彼はジュアンには愛想よく、
気を利かせて、怖がることはないと囁き、
ある種の笑みを浮かべて、彼を見つめつつ退席した、
徳正しき行為をなした善人が
浮かべる、そんな満足感を顔に表して。

108

バーバがいなくなると、突然の変化があった、
この淑女の思いが如何なるものか、分かりかねるが、
その輝く額に不思議な心の乱れが走った、
澄んだ頬に血が上った、それは
天の際を巡る日没時の夏雲に似て、
血のような赤だった。彼女の大きな瞳には、
官能と命令が相半ばする、交錯した感情が
作り出されているのが、認められたことだろう。

109

彼女の姿には女性の柔らかさのすべてがあり、
顔立ちには悪魔の甘美さのすべてがあった、それは
イヴを困惑させるため天使の姿となり、悪への道を
敷いた時の悪魔の甘美さだ（そのやり方は分からぬが）。
彼女にはあら探しをしても何の欠点も見つからず、
彼女に比べたら、太陽でさえ汚点がないと言えぬほどだった、
しかしどういうわけか、どこか何かが欠けていた、
あたかも授けるよりも命令するかのような――

110

何か尊大な、傲慢なものが、彼女のなすすべてに
鎖をかけた、あたかも人の首のまわりに、
鎖がかけられるようなものだった――
専制のように見えるものが何かあると、
歓喜さえもほとんど苦痛に思えるもの。
我々の魂は少なくとも自由だ、だから魂の意に反して
肉体に従わせようとするのは無駄なことだろう――
最後には心は自分の思い通りにするものだ。

111

彼女の笑みさえ魅力的だが横柄だった、
頷きにすら気持ちが籠っていなかった、
小さな足にさえ身勝手さがあった、
あたかも足が地位を十分意識しているかのように——
足の歩みは首を踏んづけるようだった。そして
彼女の威厳を完璧にするように（この国の習慣だったが）、
短剣が帯を飾っていた、それはスルタンの花嫁の
印だった（有難いことに、わたしの花嫁ではなかった）。

112

「聞けば従う」というのが、彼女の誕生以来、
周りすべての者の掟だった。喜びや歓喜を生む
あらゆる空想を実現することが、彼女の意志と同じく、
奴隷たちの主たる楽しみだった。生まれは高貴で、
美しさはこの世のものとも思えなかった。そこで
判断してみよ、彼女の気紛れが止むことがあったかどうかを。
もし彼女がキリスト教徒であったなら、考えるに、
我々は「永久運動」[1]なるものを見つけたことだろう。[2]

1 エネルギーが尽きず、慣性が終らない機械を科学者たちは長年求めた。
2 彼女の欲望にきりがないことの比喩。

113

彼女が見て欲しがった物は何でも届けられた、
見なかったものでも、見ることができると
彼女が思えば、何であれ不断の努力で求められ、
見つかると即刻、取引は終わった。
彼女が買う物には際限がなかった、また
気紛れが引き起こす難儀にも限度がなかった。
それでも彼女の横暴でさえまことに優雅だったので、
女たちはすべてを許した、顔は許せなかったが。

114

ジュアンは彼女の気紛れの中で最新のもので、
売りに出される途中で彼女の目に留まった。
彼女はすぐに彼の買い付けを命じ、
いかなる悪事を成すのにも、
今まで失敗した試しのないバーババは、
そんな競売で勝つ術を心得ていた。
彼女には慎重さがなかったが、彼にはあった、
このことが、ジュアンが感情を害した衣服の説明になる。

115
若さと容貌が変装に味方した、どうして
スルタンの花嫁がこんな不思議な妄想を
巡らすのか、と諸君が問うなら、それは
スルタナ[1]たちに答えをだしてもらわねば。
皇帝は妻の目にはただの夫にすぎない、
そして王と連れ合いはしばしば欺されるもの、
我々はかなり正確にこのことは確証できる、
ある者は経験によって、他は伝統によって。

116
しかし、我々が向かっていた要点に戻ると――
彼女は今やすべての困難が過ぎ去ったと考えた、
そして、ついに自分の持ち物になったので、
それ以上の前置きもなしに、情熱と権力の
混じった一瞥を彼にくれた、そしてただ
「キリスト教徒よ、お前は愛することはできるのか」と言い、
この文句で、彼の心を十分動かせると考えた、そして
そんな態度が目下の者にはきわめて親切だと思った。

1 スルタンの妻

117

その通りだっただろう、しかるべき時と場所であれば。
だが、ハイディの島や優しいイオニア風の顔が
いまだに心に満ち溢れていたジュアンは、
顔に燃える熱い血が心臓に急ぎ戻るのを感じた、
心臓はすぐに血で一杯になり、花咲く
スノードロップのように頬の色を失わせた。
彼女の言葉は彼の心をアラブの槍のように貫いた、
だから何も言わずに、わっと泣き出した。

118

彼女は大いに動揺した、涙に対してではない、
女は好きな時に涙を流して利用するのだから。
動揺したのは、男の日が濡れていると見える時は、
何かもっと不快で印象的なものがあるからだ。
女の涙は溶ける、男の涙は溶けた銅のように
半ば焦がす、あたかも無理に心臓を取り出すために、
槍を突き刺すかのように、理由は（手短に言えば）
涙は女には安堵、我々には拷問なのだ。

119
彼女は慰めたかったが、やり方が分からなかった、
対等者はいないので、憐れみで心を動かされたことは
今まで一切なく、口を尖らすような些細な心配が、
額を横切ることはあったかもしれないが、
深刻な悲しい種類の何かに耐えるということが
何なのか、そんなことは夢にも思わなかった、
だから、すぐ目の前で、他人の目が
涙を流すことができるとは、彼女には不思議だった。

120
しかし自然は、いくら権力が台なしにしても、
それ以上のことを教える、慣れなくとも
「強い」感情が働く時は——女心は
優しい気持ちには快適な土壌なので、
どこの国でも、女たちは「葡萄酒と油」を注ぎ、
状況に関係なく皆サマリア人[1]になる。
かくして、なぜか分からぬままに、
ガルベーヤズは目に妙な光る湿り気を感じた。

1 サマリア人は強盗にあって、身ぐるみ剥がされて傷を負った人を介抱した。傷には油と葡萄酒を注いだ（『ルカによる福音書』一〇章三〇—三七節）。

121

しかし涙も他のすべてと同じく、止まねばならぬ。
「今まで愛したことがあるのか」と敢えて尋ねた者の
押し付けがましい声の調子に、一瞬
ジュアンは強い悲しみの情に動かされたが、
まもなく彼の目に自制心を呼び戻した、それは
彼が咎めるまさにその弱さできらりと光っていたが。
彼は美しいものには心を動かされても、
自由ではないことにいまだ激しい憤りを感じた。

122

ガルベーヤズは人生で初めて大いに当惑した、
今まで嘆願と称賛以外のものには
出会ったことが一切なかったからだ。
彼女は気楽に差し向かいになって
恋の手ほどきをしてやるために、命を賭けて
彼を手に入れたので、時間の浪費は
彼女を完全な殉教者にするかもしれず、[1]
すでにもう十五分近くも無駄にしていた。

1 彼女の計画が露見して殺されること。

123

またわたしは提案しよう、こんな立場の
紳士方には潮時が大事だ、ということを。
すなわち——南国にいる時は、我々男には
言い寄る時の流儀がより大事だが、
ここでは少しの遅れが大罪となる。
だから思い起こすのだ、愛の告白に許される
最大限の猶予はたったの二分だけ——
それ以上は一瞬遅れても、君の評判は傷つくだろう。

124

ジュアンの評判はよく、さらによくなったであろう、
もしハイディのことが頭になかったならば。
いかに不思議に見えても、まだ彼女のことが忘れられず、
そのことが彼を極度に無作法に見せた。
ガルベーヤズは宮殿へ連れて来させたので
債務者のように彼を見つめていたが、
彼女は目の辺りまで赤面し始め、次に死人のように
真っ青になり、そしてふたたび赤面した。

125

ついに彼女は高圧的にも手をジュアンの手においた、
そして説得には帝国なぞ必要とはせぬ
瞳を向けて、彼の目の中に愛を探したが、
そこには答える愛はない。彼女の額は暗くなった、
しかし咎めるようなことはしなかった、
それは高慢な女の試す最後の手段だったから。
彼女は立ち上がり、清らかにも一瞬休止して、
自らを彼の胸に投げかけ、そこでじっとした。

126

ジュアンには分かったが、これは厄介な試練だった、
しかし彼は悲しみと怒りと誇りで心は固まっていた、
穏やかな力で彼女の白い腕を解き放ち、
すっかりうなだれた彼女をそばに坐らせた。
それから尊大にも立ち上がり、ちらっと
周囲に目をやり、彼女の目を冷たく覗き込んで叫んだ、
「囚われの鷲は番（つがい）にはなりません、わたしも
スルタナの淫らな空想にお仕えしません。

127
「愛せるか、とお尋ねになる、わたしがどれほど愛したか、
そしてあなたを愛さないか！　その証拠はこれです、
このいまわしい服[1]なら、糸巻棒や織物や横糸の方が
よく似合うでしょう。愛は自由な人のためのものです！
この見事な天井にもわたしは眩惑されません、
あなたの権力がどうあれ、偉大なもののようですが、
頭(こうべ)は垂れ、膝は曲がり、目は玉座の周囲を見ます、
手は従います――それでも心は我々自身のものなのです」

128
これは我々にはとても陳腐な真理だが、そんなことを
決して聞いたこともない彼女にはそうではなかった。
彼女の考えは、この世が女王と王のためにのみ
作られているがゆえに、ごく些細な命令も
喜びを生み出すべきだというものだった。
心臓の位置が右か左か、彼女が知らないとしても、
「嫡流」とは、民を統べる当然の王権に気付くと、
生まれながらの信奉者をこの完璧な状態にするものなのだ。

1　ジュアンの女装のこと。

129

それに、先に言ったように、彼女はとても美しかった、
だからもっとつつましい身分に生まれていても、
その美しさは、いずこであれ、王国を作り、
あるいは混乱を起こしたことだろう。さらに
予想されることだが、彼女は自分の魅力を強調した、
魅力の持主がその魅力を隠すことは滅多にない。
その魅力ゆえに、自分には二重の「神権」が
与えられていると考えた、わたしも半ばその意見に賛成だ。

130

思い出せ（できないなら）、想像せよ、
若い時代に節操を守った君たちよ！
どこかのより無鉄砲な貴族の未亡人が君たちに愛を迫り、
その結果、熱い情熱の盛りに君から肘鉄を食らって
傷ついたことを！　彼女の怒り狂った様を思い出せ。
あるいは、こんなテーマについて人が言い、
歌にしたすべてを思い出せ。そしてそれから
この場面における、若い絶世の美女の顔を想像せよ。

131

想像して欲しい、しかしもう君たちは想像した、
ポティファルの妻、[1]ブービー夫人[2]そしてフェードラ[3]を、
そんな話が明らかにしたよき鑑のすべてを。
遺憾なことだが、詩人や家庭教師は、
そんな話をめったに表沙汰にしない、
お前たち――ヨーロッパの若者――を教え導く話を！
しかし我々の知る数少ない例を想像しても、
ガルベーヤズの怒りに満ちた顔を想像できないだろう。

132

子を奪われた雌の虎、雌ライオン、
あるいはその他の興味ある猛獣は、
思い通りにならぬ婦人の苦渋を表す
手頃な直喩である。しかし、
わたしも劣らぬ比喩を使いたいが、
これらはわたしの言うべきことの半分も伝えない、
なぜなら数はどうあれ、子を盗むことは、
子を持つ望みを断つことに比べたら些細なことだ。

1 ポティファルの妻はヨセフを誘惑しようとして拒否される（『創世記』三九章七―一三行）。

2 レディ・ブービーはジョセフを誘惑しようとする（フィールディングの小説『ジョセフ・アンドルーズ』（一巻五―六章））。

3 フェードラは継子のヒポリタスに愛を迫って拒否され、彼を死に追いやる。彼女は自殺する。彼女はエウリピデス（『ヒッポリュトス』）やラシーヌ（『フェードラ』）の戯曲で取り上げられている。

133

子を愛するのは自然の普遍的な法則、
雌虎と虎の仔から鴨と鴨の雛に至るまでそうだ。
赤子や乳飲み子を襲われた時ほど
嘴を研がせ、爪を構えさせるものはない。
人間の育児室を見た者は誰でも、母親が
子供の叫び声と笑い声が大好きなのを知っている。
この極端な反応は（これ以上、諸君の忍耐力を試さないが）、
原因が間違いなくもっと強いことを示す。

134

ガルベーヤズの目から火が煌いたと言っても、
どういうこともない――その目はいつも火が煌めいていたから。
頬がもっとも濃い真紅を帯びたと言っても、
わたしは染物屋を侮辱するだけだろう。
彼女の怒りの高まりそれほど超自然的だった、
なぜならこれまで決して欲望を抑えたことがなかったからだ。
願望を抑えられた時の女のことを知る諸君でも
（そんな女は無数にいる！）、彼女のことはとても理解できないだろう。

135

彼女の怒りは一瞬だった、それでよかった——、
さらなる一瞬は、彼女を殺してしまっただろう、しかし
その怒りが続く間は地獄を一瞬垣間見るようだった。
強力な癇癪ほど崇高なものは他にない、
見るに恐ろしくとも、語るには荘重だ、
岩だらけの島に激しく打ち当たる海のようだった。
体の中を煌き通る深い激情は、
彼女の姿を肉体を持つ美しい嵐にした。

136

月並みな怒りと彼女の憤怒を対等に扱ったら、
並の嵐と台風を同一視することになるだろう。
しかし彼女は月に行くことを望まなかった、
あの不滅の作品中の穏やかなホットスパー[1]のようには。
彼女の怒りの調子はもっと低かった、それは
女であることと年齢による欠陥のせいだろう——
彼女の望みはリアのように、ただ、「殺せ、殺せ、殺せ」[2]だった、
そして次には、彼女の血への渇望は涙で消された。

1 「ええい、畜生！ こうなりゃ、もうなんでも朝飯前だぞッ、あの生っ白い面なんぞしやがった月の奴めから、輝く名誉をかっさらってくることだって…」『ヘンリー四世第一部』一幕三場二〇一—〇三、中野好夫訳）。

2 「そしてこいつら婿どもの所へ忍び込んだら、殺せ、殺せ、殺せ、殺せ、殺せ、殺せ！」（『リア王』四幕六場一八六—八七）。

137

それは嵐のように荒れ、嵐のように去った、
言葉もなく去った――事実、彼女は話せなかった。
それから女性の羞恥心がついに現われた、
それまでは彼女にとっては弱い感情だったが、
今や自然に勢いよく流れ込んできた、
水が予期せぬ漏れ口から流れるように、
なぜなら彼女は卑しめられたと感じた――屈辱は
彼女のような身分にある者には時にはよいものだ。

138

それは彼らが生身の人間であることを教える、
また彼らに穏やかに示唆する、すなわち
他人は土からなるが、泥のみでできてはいないことを。
また上等の壷も土鍋も同じ脆い仲間にすぎず、
良くても悪くても同じ陶器の作品であることを、
皆、同じ両親から生まれてくるとは限らないが。
屈辱は教える――何を教えるのかは、神のみぞ知るが、
時には人を糺(ただ)すかもしれず、またしばしば人を動かす。

139
彼女の第一の考えはジュアンの首を切ることだった、
二番目は、切るのは彼との――付き合いだけにすること、
三番目は、どこで育ったのかを訊くこと、
四番目は、後悔へと導くこと、
五場目は、侍女たちを呼んで寝ること、
六番目は、自分を突き刺し、第七番は、鞭打ちの刑を
バーバに下すことだった――しかし彼女が頼る
重要手段は、ふたたび座り、勿論、泣くことだった。[1]

140
彼女は自分を突き刺そうしたが、短剣が
手元にあったので、それが厄介だった。
オリエントの コルセットは詰め物をするようには
できていないので、強く突くと短剣は刺さってしまう。
ジュアンを殺そうと考えた――かわいそうな若者!
彼はあんなにも嫌がったので、そうされて当然だったが、
彼の首を刎ねることは、彼女の目的を手に入れるための
最良の策ではなかった、すなわち彼の心という目的を。

1 ジュアンの拒否にあったガルベーヤズの一連の反応はヘンリー・フィールディング『ジョセフ・アンドルーズ』一巻一八章の挿話を踏まえている (Itsuyo Higashinaka, *Byron Journal*, No. XII, pp. 74–75, 1984)。

141

ジュアンの心は揺らいだ、彼は決心していた、
突き刺されるか、犬の餌用に四つ裂きにされるか、
もっと洗練された激痛で殺されるか、ライオンに
投ぜられるか、あるいは魚の餌になるか、そして
罪を犯すくらいならと思って、このように雄々しく諦めて
立っていた——自分の望みで罪を犯すなら話は別だが。
しかし死ぬための彼のすべての準備も、
泣き叫ぶ女を前にしては、雪のように融けた。

142

ボブ・エイカーズ[1]の勇気が手の平から沁み出たように、
ジュアンの美徳も引いていった、理由は分からない。
まずどうして拒絶したのか、不思議に思った、
そしてまだ事態を修復できるかどうか考えた。
次に自分の野蛮な美徳を非難した、これは
自分の立てた誓いを修道士が非難するようなもの、
あるいはご婦人が自分の誓いを後悔するようなもの、
結局、大抵はどちらも誓言を少し破ることになる。

1 リチャード・シェリダンの喜劇『恋がたき』（一七七五）五幕三場に出てくる人物。シェリダンはバイロンの友人でもあった。

143

そこで彼は口ごもって言い訳をしたが、そんな場合、
言葉だけで十分ではない、たとえミューズがこれまで
歌ったすべてを借りても、あるいはダンディの
もっともダンディたるお喋りや、カースルレイ[1]が
濫用する比喩すべてを借りたとしても。
ちょうど彼女のものうい笑みが彼を喜ばせ、
彼に仲直りする気にさせ、さらに思い切って
前に進もうとしたまさにその時、老バーバが大急ぎで入って来た。

1『献辞』一一—一五連参照。

144

「日輪の花嫁様！　月辰の姉妹様！
（彼はかく話した）大地の女帝陛下！
眉根一つで、天体の音楽[1]をすべて調子外れになさるお方、
笑み一つで、すべての惑星を歓喜で踊らせるお方、
あなた様の奴隷が崇高なるご注目に値するお知らせを
お持ちしました——早すぎないこと望みますが——
日輪様ご自身が、一条の光のようにわたしを
お遣わせになり、こちらへお越しのことをお知らせせよと」

1 三巻二八連注1参照。

145
ガルベーヤズは叫んだ、「お前の言う通りなのか。
朝になるまで輝いて下さらなければいいのに！
でも、女たちには天の川のようになれと言え。
さあ行け、年寄りの帚星よ！　星たちにきちんと
警告せよ。キリスト教徒よ！　好きなように星たちに混じれ、
お前はさっきの軽蔑を許して欲しいようだから――」
ここで二人は、ざわめきと、次にはこの叫び声で
話を妨害された、「スルタン様のお通りだ！」

146
最初に、スルタナのお付きの乙女たちが
整列をしてやって来た。次に来たのは
閣下の宦官である、黒人と白人で、
一行の長さは四分の一マイルにもなりそうだった。
陛下はいつも丁寧で、特に夜には、
予め十分時間をとって、訪問のことを知らせた。
彼女は皇帝のもっとも新しい妻なので、
無論、四人の中では一番のお気に入りだった。

147

閣下は厳かな物腰の男だった、鼻まで
ショールで覆い、目のそばまで髭が生えていた、
宮廷を統べるべく牢獄から救い出された彼は、
最近、兄弟が弓の弦で絞殺されたので、出世した。
彼はカンテミール[1]やノルズ[2]の歴史書に出てくる
どんな類の君主にもひけをとらなかった、
そんな歴史書では、彼ら一族の栄光である
スレイマン[3]を除いては、彼ほど優れた者はいないだろう。

148

彼は威風堂々とモスクに行って、祈った、
それは「オリエントの几帳面さ」を越えていた。
宰相にすべての国事を任せ、君主としての
好奇心をほとんど示すことはなかった。
家庭内の心配事があったかどうかは知らないが、
夫婦間の敵意を示す訴訟手続き[1]はなかった、
姿を見せぬ、四人の妻と千人の娘たちは、
キリスト教徒の女王[2]のように、静かに支配されていた。

1 ディミトリエ・カンテミール（一六七三—一七二三）はモルダヴィア（ルーマニア）生まれの文人、学者。『オスマン帝国の勃興と没落の歴史』（英訳、一七三四）。

2 リチャード・ノルズ（?・一五四五—一六一〇）『トルコ人の概略史』（一六二一）。

3 スレイマン一世（一四九四—一五六六）はオスマン帝国最盛期の皇帝。「偉大なスレイマン」と呼ばれ、スルタンの中で最も偉大だとされる。

1 別居したバイロンと妻のことを念頭においている。

2 ジョージ四世の妻、キャロラインを指す。王は彼女を「支配」できなかった。

149

時に一寸した過ちがあったとしても、
罪人や罪の噂を聞くことは滅多になかった。
誰の唇もその話に触れはしなかった――[1]
早晩、袋と海がすべてを解決した、
誰も袋を裂いて秘密を知ることはできなかった、
世間もこの詩と同じくそのことを知らなかった。
醜聞のため日々の新聞が災いになることもなかった――
道徳はより優れ、魚も大きくなった。[2]

1 罪人は袋詰めにされて海中に投じられる。

2 魚は罪人を食べて肥える。

150

彼は自分の目で見て、月が丸いと理解した、
地球が四角なることも確信していた、
なぜなら五十マイルの旅をしても、
どこにも地球が丸い印を見なかったから。
彼の帝国にもまた境界がなかった、
確かに反乱するパシャや、ここかしこで、
侵害する邪宗徒による多少の混乱はあったが、
それでも彼らは決して「七つの塔」[1]へは来なかった、

1 コンスタンティノープルにあった牢獄。トルコが戦争状態にある国の大使や大臣を幽閉した所。

151
例外は外交使節で、彼らは戦争勃発時に、
国家間の信頼できる法によって、
派遣されてここに滞在するが、このことは、
汚い外交の手に剣を一度も持ったことのない
あの悪漢たちを意味するのではない。こいつらは
紛争を起こして不機嫌のはけ口を求め、
急送公文書と呼ばれる虚偽を、安全な言葉遣いで書き、
危険を冒さず、口髭一本も焦がすことすらない。

152
彼には娘が五十人、息子が四ダースいた、
彼らのうち、成人した者すべての中で、
娘たちは宮殿に住まわされ、誰かパシャが
外国に遣られるまで尼僧のような生活をした、
すると順番が来た娘はただちに結婚した、
六歳のこともあった——これは奇妙に見えるが
本当なのだ、その理由は、パシャは
義理の父に贈り物をしなければならないから。

153

息子たちは成長して、弓弦（ゆづる）を首に巻くか、
玉座を占めるか、どちらかになるまで
牢獄に入れられていた、どちらになるかは
運命のみの知るところだった。
その間、彼らの修める教育は皇子に
ふさわしいもので、いつも結果が証明した、
だから王位相続人はいつも、王冠を授かるのと同じく、
絞首刑になるのにもふさわしかった。

154

陛下は彼の地位に合った儀礼に則って、
第四の妻に挨拶をし、彼女は
悪さをした既婚夫人にふさわしい
目の煌きを取り除き、表情を和らげた。
破産する銀行の信用を救うために、彼女たちは
ことさら自らの誓いを忘れていないことを見せねばならぬ、
妻によって、天国へ行く資格ができた男[1]たちに
なされる挨拶ほど、真心のこもったものはない。

1　間男された男は天国に行くということのようだ。

155
陛下は大きな黒い目を周りに投げかけ、
注目しつつ（いつも注目していたが）、
乙女たちの中に変装したジュアンに目を留めた、
彼はいささかも驚きや心痛を見せることもなく、
冷静に、賢そうに、こう言っただけだった、
ガルベーヤズは震える溜息で喘いだのだが、
「ああ、また新しい娘を買ったのか、残念だね、
一介のキリスト教徒なのにこれほど可愛いとは」

156
この賛辞で、皆の目は買われたばかりの乙女に
惹き付けられた、そしてジュアンは頬を染め震えた、
仲間の女たちも自分たちはやられたと思った。
おお、マホメットよ！　陛下が邪宗徒に
目を留めながら、彼の威厳ある唇は
彼女たちの誰一人にも物を言わないとは！
皆、囁き、体を揺らせ、身をくねらせたりしたが、
礼儀上、くすくす笑うことは禁止されていた。

157

トルコ人が——少なくとも時々は——
女を閉じ込めるのはいいことだ、なぜなら
悲しい現実であるが、この不幸せな地域では
貞節はそれほど厳しい性質のものではないからで、
北国においては、それは早熟時の悪事を防ぎ、
我々の道徳を雪よりも清らかにする。
年毎に極地の氷を融かす太陽は、
悪徳にはまったく逆の効果をもたらす。

158

かくして東洋では彼らは極端に厳格で、
結婚生活（ウエドロック）と南京錠（パドロック）は同じことを意味する、
違いは前者を選ぶと、きちんとした形では
取り替えることはできない。クラレットの大樽が
穴を開けられると駄目になるように。
しかし非難されるべきは彼らの一夫多妻主義だ。
なぜ彼らは二つの貞淑な魂をこね合わせて、生涯を通じて、
あの道徳的なケンタウロス[1]、夫と妻にしないのだろうか。

1 半身半馬の怪物（ギリシア神話）。

159

我らが年代記はここまで進んだ、
ここで休もう、書く材料がない訳ではないが、
古代の叙事詩の法則に則って、帆を緩めて
我々の歌を錨で固定してもいい頃合だ。
この第五巻がしかるべき喝采を浴びたら、
第六巻では少しばかり崇高を扱おう。
その間、ホメロスでも時に居眠りをするので[1]、
諸君はわたしのミューズに少しのうたた寝を許してくれるだろう。

1 ホメロスでも居眠りしながら書いたと思われるような、平凡な箇所が時にはあるという意味。「弘法筆を誤る」に同じ。

第六巻、七巻、八巻

「お前は品行方正だから、菓子もビールもいけないと考えるのか」――
「聖アンナに誓ってその通りだ。生姜も口の中でひりひりするぞ！」[1]
――シェイクスピア『十二夜、あるいは、お好きなように』

1 『十二夜』二幕三場一一四―一一八行。ビールには生姜を加えた。

第六巻、七巻、八巻への序文

以下に続く巻のうちの二巻（第七巻と第八巻）におけるイスマイル[1]についての細部は、『新ロシア史』[2]と題されたフランスの著作から取られている。ドン・ジュアンに帰せられたいくつかの出来事は実際に起こったことであり、特に彼が子供の命を救った情況は故リシュリュー公[3]が実際に経験したことである。当時彼はロシア軍の若い志願兵で、後にオデッサの創設者及び恩人になったが、その地で彼の名前と名声に対する尊敬の念が失われることは決してない。これら二巻の中には、故ロンドンデリー侯爵[4]に関する連がいくつか出てくるが、書かれたのは彼の死のしばらく前である。この人物の寡頭政治が彼とともに死んだなら、これらの連は公表されなかっただろう。現状では、彼の生と死のあり方について、彼が一生かけて奴隷化しようと努めたすべての人々による、自由な言論の行使を控えさせるものは、何も見つけることができない。私生活において彼が愛すべき人物であったかどうか、その真偽を知らないが、国民には何の関係もない。彼の死を哀悼することについては、アイルランドが彼の誕生を嘆かなくなるまでには、かなりの時間が必要だろう。民衆の一人としてわたしは、大臣としての彼を、意図においてもっとも全体主義的で、国に圧制を敷いた者の中で、もっとも知性を欠いた人物

1　現在はウクライナの都市。一六世紀にトルコ領となるが、ここで描かれている戦争以降はロシア領となる。

2　バイロンはイスマイルの包囲を描くに当たって、ガブリエル・デ・キャステルノの『新ロシアの古今の歴史についてのエッセイ』(*Essai sur l'Histoire ancienne et moderne de la Nouvelle Russie*, 1820) を大いに参考にした。

3　オデッサの提督、リシリュー公爵（一七六七―一八二二）の下で、オデッサは繁栄したが（一八〇三―一四）、彼自身は質素な暮らしをした。

4　ロンドンデリー公爵（ロバート・スチュワート、カースルレイ子爵は、一八一二年から自殺する一八二二年までイギリスの外務大臣だった。『献辞』（九―一六連）でバイロンは彼を攻撃している。アイルランド相の時にカースルレイはアイルランド人の反乱（一七九八）を抑圧した。「献辞」一一連注4参照。

と見なしてきた。確かにノルマン征服以来、初めてイングランドは英語を話せない大臣（ともかくも）によって侮辱され、議会はマラプロップ夫人[5]の言葉で指図されることを許容した。

　彼の死に方については、さして語る必要はない。ただ、もしワディングトンやウォトソン[6]のような哀れな急進論者が喉をかき切ったなら、そんな場合に使われる器具の杭と木槌とともに、四つ辻[7]に埋められたことであろう。しかし大臣は優雅な狂人――感傷的な自殺者――だった。彼はただ「頚動脈」（この言葉を使う連中の学に祝福あれ）を切っただけだった。そして見よ！　派手な行列とウェストミンスター寺院[8]を、各新聞の「喚くような嘆きの言葉」[9]を――血を流す遺体を称賛する検視官の長広舌を――（そんなシーザーにふさわしいアントニー[10]だ）――そして誠実で名誉あるすべてのものに対して陰謀を働いた、堕落した一団の吐き気を催す非道なる決まり文句を見よ！　死に方から言えば、彼は法律では二つのうちの一つ――重罪犯か狂人[11]だった――そしていずれの場合でも大した称賛の的にはならない。生前の彼は――世間の皆が知り、世間の半分が今後何年も身をもって感じるものだ。もっとも彼の死がヨーロッパに残存するセイヤヌスたち[12]への「道徳的な教え」[13]になれば話は別だが。[14]圧制者が幸せではなく、人類が下す判決を予期させるほどに、時に自らの行動を正当に裁くことは、諸国民にとって慰めとなるかもしれない――もうこれ以上この男の話を聞かして欲しくない。そしてアイル

5　シェリダン（一七五一―一八一六）の喜劇『恋がたき』（一七七五）に登場する、言葉を誤用する女性のこと。

6　サミュエル・フェランド・ワディングトンとジェームズ・ウォトソンはともに有名な急進派。

7　自殺者は心臓に杭を刺されて四つ辻に埋葬された。

8　カースルレイは小刀で喉をかき切ったが、ウェストミンスター寺院に埋葬された。

9　『マクベス』四幕三場七―八行。

10　アントニーは血を流したシーザーの遺体の前で、民衆に向って弔辞を述べる（シェイクスピア『ジュリアス・シーザー』三幕一場）。ラテン語ではシーザーはカエサル、アントニーはアントニウス。

11　「わたしは言う、この國の法によって、と――人類の法の裁きはもっと優しい。しかし正統なる君主たちはつねに法を口にするから、この場合も最大限にそれを利用すればよい」（一八二三年、バイロン注）。

12　セイヤヌス（？―三一）は古代ローマの政治家で皇帝ティベリウスの部下だったが、帝位を狙って処刑された。彼は残酷さの見本だった。

13　ウェリントンはカースルレイへの一八一

ランドをしてウェストミンスターの聖域からグラタン[15]の遺骨を移動せしめよ。人類の愛国者が政界のウェルテル[16]のそばに眠っていいものか！

この詩のすでに出版された巻に対する、別の理由による反論については、わたしはヴォルテールから二つ引用してよしとしよう――

「慎みは胸から逃げて唇に避難した。」

「道徳が堕落すればするほど、表現はそれだけ穏健になる。人は美徳において失ったものを言葉で取り戻せると考えている。」[17]

これはまことの事実で、現在のイギリス人を感化する、堕落した偽善的な者たちの集団にも当てはまり、彼らに値する唯一の答えである。冒瀆者という、使い古され惜しまず与えられる呼称――これは、急進者、自由主義者、ジャコバン、改革者という名称とともに、聴こうとする者に、金のために働く者が日毎鳴らしている様々な鐘の音だが――この呼称は、それが元来誰に授けられたかを思い起こす者すべてにとっては歓迎すべきものだ。ソクラテスもイエス・キリストも「冒瀆者」として公に処刑された。そして神の名と人間の精神に対するもっとも悪名高い罵詈雑言に対して、あえて反抗せんとした多くの者もそうであったし、これからもそうであろう。しかし「迫害」[18]は論駁ではなく、勝利でさえない。「惨めな不信心者」と呼ばれる者は、加害者の中のもっとも高慢な

五年九月二三日付けの至急便で、ナポレオンが略奪した美術品の返還についてこの文句 (moral lesson) を使っている。

14 「キャニングは例外としなければならない。キャニングは天才、あらゆる分野における天才と言える、雄弁家、才子、詩人、政治家である。才能ある者は長くは彼の前任者である故C（カースルレイ）卿の進路を続けることはできない。もし誰かが国を救うことができるなら、キャニングはできる。しかし彼はそうするだろうか。わたしとしてはそれを望むのだが」（バイロン注）。ジョージ・キャニング（一七七〇―一八二七）はカースルレイの後、外務大臣になった。

15 ヘンリー・グラタンは愛国的なアイルランドの政治家で、カトリック教徒の解放を擁護した。一八二〇年に死に、ウェストミンスター寺院に埋葬された。

16 ゲーテ『若きウェルテルの悩み』（一七七四）の主人公のウェルテルは自殺した。

17 ヴォルテール「クロクピートル・オーモニエ伯爵閣下宛のエラトゥ氏の書簡」からの引用。バイロンは原文（フランス語）を引用している。

者よりも、獄中にあっても幸せであろう。彼の意見について、わたしは関与しない——その意見の正否は分からない——しかし彼は自らの意見ゆえに苦しみ、まさに良心ゆえの苦しみが、より多くの改宗者を理神論へ向かわせるであろう——異端の高位聖職者[19]がキリスト教に向かう例よりも、自殺する政治家が圧制に向かう例よりも、年金を貰いすぎた人殺し[20]を「神聖！」の名を使って世間を侮辱する不敬な同盟[21]に転向させる例よりも。わたしは名誉を失墜した者や死者を踏み付けることを望まない。しかしあの連中の出身階級の支持者が、少しばかり「決まり文句」を減らしてくれたら結構だ。それは、表裏ある心で嘘を言う利己的な略奪者の今の時代の、由々しい罪だからだ——しかし今のところはこれくらいで十分である。

18 バイロンの時代の急進的な出版者、リチャード・カーリーを指す。しばしば牢獄に入れられた。

19 「サンドイッチ卿が『わたしは正統（Orthodoxy）と異端（Heterodoxy）の違いが分からない』と言った時に、ウォーバートン主教は答えた、『閣下、正統はわたしの意見（doxy）で、異端は別の人の意見（doxy）です』と。doxyには意見の他に女や売春婦の意味がある。今日の高位聖職者は第三の意見（doxy）を発見したようである。それは選良の目によればベンサムが『英国国教主義』と呼ぶところのものの地位を大して高めることはなかった」（バイロン注一八二三）。

20 ウェリントンを指す。

21 バイロンは、ロシア、オーストリアそしてプロイセン間で結ばれた神聖同盟（一八一五）を、自由を抑圧するものと見なした。

第六巻

1

「男の営みには潮時があり、上げ潮の時を
捉えたら」[1]——諸君は続きをご存じ、そして
我々の大部分は、折にふれ潮時を見つけてきた。
ともかく我々はそう考えるが、その瞬間を
言い当てた者は滅多になく、遅きに失すると
それはもう来ない。しかし疑いなく、すべては
最善のために意図されている——そのもっとも確かな徴は
終りにある、事態は最悪になると、時には好転するもの。[2]

2

女の営み[1]には潮時がある、「上げ潮時を
捉まえたら、どこへ行くのか」——神のみがご存知。
その流れを海図でぴったり決める航海者は、
腕ききの船乗りに違いない。
ヤコブ・ベーメ[2]のあらゆる夢想をもってしても、
女の潮時の奇妙な旋風や渦巻きには対抗できない——
男は頭であれこれ思案する——しかし
女は胸で思案する、あるいは神のみぞ知る何かで!

1 「人事にはおよそ潮時というものがある、うまく満潮に乗じさえすれば成功するが、かりにもこいつを捕まえそこなうと、人間一生の航海は、不幸災厄つづきという浅瀬にとじこめられてしまう」(シェイクスピア『ジュリアス・シーザー』四幕三場二一六—二一九行、中野好夫訳)。

2 「物事は最悪になれば終わるでしょう、さもなければ元のところまで上っていくでしょう」(『マクベス』四幕二場二四—二五行)。

1 「女の営み」の原語 (the affairs of women) には女性器の意味もある。

2 ヤコブ・ベーメ (一五七五—一六二四) はドイツの神秘主義者。イギリスにも彼の信奉者が多くいた。

3

だが、向こう見ずで強情であけすけな女、
若く美しく大胆——自分流に愛されるためには
王座も世界も宇宙をも賭けようとする女、
海風がさわやかに吹く時の波のように
自由でなければ、空から星を
払いのけようとさえする女——そんな女は
悪魔だが（もしそんな女がいたなら）、
無数のマニ教徒[1]を生み出すことだろう。

4

王座や世界等々は、ごくありふれた野望によって、
非常に頻繁に打ち倒されるものなので、
情熱がそれらを転覆させると、愛すべき無謀な者を
我々はすぐに忘れる、あるいは少なくとも許してしまう。
もしアントニウスがいまだに記憶されているのなら、
彼の名前が今も人気があるのは、
征服のせいではなく、敗れたアクチウム[1]のせいだ——
クレオパトラの瞳はカエサルのすべての勝利に勝る。

1 マニ教は三世紀にペルシャのマニが創唱した宗教。ゾロアスター教を母体として、キリスト教や仏教の要素も取り入れて、光明（善、神、精神）と暗黒（悪、悪魔、肉体）の対立を説く二元論的世界観を基本にする。

1 アクチウムは古代ギリシア北西部の岬。紀元前三一年、アントニウスとクレオパトラは、この海戦でオクタヴィアヌスとアグリッパの艦隊に敗れた。

5

彼は四十歳の女王のために五十歳で死んだ。[1]
二人の年齢が十五と二十だったらよかったのに、
その年代では富も王国も世界も慰みにすぎないから――
わたしは覚えている、失うべき大きな世界は
わたしにはなかったが、それでも求愛するために、[2]
持つすべてを差し出した――つまり心を、この世の習いで、
わたしは世界に値するものを与えた。そして何をもってしても、
永遠に去ったあの純粋な気持は決して戻らなかった。

6

それは少年の「貧者の一灯」で、「未亡人の一灯」[1]のように
今でなくとも、後に重みが出てくるかもしれない。
しかしそんなものに重みがあろうとなかろうと、
過去に愛した者、今愛する者のすべてが、なおも認めるだろう、
人生にはこれに比すべきものがないと。神は愛、と人は言う、
そして愛は神、あるいは神だった、それは
大地の額に罪と涙で皺ができる前のことだった――
しかし長い歳月のことは、年代記が一番よく知っている。

1 アントニウス（？八三―三〇 BC）は五三歳で、クレオパトラ（六九―三〇 BC）は三九歳で死んだとされている。

2 少年時代に愛したメアリー・チャワースのことを指しているか。

1 「イエスは、弟子たちを呼び寄せて言われた、『はっきり言っておく。この貧しいやもめは、賽銭箱に入れている人の中で、だれよりもたくさん入れた。皆は有り余る中から入れたが、この婦人は乏しい中から、自分の持っている物をすべて、生活費全部を入れたからである』」（『マルコによる福音書』一二章四三―四四節）。

7

我々は、我らのヒーローと三番目のヒロインを、
珍しいというよりは困った状況においてきた、
なぜなら紳士は時には命を賭けねばならない、
あの悲しい誘惑者、すなわち禁断の女のために。
スルタンはこの類の罪を極端に嫌悪し、
あの賢いローマ人[1]と意見を異にする、それは
あの英雄的で禁欲的、警句好きなカトーのこと、
この男は友ホルテンシウスに妻を貸し与えた。

8

わたしはガルベーヤズがひどい過ちを犯したことを
知っている。わたしはそれを認め、慨嘆し、非難する。
しかし詩歌においてさえ、一切のフィクションを嫌悪する、
だから諸君にどれほど非難されても、真実を語らねばならぬ。
彼女の理性は弱く、情熱は強かったので、考えた、
夫の愛情は（たとえ自分のものだと主張できても）
とうてい十分ではないと。なにしろ彼は
五十九歳で、千五百番目の妾がいたのだから。

1 小カトー（九五—四六 BC）はローマの政治家でストア派哲学者。妻を離婚して友人のホルテンシウスと結婚させた。友が死ぬと彼女と再婚した。

9

わたしはキャシオのような「算術の達人」ではないが、
「机上の空論」[1]から判断されることは、
女性の緻密さで計算して、閣下の年齢を
計算に入れたとしたら、美しいスルタナは
空虚感から、過ちを犯したようだ。
なぜならたとえスルタンが愛するすべての女を
公平に扱ったとしても、彼女は、独占すべきもの――
心については、千五百分の一しか要求できないのだから。

10

法的所有権のあるものすべてについて
女性が訴訟好きなことは、よく知られている、
信心深い女も少なからず訴訟好きだ、
だから彼女らが罪と考えるものは倍増する。
法律が自分たちを唯一の相続人にしているもの、
その分け前に誰かが与る(あずか)のではないかと疑えば、
彼女らは訴訟や告発で我々を包囲する、
それは裁判所での数多の法廷を見れば分かること。

1 「算術の達人」と「机上の空論」はシェイクスピア『オセロ』(一幕一場一九行、二四行)からの引用。イアーゴーがキャシオについて言う言葉。

11

さてもしキリスト教国でそうだとすると、
異教徒の女もまた限られた範囲内で、
高圧的に物事を押し進め、
士たちの呼ぶ「堂々たる態度」を取る。
主人である夫が恩知らずな扱いをする時は、
自らの婚姻の権利を守るべく抵抗する。
四人の妻には四倍の要求があるに違いないから、
テムズ河畔にもチグリス河畔にも嫉妬はあるもの。

12

ガルベーヤズは第四夫人で、（言った通り）
お気に入りだった。だが、四人の中でお気に入りとは何だろう。
一夫多妻主義は罪としてだけではなく、
退屈な事として恐れられるは当然のこと――
大抵の賢い男は一人の穏やかな妻と結婚し、
それ以上を望むという考えはもたないだろう。
万人は（イスラム教徒を除き）結婚の床を、
「ウェアのベッド」[1]にすることを慎むもの。

1 有名なハートフォードシャの大きなベッドで、一二平方フィートあったとされる。現在はヴィクトリア・アルバート博物館にある。

13

人類の中でもっとも崇高なる殿下――
すべての君主の通例の形式に従って、そう呼ばれるが、
それも、あの嘆かわしい腹をすかせたジャコバン、[1]
すなわち、最高位の王たちを食事にしてきた蛆虫に、[2]
彼らが託されるまでのこと――
殿下はガルベーヤズの魅力を見つめて、
愛する者の受ける歓待を予想した（この広い世界の
いずこも同じ「ハイランドの歓待」[3]を）。

14

さてここで我々は区別する必要がある。
なぜならキス、甘い言葉そして抱擁などが
取るに足らぬものに見えても、それらは
帽子、いやむしろ女性の被るボンネットのように、
簡単に身に付けることができ、頭や胸を
飾るように整えられ、装飾となるが、
抱擁が胸の一部ではないように、
ボンネットも頭の一部ではない。

1　フランス革命ジャコバン派の主義主張に同調する者を指す。特に一八〇〇年頃の政治的改革者につけられた綽名。
2　ハムレットは埋葬された人間を食べる蛆虫が唯一の皇帝だと言う（『ハムレット』（四幕三場二一行）。
3　スコットの小説『ウェイヴァリー』（一九―二〇章）にはハイランドの熱いもてなしことが出てくる。

15

ほのかな赤面、かすかな震え、それに
静かで優しい女らしい喜びの表情、それは
瞳より瞼の方に現れ、瞳はもっとも嬉しいことを
知られずに隠すことに甘んじるもの、
これらは（慎み深い人には）愛の最高の徴（しるし）で、
愛のもっとも美しい玉座、すなわち誠実な女の胸に
座している——なぜなら極端な**熱さ**や**冷たさ**は
女性の魅力を全滅させてしまうからだ。

16

なぜなら、過度の熱さは、偽りなら、真実よりも悪い、
もし真なら、それ自身の火の貸借期間は長くない。
なぜならごく若い時代を除けば（わたしの考えでは）、
誰もすべてを欲望に委ねたくはないだろう、
欲望はまこと当てにならぬ契約にすぎず、
ひどい値引きで最初の買い手に
委譲されることがよくある、他方、
諸君の冷たすぎる女はどこか愚かに見える。

17

つまり、我々は彼女たちの悪趣味を許せない、
なぜなら恋する男には悪趣味に思えるからだ。
彼らは、急ぐ者も急がぬ者も、お互いの炎を告白し、
多感な情熱が燃え上がるのを切望し、
たとえ相手の女が修道院の雪でできた、
聖フランシスコの愛人[1]であっても、そうなのだから——
つまり、恋する種族にとっての金言は
ホラティウスの「汝ニハ中道ガ一番安全」[2]だ。

18

「汝(トウ)」[1]は余分だがそのままにしておく——
詩が、つまり、英詩がそれを要請するからで、
昔の六歩格[2]の典型が要請するのではない。
しかし結局、最終行には音調もリズムもなく、
これ以上ひどい行にはなり得ない、それは
八行連の諧調を終わらせるのに押し込まれたから。
概ね、どんな作詩法も判断の是非はしないことは
分かっているが、訳せば、「真理」は判断することだろう。

1 聖フランシスコは肉欲に打ち勝つために裸で雪の中に転がった。一巻六四連参照。

2 この引用はホラティウスではなくオヴィディウスの『転身物語』(二巻一三五行)からのもの。もっとも、ホラティウスにも「美徳は悪徳との中道にある」(『書簡詩』一、一八—一九)というのがある。

1 一七連の最終行にあるオヴィディウスの原文は"Medio Tutissimus Ibis."となっており、汝を意味する"Tu"がない。

2 一行六詩脚からなる詩行。例えばホメロスやウェルギリスの叙事詩に用いられている。

19

うるわしきガルベーヤズが自分の役を演じすぎたかどうかは
わたしには分からない——だが、それは成功した、
成功は大概の事においては大したことで、
胸中においても、女の服の他の付属品にひけを取らぬ。
男の自惚れも女のすべての企みを打ち負かす。
女も我々も嘘をつく、皆嘘をつく、[1]しかし
愛することには変わりない。いまだに「飢餓」を除けば
どんな美徳もあの最悪の悪徳——「繁殖」[2]を止められない。

20

我々はこの国王夫妻をそっと休ませておこう。
ベッドは王座ではないので、眠ることだろう、
彼らの夢や喜び苦しみが、いかなるものでも。
しかし喜びの挫折は、土の混合でできた人間が
経験する、いかなる苦しみにも匹敵する深い悲しみ。
涙を流す類のものはごく小さな悲しみだ。
ささいな心配で魂をすり減らすもの（石のように）、
それは日々の忌むべき一滴一滴なのだ

1 「だからわたしは彼女と一緒に横になり、彼女もわたしと…」（シェイクスピア『ソネット集』一三八番）のエコーか。「横になる」の原語は lie で、「嘘をつく」の意もある。

2 マルサスの『人口論』（一七九八）のことがバイロンの頭にあるようだ。

21

口うるさい妻、不機嫌な息子、支払うべき請求書、
未払いで、問題があり、割引率の低い請求書だ、
言うことを聞かぬ子供、病気の犬、それに
乗ったとたんにびっこになったお気に入りの馬。
性悪な老女がもっと性悪な遺言[1]を書いて、そのお陰で
確実だと踏んでいた現金が減ってしまうこと――
これらは些細なことだが、それでもこんなことに
苛立たぬ男に、わたしは会ったためしは滅多にない。

22

わたしは哲学者だ、こんなものは皆呪われろ！
請求書も獣も男どもも、そして――いや！　女は別だ。
心からの呪いの言葉一つで、恨みを発散させよう、
そうすればわたしの禁欲主義が苦痛だとか
悪だとか呼びうるものは、何も後に残らないし、
わたしの魂のすべてを精神に捧げることができる。
しかし実際、何が魂で精神なのか、その誕生と成長は
わたしの理解を越える――両方とも悪魔に食われるがいい。

1　一八二二年に死んだバイロンの義母ノエル夫人を指す。

23

かくして今や何もかも呪ってやったので
もう安心だ、それは熱心な信者を大喜びさせる
アタナシオスの呪い[1]を読んだ後の感じに似ている。
降伏した不倶戴天の敵に対しても、今のところ
これ以上ひどい呪いの言葉を吐くのは難しいだろう。
それはまことに金言的、断定的そして簡潔で、
『英国国教会祈祷書』[2]の飾りになっている、
ちょうど虹が澄みゆく空を飾るように。

24

ガルベーヤズと夫は眠っていた、少なくとも
二人のうちの一人は。おお、耐え難き夜よ！
そんな夜、誰か独身男を愛する邪な妻たちは
土牢に横になり、灰色の朝の光を求めて溜息をつき、
真っ暗な格子窓に煌きを探して、甲斐なくも
寝返りをうち、ごろごろし、うとうとし、
目を覚まし、そして震える、
法の定める夫が目覚めることを恐れて。

1　聖アタナシウス（？–二九六—三七三）はアレキサンドリアの司教。正統信仰の教義を確立した。アナタシオスの呪いは、「救われたい者は誰でも、何よりも正統派のキリスト教会の信仰を持ち、その信仰を完全に汚さない者以外は誰でも、間違いなく永遠に滅びる」というもの。

2　教会の儀式の文句や聖書からの抜粋を収めたもので、一五四九年にクランマーが出版しその後度々改訂された。

25

こんな妻は大空の天蓋の下にいるし、
絹のカーテンと四本柱付きベッドの天蓋の下にもいる、
そんなベッドは金持ち男と花嫁が頭を休めるためのもの、
詩人たちの言う「吹き溜まりの雪」[1]のように
白いシーツの中に彼らはいるのだ。やれやれ！
結婚する時には人はまったく成り行き任せだ。
ガルベーヤズはお妃だったが、おそらくは
「小作農のあばずれ女(クイーン)[2]」と同じほど惨めだった。

26

女装のドン・ジュアンは、
長い列なすすべての娘たちと一緒に、
皇帝の目前でお辞儀をした。
そしていつもの合図で、ハーレムの
長い回廊にある自分たちの部屋へ向かい、
女たちは優雅な手足を伸べた。
そこでは空を焦がれる籠の鳥のように、
一千もの胸が愛を求めて鼓動していた。

1 「吹き溜まりの雪のように白いリンネル」（『冬物語』四幕四場二一八行）。
2 「あばずれ女」の原語は quean で発音は queen（女王）と同じ。キャロライン女王を指すと考えられる。五巻六一連の注参照。

27

わたしは女性が好きだ、時にはあの専制君主の願いを
逆にしたい、それは「全男性に一つしか首がなければ、
恐ろしい一撃で突き刺すことができるのに」[1]という願い。
わたしの願いは同じく範囲は広いが、それほど悪くない、
全体的には、攻撃的というよりは、はるかに優しい。
それは（今ではなくほんの若造の時のことだが）、
全女性に一つだけ薔薇色の口があれば、というもの、
すると北から南まですべての女性に一度にキスができる。

28

おお、羨ましきブリアレオスよ！[1] お前は
そのたくさんの手と頭で、すべてを同じ割合で
殖やせばよかったのに――しかし我がミューズは
タイタン[2]の花嫁になることや、パタゴニア[3]の土地を
旅するなどという、途方もない考えには抵抗する。
だからリリパット[4]に戻って、我らの主人公を
導いて、愛の迷路を通過させてやろう、
何行か前に彼をそこに置いたままにしていたから。

1 スエトニスの『ローマ皇帝伝』の伝える、ローマ皇帝カリグラ（一二―四一）が言ったとされる言葉。

1 百の手をし、五〇の頭を持った巨人の一人（ギリシア神話）。
2 ウラーヌス（天）とガイア（地）の子供の一人（ギリシア神話）。
3 アルゼンチン南部の台地地方。一七、八世紀には非常に背の高い人間が住んでいたとされた土地。
4 スウィフトの『ガリヴァー旅行記』に出てくる小人の住む国。

29
ジュアンは合図を機に進み出て、
美しいオダリスクたちの列に加わった。
ところで、彼は確かに多くの危険を冒すことになったのだが、
それでも時には、彼女たちの胸から背にかけて、
魅力のすべてに流し目を送らずにはおれなかった
(もっともそんな浮かれた振舞の結果は、
道徳的なイギリスで支払う最悪の損害賠償よりもひどい、
イギリスでは問題はいつも税金なのだが)。

30
それでも彼は変装のことは忘れなかった――
彼女たちは両脇の宦官に伴われて、回廊に沿って
部屋から部屋へと、処女のように、模範的な
群をなして歩いた。女たちの中では、
規律を保つ威厳ある女が先頭を闊歩した、
だから、女の行列では、この婦人の
認可なしでは、誰も動かず話もしなかった、
彼女の称号は「乙女たちの母」だった。

31
彼女が「母」なのか、彼女を母と呼ぶ
女たちが「乙女」なのか、わたしには分からないが、
これは後宮の称号で、なぜそう呼ばれるのかは
知らないが、他の称号に劣ることはない、
キャンテミア[1]あるいはドゥ・トット[2]がそう言っている。
彼女の役目は千五百人の若い女たちの
望ましくない性癖を遠ざけ抑えること、
そしてしくじった時に矯正することだった。

1 ディミトリ・キャンテミア『オットマン帝国の興亡史』（英訳一七三四―三五）。
2 フランソワ・ド・トット男爵の『回想録』（一七八五）の中に「乙女たちの母」という表現がある。

32
結構な閑職だ、まったく！　だがこの仕事は
陛下以外の男がいないことで、なお一層
気楽なものになる。陛下は彼女の助けと
護衛、閂（かんぬき）、壁、そして時には（残りの者に
一抹の影を投げかけるための）ささいな見せしめ[1]により、
美女たちのこの隠れ家をイタリアの修道院のように、
何とか冷静に保つようにした。ここでは
すべての情熱に対して、ああ、捌け口は一つしかない。

1 掟を破った者を袋に閉じ込め、ボスボラス海峡に捨てること。

33

それは何かだって、きっと「献身」だろう——
君はよくそんな質問ができるね——しかし話を続けよう。
わたしが言ったように、一人の善き男の意のままになる、
あらゆる国々から来た女たちの美しい行列が、
荘重にゆっくり行進する、小川に、いやむしろ
湖に漂う睡蓮のように——なぜなら小川は
ゆっくりとは流れない——彼女たちは
いと乙女らしく憂わしげにゆるりと進んだ。

34

しかし自分たちの部屋に着くと、
小鳥や少年や、自由になった狂人のように、
大潮の波のように、束縛を解かれた、どこにでもいる
女のように（結局、束縛は大した役にはたたない）、
縁日のアイルランド人のように、護衛がいなくなると、
あたかも自分たちと束縛の間に休戦協定が
結ばれたかのように、彼女たちは
歌い、踊り、喋り、笑い、遊び始めた。

35

勿論、彼女らの話は新顔のことに及んだ、
その姿形、髪型、風采、彼女のすべてについて。
ある者は服があまり似合わないと考え、
また耳にはイアリングがないことを不思議がった。
年齢が夏に近いと言う者がいれば、
まだ季節は春だと主張する者もいた。
背丈からすると男っぽいと考える者もいれば、
他の者は本当に男だったらいいのにと願った。

36

しかし全体としては誰も疑わなかった、彼女が
服が示すとおりの、美しい、みずみずしい、
「いと麗しき」[1]乙女であることを、また
もっとも美しいグルジアの女にも[2]匹敵することを。
彼女らは不思議がった、ガルベーヤズが
何と愚かにも（もし陛下が花嫁に飽きたなら）、
彼女の后の座と権力その他すべてを
共有するかもしれぬ奴隷を購入するのか、と。

1 コールリッジ『クリスタベル』第一部六八行（beautiful exceedingly）。
2 グルジアの女性の美しさは有名だった。ギボンも『ローマ帝国衰亡史』（四二章）でこのことに触れている。

37

しかしこの乙女たちの集団にとって
もっとも不思議なことは、この女の美しさは
心を騒がせるに十分だったのだが、
最初に吟味した後で発見したことは、
新しい仲間のきれいな姿には、女によくある程度の
欠点すらほとんどない、あるいは少ないことだった。
女は、キリスト教徒でも異郷徒でも、その目で、新顔には
「生ける者の中でもっとも醜い者」を見つけるものなのだが。

38

それでも彼女たちにはすべての女と同じく
一寸した嫉妬心があった。しかしこの場合は
我々の知識や賛同を超越した
同情のようなものだったのか、
変装を見破ることはできなかったにしろ、
皆がある種の穏やかな連鎖状態を感じた、それは
磁力や魔力、あるいは読者の好きなように呼んでいいが――
それについては言い争わないことにしよう、

39

しかし彼女たちが新しい仲間に対して、
もっと新しい何かを感じたのは確かだ、それは言ってみれば、
あたかも純粋そのもの、多感な友情そのもののようだった。
だから彼女たちは一致して、姉妹だったら
よかったのに、と願ったが、少数の者はちょうど
彼女のような兄弟がいたら、と望んだ、そうすれば
もしも彼女らがいとしい故郷のチェルケス[1]にいたなら、
パディッシャ[2]やパシャ[3]よりも好きになるのにと。

1 ロシア南部、黒海に接するコーカサス山脈の北西地方。美人が多い地方。
2 スルタンのこと。
3 軍司令官か地方の高官を指す。

40

この類の多感な友情に対して、
強い思いを抱いた者の中に三人の女がいた、
ローラ、カティンカそしてドゥードゥー[1]だった。
手短に言えば（描写を省くために）、
もっとも信頼できる報告によれば、彼女たちは
背丈や身分、地域や年齢、風土や色艶は
異なっていたが、とびっきりの美女だった。
そして三人そろって新しい仲間に憧れた。

1 バイロンは、一八一〇―一一年にかけて、アテネで知り合ったマクリ姉妹を思い出している。テレーザ、カティンカ、マリアーナそして彼女たちの従姉妹のドゥードゥー・ロックである。テレサの愛称はローラで、マリアーナはドゥードゥーだった。

41

ローラはインドのように浅黒く熱かった、
カティンカはグルジア人で、色白でバラ色だった、
大きな目は青く、きれいな手と腕をしていて、
足はあまりに小さいので大地を踏むというより、
かすめるように思えた。ドゥードゥーの姿は
寝かせられるのに適している風に見えた、
体は大きめで、やるせなく、だるそうな風情だった、
それでいて人を夢中にさせるほど美しかった。

42

ドゥードゥーは眠たげなビーナスに見えたが、
彼女の頬の見事な色艶、アッティカ風の額や
フェイディアス[1]風の鼻を見つめた者には、
彼女が「眠りを殺す」[2]のに最適な女に見えた。
そんな姿をした天使が滅多にいないのは事実、
もう少し細身でも、失うものはなかっただろう。
しかし結局、個々の美を損なわずに、どの魅力を
削ぎ落としたらいいのか、それを言うのは難しい。

1　（?・五〇〇―?・四三二BC）ギリシアの彫刻家。

2　「グラームズは眠りを殺した。だからコーダァはもう眠れない。マクベスはもう眠れない！」（『マクベス』二幕二場三九―四〇行、小津次郎訳）。

43

彼女は特別に活発だとは言えなかったが、
五月の夜明けのように人の心に忍び寄ってきた。
瞳はあまり煌めきはしなかったが、半ば閉じて、
見る者に優しい動揺を与えた。彼女は
（これは最新の直喩だが）大理石から切り取られたばかりで、
ピュグマリオン[1]の像が目覚めるように見えた、
「人間」と「大理石」がいまだ争っていて、
命を帯びて、おずおずと広がりゆくようだった。

1 彫刻が巧みなキプロスの王。自作の乙女の象牙の像に恋をしたが、アフロディーテがこれに生命を吹き込んだ（ギリシア・ローマ神話）。

44

ローラは新顔の乙女の名前を訊いた――
「ジュアンナ」との答え――なるほど確かにかわいい名前だ。
カティンカは出身地を尋ねた――「スペイン」――
「一体スペインはどこなの」――「そんなことを訊いて
グルジア人の無知を見せないで――みっともない！」
ローラはかなり荒っぽい口調で、哀れなカティンカに
言った、「スペインはモロッコの近くの島よ、
エジプトとタンジール[1]の間にあるのよ」

1 モロッコ北部、ジブラルタル海峡に近い港町。

45
ドゥードゥーは何も言わず、ジュアンナの
ベールと髪をもてあそびながら、横に座った。
そして彼女をじっと見つめて溜息をついた、
あたかも、友も案内者もなしでここにいて、
皆の視線を浴びてすっかりまごついている、
このかわいい余所者(よそもの)を憐れむかのように。
こんな視線が、物腰や顔付きには好意的なことを言われても、
あらゆる場所で不運な余所者を待ち受けるものなのだ。

46
しかしここで「乙女らの母」が近づき、言った、
「さあ、みんな、もう寝る時間だよ。
さて、お前をどうしよう、困ったわね」と。
彼女は新入りのジュアンナにさらに言った、
「お前の来ることは予定にはなかったので
ベッドはみな塞がっているの。わたしのベッドを
使うのが一番いいよ。明日の朝早くには
すべてちゃんと手筈を整えてあげるからね」

47

ここでローラが口を挟んだ――「お母様は
ぐっすりお休みにはなりませんね。誰にしろ
お母様の眠りを乱すことなど、許せませんわ。
わたしがジュアンナと寝ます。あなたたち二人よりも
わたしたちの方がほっそりしているわ――駄目とは言わないで。
あなたの若い預かり者の世話をわたしがちゃんとしますわ」
しかしここでカティンカは介入して言った、
「わたしにだって優しい気持ちとベッドがあるのよ」

48

「それに、一人で寝るのは嫌なの」と彼女は言った、
女監督は顔をしかめた、「どうして嫌なの」――
「幽霊が怖いの」とカティンカは答えた、
「ベッドの四本柱の一本一本に、本当に
幽霊が見えるのよ。それにわたしの夢は最悪なの、
拝火教徒（ギーバー）や邪宗徒（ジャウア）[1]や霊鬼（ジン）[2]や悪霊（グール）[3]を一杯見るのよ」
舎監は答えた、「お前の夢とお前に挟まれては、
ジュアンナは夢をみる暇もなくなるわね」

1　イスラム教徒から見たキリスト教徒。
2　人や動物の姿で現われ人間に対して超自然力をもつ（イスラム神話）。
3　墓を暴いて死体を食うと言われる霊。

49

「ローラ、お前はやはり一人で寝なさい、理由はどうでもいいの。カティンカ、お前も同じく一人で寝なさい、しばらくはね。ジュアンナをドゥードゥーと一緒にしましょう、この娘はおとなしくて穏やか、寡黙で内気だから、夜中に、寝返りも打たず、お喋りもしないでしょう。ねえ、お前、いいかい」――彼女は何も言わなかった、彼女の特性は物静かな部類に属していたから。

50

それでも彼女は立ち上がって、女監督の額の目と目の間にキスし、ローラの両頬にキスし、カティンカにもそうした、そして丁寧にお辞儀をして(トルコ人もギリシア人も膝を曲げて会釈はしない)、寝所を教えるためにジュアンナの手を取った、そして他の二人の娘を不機嫌にした。

他の者たちは女監督がドゥードゥーを贔屓にしたので口を尖らせたが、敬意を表して、口は閉じたままだった。

51

そこは大きな部屋（トルコ語の呼び名はオダ）[1]で、
壁の周りには寝椅子や化粧台が配されていた――
わたしはこのすべてを見たことがあるので、
もっと沢山描写することができるが、
これで十分だ――不都合はほとんどなかった。
全体として部屋の備え付けは品よく、
女性に必要な品は、一、二を除いて皆揃っており、
揃っていないものさえ、思ったより近くにあった。

52

先に言ったように、ドゥードゥーは可愛らしい娘で、
活発ではないがとても愛嬌があり、
非常に整った魅力的な顔をしており、
画家たちは、均整を欠く顔の場合のようには、
その魅力を捉えることはできない――彼らは
自然の荒々しい筆遣いなら、始めからすぐに表現する、
そんな顔は良くも悪くも表情がたっぷりで、
好き嫌いは別にして心を打つ、しかし皆似ている。

1 ハーレム内の部屋。

53

しかし彼女は温和な大地の静かな風景、
そこではすべて調和、平静そして静寂で、
豊かに萌え出でて、歓楽なくして陽気、
幸せでなくとも、よくある激しい情熱などよりも
もっと幸せに近いもの、そんな情熱を「崇高」と
呼ぶ者もいるが、画家たちにはそんな光景を試して欲しい、
わたしは嵐の海も嵐の女も見て来たが、
憐れむのは船乗りよりも、恋する男の方だ。

54

しかし彼女は憂鬱というよりは物思いに沈み、
物思いに沈むというよりまじめで、そして
そのどちらよりも物静かのようだった——彼女の気持ちに
罪深いところはなかった、少なくともこれまでは。
まこと不思議なことには、彼女は美しいのに、
溌剌たる十七歳になっていたのに、自分の肌が
黒いのか白いのか、背が低いのか高いのか、
そんなことにはまったく頓着することはなく、
一切、自身について考えることなどなかった。

55

それゆえ彼女は黄金時代[1]のように親切で優しかった
(その時代には、その名の起源である黄金はまだ
知られていなかった、このように適切にも、
「森ハ光ヲ入レヌコトニ由来スル」[2]ことが示された、
存在したものではなく存在しなかったものによって。
これは文体の一種で、現代ではきわめて
当たり前のことになったが、悪魔は現代の金属を
分解できるが、決してどの金属にするかを決めない、

1 ギリシアの詩人ヘシオドスが人類の歴史を金・銀・銅・鉄の四期に分けた、その第一期が黄金時代。永遠の春が続き、幸福と平和と正義に満ちた時代とした

2 ラテン語の「森」(lucus) は「光を入れない」(non lucendo) から由来した。すなわち矛盾した語源説明である。

56

思うに、現代の金属は「コリント真鍮」[1]かもしれぬ、
それはすべての金属の混合物だが、大部分は真鍮だ)。
優しい読者よ！　この長い括弧は飛ばしてもらえばよい、
もっと早く括弧を閉じて、わたしの欠陥と諸君の欠陥とを
同列におくことなど、どうしてもできなかった！
その意味するところは、わたしとわたしの欠陥を、
好意的に解釈して欲しいということ、しかし諸君はそうしない——
ならばそれでよい——わたしの自由さには変わりはない。

1 コリントで作られた合金。金と銀と銅でできているとされた。真鍮の原語 (brass) には厚かましさ、鉄面皮の意味がある。

57

もう平明な語りに戻っていい頃だ、
かくして我が物語は進行する——ドゥードゥーは
見せびらかしにはならない、あらゆる優しさで
女たちのこの迷路の隅々まで、ジュアンに、いや
ジュアンナに見せ、それぞれの場所について説明した——
不思議なことに——ほとんど言葉を使わなかった。
わたしは物言わぬ女性には一つの直喩しかない、
失礼して言うと、沈黙の雷鳴というやつだ。

58

次にドゥードゥーは彼女に(わたしは彼女と言う、
なぜならジュアンの性はまだ両性具有で、
少なくとも外見はそうで、保留条項だ)、
東洋の習慣について概略を教えた。それには
法のあらゆる純潔な完璧性さが伴っていた、
それにより、ハーレムの女が増えれば増えるほど、
それだけ余分となった美女たちの
処女としての任務は、当然より厳しいものになる。

59

それから彼女はジュアンナに汚れなきキスをした、
ドゥードゥーはキスが好きだった――これには誰も
異を唱えることはないと、わたしは確信する、
なぜなら清純ならそれは快いし、女同士のそれが
意味するのはただこのこと――彼女らの近くには、
これ以上良きもの、新しいものはないということ。
「キス」は「至福（ブリス）」[1]と詩でも実際でも調子が合う――
これが何かもっと悪いことへ繋がらねばいいのだが。

60

それから彼女はいとも無邪気に
造作なく着付けを解いた、「自然の子」だから
身を飾ることには無頓着だった。
鏡に映る自分の姿を見つめるのが好きだったが、
それは自分の姿の控えめな影を、
仔鹿が湖に映るのを見るようなもの、
始めは驚くが、ふたたび覗き込んで、
水中の新しい住人を褒めるのだ。

1 原語の kiss と bliss は韻を踏む。

61

一つずつ装身具は取り外された、しかし
その前にドゥードゥーは、美しいジュアンナに
手助けを申し出ていたが、極端な遠慮で、
その援助の申し出は断られた、そして事は
うまく運んだ――選択の余地はなかったから。
この礼儀正しさゆえに、ジュアンナはかなり
痛い目にあった、憎いピンで指を突いたから、
これはきっと我々の罪のために考案されたのだ――

62

女は軽率に触れられることがないように、
ピンでヤマアラシのようになっている。しかし
もっと恐ろしいことは、若い時のわたしのように、
汝ら、淑女の小間使い役をする運命にある者たちよ――
わたしはいい所を見せようとして、少年にできる
最善を尽くし、女性を仮装舞踏会用に
飾り立て、十分な数のピンで留めたのだが、
すべてのピンを正確に適切な箇所に留めなかった。

63

しかしこんなことはすべての賢者には愚かなこと、
「叡智」に愛される以上にわたしは「叡智」を愛する。
わたしの気質は暴君から一本の木に至るまで、
大概のことについて哲学的考察をすること。
だが配偶者のいない処女である「知識」は常に考察から逃げ去る。
我々は何なのか、どこから来たのか、我々の究極的存在は
どうなるのだろう。我々の現在とは何なのか、
これらの問には答はない、しかし絶えず頭に浮かぶ。

64

部屋にあったのは深い沈黙、灯りは
ぼんやりと互いに離れて燃えていた。
「微睡（まどろみ）」がそこにいた美女たちの一つ一つの
きれいな手足の上を舞っていた。もし亡霊が存在するなら、
いつもの墓場とは異なる場所に来たので、
亡霊に可能なかぎりの陽気さで歩いたことだろう、
そしてどこか昔の廃墟や侘しい荒野に現れる時よりも、
よりよき趣味の幽霊として現われたことだろう。

65

まわりには多くの美女が横たわっていた、
どこか異国の庭に時に見られる、
金と世話と暖かさに誘われて芽生える、
色も根も風土も異なる花のように。
ゆるやかに茶色の髪を束ね、
きれいな眉を優しく垂らした女が一人、
木に揺れる果実のように、穏やかな息づかいで
眠っていた、開いた唇の下には真珠が並んでいた。

66

白い腕に紅潮した頬をのせ、額の上に
黒い群をなして集まる漆黒の巻き毛の女が、
穏やかに優しい夢を見て横たわっていた。
夢の中で微笑み、月が雲間から突然現われるように、
さらなる魅力の一つ一つを半ば露にするのだった、
そして雪のような衣の中で、少し身動きする
彼女の数々の美のすべてが、夜の不注意な時間を捉まえ、
恥じらいつつも、光の中に現われようと努めていた。

67

この表現は矛盾に聞こえるが、そうではない。
なぜなら夜だったが、先に言ったように
灯りがあった。三番目の女の青白い顔色は
眠れる「悲しみ」の特徴をより示し、
隆起する胸を通して、愛し思い嘆く、どこか遠い国の夢を
露にしていた。その一方でゆっくりと
(夜露が糸杉に光って、黒い枝に滲むように)、
目の黒い縁から涙の粒がさまよい出た。

68

第四番目は大理石の像のように動かず、
息をこらして静かに横になり、石のように眠っていた。
凍った小川のように白く冷たく清らかに、
アルプスの絶壁にある雪の光塔のように、
はたまた塩でできたロトの妻[1]のように、等々。
わたしの直喩は一箇所にまとめてあるので、
お好きなのを選んで欲しい——おそらくは
記念碑に刻まれた女性と言えば、諸君は満足するだろう。

1 ロトの妻はソドムから逃げ出す途中、後ろを振り向いたので塩の柱になった(『創世記』一九章一—二六節)。

69

見よ、第五番目が現れる——どんな女なのか。
「ある年輩」の女だ、その意味するところは
確かに年をとっているということ——いくつなのか、
十代を過ぎた女の年は数えたことがないので、
わたしは知らない。しかし彼女はそこに眠っていた、
あの恐ろしい時期が入り込む以前ほどには美しくはなく、
その時期が来ると、男も女も御用済になって、
自身の罪と自身について瞑想するものなのだ。

70

しかしこの間、ドゥードゥーがいかに眠り
いかなる夢を見たのか、厳しく問い質しても
まったく分からなかった。わたしは一切嘘を
付け加えたくない。しかし夜半直が終わらんとする前、
薄れるランプが衰え、ぼんやり青くなる時、
私室の辺りに亡霊たちが徘徊し、あるいは
亡霊好きな者につきまとうと思える時、
まさにその時、突如彼女は金切り声をあげた、

71

あまりの大声に、ハーレム中の女が
飛び起きて、大騒ぎになった。
老いも若きも、どちらとも言えない者も、
大海の波のように、次から次へ、広間の隅々から、
群れ集まってきた。皆、震えながら、さっぱり
何も分からぬままに（わたしにも分からぬ）、
不思議がった、物静かなドゥードゥーが
どうしてあれほど取り乱して目覚めたことを。

72

彼女はすっかり目を覚ましていた、ベッドのまわりには
襞のある衣を漂わせて、髪をなびかせ、
好奇に満ちた目で、軽やかにも慌しい足取りで、
胸と腕と足首をちらっとのぞかせ、
北極が生んだどんな流星にも劣らぬ輝きで――
彼女らはドゥードゥーの心配の種を尋ねた、
彼女は動揺し、紅潮し、怯えている風に見えた、
瞳は広がり、顔の色艶は濃さを増していた。

73

しかし不思議なことは——熟睡は
大きな祝福の強力な証拠なのだが——ジュアンナが
神聖な結婚生活において、妻のそばで
鼾をかいて眠る夫さながら、ぐっすり眠っていたことだ。
すべての喧騒も、彼女が揺り動かされるまでは、
幸せな眠りの状態を破ることはできなかった——
少なくとも人はそう言う——それからジュアンナも
目を開け、控え目に驚いて何度も欠伸をした。

74

今や厳しい吟味が始まった、
皆が一時に話し、一度ならず推測し、
訝り、事の次第を尋ねたので、
賢者でも愚者でも当惑して、明確な言葉で
きちんと答えられなかっただろう。ドゥードゥーは
思慮に欠けると見なされてはいなかったが、
「ブルータスのような雄弁家」[1]ではなかったので
始めは、何が不都合だったのか、詳しく説明できなかった。

1 『ジュリアス・シーザー』三幕二場二一七行。ブルータスはラテン語表記ではブルトゥス。

75

ようやく彼女は言った、ぐっすり眠っていると
森の中を歩く夢を見た――そこはすべての者が
分別のつく年令に、ダンテが入った「薄暗い森」[1]に
似た所だった。それは人生の中間地点にある宿屋、
美徳に飾られたご婦人方が、冷淡になる恋人に
出合う危険が大いに少なくなる所。
そしてこの森には楽しげな果実や、
見事に伸びた木や広がる根で一杯だった、

76

森の真ん中には金の林檎が生っていた――
まこと見事な林檎が――しかしとても高くて
手の届かぬところに垂れていた。彼女は
幾度もそれに目をやり、欲しくなって
石でも何でも手で拾えるものを投げて、
落とそうとしたが、それは依怙地にも
枝にくっついて離れず、ぶら下がるのは見えても
いつも高い所で、焦れったい気持ちにさせた――

1 「ひとの世の旅路になかば、ふと気がつくと、私はますぐな道を見失ひ、暗い森に迷ひ込んでゐた」(ダンテ『神曲』「地獄編」一歌一―三行　寿岳文章訳)。

77

すると突然、とても望みはないと思った時に、
それは自分の方から足元に落ちた。
彼女の最初の行動は屈んで
それを拾い上げ、芯までかじることだった。
若い唇が、夢の運んできた黄金の果実を、
割ろうとしたまさにその瞬間、蜂が一匹飛び出し、
彼女を思い切り刺した、そこで――
仰天して悲鳴をあげて目覚めた。

78

彼女は少し混乱し、困惑し、このすべてを
話したが、通常は不快な夢の結果は
このようになるものだ、空しい幻の輝き[1]を解釈する者が
そばにいたら話は別だが。わたしは本当に
計画されたかのように、予言的と思える奇妙な夢を
見たことがある。あるいはそのような夢を
解釈するのに最近使われる文句を使うと、
「不思議な偶然」[2]とみなされる夢を見たことがある、

1 ワーズワス『魂の不滅についてのオード』五六行に「幻の輝き」(visionary gleams) という表現がある。

2 ジョージ四世の妃キャロラインは不貞を非難されたが、彼女の支持者が貴族院でこの表現を使って、彼女を弁護した。

79

何かひどい危害にでもあったのでは、と考えた
乙女たちは、恐怖の結末によくあるように、
何事もなかったのに、眠りを覚まされた
人騒がせな虚報のことで、彼女を少し叱り始めた。
舎監もまた聞かされることになった夢のせいで、
暖かい寝床を離れたことを怒っていた、
そして憐れなドゥードゥーを叱り飛ばした、
彼女はただ溜息をついて、大声を出したことを謝った。

80

「雄鶏と雄牛の話はよく聞いていても、
林檎と蜂の夢が、わたしたちの自然な眠りを奪い、
夜中の三時半にハーレム中の者を、
ベッドから引きずり出すなんて、
満月[1]になったかと思うくらいね。
お前はきっと体の具合が悪いのだよ、
明日になったらこんな夢のヒステリー症について、
殿下の医者の意見を聞いてみましょうね。

1 満月は人間にとって危険な時だと考えられていた。

81

「それにジュアンナも可哀想に！　この部屋に来た
最初の晩に、こんな大騒ぎで突然起こされるなんて――
余所から来た娘が一人で寝てはいけないと、
わたしが考えたのは間違いではなかったわ、
誰よりもおとなしいお前となら、ドゥードゥー、
あの娘はぐっすりと眠れると思ったのに。
でも今度はローラに面倒を見させよう――
あの娘のベッドはあまり大きくないけどね」

82

この提案を聞いてローラの目は輝いた。
しかし可哀想にもドゥードゥーは、
叱られたからか、夢のせいなのか、
目に大きな涙をためて、この最初の落度を
許してほしいと哀願した、どんなことがあっても
（優しい悲しげな声音で言い足した）、
絶対ジュアンナを取り上げないで欲しい、
また夢を見ても取り乱しはしないから、と。

83

彼女は二度と夢は見ないと約束した、
少なくともさっきのような大声を出す夢は。
どうしてあんな悲鳴を上げたのか、自分でも
分かりません——認めますわ、あれは馬鹿げた
神経的なもの、愚かな幻覚、笑い種だということを——
でも気が落ち込んでいます、お願いですから
これで失礼させて下さい、数時間後には、弱さから
立ち直って回復しますから、そう彼女は言った。

84

ここでジュアンナが優しく口を挟んで言った、
警鐘が鳴った時のように、周りが
やかましかった時も、わたしが熟睡していたことからも
お分かりのように、ここはとても心地よく、
この優しい相手のそばを離れて休む気など、
さらさらありませんわ。この人は、
一度だけ、折悪く夢を見た以外は、
何の罪も犯したことはないのですもの。

85

ジュアンナがこう言うと、ドゥードゥーは振り向いて
ジュアンナの胸に顔を埋めた。見えたのは
彼女の首だけだったが、それは開き始めた薔薇の
花冠の色をしていた。なにゆえ彼女が赤面したのか、
わたしには分からない。また女たちの休息を
破った謎について、詳しく述べることはできない。
わたしが知ることはただ、わたしの述べる事実は
最近の真理と同じように、正しいということ。

86

だから女たちに「お休み」を、あるいは
お好みなら「お早う」を――なぜなら雄鶏が鳴いて、
朝日がアジアの丘の一つ一つを包み始め、
モスクの新月旗が長い隊商の目に
やっと姿を現し始めたからだ。隊商は
露を帯びた曙の冷気の中、アジアを取り巻き、
岩の帯となって伸びる山々を、ゆっくり回って行った、
そこではカフカス山脈[1]がクルド人を見下ろしている。

1 カフカス（コーカサス）山脈のこと。「コーカサス山。一八一〇年と一八一一年に遠くから尾根を見た」（バイロン注）。

87

曙光とともに、いやむしろ朝の灰色とともに、
ガルベーヤズは眠れぬまま起き上がった。
憔悴した胸の思いを抱いて、「情熱」が
青白い顔をして起き上がるように、
彼女はマントと宝石とベールで身を飾った。
「悲しみ」の胸を棘に深く刺されて歌う、
「寓話」の夜鳴き鶯[1]の方が、がむしゃらな情熱につきものの、
苦しみを味わう者よりも、はるかに心も声も軽やかだった、

88

これがこの作品の教訓なのだが、それは
本来の趣旨を理解したとしての話――
しかし疑うことなしには、人はそうはしない、
なぜならすべての優しい読者諸氏には、光に対して
目玉を閉じるという才能があるからだ。
一方優しい作家諸氏もお互いに対して、
声を上げてけなすのが大好き、これも自然なことで、
こう数が多くては、皆にお世辞を言えないもの。

1 夜鳴き鶯は薔薇に恋をして、棘で胸を刺されたという伝説は、ペルシャの詩人ハーフィズ（一四世紀）を通じてヨーロッパに伝わったという説がある。文学ではよく使われる話。

89

スルタナは豪華なベッドから起き上がった、それは
シバリス人[1]の柔らかなベッドよりも柔らだった、
シバリス人はあまりにも優しい気性なので、ベッドの
薔薇の花びらが乱れると耐え切れずに泣いた――
彼女は美しすぎて手を加える余地はなかった。
もっとも愛と誇りが争うゆえに顔は青白かった――
あまりにも自らの過失に取り乱していて、
鏡を覗き込むことさえしなかった。

90

ちょうど同じ頃、おそらくは少し遅れてか、
彼女の偉大な夫も起き上がった、
まことに崇高なる三十の王国と、
彼を忌み嫌う妻の支配者だった。
このことはその地では大して意味はない――
ともかくも妻たちで積荷を満たすことのできる、
収入ある者にとっては意味のないこと――
妻が二人いれば出入港禁止になる国とは違うのだ。

1 ミンディリデスのことで、南イタリアにあった古代ギリシアの都市、シバリスの住人。ベッドに敷いた薔薇の花弁に皺がよって、心地が悪いと不平を言った。セネカのエッセイに出てくる。

91

彼はそんなことについてあまり考えなかった、
実際、他のどんなことでもそうだった、
美しい愛人をそばにおきたかったのは、
人が扇を手にしたいのと同じようなもの、
だから御前会議終了後の慰みとして、
チェルケス人[1]の蓄えが彼には十分あった。
もっとも最近は、珍しくも愛か義務の発作のせいで、
花嫁の美しさに浸っていたのだが。

92

今や彼は立ち上がり、東洋の習慣が要求する
しかるべき身の潔斎や祈りや、
他の敬虔な一連の過程を済ませてから、
少なくとも六杯のコーヒーを飲んだ、
それからロシア人のことを聞くために退出した。
最近、エカテリーナ[1]の治世下で、ロシア人は勝利を重ね、
「栄光」はすべての君主と娼婦[2]の中で、
彼女を一番偉い人物として、いまだに称賛している。

1　美しさで知られる。四巻一一四連の注参照。

1　エカテリーナ二世（一七二九―九六）、ロシア皇帝ピョートル三世（一七二八―六二）の后で後に女帝（一七六二―九六）。ヨーロッパの政治と文化の中にロシア帝国を導き、国土を拡張した。

2　エカテリーナ二世は淫乱で有名だった。

93

しかし、おお、汝、偉大なる嫡出のアレクサンドル、[1]
彼女の息子の息子よ、この言い方がたとえ汝の耳に
届いても、不快に思うな——今では詩は
ほとんどペテルスブルクまでさまよい、[2]
「自由」のつぶやきの広大な波が一つ一つ蛇行して、
大きな音を響かせ、恐ろしい衝動を与える、
その咆哮はバルト海のそれとさえ混じるのだ——だから
汝が汝の父親の息子なら、それでわたしには十分だ。

94

男たちを庶子と呼び、彼らの母親を
あの人間嫌いのタイモン[1]の正反対と公言することは、
恥であり、中傷であり、あるいは何であれ
人が好んで詩にしたがるものだろう。
しかし人の先祖は歴史の戯れだ、
かりに一人の女性の過失が、あらゆる世代に
罪を残すことができるなら、わたしは知りたい、
いかなる家系なら最上だと言えるのかを。[2]

1 ロシア皇帝（一八〇一—二五）のアレクサンドル一世（一七七七—一八二五）。エカテリーナ二世の孫であるゆえ、嫡出子である。彼とタレイランはナポレオンが敗れた後、ブルボン王朝の復活を正当化した。

2 バイロンの詩はロシアでも知られていた。

1 人間嫌いで有名な古代アテネの人。シェイクスピアに戯曲『アテネのタイモン』がある。

2 この連は自由奔放だったエカテリーナのことを扱っている。

95

エカテリーナとスルタンが自らの真の利益を
理解していたら（荒っぽい教えを受けるまで、
王たちがこれを理解するのは稀だが）、
たとえ危なかしくとも、皇子や全権大使の
助けなしで、良き考えを示したなら、
彼らの争いを終らせる方法はあっただろう、
すなわち彼女が近衛隊[1]を、彼がハーレムを、解散し、
他の事柄については、両者が会い、一緒に対処すれば。

1 近衛隊はエカテリーナの愛人たちを意味する。

96

しかし現実はそれとは異なり、陛下は日毎
枢密院を開き、好戦的ながみがみ女、
この現代のアマゾン[1]、娼婦の中の娼婦である、
女王[2]との会戦の方法や方策を考えるのだ。
国家の支柱になる者たちの困惑は
表現することはできない、そして時には
この困惑が新税を課すことのできぬ人々の背に、
少しばかり重く寄りかかるのだ。

1 黒海沿岸に住んでいたといわれる勇猛な女人族。

2 原語は'Queen of Queans'で、Queanには娼婦の意がある。

97

一方、ガルベーヤズは、彼女の王が去ると、
自らの閨房へ退いた、そこは愛または朝食のための
甘美な場所、秘密で、心地よく、
一人になれ、そんな楽しい隠れ場所を飾る
すべての工夫が凝らされていた――
数多の宝石が天井に光り、
数多くの磁器が拘束された花々を容れていた、
花もまた捕虜の時間を慰める捕虜だった。

98

真珠貝や斑岩や大理石が
この豪華な場所で競い合っていた。
外では歌鳥が囀るのが聞こえた。
この美しい岩屋を照らすステンド・ガラスが
それぞれの光線を変化させた――しかしどんな描写も
真の効果を歪曲してしまう、だからあまりに
綿密になりすぎない方がよい、輪郭を示すのが最善だ――
後は生き生きとした読者の想像力が補ってくれる。

99

ここで彼女はバーバを呼び、彼の管理下にある
ドン・ジュアンを連れて来るように言った、
そして奴隷たちが皆退いてから起こったことや、
彼が女たちと同様に扱われたのかどうかを尋ねた。
望み通りに事は運んだのか、変装は
しかるべき配慮で保たれたのか、とりわけ
どこで、如何に、彼が夜を過ごしたのか、
それが彼女の知りたいことだった。

100

バーバは、やや当惑して、この長い教理問答の
問に答えた、これは答えるよりも問う方が
易しかった――自分は最善を尽くして
言いつけられたことに従った、と。
しかし何か隠したいことがある風だった、
その躊躇がそのことを隠すよりも露にした――
彼は耳をかいた、人が当惑すると
きまって頼りにする方便だ。

101

ガルベーヤズは真の忍耐の鑑ではなかった、
また相手の言動を待つという気持ちはなく、
あらゆる会話で素早い返答を好んだ、
答えようとして、彼が馬のように躓くのを見た時、
さらに新たな返答を求めて、彼を困惑させた。
バーバの話が一層膝を痛めた馬のようになると、
彼女の頬は紅潮し始め、目は煌めき始め、
高慢な額の青筋が膨れ暗くなった。

102

こんな兆候がいい兆しではないことを
承知のバーバは、怒りを抑えるように懇願し、
話の一部始終を聞くように嘆願した――
お話したことは不可抗力でした、と言い、
先に述べたように、ジュアンが
ドゥードゥーに託されたことが明らかになった、
しかしコーランと聖なる駱駝のこぶにかけて、
それは自分の過失ではない、と誓うのだった。

103

女たちがふたたび個々の部屋へ入るやいなや、
ハーレムの女たち全員の規律に
責任ある監督の女が、すべてを取り決め、
バーバの役割はその戸口で終ること、そして
彼は（前述のバーバのことだが）また言った、
事態をさらに悪くするという疑念を
呼び起こすことなしに、それ以上のことを
差し出がましくもすることはできません、と。

104

ジュアンが正体を現さないことを
望みましたし、確かにそうなったと思います、
事実、彼の行動は潔白だったことは確かで、
愚かで軽率な行動をしたら、その地位は不安定なものに
なっただけではなく、最後には、見破られて、
袋に入れられ、海に投げ込まれたことでしょう——
このようにバーバは、ドゥードゥーの夢以外のことは、
すべてを話した、これは笑い事ではすまされなかったから。

105
賢明にも彼はこのことは面には出さず、
これ以上何か答える代わりに、喋り続けてやりすごし、
今の今までそうしていたかもしれない、
それほど深い苦悶がガルベーヤズの額に刻まれていた。
彼女の頬は灰色になり、耳は鳴り、
頭は突如殴られたかのようにぐるぐる回った、
そして心臓の痛みの露がしきりに、冷たくも
美しい額に湧き出た、朝露が百合の花に湧くように。

106
彼女は失神するような女ではなかったが、
バーバはそうなると思った、しかし彼は間違った——
それは痙攣に過ぎず、短いものだったが
決して表現することはできない。尋常ならざることが
起こると、このように「死んだも同然になる」[1]ことを
我々は皆耳にしたし、それを感じた者もいる——
ガルベーヤズはあの短い苦悩の中で決して
表現できないことを経験した——ならばどうしてわたしが。

1 シェイクスピア『じゃじゃ馬ならし』四幕三場三六行。

107
彼女は一瞬立った、鼎の上に立つ
アポロンの巫女[1]のように、もがき苦しんで、
苦悩から集めた霊感に満ち、心臓の腱のすべてが
荒馬のように心臓を引き裂くように――
それから多かれ少なかれ引き裂く速度が、
弱まるか、強度が鈍くなってくると、
彼女は徐々にへなへなと椅子にくずれ落ち、
脈動する頭を震える膝の上に垂れた。

108
顔は傾き、見えなかった、髪は長い束になって
枝を垂れた柳さながらに落ち、椅子の下の大理石の床を
掃いた、いやむしろソファを、と言うべきか
(それは枕そのもののようで、低くて柔らかな
オットマンだったから)、そして黒い「絶望」が
大波のように彼女の胸を上へ下へと揺り動かした、
それは海岸に突進するが、浜の砂利で進路を阻まれ、
自らの崩壊を受け入れねばならないのだ。

1 デルポイのアポロンの神託を受ける巫女。

109

頭は垂れ、長い髪は、屈んだために、
ベールよりもうまく表情を隠した、
片手がオットマンの上にだらりと下がっていた、
白く、蝋のように、そして雪花石膏のように青白く。
ああ我、画家でありせば！　そうすれば、
詩人が無理して細かく描くすべてをまとめられるだろうに！
おお、我が言の葉に色彩ありせば！　しかしその色合いは
輪郭か、かすかな暗示の役を果たすだけだろう。

110

経験上、いつ口を開き、いつ閉じるべきなのかを
心得ているバーバは、この激怒が過ぎ去るまで黙り、
ガルベーヤズの黙る意思、あるいは口を利く意思を
あえて妨げようとはしなかった。
ついに彼女は立ち上がり、依然黙ったまま、
部屋の中をゆっくり歩き始めたが、
額は曇ってはいなかった、しかし乱れた目は違った、
風はおさまったが、海は今なお荒れていた。

111

彼女は足を止め、話そうとして頭を上げた——
しかし思い直して、足早にまた歩き始めた。
それから歩みを緩めた、それは主に深い情念によって
引き起こされた歩みだった——その一歩一歩に、時には
一つの感情を辿ることができるかもしれない、
サルティウス[1]がカティリナ[2]伝の中で明らかにするように、
彼はあらゆる激情の悪魔に追われて、
その歩み方によってさえ悪魔の仕業を示した。

112

ガルベーヤズは立ち止まり、バーバに手招きした——
「奴隷よ！　その奴隷二人を連れてこい！」と低い声で言った、
しかしそれはバーバが対処はしたくない声だった、
それでも彼は身震いし、気が進まない様子を
見せたいように見えた、（その意味がよく分かっていたが）
閣下がどの奴隷のことを指しておられるのか、
教えて欲しい、と頼むのだった、それは
最近あった類の失敗を恐れてのことだった。

1 （八六―？三四ＢＣ）ローマの歴史家、『カティリナ戦記』の著者。
2 （一一〇―六二ＢＣ）ローマの政治家で反逆者。共和制転覆を企んだが露見して敗れて死んだ。

113

「グルジアの女とその愛人」と皇帝の花嫁は
答えた——そして付け加えた、「秘密の扉のそばに
舟の用意をせよ。これ以上言わなくても
後はお前の知っていることだ」傷つけられた愛と
激した高慢さにもかかわらず、言葉は喉につかえた。
バーバはその事実に自発的に注目し、
マホメットの髭の一本一本にかけて、どうか
今お聞きした命令を撤回して下さい、と嘆願した。

114

「ご命令は絶対的なものですが」と彼は言った、
「お妃様、生ずる結果のことをお考え下さい。
わたしがあなた様のすべての命令に従わない、
というのではありません、もっとも厳格な場合でも。
でもそんなに性急に事を運ばれては、悪い結果になって、
あなた様にご迷惑が及ぶかもしれません、
わたしは尚早に発覚した場合の、
破滅と摘発のことを言うのではなく、

115
「ご自身の感情のことです。逆巻く波ですべて他のことが
隠されたとしても、波はもうすでに恐ろしい潮の中の
洞穴深くに、かつて愛に胸を打たれた多くの者を
隠してはいますが——あなた様はハーレムに来たばかりの
この少年の客人を愛しておられます、そして
もしこの暴力的な方法が試されますと——
口幅ったいですが、はっきりと申し上げますが、
あの男を殺しても、あなた様の心の病は癒せません」

116
「お前に愛や感情の何が分かる——碌でなし！
出て行け！」と彼女は目をぎらぎらさせて叫んだ、
「言う通りにせよ！」バーバは退出した、なぜなら
彼にはよく分かっていた、諫言をさらに引き伸ばしたら
結果的には自分自身の「ジョン・ケッチ」[1]役になることを。
他人に何の害も及ぼさずにこの面倒な仕事を
切り抜けたいと彼は切望した、しかし
やはり人の首より自分の首が大事だった。

1 一六八六年に死んだイギリスの死刑執行人。残酷で不器用に刑を執行したことで悪名が高かった。

117 そこで彼はすぐ自分の任務にとりかかった、
あらゆる身分の女すべてに対して、特にスルタナたちと
その振舞いに対して、トルコ語のうまい文句を使って、
ぶつぶつ不平を言った。彼女たちの頑固さ、
高慢さ、優柔不断に対して、二日と続けて
自分の考えを守れないこと、彼女たちの及ぼす面倒、
不道徳な行状に対しても、文句を言った、
だから自分の中性を日毎有難いと思うのであった。

118 次に彼は仲間たちを助けに呼び、
あの二人を呼び出すように、仲間の一人を遣った、
二人はすぐにきちんと身を装い、
特に髪の毛一本に至るまで櫛を入れて、
妃の前に出頭するように、妃はいとも優しく
二人についてお尋ねになっていた、と言って。これを聞いて
ドゥードゥーはいぶかし気に、ジュアンはぼんやりした風に見えた、
しかし否応(いやおう)なしに、二人はすぐ行かねばならなかった。

119

ここでわたしは二人に妃の面前へ出るための
準備をさせておく、そこでガルベーヤズが
両者に憐れみを示したのか、彼女の国の
他の怒れる女性たちのように、
二人を片付けてしまったのか――それは
髪の毛一本、羽一枚の動き次第であろう、
しかしどんな風に女の気紛れが消散するのか、
そんなことを予測する気など、わたしには一切無い。

120

当座は幸運を願って、彼らの幸せは疑わしくとも、
二人のもとを離れよう、そして物語の別の部分の
手筈を整えよう、なぜなら時には、
我々のこの宴会の料理は変えねばならぬから。
ジュアンは今、訳の分からない状況にあり、
とても安全とは言えないが、彼が魚の餌になるのを
逃れることを信じよう。そしてミューズにはちょっぴり
戦争を扱ってもらおう、このような脱線は確かに正当だから。

第七巻

1

おお、「愛」よ！　おお、「栄光」よ！
我々のまわりを常に舞いつつ、降り立つこと稀なるものよ、
汝らは一体何者なのか。極地の空のオーロラでさえ、
汝らほど、比類なく、儚く飛翔することはない。
冷たい大地に鎖で繋がれ、寒さに震える我々は
高く目を上げ、愛や栄光の美しい光を探す。
それらは無数の色彩を帯びるが、
次には我々を凍える道に置き去りにする。

2

わたしのこの話もそんなもの、
漠然として、変化し続ける詩歌、
詩になったオーロラで、
荒涼とした氷の風土の上に閃く。何もかもが、
分かってしまえば、自らのことを悲しむにちがいない、
しかし、それでも、すべてを嘲笑することが
罪でなければいいのだが——なぜならわたしは知りたい、
結局、すべてのものが何かということを——見せかけでなければ。

3

彼らはわたしを――このわたしを――この詩の
この作者を非難する――なぜかは分からぬ――
人間の力や美徳とかいったものを
見くびり、侮る傾向があると言い、
しかもかなり乱暴な言葉で非難する。
いやはや、あいつらの狙いは一体何なのか！
わたしは、ダンテ[1]が詩で言ったこと、ソロモン[2]や
セルバンテス[3]が言ったこと以上のことは言わないのだが、

4

スウィフト[1]もマキャヴェリ[2]もラ・ロシュフコー[3]も言い、
フェヌロン[4]、ルター[5]、プラトン、ティロットソン[6]も、
そしてウェズリー[7]もルソーも言ったことしか言わない、
彼らはこの世がつまらないものだと知っていた。
そうだとしても、それは彼らやわたしのせいではない――
わたしとしては、カトー[8]の振りや、ディオゲネス[9]の振り[10]さえ
するつもりはない――我々は生きそして死ぬ、しかし
どちらが最善なのか、わたしと同様、諸君にも分からない。

3

1 （一二六五―一三二一）、『神曲』を書いたイタリアの詩人。

2 紀元前一〇世紀のイスラエルの王。賢人として有名。旧約聖書の『箴言』に「イスラエルの王、ダビデの子、ソロモンの箴言」（一章一節）とある。

3 （一五四七―一六一六）、『ドン・キホーテ』を書いたスペインの小説家。

4

1 （一六六七―一七四五）、アイルランド生まれの英国の諷刺作家。

2 （一四六九―一五二七）、イタリアの政治家・政治学者。『君主論』で有名。

3 （一六一三―八〇）、フランスのモラリスト。警句・格言の作者。

4 （一六五一―一七一五）、フランスの教育論者。

5 （一四八三―一五四六）、ドイツの宗教改革者。聖書をドイツ語に訳した。

6 （一六三〇―九四）、英国の聖職者。カンタベリー大主教。

7 （一七〇三―九一）、英国の神学者・聖職者。メソジスト教派の創始者。

8 （九五―四六BC）、ローマの政治家・軍人・ストア哲学者。「小カトー」と呼ばれる。大カトーの曽孫。

9 （四一二―三二三BC）、ギリシアのキュニ派の哲学者。

5
ソクラテスは言った、我々の唯一の知識は
「何も知りえぬことを知ること」[1]だと、
これはすこぶる愉快な知識で、過去、現在、未来の
すべての賢者を一様に驢馬にしてしまう。
（かの有名な知性の持ち主）ニュートンは、悲しくも
明言した、彼の最近の大発見のすべてにもかかわらず、
自分自身は「真理なる大海原の浜辺で
貝殻を拾う若者」[2]のように感じるだけだと。

6
「伝道の書」は語った、すべては空だと[1]——
現代の説教者の多くは同じことを言う、あるいは
真のキリスト教の規範を自ら示してそのことを示す、
つまりは、人はすべてこのことを知っている、
またはすぐに知るだろう。聖人、賢人、説教者、詩人など
すべてが認める、この空なる人生の場において、
争いを恐れるあまり、人生が「無」であることを
掲げるのを、わたしは控えねばならぬというのか。

1 ソクラテスは『ソクラテスの弁明』の最後で以下のように言う。「しかし、もう終わりにしましょう、時刻ですからね。もう行かねばならないのです。わたしはこれから死ぬために、諸君はこれから生きるために。しかしわれわれの行く手に待っているものは、どちらがよいのか、だれにもはっきりはわからないのです。神でなければ」（田中美知太郎訳）。ソクラテスについてバイロンは言う。「アテーネーの最も賢い息子よ！　汝はいみじくも言った、／（知リ得ルスベテハ知リ得ザルコト）と。」（『チャイルド・ハロルドの巡礼』二巻七一連）。

2 バイロンはジョセフ・スペンスの『逸話集』（一八二〇）を読んで、ニュートンのこの言について知った。

1 「コレヘトは言う。／なんという空しさ／なんという空しさ、すべては空しい。」（『コヘレトの言葉』一章二節）。日本聖書協会訳（一九五五改訳）では以下のようになっている。「伝道者は言う、空の空、空の空、いっさいは空である」（『伝道の書』一章二節）。

7

犬よ、あるいは人間よ！（汝らを犬と言うのは
褒め言葉だ——犬の方がはるかに優れているから）
あらゆる点で汝らのあり様を示そうと、今わたしが
試みている作品を、汝らが読むか読まないかは分からない。
しかし狼が吠えても月が運行を止めないように、
光り輝くミューズは天空から一条の光も退けはしない——
だから吠え立てよ、汝らの甲斐なき怒りを、
ミューズはなおも汝らの闇路を銀色に染めるだろう。

8

「激しい恋と信義なき戦い」[1]——この読みが
正しいのかどうか、定かではない——構いはしない。
事実はおよそそんなところだ、と確信している。
わたしはこの両方を詠う、そして今や
有名な包囲攻撃に耐えたある町を攻撃するところだ、
そこはスヴォーロフ[2]によって、英語読みではスワロウ、
陸と海から包囲された。参事会員[3]が骨髄を
大いに好むように、彼は血が大好物だった。

1　エドモンド・スペンサー『妖精の女王』（序、一歌九連）からの引用。原文では「激しい戦いと誠の愛のくさぐさ」（熊本大学スペンサー研究会訳）となっている。バイロンは意識的に間違って引用している可能性が高い。

2　五巻一五連注1参照。一七九〇年、二万の軍勢でトルコのイスマイルを攻撃した。

3　参事会員については二巻一五七連参照。

9

この要塞はイスマイル[1]と呼ばれ、
ドナウ川の左の支流の左岸にあり、
建物はオリエント風だが
砦は一流、少なくとも当時はそうだった、
あれ以来、破壊されていなければ今も一流だ、
破壊とは諸君の征服者のよくやる悪ふざけだ。
砦は外洋から八十ヴェルスタ[2]の位置にあり
周囲の長さは三千トワーズ[3]あった。

10

この要塞都市の範囲内にある
左手の丘に沿って居住地が広がり、
より高い地点から町が見下ろせる、
その地のこの高台の周囲には、
あるギリシア人が垂直に
多くの矢来を立てた、この配列は
そこを占有する者の砲火を邪魔し、
敵の砲火を助けるためだった。

1 イスマイルは、ルーマニアの国境近く、ウクライナの南西の端に位置する。当時はオスマン帝国の重要拠点。

2 一ヴェルスタは約一キロ。ロシアの長さの単位。

3 一トワーズは約二メートル。フランスの軍隊で用いる長さの単位。

11

この状況を見ればこの新しいヴォーバン[1]の
優れた才能を理解できるかもしれぬ。
だが下方の町の濠は海のように深く、
塁壁は高すぎてぶら下がる気にはなれない、
しかし予防措置には重大なる欠陥があった、
(どうかこんな工学用語の使用をお許しあれ)
ともかくも「通行禁止」を示唆する
前衛防御工事もなく、遮蔽された道もなかった。

12

後部に狭い入口のある石の稜堡(りょうほ)、これまで生まれた
大方の愚鈍な頭蓋骨に劣らぬ厚さの城壁、
聖ジョージ[1]のように上から下まで武装した二基の砲台、
一つは穹窖(きゅうこう)砲台で、もう一つは砲座、これらが
ドナウ川の岸を防御するという難しい責務を荷っていた。
一方、二十二個の大砲がきちんと配置され、
町の右上方に、層をなして砲座の上に
そそり立ち、高さは四十フィートあった。

1 ヴォーバン侯爵(一六三三―一七〇七)は、ルイ一四世に仕えたフランスの軍事技術者・元帥。多くの要塞を建造した。

1 聖ジョージはイングランドの守護聖人。竜を退治したという伝説上の人物で、普通は完全武装の姿で描かれる。

13

しかし川の方からは町の見通しはよかった、
ロシアの船が姿を見せることなど、トルコ人は
決して信じることができなかったからだ。
これが彼らの信念だったので、侵略された時は
事態を改善するにはかなり遅きに失した。しかし
ドナウ川は歩いて渡ることができないので、
モスクワの小艦隊を見た彼らはただ、
「アラーよ！」、「ビス・ミラー！」[1]と叫ぶだけだった。

1「ビス・ミラー」は「慈悲溢れる神の御名にかけて」の意。この文句は一つの章を除いてすべてのコーランの章の前に付されている。

14

ロシア軍は今や攻撃せんとしていた、
だが、おお、汝ら、戦争と栄光の女神たちよ！
各コサック兵[1]の名前をわたしはどう綴ればいいのか、
もし誰かが彼らの話をすることができたなら、彼らは不滅になるのだが。
ああ、彼らの名を残すには欠けるものは何か。
アキレスでさえも、この新しい洗練された国の、
数千の兵士ほどには恐ろしくも血腥くもなかった、
彼らの名前の問題点はただ——発音だけだった。

1 コサック族は黒海の北方に居住するトルコ系の農耕民兵士で、乗馬術に長じ、ロシアの帝政時代には軽騎兵として活躍した。

15
それでも少しは記録しよう、[1] 音の響きの良さを
増すためだけにも――ストロンゲノフがいた、ストロクノフ、
メクノップ、セルゲ・ルウォフ、現代ギリシアのアルセニエフ、
チットシャコフ、ロゲノフ、チョケノフ、そして一人で
十二もの子音を持つその他の者たちがいた、
もし官報を十分詮索すれば、もっと見つかるかもしれぬ、
しかし「名声」（気紛れな売女）は
ラッパだけではなく耳も持っているらしく、

16
モスクワでは名前かもしれないが、語ると
不協和音になる音を整えて詩にすることはできない。
それでも何人かは記憶に残す価値がある、
婚礼の鐘の音にふさわしい処女のように。
それらはまた穏やかな言葉で引き延ばされた、
ロンドンデリー侯爵[1]の演説の結論部にぴったりだ、
「イシュスキン」、「ウースキン」、「イフスクチー」、「ウースキー」で
終わる名前、その中で使えるのはルーサムスキーだけだ。

1 一五―一七連では、バイロンはロシア人の名前を羅列するが、実在の人物を頭において造語したものもあり、ロシア語と英語が混ざっている。例えばストロンゲノフ (Strogenoff) は strong enough（十分強い）」、ストロコノフ (Strokonoff) は stroke enough（強くさする）などの含意があると思われる。またストロクノフ (Strokonoff) には on と off が含まれるので、「さすったりさすらなかったり」の意も考えられる。またロゲノフ (Roguenoff) やチョケノフ (Chokenoff) には rough enough と choke enough が考えられ、それぞれ荒々しい、首を絞める、という意味が加味される。さらに、チットシャコフ (Tschitsshakoff) は英語では shit shake off という発音も可能なので、「くそを払い落とせ」というような妙な意味にもなる。このようにバイロンは様々にジョークを楽しんでいる。

1 カースルレイのこと。「献辞」や「六巻、七巻、八巻への序」を参照。

17

シェレマトフ、クレマトフ、コクロフティー
コクロブスキー、クラーキン、ムーシキン・プーシキン、
これらは皆、立派な武人で敵をものともせず、
肌にサーベルを突き通した者だった。
彼らはマホメットやムフティー[1]を好まなかった、
ただこいつらの皮でティンパニに新しい皮を
張る時は別だ、それは羊皮紙が高価になって、
ほかに手軽な代用品がない場合のことだか。

18

それから様々な国の、名声高き
外国人がいたが、みな志願兵だった。
自国や国王のために戦わず、
いつか旅団長になること、そして
町を略奪するのが彼らの願いだった、
それはその年頃の若者には愉快なことだった。
中には元気溢れるイギリス人が何人かいた、
十六人のトムソンと十九人のスミスだった。

1 オスマン・トルコではイスラム教の最高指導者とその代理人を指す。

19

ジャック・トムソンとビル・トムソンがいた——
残りは偉大な詩人[1]に因んで、皆「ジェミー」と呼ばれていた、
彼らには紋章や家紋があったかどうか知らないが、
そんな名付け親は同じほどいい切り札になる。
スミスの名の中の三人はピーターだったが、その中で
強い一撃を加え、またそれを避けるのにもっとも優れた奴は、
「ハリファックスの田舎では」[2]名の知れたあの男だった、
しかし今度はタタール人側についていた。

1 ジェームズ・トムソン（一七〇〇—四八）、スコットランド生まれの英国の詩人。

2 ジョージ・コルマン（一七六二—一八三六）の笑劇『愛は錠前屋を笑う』中の一節。

20

残りはみなジャック、ギル、ウィル、ビルという名前だった、
しかし年長のジャック・スミスが
カンバーランドの山中で生まれ、父親が
正直者の鍛冶屋であると付け加えたら、
至急便の三行を占める名前について、
わたしの知るすべてを語ったことになる、それは
モルダヴィア[1]の荒野の村「シュマックスミス」の
占領に関する至急便、彼はそこで斃れ、広報に不滅の名を残した。

1 ルーマニア東部地方の古名

21

（軍神（マルス）は間違いなくわたしの称賛する神だが）、
戦況報告（ブレトン）に載った男の名前が、彼の身体の中の弾丸（ブレット）の
埋め合わせになるのかどうか、わたしには分からない。
このささいな問いが罪ではないことを願う、
なぜなら、わたしは無知な阿呆にすぎないが、
シェイクスピアという奴が彼の芝居[1]の中で同じ考えを、
誰か大層頭のぼけた奴に言わせていると思う、
多くの者がそれを引用すると賢いと見なされる。

22

それに勇ましい、若い陽気なフランス人たちもいた、
しかしわたしには愛国心があり過ぎて、栄光の日の
ガリア人たちの名前を記録することはできない、
むしろ一言の真実を言うよりも、
十の嘘を言いたい——そんな真実は反逆罪になり、
祖国を裏切ることになり、フランス人の名前を
英語で言えば、裏切り者として忌み嫌われる、ただ平和は
ジョン・ブル[1]をフランス人の敵にする、と言えば別だが。

1 「もしその名誉とやらのおかげで、怪我でもした日にァ、どうなるんだ？ 名誉にお脚がつげますかってんだ。つげねえだろう、え！ じゃ、お腕（て）は？ こいつも駄目だ…へえ、それじゃ、なんだ、名誉って奴ァ、ただの言葉じゃねえか？」（『ヘンリー四世・第一部』五幕一場一三一—三四行、中野好夫訳）。

1 ジョン・ブルは英国・英国人のあだ名。ジョン・アーバスノット作の諷刺的パンフレット『ジョン・ブルの歴史』（一七一二）に由来する。

23

ロシア人はイスマイルの近くの島に
二つの砲台を建造した、その目的は二つ、
第一は、町を砲撃し、公共の建物と
人家をも破壊することだった、
可哀想にどんな人間が殺されても構いはしなかった。
この都市の形がこの作戦を示唆したのは事実で、
円形劇場のように造られており、すべての住居が
砲弾を撃ち込むには格好の的になった。

24

第二の目的は、町全体が大混乱になる
その瞬間を利用して、トルコの艦隊を
攻撃することだった、艦隊はいつもの位置に
錨を下ろして、すっかり落ち着いていた、
だが第三の動機はおそらく、彼らを
恐怖に陥れて降伏させることだった、
それは時に兵士に取り付く幻想だ、ブルドッグか
フォックステリアのように勇ましければ話は別だが。

25

多くの場合、よくあることだが、
戦う相手を軽蔑するという
十分非難されるべき癖が、この場合
チチツコフとスミスが殺される原因となった。
今しがた活力(ピス)と韻を踏んだ、[1] これからその死を悼む
十九人の雄々しい「スミス」たちの一人だった。
しかしそれは「サー」や「マダム」とよく結び付くので、
最初のスミスは「アダム」だと考えたくなる。

1 この巻の第一八連の連句も'pith'と'Smith'であった。

26

ロシアの砲台は不完全だった、
急ごしらえだったからだ。かくして
詩に詩脚を欠いた状態にさせ、出版社が
必要と考えるほどは新刊書の売れ行きが
思わしくない時に、ロングマンやジョン・マリー[1]に
暗雲を投げかける同じ原因が、時に物語が
「殺人」と呼び、別の時には「栄光」と呼ぶものを、
同じように、しばらくの間、延期させるかもしれない。

1 両方ともロンドンの出版社。ジョン・マリーはバイロンのほとんどの作品を出版した。

27

彼らの工兵の愚鈍さのためか、性急さのためか、無駄が多いためか、はたまた殺人道具の作成時にごまかして、自分の魂を救おうとした建造者の個人的な貪欲さのためなのか、わたしには分からないし、気にもしないが、そこに建てられた新しい砲台は頑丈ではなく、的を外した、すなわち、敵は決して的を外さず、行方不明者のリストはどんどん長くなった。

28

不運にも距離の計算を間違ったために海事に関するすべてを不正確にした。三隻の火船[1]（かせん）が効果を発揮すべき位置に達する前に、その愛すべき存在を失った。マッチに火を点けるのが早すぎて、いかなる手立てもこのまずい過失を修復することはできなかった。それらは川の中央で爆発し、一方、トルコ人たちは夜明けだったが、いつものように熟睡していた。

1 藁・薪などを積んで点火し、風上から流して敵船を焼討ちにする船。

29

しかしながら、彼らは七時には起き、
ロシアの小艦隊が航行し始めたのを見た。
九時には、小艦隊は何の狼狽もなく
なおも前進を続け、イスマイル沖
一ケーブル[1]に停泊し、砲撃を始めた、
それにはおまけつきの反撃が返ってきた、
と言おうか、それは小銃射撃と葡萄弾、
そしてあらゆる形と大きさの砲弾と砲丸だった。

30

彼らは止むことなきトルコの砲撃に
六時間耐えた、そして彼ら自身の陸からの
砲撃の助けを受けて、すこぶる正確に砲火を使った。
ついに砲撃だけでは決して町を
屈服させることができないことを知り、
そこで一時に、退却の合図を出した。
船が一隻燃え上がり、二隻目は堡塁近くで
座礁し、トルコ軍に拿捕された。

1 一ケーブルは約一八五メートルで十分の一海里。

31

イスラム教徒も船と兵を失っていた、
しかし敵が退却するのを見て、
向こう見ずな兵士たちは船に乗り込み、
ふたたび航行し、激しい放火でロシア軍を苦しめ、
海上で船に上陸することを試みた。
しかし結果は望み通りにはならなかった、
ダマ伯爵は彼らを大混乱の中に海中に追い返し、
公報を埋め尽くす大殺戮となった。

32

（ここで歴史家が言う）「もしもわたしが、
この日にロシア軍のなしたことすべてを報告できても、
数冊でも足らず、まだもっと多くの
言うべきことがあるだろう」と。
だから彼はそれ以上は語らず――あの戦いの
数名の著名な外国人に敬意を表する、
リーニュ公、ランジュロンそしてダマ[1]に、
名士録に載るいかなる者にも負けない立派な名前だ。

1 これら三人はすべてお雇いの陸軍将校。ド・リーニュ公（一七三五―一八一四）はベルギー人、他の二人は亡命フランス人。

33

これが実状なので、名声とは何かが分かるかもしれぬ、
なぜならこれら三人の「勇マシイ騎士」[1]の名前から、
一般の読者の何人が、そんな者たちが存在したことを
推測するだろうか（彼らは今なお生きているかもしれぬ）。
名声には当たり外れがある、名声にさえ
運命の女神が関与することを認めねばならぬ。
確かに、リーニュ公についての回想録[2]は
彼に降りた忘却の幕を半ば開けた。

34

しかしここには過去のいかなる英雄にも劣らず、
勇ましい戦闘で勇ましく戦った男たちがいる、
しかしそんな山なす官報に埋もれて、彼らの名前は
目にするのも稀で、頻繁に探されることもない。
かくして名声さえも悲しい縮小の目に遭い、
もっと続くべきなのに、いち早くかき消されてしまう。
わたしは確信する、現代の戦闘すべてを伝える各官報から、
繰り返し言える名前は九人にもならないことを。

1『ローランの歌』で使われる文句。

2 スタール夫人は『ド・リーニュ公元帥の書簡と思想』（一八〇八）を書いた。

35

つまりこの最後の攻撃は栄光に満ちていたが、
どこかに、どういうわけか、過失があったことを示した、
リバス提督[1]は（ロシアの話では知られている）
非常に強硬に攻撃することを勧めた。そのことで
老いも若きも彼に反対し、長い論争が続いた、
しかしわたしは口をつぐまねばならぬ、
なぜならすべての勇者の言葉を書き写したら、
要塞の突破口を乗り越える読者はいなくなるだろうから。

36

一人の男がいた、彼が男だとしてのことだが、
別に彼の男らしさを問題にするのではない、
たとえ彼がヘラクレス[1]のようでなかったとしても、
その一生は短く、若くして終わっていただろう、
消化不良が彼の死の病になったように。その時
すっかりやつれて青白くなり、彼が荒廃させた
緑の国土の上で、祝福も受けずに木の下で死んだ、
国を荒らした蝗が呪われるのと同じように。

1 ホセ・デ・リバス（一七三七―一七九七頃）はイスマイルを攻撃したロシア小艦隊の司令官。ナポリで生まれたスペイン人。

1 ジュピターの子で大力無双の英雄、十二の難業をやってのけた（ギリシア神話）。

37

これがポチョムキンだった[1]——殺人と放蕩が
偉大であった時代の偉大な奴だった。
もし星型勲章や肩書きに長い称賛が伴うのなら、
彼の栄光は彼の地所の半分に匹敵するであろう。
身の丈六尺のこの男は、ロシア国民の
その当時の君主[2]の心に、背丈に見合った
一種の幻想を生み出すことができた、彼女は
人が教会の尖塔の高さを測るように、男を測定した。[3]

38

戦いが中断している間に、リバスは
急使を君主に送り、自分の望み通りに
事態を処理するのに成功した。
彼の嘆願の仕方については、わたしは言えないが
まもなく満足すべき十分な理由を得た。
そうしている間にも砲撃は続けられ、
ドナウの川岸にある八十基の大砲が、
威勢よく発射され、しかるべき反撃があった。

1 （一七三九—九一）ロシアの政治家・軍人。エカテリーナ二世の寵臣だった。彼は大男で大食漢だった。

2 エカテリーナ二世。

3 最後の行にはおそらく卑猥な意味がある。

39
しかし十三日目、軍隊の一部が包囲を解くためにすでに乗船した時に、全速力で来た急使が、戦術の素人のみならず、新聞の称賛を熱望する者すべてに新たな勇気を吹き込んだ、それは要を得た文句で表現された至急報が、戦争の熱愛者、陸軍元帥スヴォーロフが指揮官に任命されたことを発表したからだ。

40
件の元帥宛の君主の書簡は、スパルタ人にもふさわしかっただろう、その大義が、良き心を持つ者が好むもの、すなわち自由、祖国そして法を守るものであったとしたならば。しかしそれは高慢面の、あらゆるものを支配する権力欲にすぎなかったので、称賛にはほとんど値せず、称賛できるのは文体だけで、いとも簡潔に書かれていた、「いかなる犠牲を払ってもイスマイルを落とせ」と。

41

「光あれ！　と神は言った、そして光があった！」[1]
「血あれ！」と人が言えば、海なす血だ！
この甘やかされた「夜」の子の命令は
（「昼」は彼に取り柄を一切見なかった）
一時間に、三十の輝く夏が修復できる以上の悪を
命じることができた、たとえそれらの夏が
エデンの園の果実を成熟させた夏のように美しかったとしても、
なぜなら戦争は枝のみならず根までも絶やすから。[2]

42

我らが友、トルコ兵は今や大声で「アラー」と
叫びながら、ロシア人の退却を祝い始めたが、
それはひどい勘違いだった。敵は打ち負かされ（ビート）たと
ほとんどの者は性急に考えた、（文法に従えと
諸君が言い張るなら、「ビートン」だが、
気が高ぶる時は、そんなことはまったく気にしない）
だがここでわたしは言う、トルコ人は大変な勘違いをした、
彼らは豚野郎を憎みつつ、ベーコンは取っておきたかった[1]のだから。

1 『創世記』一章三節。

2 「到来するその日は、と万軍の主は言われる。彼らを燃え上がらせ、根も枝も残さない」（『マラキ書』三章一九節）。

1 原文では'to save their bacon'となっていて、その意は「危害を免れる」である。

43

なぜなら十六日には、疾走（ギャロップ）して近づく
二人の騎手の姿があった、近くで見るまでは
しばらくはコサック騎兵に見えた。
馬の背にはさしたる荷物はなかった、
二人用にシャツはたった三つしかなかった。
しかし彼らは二頭のウクライナの駑馬（どば）に乗り、
とうとう、この質素な身なりの二人が
近づいた時、やっとスヴォーロフと案内人だと分かった。

44

「今やロンドンに歓喜が！」と、ある大馬鹿[1]が言った、
ロンドンに華々しい照明が点いた時のことだ[2]、
それはあの瓶使いの手品師のジョン・ブル[3]には、
あらゆる夢の中で第一番の幻想だ。
街路が色付きランプで満ち溢れるように、
あの賢者（件のジョンだが）は無条件で譲り渡す、
財布、魂、分別、そして無分別さえも、
巨大な蛾のようにこの一つの感覚を満たすために。

1　ある大馬鹿とはロバート・サウジーのこと。彼の詩『ウォラスの死』（一八〇五）は「ロンドンに喜び、喜びが！」で始まる。
2　一八一二年にガス灯がロンドンに点いた。その後、記念日や祝祭日には街路はランプで飾られた。
3　英国、英国民のあだ名。七巻二三連注1参照。

45

彼がこれ以上「目を呪う」[1]ことは不思議だ、
もう呪われているのだから、かつて有名だったこの誓言も、
悪魔にとって今はもう褒美にはならない、
なぜならジョン[2]は最近、両眼の機能を失ったから。
彼は負債を富と呼び、税金を「楽園」と呼ぶ、
そして瘠せて骨ばった体の「飢饉」に、まともに
凝視されながら、調べようとはしない[3]、あるいは
ケレス[4]が「飢饉」を生んだ、と誓って言うのだ。

46

しかし話に戻ると——陣営に歓喜あれ！
ロシア人、タタール人、イギリス人、フランス人、
そしてコサック人に。スヴォーロフは彼らの上に
ガス灯のように輝き、きらきら光る攻撃の
前触れとなった、あるいは沼地を行く者に現れ、
じめじめした湿地を導く、鬼火のように輝いた、
踊る光のように右へ左へとひらひら飛び、
それを見た者はすべて、正否は問わずその後を追った。

1 「目を呪え」は原語では(damn his eyes)で、「目が見えなくなってもいい」という呪いの言葉。

2 ジョン・ブル（英国）のこと。この巻の二三連注1参照。

3 バイロンはナポレオン敗北とウィーン会議後のイギリスの経済状態を概観している。

4 農耕の女神（ローマ神話）。

47

しかし確かに事態は異なる様相を呈した、
人々は熱狂し大喝采をした、
艦隊と陣営はいとも優雅に礼砲を鳴らし、
すべてが彼らの大義に訪れる幸運を予言した。
そこから砲弾が届く圏内に近づき、
梯子を作り、以前の堡塁の欠陥を修繕し、
新たな堡塁を建造し、粗朶束（そだたば）[1]、そして
あらゆる類の慈悲深い兵器の用意をした。

1 杭または長い棒の束。溝を埋めたり塹壕の側壁、道路や河川の堤防の穴の応急的補修などに用いる。

48

かくしてたった一つの精神の意気が
多数の者の精神を一つの方向に向かわせる、
それは風の息吹に水が流れ、
雄牛に護られて、牛の群が歩き回るようなもの、
あるいは小さな犬が盲人を導き、
鈴付き羊が鈴を鳴らして、群をまとめ、
羊たちが食ある所へ向かうようなもの。
こんな風に偉い男は小物を支配する。

49

陣営全体に喜びの声が響いた、兵士たちが
結婚の祝宴に行くのでは、と思う程だった。
(この暗喩は他のものに引けをとらないだろう、
少なくとも両方とも後で不和が起るのだから)
今や軍の荷物を運ぶ小僧すら熱意が高まり、
危険と略奪を追い求めない者はいなかった。
なぜなのか、それは小柄で奇妙な年寄りが
シャツ姿になって、前衛を率いるために来たからなのだ。

50

だが確かにそうだった、すべての準備が
迅速になされた、三縦隊からなる
第一分遣隊が位置につき、
敵に襲いかかる合図の声を
待つだけだった。第二分遣隊も
三縦隊からなり、栄光を渇望して、
海なす殺戮を飲み込もうと口を開けていた、
第三分遣隊は二縦隊からなり、海から攻撃した。

51

新たな砲台が建造され、全体会議が
開かれ、大抵の会議では縁のない
「満場一致」がここでは支配した、
急場では時にそうなるもの。
すべての困難が消滅したので、「栄光」が
当然の「崇高さ」で輝き始めた、
一方、栄光を得る決意をしたスヴォーロフは、
銃剣の使い方を新兵に教えていた。[1]

1 「これは事実、スヴォーロフは自らこうした」（バイロン注）。

52

これはまことの事実、総司令官の身である彼が自ら、
新兵班の訓練も身を落として引き受け、
伍長の任務を果たすために、自己の時間を
惜しまぬ余裕があった。それはまだ赤子の
サラマンダー[1]を馴らして、炎を飲み込ませ、
決して嫌がらないようにさせるようなもの。
彼は梯子（ヤコブの梯子[2]とは違っていた）を
登ることや、堀を渡ることを、教えた。

1 サラマンダーは火中にすんで焼けないと信じられた伝説上の動物。英語のサラマンダーには砲火の下をくぐる軍人の意がある。

2 ヤコブは天へ通じる梯子の夢を見る（『創世記』二八章一〇―一九節）。

53
彼はまた当面、粗朶束（そだたば）を人形（ひとがた）にさせ、
ターバンや新月刀や短剣を持たせ、
実際のトルコ兵に対する時の教訓として、
彼らに銃剣でこの仕掛けに攻撃させた。
このような擬似攻撃に精通した時、兵士たちは
砦を攻撃するのにふさわしい、と彼は判断した、
例の賢い者たちは機知のある文句で、このことを
冷笑したが、彼は答えず、都市を占拠した。

54
攻撃前夜は大方こんな状況にあり、
陣営はすべて重苦しい休息状態にあった、
これはなかなか想像しがたいことだが。
たとえいかなる困難であれ、飛び込む決心をした
兵士たちは、すべてが定まったと一度信じると、
きわめて静かになる――騒音はほとんどなかった、
家や友達のことを思う者もいたし、
自身のことや命の最期を考える者たちもいた。

55

スヴォーロフはもっぱら警戒を怠らず、見渡し、
訓練し、命令し、冗談を言い、考え込んでいた、
なぜなら、こう主張しても間違いはないだろう、
この男はあらゆる驚嘆を超えて、驚嘆すべき奴だったと。
英雄、道化、半ば悪魔、半ば碌でなし、
祈り、教え、荒廃させ、略奪し、
軍神（マルス）だと思えば嘲笑の神（モーモス）[1]、砦を襲う気になれば
軍服を着たアルレッキーノ[2]だった。

56

攻撃の前日、訓練を施している時、それは
この偉大な征服者が伍長の役回りをしたからだが、
丘のまわりを鷲のように行き来していたコサック兵らは、
黄昏になる頃、ある一団と出会った、そして
そのうちの一人が彼らの言葉をなんとか話した、
程度がどうであれ、言葉が通じたのは
大事なことだった。その男の声、口調そして態度から、
彼が同じ軍旗の下で戦ったことが彼らには分かった。

1 嘲笑と非難の神（ギリシア神話）。
2 イタリアの喜劇（コメディア・デラルテ）に登場する道化役。

57

そこですぐにその男の要請で、彼らは
彼と仲間たちを本営に連れて行った。
衣服はイスラム風だったが、
タタール人に変装しているだけで、
トルコ風の衣の下にはキリスト教が
潜んでいることは、見れば分かっただろう。キリスト教は
時々内なる恩寵と外面上の見せかけ[1]を交換するので、
時に奇妙な過ちを避けることが難しくなる。

58

スヴォーロフはシャツ姿でカルムイク人[1]の
一団の前に立ち、訓練し、叫び、
おどけ、鈍い者には悪態をつき、
人殺しの高貴な技について説法していた――
なぜなら塵なる人間を汚いごみ同然に見なす
この偉大な哲学者は、彼の教えをこのようにして
頭に染み込ませ、兵士たちの理解したところでは、その教えは、
戦死が年金に匹敵することを証明したのだった――

1 キリスト教の秘跡（洗礼、告解、結婚など七つ）を指す。恩寵の印として外面的な秘跡があるとする。

1 カスピ海北西地域に住むモンゴル族。

59

スヴォーロフはこのコサック兵の一団と、
彼らの獲物を見ると、振り向いて
突き刺すような視線と顔をゆっくり向けた――
「どこから来たのか」――「最後はコンスタンティノープルからで、
捕虜の身から逃れたばかりです」というのが答えだった。
「お前たちは何者か」――「ご覧の通りのものです」。
対話は簡潔だった、なぜなら答えた男は
話し相手が誰だか知っており、言葉を少なくした。

60

「お前の名前は」「わたしはジョンソン、
仲間はジュアン、他の二人は女で、三人目は
男でも女でもありません」。指揮官は連中を
ちらっと見て言った、「お前の名前は
前に聞いたことがあるが、二人目は初めてだ。
残りの三人を連れてきたのは馬鹿げている、
でもいい、お前の名前はニコライエフ連隊で
聞いたと思うが」「その通りです」

61

「ヴィディンで任務に就いたか」[1]——「はい」
「攻撃隊を率いたな」——「その通りです」——「その後は」——
「本当に記憶がありません」「お前は突破口に最初に
行っただろう」——「とにかく先頭を目指した者には
遅れないようにしました」「その後は？」
「背中に弾が当たり敵の捕虜になりました」
「お前には復讐させてやろう、包囲されている町は
お前が負傷した町より二倍も強固だ」

62

「どこで働きたいのか」「お望み通りにします」——
「おれには分かる、お前が決死隊の希望の星になりたいことは、
そして、これまで難儀に耐えてきたから、きっと
真っ先に敵陣に突っ込みたいのだということは。
この若者——こいつに何ができるのか言ってみろ、
髭も生えていないし、服も破れたこいつに」
「将軍殿、そりゃ、戦争の時も、女相手の時と同じくらい
無難にやれるなら、攻撃の先頭に立たせたらいいでしょう」

1　一七八九年、スヴォーロフが占領することができなかった、ドナウ川南端にあるブルガリアの町。五巻一五連参照。

63

「その気があるならやらしてみよう」、
そこでジュアンはこの誉め言葉に見合った
お辞儀をした。スヴォーロフは続けた、
「お前のなじみの連隊は神の特別な配慮で、
明日か今夜にも攻撃の先頭に立つことを許された、
何人かの聖人におれは誓った、遠からず
鍬や馬鍬（まぐわ）に、以前はイスマイルだった所を通過させ、
もっとも高慢なモスクにも鍬の刃の進行を妨げさせはしない、と。

64

「だから、兵士たちよ、栄光を求めよ！」、ここで彼は
向きを変え、もっとも模範的なロシア語で訓練を続け、
ついには各兵士の英雄的な胸は高揚し、現金と征服を
求めて燃えた、それはあたかも牧師が（十分の一税を
除いて、すべて地上の品を高邁にも拒否した牧師が）
聖書用のクッションを置いた説教壇から説教し、
キリスト教徒のエカテリーナ女帝の軍隊を砲撃せんと
抵抗する異教徒を殺害するよう、突進せよと命じるかのように。

65

この長い対話で、ジョンソンは自分が
気に入られたことを知って、思い切って
スヴォーロフに話しかけた、もっとも彼の方は
甲高い口調で、訓練の楽しみを再開していたのだが。
「このように先陣を切る者の中で死ぬことを、
許された恩義に感謝しますが、閣下がはっきりと
各自の部署を言って頂ければ、わたしも仲間も、
どの務めを果たすべきなのかが、分かるのですが」

66

「その通りだ、忙しくて忘れていた。無論、お前は
前の連隊に入れ、その隊は今、戦いに備えているだろう。
おい！　カツコフ、こいつを連れて行け――
(ここで彼はポーランド人の伝令を呼んだ)
あいつの部署へ、ニコライエフの連隊へ。
この見知らぬ若者はおれのところに居ればよい、
こいつはきれいな若者だ。女たちは軍の荷物[1]と
一緒にするか、病人用のテントへ連れて行け」

1　軍の荷物 (baggage) には従軍売春婦の意味もある。

67

しかしここである種の騒ぎが起こった、
女性たちは――こんなにも新しい方法で
処分されるようには決して育てられていなかった、
もっともハーレムの教育は疑いもなく、
まったく正しい教義の教育、すなわち
受動的な服従の方向へ向いていたのだが――
今は頭を上げて、目を煌かせ、涙を流して、
雌鳥が雛を羽で抱えるように、腕を広げた、

68

昇進した二人の勇敢な男たちに向って腕を広げた、
このように最高の指揮者に名誉を授けられた男たちに向って。
この指揮者ほど地獄を殺された英雄で満たし、
地方や王国を悲しみに投げ込んだ者はいなかった。
おお、愚かな人間よ！　常に、教えても甲斐なき者よ！
おお、栄誉ある月桂樹よ！　汝の想像上の不滅の木の
たった一枚の葉のために、潮の引くことのない海のように
血と涙の海が流れなければならないのだ。

69

涙はほとんど気にせず、流血にも
大して同情のないスヴォーロフは、
耳のあたりまで髪を乱し、当然の激しい苦痛に
もだえる女たちを、ほんのわずかだが
心動かされて眺めた。その理由は、その仕事が虐殺だから、
習慣上、幾百万人に対する憐みの情を麻痺させるが、
時には一つの悲しみが英雄たちの胸に
触れることもある、スヴォーロフはそんな奴だった。

70

彼は言った——すこぶる優しいカルムイク人[1]の調子で——
「いいかい、ジョンソン、一体どういうつもりで、
こんな所へ女を連れてきたのだ、できるだけ
配慮してやって、安全に荷馬車へ連れて行ってやれ、
実際あいつらが安全な所はそこしかない。
お前は当然分かっているべきだったよ、
こういうお荷物は決してうまくはいかないことは。
おれは女房持ちの補充兵は嫌いだ、結婚一年の奴は別だが。[2]

1 七巻五八連注1参照。

2 一年経てば夫は妻が嫌になるから、妻の許を離れて軍隊に戻ってくる、の意。一年足らずに終わった作者バイロンの結婚生活が背景にある。

71

「失礼ながら申しますが、閣下」と我らが
イギリス人である友は答えた、「こいつらは他人の女房で
我々のではありません。わたしは軍隊仲間と
任務を果たす資格が十分ありますので、
花嫁を陣営に連れて来るなどという、
規則破りはいたしません。
小さな家族を残して気ままにさせておくことほど、
突撃する英雄の心を悩ませるものはないと承知しております。

72

「しかしこの二人はトルコの婦人で、
従者と一緒に我々の脱出を助けてくれました、
その後、我々と行動をともにして
この妙な格好で無数の危険を切り抜けてきました。
わたしはこのような生活には慣れています。
かわいそうに、女たちにはそれは厄介な行動なのです。
だから、わたしが思う存分戦うことをお望みなら、
どうかこの二人を優しく扱って頂きたいのです」

73

一方、この二人の哀れな女は涙を流して、
自分たちの保護者を信頼していいのかどうか、
疑うかのように見つめていた――この老人を見た
彼女たちの驚きは、悲しみに劣らなかった
（確かにそれも無理もない）、彼の様相は賢さよりも
荒々しさを見せ、服は粗末で、塵にまみれ、
チョッキ一枚で、それもとても清潔とは言い難く、
今まで見たどんなスルタンよりも恐れられていたのだから。

74

なぜなら、すべては彼の頷きにかかっていると、
彼女たちは皆の目に読み取ることができたから。
さて、彼女たちが見慣れていたのは、神のような、
多くの高価な宝石を身につけたスルタンで、
孔雀の王様（尻尾が王冠である鳥の王）のように、
あらゆる権力の虚飾を見せて闊歩するのだ、
だから権力者が威張らないで、そんなものなしで
いられることが不思議だった。

75

ジョン・ジョンソンは女たちのひどい動転振りを見て、
東洋人の感情にはほとんど通じてはいなかったが、
彼なりに少しばかりの慰めの言葉を言った。
はるかにもっと感傷的なドン・ジュアンは
こう誓った、明け方までにはきっと戻ってくる、
さもなければロシアの軍隊は大後悔するであろう、と。
不思議なことだが、彼女たちはこの言葉で
少し慰められた、それは女は誇張を好むからだ。

76

それから涙と溜息そして軽いキスで
女たちは今しばし別れ、次を待つことにした、
砲撃が命中するか否かで、賢者たちの言う
偶然、摂理あるいは運命を待つことに――
予測不能とは多くの祝福の一つで、
人間性という地所にかけた抵当だ――
一方、彼女らの愛する友らは、彼らには
何の害もなしたことのない町を焼くべく、武装を始めた。

77

大まかにしか物を見ないスヴォーロフは
物事を細かく見るには大雑把すぎ、
命をせいぜい浮きかすと見なし、
男を失った国の嘆きの声を、風みたいだと感じた、そして
自分の軍隊の損失についても（結果的に軍隊の努力が
首尾よくいけば）、ほとんど気にはしなかった、それは
ヨブの腫れ物に対する妻や友人の態度と同じだった[1]――
二人の女のむせび泣きは彼にとっては何だったのか、

1 例えばヨブの妻は「どこまでも無垢でいるのですか。神を呪って、死ぬ方がましでしょう」と言った（『ヨブ記』二章九節）。ヨブは友人たちに向かって言う、「そんなことを聞くのはもうたくさんだ。あなたたちは皆、慰める振りをして苦しめる。『無駄口をやめよ』とか『何をいらだってそんな答えをするのか』と言う」（同一六章二―三節）。

78

それは何でもなかった――「栄光」の仕事は砲撃の
準備となって続いた、それは、もしホメロスが
すぐ使える迫撃砲を見つけたとしたら、
イリオン[1]の砲撃と同じほど恐ろしかっただろう。
しかし今では、プリアモスの息子[2]を殺す代わりに
我々が語ることはただ、梯子登り、爆弾、太鼓、火砲、
稜堡、砲台、銃剣、弾丸についてだけだ、これらは
耳障りな言葉で、柔らかいミューズの喉に引っかかる。

1 トロイのこと。
2 トロイ戦争でアキレスに殺されたヘクトールのこと。

79

おお、汝、不滅のホメロスよ！　汝はただ
詩的腕力を揮うだけで、どんなに長くともあらゆる耳[1]を、
どれほど短くてもあらゆる時代の人々を、魅了する、
今後こんな腕力に人が訴えることはないだろう、
火薬の与える危害がすべての宮廷の望みを
下回るものにならないかぎりは。
今やどの宮廷も若い「自由」を苦しめる同盟を結んでいる、
しかし「自由」はトロイ[2]のようになりはしないだろう——

1 長い耳はロバを意味し、ロバは英語では馬鹿者のことを言う。

2 トロイは滅びた。

80

おお、汝、不滅のホメロスよ！　今やわたしは包囲攻撃を
描かねばならぬ、そこにおいては、汝のあのギリシアの
戦闘の公報に記された者よりも、もっと致命的な兵器や
迅速な一撃で、はるかに多くの男たちが殺された。
それでも、すべての余人と同様、認めねばならぬ、
汝と競うのは、小川が大海の流れに
対抗するのと同じで、無駄だということを、
それでも我々「現代人」は流血という点では汝に匹敵する、

81

詩歌ではなくとも、少なくとも事実においては、
そして事実は真実で、絶対必要不可欠なものだ！
その一つ一つの行動をミューズが描こうとも、
そこにはささいな実体があるべきである。
しかし今や町が攻撃されようとしている、
偉大な出来事が行われる――わたしはどう語ればいいのか！
不滅の将軍たちの魂よ！　太陽神（フォイボス）[1]は汝らの至急便[2]で
己が光線を色づけしようと見守っている。

1　太陽神としてのアポロの名。
2　至急便は戦争の流血の様を伝えるから。

82

おお、汝ら、ボナパルトの偉大な戦況報告よ！
おお、華々しさには劣るとも、長い死傷者のリストよ！
わたしの哀れなギリシアが今と同じく敵に囲まれていた時、
あんなにも勇敢に戦ったレオニダス[1]の霊よ！
おお、カエサルの戦記[2]よ！　さあ、汝ら、わたしの詩に
分け与えよ、（わたしが混乱せぬよう）栄光の幻影を！
あれほどにも美しく、あれほどにも儚い、
汝らの薄れゆく黄昏の色合いの一部を。

1　スパルタの王（？―四八〇 BC）、ペルシャ軍の大軍をテルモピレーに迎え撃ち戦死した。
2　カエサルは『ガリア戦記』や『内乱記』を書いた。

83
わたしが不滅の武勲を「薄れゆく」と呼ぶ時、
意味するのは、いつの時代も、毎年、
いやほとんど毎日が、悲しい現実だが、
乳臭い英雄を育てることを余儀なくさせられる、
そして我々が人間の幸福にもっとも大事な
行為の全体を総計する時、その英雄は
偉大な仕事における殺戮者になり、
一種の眩暈で若者たちを悩ますのだ。

84
勲章、地位、記章、モール、刺繍の飾り、緋色の礼服、
これら不滅の人間にとっての不滅なるもの、
バビロニアの娼婦[1]にとっての紫と同じだ。
若者にとっての軍服は女にとっての
扇のようなもの。深紅をまとった従僕は誰でも
自分が「栄光の前衛」の最前列にいると思うもの。
しかし「栄光」は「栄光」、それが何なのかを
知りたければ、近づく風を見るという豚[2]に訊くがいい。

1 「地上の王たちは、この女とみだらなことをし、地上に住む人々は、この女のみだらな行いのぶどう酒に酔ってしまった」（『ヨハネの黙示録』一七章二節）。「女は紫と赤の衣を着て、金と宝石と真珠で身を飾り、忌まわしいものや、自分のみだらな行いの汚れで満ちた金の杯を手に持っていた」（同四節）。彼女は政治権力を表すと解釈される。

2 豚は一般に風や近づく嵐を見ると言われた。

85

少なくとも「彼は風を感じる」、「見る」という者もいる、
なぜなら彼は豚のように風下を走るのだから。
あるいは、もしこの単純な文がお気に召さぬなら、
彼はブリッグ帆船[1]のように、スクーナー[2]のように風下を
疾走すると言おうか、あるいは――しかしわたしの詩神（ミューズ）が
疲れを感じる前に、この巻を休ませてやる頃だ、
次の巻では、村の尖塔で鳴る八鐘変打法[3]のように、
すべての人を揺り動かす大音声を鳴らそう。

86

聴け！　寒いものうい夜の沈黙を通して、
列また列をなして集まる軍隊の騒音を！
見よ！　薄暗い塊が、視界も定まらぬ中を
包囲された城壁と、武装した川の、武器の林立する
堤に沿って忍び寄るのを、一方、星は散らばる光となって、
薄暗い湿った靄の間から覗き、
靄は奇妙な輪となって渦巻く――すぐにでも
地獄の煙がもっと奥深い衣で星を包むのだ！

1　ブリッグは前後二本マストに数枚の横帆を備えた帆船。
2　スクーナーは二―七本以上のマストの縦帆式帆船。
3　一組八つの鐘の順を変えて鳴らす方法。

87

ここで今の所は休むとしよう——
ちょうどその時、生と死を分ける
あの恐ろしい休止が、一瞬、最後の息を吸う
何千もの男たちの心臓を打ったからだ！
一瞬だ！　すべてはまた動き出す！
進軍！　攻撃！　両方の信仰[1]の叫び声！
万歳(フラー)！　アラー！　そして、次の瞬間
死の叫びが戦闘の咆哮でかき消される。

1 キリスト教とイスラム教。

訳者紹介

東中　稜代（ひがしなか いつよ　1940 年生まれ）

大阪大学文学部卒　アルバータ大学 MA　アルバータ大学 Ph.D 課程単位取得退学
龍谷大学教授を経て現龍谷大学名誉教授　博士（文学）龍谷大学
訪問研究員（ケンブリッジ大学　エディンバラ大学）
客員教授（カルガリー大学）　日本バイロン協会会長 (2002–2009)

著書
『*Byron and Italy: A Study of Childe Harold's Pilgrimage IV*』（龍谷叢書 X）
『多彩なる詩人バイロン (*Byron the Protean Poet*)』（近代文藝社）2012 年度 Elma Dangerfield 賞受賞
『イギリス詩を学ぶ人のために』（世界思想社）小泉博一（共編）
訳書
バイロン『審判の夢その他』（山口書店）
バイロン『初期の風刺詩』（山口書店）
バイロン『チャイルド・ハロルドの巡礼』（修学社）
英詩教科書
One Hundred Poems, One Hundred Poets（英詩百人一首　英宝社）C. R. Wattersと共編
Thomas Hardy: Fifty Poems（ハーディ 50 選　あぽろん社）Norman Pageと共編
その他　内外の研究書や学会誌などにバイロンに関する論文掲載多数
国際バイロン学会における研究発表多数

George Gordon Byron

Don Juan

ドン・ジュアン

上巻

2021年12月1日　初版発行

著　者　ジョージ・ゴードン・バイロン

訳　者　東中稜代

発行者　山口隆史

印　刷　株式会社シナノ印刷

発行所　株式会社 音羽書房鶴見書店

〒113–0033 東京都文京区本郷 3–26–13

TEL 03–3814–0491

FAX 03–3814–9250

URL: http://www.otowatsurumi.com

e-mail: info@otowatsurumi.com

Printed in Japan

ISBN978–4–7553–0418–7 C1098

組版編集　ほんのしろ／装幀　吉成美佐（オセロ）

製本　株式会社シナノ印刷